EMMA SCOTT

Una Sola Promessa

QUIXOTE EDIZIONI

UNA SOLA PROMESSA
Full Tilt Duet #2
Emma Scott

Traduzione dall'inglese di:
Valentina Nobili

A cura di:
Alessandra Magagnato

In copertina:
Progetto grafico a cura di:
PF Graphic Design
VitalikRadko/depositphotos.com

All in

ISBN: 978-88-5490-895-6
Prima edizione: luglio 2023

Full tilt

Full tilt (n): 1. con la massima energia o forza; a velocità massima.

Parte Uno

Prologo

THEO

«Theo, caro. Vuole te.»

La morbida mano di Kacey si strinse nella mia. Guardai verso la ragazza di mio fratello, che mi rivolse un debole sorriso rassicurante. Un'altra stretta della sua mano, poi in qualche modo trovai la forza di alzarmi in piedi.

Mia madre si sforzò di sorridermi, aggrappata al braccio di mio padre nel corridoio fuori dalla stanza di ospedale di Jonah. Sembrava persa e distrutta. Fragile. Mio padre aveva un aspetto cupo ma stoico, e sorreggeva mia madre. Ma era Jonah il collante della nostra famiglia. Senza di lui, saremmo andati in pezzi. Era solo questione di tempo.

Era giunto il momento di dire addio a mio fratello. Mentre camminavo verso la porta della sua stanza, nella mia testa vorticava un carosello di immagini, ciascuna sbiadita dal tempo, come se fossero rimaste troppo a lungo esposte alla luce del sole. Io e Jonah che davamo da mangiare a una capra alla fiera dello Stato. Io e Jonah a lezione di nuoto insieme. Nelle nostre uniformi del campionato giovanile di baseball. Che camminavamo per i corridoi delle superiori, dove Jonah era popolare senza sforzarsi per esserlo e io ero il suo gregario. Io che andavo a trovare Jonah all'Università del Nevada, poi alla Carnegie Mellon. Io che nuotavo con Jonah in Venezuela.

Dove lui si era ammalato… e io invece no.

Richiusi la porta e mi diressi verso mio fratello, che giaceva moribondo sul letto. Una versione pallida e smunta del ragazzo sano nell'album fotografico della mia mente.

«Theo…»

Mio fratello. Che faticava a respirare. Che faticava a resistere. Mentre io ero ancora in forze; in forze e pronto a fare a pezzi le pareti di quel maledetto posto, a dar fuoco a tutto il cazzo di mondo per l'ingiustizia di tutta quella storia.

Ma ancora non ero forte a sufficienza per avvicinarmi al suo letto e dirgli addio.

Jonah riuscì a rivolgermi un debole sorriso. «Sono messo così male, eh?»

«Ti ho visto in condizioni peggiori,» dissi, avanzando infine nella stanza e prendendo posto accanto al suo letto.

«Vai al diavolo.» La sua risatina era un rantolo dal suono orribile. La sua mano fremette sulle lenzuola. Non aveva neppure la forza di sollevarla. Mi allungai per stringerla, avvolgendo le mie dita attorno alle sue.

Il sorriso gli venne meno, e il suo sguardo, ancora acuto, incrociò il mio. «Sono preoccupato… per la mamma.» Il suo cuore riusciva a pompare soltanto aria sufficiente per due o tre parole alla volta, che cacciava fuori intervallate da brevi respiri.

«Mi prenderò cura di lei,» dissi.

«E papà... cambierà idea... sul tuo salone. Io... credo in te.»

Dubitavo che nostro padre avrebbe mai sostenuto il mio lavoro come tatuatore, ma in quel momento, quel "io credo in te" di Jonah era tutto ciò di cui avevo bisogno.

«Ora,» disse Jonah, lo sguardo determinato. «Il favore... che voglio da te... Ricordi?»

Mi sedetti più in avanti sulla sedia. «Spara.»

«Kacey.»

La voce mi si strozzò in gola. Tossii per liberarla. «Cosa c'entra lei?»

«Tu la ami.»

Quelle parole erano deboli e delicate, eppure ciascuna di esse mi colpì al petto come una martellata. Non riuscivo a parlare, non riuscivo a muovermi, a malapena riuscivo a sbattere le palpebre. Ero in fiamme, un milione di emozioni diverse che mi ribollivano nelle viscere, che mi strappavano via l'aria, che strozzavano le mie parole.

Sebbene avessi tenuto quei sentimenti sepolti in profondità, dove non avrebbero potuto vedere la luce del sole e tradire mio fratello... lui aveva capito tutto. Lui capiva sempre tutto.

Sorrise della mia espressione raggelata. «Sono felice, T. Sono così... *sollevato*... che sia tu.»

Quasi ritrovai la voce per dirgli che non ero io. Io non ero niente. Cosa diavolo ne sapevo io dell'amore? Un cavolo di niente. E comunque, lui si sbagliava.

Lei non mi amerà mai perché ama solo te. Ed è così che dovrebbe essere.

«Il favore...» Lo sguardo di Jonah indugiò nel mio con tutta la forza che mancava al suo corpo morente. «Prenditi cura di Kacey. Ti prego. Avrà bisogno di te. È forte. Ma se dovesse crollare, aiutala... Amala, Theo. Questa vita è... breve. Non tirarti indietro. Okay?»

Annuii. Solo perché lui aveva bisogno che lo facessi. Non perché avessi una qualche cazzo di idea di come fare ciò che mi stava chiedendo.

Jonah trasse un sospiro di sollievo. Era davvero esausto e doveva ancora vedere Kacey, dire addio all'amore della sua vita. Non potevo sprecare il loro tempo.

Era giunto il momento.

Serrai la mascella con forza per trattenere le lacrime, ma quelle arrivarono comunque.

Dillo. Ora o mai più. Non avrai di nuovo questa occasione.

«Ti voglio bene,» dissi a denti stretti.

«Anch'io,» rispose Jonah, la voce così debole e flebile. «Ti voglio bene, T. Te ne vorrò sempre.»

Il dolore mi investì, schiacciandomi. Seppellii il volto nell'incavo del braccio per cercare di combatterlo. Dovevo essere forte. Per mamma e papà, e per Kacey. Per Jonah, che mi aveva dato un lavoro da svolgere.

«Faccio venire Kacey,» dissi, asciugandomi gli occhi.

Puntai i piedi e cercai di alzarmi, ma riuscii a tirarmi su dalla sedia solo per metà. Tenendo ancora stretta la mano di Jonah, mi chinai per posare la fronte contro la sua, per tenerlo vicino a me un'ultima volta.

Mio fratello...

«Mi prenderò cura di lei,» dissi, con la voce che si spezzava. «Te lo giuro.»

Era una metà di quella promessa, ma la metà che potevo mantenere.

Non riuscirò a uscire da qui.

Ma ce la feci. Lasciai la stanza di mio fratello e mi

appoggiai alla parete fuori dalla sua porta, sentendomi come se fossi una barca in balia delle onde.

È finita. È stata l'ultima volta in cui l'ho visto o gli ho parlato... Non parlerò mai più con mio fratello. Non sentirò più la sua voce, le sue parole...

E le sue ultime parole. *Amala...*

Cercai Kacey con lo sguardo nella sala d'attesa; qualcosa a cui aggrapparmi. Qualcosa di reale. Era piombata giù dal cielo come una bomba, facendo saltare in aria la nostra vita cauta, mandando in frantumi la routine e stravolgendo i piani di Jonah. All'inizio avevo temuto che lo avrebbe lasciato, e quando era stato chiaro che non lo avrebbe fatto, avevo temuto che il fatto che fosse rimasta avrebbe fatto soffrire troppo Jonah. Avrebbe dovuto dirle addio dopo solo una manciata di settimane insieme.

Kacey si incamminò verso la stanza di Jonah. Il passo aggraziato, il volto stravolto dal dolore, ma al tempo stesso bruciante d'amore.

La sua vista mi riempì gli occhi, mentre l'ultimo desiderio di Jonah mi riecheggiava nelle orecchie. Avvertii un breve, egoistico, miserevole secondo di speranza...

Poi lo schiacciai. Lo stroncai sul nascere.

Scusa, fratello. Lei è tua, e sarà tua fino alla fine dei giorni.

Ma io potevo prendermi cura di lei. Ci aspettavano giorni bui. Settimane, mesi. Forse persino anni. Fintantoché lei avesse avuto bisogno di me, io ci sarei stato.

* * *

Un mese dopo il funerale, ricevetti una telefonata da mia madre.

«Theo, caro, a casa di Kacey non risponde nessuno. Sono due giorni ormai che la chiamo.» La sua voce dall'altro capo della linea era pervasa dal panico. Non avrebbe potuto sopportare un altro colpo. E nemmeno io.

Chiamai Kacey. Un messaggio automatico rispose dicendo che il suo cellulare non era più attivo.

Chiamai il Luxor, dove era riuscita a farsi assumere dopo aver lasciato il Caesar's. Dissero che non la vedevano da tre giorni.

Andai a casa sua e bussai con forza alla porta. Nessuna risposta. Bussai con forza ancora maggiore, e la sua vicina di casa uscì sulla soglia.

«Se n'è andata, giovanotto,» disse l'anziana signora, infastidita. «Non hai visto che la sua auto non c'è?»

«Quando se n'è andata?»

La donna assottigliò lo sguardo, squadrandomi. «Due notti fa. Era come se stesse sgattaiolando via, rubando le sue stesse cose. Era agitata.»

Il mio battito cardiaco rallentò in un violento clangore di terrore. «Ha portato della roba con sé?»

«Scatoloni. Valigie.» La donna si lisciò la vestaglia a fiori. «E quelle strane bottiglie di vetro con delle corde che ne uscivano fuori. Non so cosa accidenti...»

«Lampade,» dissi debolmente. «Erano lampade ricavate da vecchie bottiglie di whisky.»

«Se lo dici tu.»

Mi accarezzai la barba sulla mascella. La tensione era scivolata fuori dal mio corpo, e adesso al posto suo stava penetrando il dolore.

«Mi ha lasciato una lettera,» disse la vicina. «Mi ha chiesto di consegnarla solo a Beverly, Teddy o Henry Fletcher.» La donna mi scrutò. «Tu sei uno di loro?»

«Sono Theo Fletcher.» Mi schiarii la gola. «Lei mi chiama Teddy. Chiamava. Chiama.»

«Aspetta un attimo.» La donna entrò in casa e ne uscì di nuovo con un foglio di carta piegato a metà. Il mio sguardo scandagliò le parole:

Non posso restare. Ci ho provato, ma è troppo. Vi voglio bene. Mi dispiace. Kacey

Il messaggio mi cadde di mano come una foglia morta, ondeggiando in aria e atterrando ai miei piedi. La vicina disse qualcosa a bassa voce e rientrò nel suo appartamento. Io rimasi in piedi sul vialetto, a fissare la porta di Kacey.

Mi dispiace, Jonah, pensai, le parole che risuonavano via via più forti con ogni battito del mio cuore.

Avevo un unico compito. Nemmeno. Un mezzo compito. E avevo fallito.

CAPITOLO 1
Theo

Sei mesi dopo il funerale...

La sveglia suonò alle sei del mattino. Feci scivolare la mano fuori dalle coperte e la spensi. Per un paio di secondi, mi sentii bene. Andava tutto bene. Poi mi ricordai che Jonah non c'era più, e il resto della giornata mi schiacciò il petto come un gigantesco martello.

Trassi un respiro e fissai il soffitto, finché la prima ondata non fu passata, poi scacciai subito via le coperte. La parte migliore della mia giornata erano quei primi tre secondi. Dopodiché dovevo immediatamente alzarmi e giocare d'anticipo. Continuare a muovermi, altrimenti sarei rimasto tutto il giorno sdraiato a letto come un cretino, ad arrabbiarmi e gemere per ciò che non potevo cambiare. Mi alzavo, mi scrollavo fuori dalle coperte e scalciavo tutto sotto il letto.

Una vocina dentro di me mi sussurrava che avrei fatto meglio a tirar fuori tutta quella merda e occuparmene, prima che esplodessi.

Io me ne *stavo* occupando. Mi alzavo. Andavo al lavoro. Facevo il mio dannato meglio.

Il mio abbigliamento da palestra mi stava aspettando ai piedi del letto, dove lo avevo lasciato la sera prima. Mi vestii, passai in cucina per un po' d'acqua e una barretta proteica. Il sole del mattino risplendeva sui fermacarte di vetro posizionati sul davanzale della finestra, tutte creazioni di Jonah. Dentro uno di essi c'era una scena di fauna marina. La luce del sole che attraversava il vetro la faceva sembrare viva. Era il preferito di Kacey. Una volta mi aveva detto che le dava l'impressione che dentro di esso vi fosse calma. Pace. Quella composizione d'acqua l'aveva fatta sentire al sicuro quando si era risvegliata per la prima volta sul divano di Jonah.

Guardai dentro la sfera e mi sentii soffocare. In trappola. Immobile, come la fauna marina.

Sul mio pick-up, mentre mi dirigevo verso la palestra, passai davanti alla vecchia casa di Jonah, poi a quella di Kacey, a tre isolati di distanza. Entrambe adesso erano vuote. A eccezione dei fermacarte in vetro di Jonah posati sul mio davanzale e di un messaggio scritto a mano, tutto ciò che era appartenuto loro si trovava in un deposito a nord della città.

Fermo a un semaforo rosso, i miei pensieri tornarono alle quattro righe che lei aveva scribacchiato, e ci rimuginai come fossero il testo di una canzone. Seguite dal ritornello: *Ho deluso Jonah...*

Il suono di un clacson dietro di me mi fece sussultare; il semaforo era diventato verde. Premetti sull'acceleratore, gli pneumatici stridettero, poi rallentai e mi costrinsi a darmi una calmata, prima di finire per schiantarmi in un incidente.

In palestra feci sollevamenti e trazioni finché i

muscoli delle mie braccia non si misero a urlare e il sudore non mi colò lungo il volto. Feci addominali fin quasi a vomitare, poi mi misi un bilanciere sulle spalle e feci squat finché non mi iniziarono a tremare le gambe.

Mi allenai per ben due ore, cercando di scacciare con il sudore i sentimenti sepolti dentro di me. Mi ritrovai esausto e desideroso di dormire, non ci riuscivo granché in quel periodo, ma il riposo non faceva parte della mia routine.

Mi feci una doccia, indossai jeans e una t-shirt e tornai a casa per prepararmi il pranzo. Mi sedetti al bancone della cucina, con il libro di testo *Gestione delle Piccole Imprese* aperto davanti. Un gigantesco sandwich con uovo fritto, bacon e pomodoro alla mia sinistra, il computer sulla destra. Gli esami di metà trimestre si stavano avvicinando, e la roba dell'imposta sul salario mi creava ancora problemi.

Tre ore filate di studio mi fecero sentire un po' meglio. Almeno per quanto riguardava i miei esami. Chiusi i libri di testo e il computer, poi li nascosi in un cassetto, nel caso fossero passati Oscar e Dena. Mi facevano sempre un milione di domande del cazzo sul fatto che fossi tornato all'università per prendere la laurea in gestione d'impresa, e non ne volevo parlare. E comunque era una cosa stupida. Come se uno sciocco diploma potesse migliorare alcunché.

Il mio cellulare squillò mentre stavo per uscire per andare al lavoro al Vegas Ink, il numero di mia madre sul display. In perfetto orario.

«Ehi, mamma.»

«Ciao, tesoro. Mi dispiace disturbarti.»

«Non mi disturbi, mamma. Non mi disturbi mai.»

«Volevo solo controllare come stessi.»

Mi chiamava ogni giorno. Di rado con un qualche

reale motivo o notizia da condividere, di solito solo per tenersi in contatto con l'unico figlio che le era rimasto. Quando la vedevo di persona, il contatto era letterale: le sue mani viaggiavano verso di me ogni volta che ero alla sua portata. Non potevo biasimarla: avevo fatto lo stesso con Jonah ogni giorno dopo la sua diagnosi di CAV.

«Caro?»

Venni distolto di colpo dai miei pensieri. «Scusa, mamma. Cos'hai detto?»

«Ti ho chiesto se hai avuto notizie da Kacey.»

«Ancora niente. Sono certo che stia bene,» aggiunsi, come se potessi saperlo dopo che me l'ero lasciata sfuggire via.

Avevi un unico compito. Un mezzo compito.

«Vorrei che almeno chiamasse,» disse mia madre con finta leggerezza. «Mi domando dove sia andata.»

Mi massaggiai con una mano sopra il dolore sordo che avvertivo al petto. «Devo andare al lavoro, mamma. Se dovessi sentirla, ti farò sapere.»

«D'accordo, caro.»

Mi resi conto che le stavo a malapena concedendo sessanta secondi del mio tempo, perciò le chiesi: «Cosa combinate tu e papà?»

«Oh, niente di che,» disse lei, come se non sembrasse sempre sul punto di piangere. «Ci piacerebbe che tu, Oscar e Dena veniste a cena da noi domenica.»

«Certo, si può fare,» dissi, digrignando i denti. Una volta al mese o giù di lì ci ritrovavamo, più che altro perché sentivamo di doverlo fare. Il nostro dovere nei confronti dei vecchi ricordi e di tempi migliori.

Era uno schifo.

Quelle cene erano una tortura, piene di conversazioni innaturali e rigide, infestate dal ricordo della risata di Kacey e della voce di Jonah. Non importava quanto forte cercassimo di parlare o di ridere per sovrastarla, la loro storia d'amore aleggiava nell'aria come la luce di una delle lampade in vetro di Jonah. Nemmeno Oscar riusciva ad alleggerire l'atmosfera. La sua personalità mastodontica era stata schiacciata, e il sorriso di Dena adesso era triste.

Mia madre cucinava ancora, ma spesso lasciava che le pentole sobbollissero mentre lei fissava il vuoto. Aveva perso peso. E lo stesso valeva per mio padre. Il suo sguardo seguiva costantemente mia madre, ma di rado si rivolgeva verso di me. A malapena mi parlava, a dire la verità. Non eravamo mai stati legati, ma Jonah era sempre stato il tramite tra noi. Senza di lui, tra me e mio padre c'era un abisso. Una distanza che nessuno dei due si sforzava di colmare.

Dannazione, Jonah, torna qui e sistema tutto, perché io proprio non ci riesco, cazzo.

«Avviserò Oscar e Dena,» dissi a mia madre. Il mio sguardo saettò verso la porta d'ingresso, le chiavi dell'auto che mi tintinnavano nella mano.

«Come procede lo studio?»

«Bene. Grossi esami all'orizzonte.»

«Sono davvero fiera di te, Theo. Credo che quello che stai facendo sia fantastico. Ancora un anno, e quando avrai ottenuto la laurea pensa a quali porte potranno aprirsi per te.»

«Grazie, mamma,» dissi, cercando di non sembrare infastidito quanto mi sentivo. L'orgoglio che mia madre nutriva per me sembrava una bella cosa all'apparenza, ma neanche lei era convinta della mia idea di aprire un salone per tatuaggi. Era di gran lunga più incoraggiante di papà, ma non nutrivo l'illusione che fosse impaziente di vedermi spendere il denaro che mi aveva lasciato Jonah per un posto con musica alta e "personaggi coloriti", dove avrei passato le giornate a disegnare teschi avvolti da fiamme e rose.

«Oh, Theo, caro, ti dispiacerebbe passare al supermercato oggi pomeriggio? Ho finito il latte e le uova.»

Serrai la mascella. Non potevo andare dopo il lavoro, o non sarei mai arrivato in tempo a lezione. Dovevo andare adesso, passare da casa dei miei e poi andare al lavoro. In ritardo.

«Papà lavora di nuovo oggi?» domandai rigido.

«Sì.» Lei sospirò. «Sai com'è ultimamente.»

«Sì, lo so.» Mi passai una mano sugli occhi. «Passerò al supermercato prima di andare al lavoro. Sarò lì tra mezz'ora.»

«Grazie, caro. Ti prendi così tanta cura di me.»

«Devo andare, mamma. Ci vediamo tra poco.»

«Meraviglioso, caro. E, Theo?»

«Sì?»

«Se chiama Kacey, dille che non sono arrabbiata con lei. Dille... Dille che vorrei solo sapere che sta bene.»

«Certo, Mamma.»

Riagganciai e fissai lo schermo a lungo, desiderando che squillasse di nuovo, che mostrasse il numero di Kacey così da poter sentire la sua voce. Volevo solo la stessa cosa che voleva mia madre: sapere che lei stava bene.

* * *

Il Vegas Ink era affollato quel giorno. Nella nostra piccola sala d'attesa c'erano due ragazze che stavano studiando attentamente un raccoglitore con tre anelli pieno di disegni, e un altro tizio appoggiato alla parete. Era il giorno in cui toccava a Edgar scegliere la musica, e il ronzio delle macchinette per tatuaggi era a malapena udibile sotto il rimbombo della musica death metal.

Vivian, la nostra receptionist, mi scoccò un'occhiata con un sopracciglio inarcato mentre io correvo dentro.

«Sei in ritardo.»

«Scusa, Viv,» dissi, controllando la sua agenda per gli appuntamenti della giornata. «Non dirlo a Gus.»

«Non lo faccio mai, ma ha sentito delle lamentele, tesoro.»

Feci spallucce. Non potevo farci niente. Mia madre, sebbene fosse perfettamente in grado di fare le cose da sola, si era richiusa in se stessa. Come un bambino che si era ustionato, non metteva più fuori la mano. E mio padre si era tuffato di nuovo sul lavoro come se fosse un consigliere cittadino al primo mandato, e non uno in carica da trent'anni e sul punto di andare in pensione.

Qualcuno doveva prendersi cura di mia madre. Ma a volte, come quel giorno, sapevo di avere troppe cose per le mani. Le mie braccia si stavano stancando, e prima o poi avrei finito per far cadere qualcosa. La prima cosa a schiantarsi al suolo sarebbe stata il licenziamento da parte di Gus, il proprietario del Vegas Ink, perché ogni volta arrivavo in ritardo.

«Quelle due stanno aspettando te.» Vivian accennò con la testa completamente rasata in direzione delle due giovani donne. L'espressione sul suo volto pieno di piercing era eloquente. «Clienti nuove. Hanno entrambe chiesto espressamente di te.»

Scrollai le spalle. «Passaparola.»

«Mmh.» Vivian fece scivolare lo sguardo lungo la mia t-shirt e i jeans. «Deve essersi sparsa la voce della tua impressionante dotazione... professionale.»

Alzai gli occhi al cielo mentre richiudevo il registro degli appuntamenti. Era tutto pieno fino alle sei.

«Oh, avanti, era un po' divertente,» disse Viv, chinandosi sopra il bancone e giocherellando con una penna tra le dita rivestite di anelli. I tatuaggi le ricoprivano ogni centimetro di pelle fino al collo e si insinuavano sino alla parte posteriore del cranio. Mi strizzò un bicipite. «Ed è vero. Qualcuno ci sta dando dentro più del solito in palestra. Non sono la sola ad averlo notato.»

Viv si sfregò il mento sulla spalla, dirigendo lo sguardo verso un'altra delle tatuatrici del salone, Zelda Rossi. La donna era china sopra un cliente, con la macchinetta per tatuaggi in mano. Lunghi capelli neri le ricadevano come una tenda a coprirle il volto. Sollevò la testa mentre ripuliva il sangue che si stava riversando sulla scapola del suo cliente. I suoi grandi occhi verdi, truccati di nero, incrociarono i miei. Un sorriso iniziò a fare capolino sul suo volto. Lo bloccò con i denti, tirò fuori la lingua e si rimise al lavoro.

Viv fece un sorrisetto. «Deve essere proprio dura avere così tante donne che ti si gettano ai piedi.»

«Non posso lamentarmi,» dissi con una smorfia compiaciuta. «Dammi un minuto, poi manda dentro il primo appuntamento.»

«Certamente, tesoruccio.»

Il Vegas Ink era un piccolo e angusto tugurio. La vernice rossa brillante e il pavimento a scacchi nero e bianco lo facevano solo sembrare ancora più piccolo. Il mio salone sarebbe stato diverso. Colori più scuri, mobili antichi, e alle pareti opere d'arte di artisti stravaganti e radicali come Edward Gorey e Ann Harper. Un salotto in una casa stregata.

Il mio salone...

Jonah mi aveva dato i soldi per aprire un negozio, e stavo seguendo lezioni di economia per assicurarmi di non mandare tutto a puttane. Ciononostante, il pensiero di passare davvero ai fatti e comprare un locale mi faceva venire la nausea. Se avessi fallito, non mi sarebbe rimasto nulla di Jonah. Aveva venduto le sue opere per concedermi il mio sogno, ma se fosse andata male? Se non si fosse presentato nessuno? Avevo già perso Kacey. Una promessa infranta. Non potevo sopportare un altro cazzo di fallimento.

Edgar, un tizio enorme e corpulento con una maglietta di un concerto dei Tool che gli tirava sui muscoli, alzò lo sguardo dal suo cliente e mi rivolse un cenno del capo. «Ehi, T. Come butta, amico?»

«Al solito, al solito,» dissi, recuperando la mia macchinetta e le garze dal secondo cassetto del mobile. Quando la mia prima cliente mi disse cosa voleva, preparai l'inchiostro e scelsi gli aghi.

«Ti va di uscire stasera? Io e alcuni amici andremo a vedere Killroy al Pony Club,» mi chiese lui.

Trasalii, e mimetizzai il tutto con un colpo di tosse. «Nah, sono impegnato.»

«Appuntamento focoso?» Edgar ammiccò con le sopracciglia, mentre il suo cliente usava uno specchietto per controllare il nuovo dragone attorcigliato al suo polpaccio.

«Già,» dissi. Con la coda dell'occhio, vidi Zelda rivolgere un'occhiata verso di me, poi chinarsi di nuovo sul suo lavoro.

Edgar ridacchiò. «Non me lo dire. È la rossa che è venuta qui la scorsa settimana. Rosa e pugnale, caviglia destra?»

«Forse.»

Edgar fece un verso di esultanza. «Sei una puttana, Fletcher. Non cambiare mai.»

Le due donne della sala d'attesa si avvicinarono alla

mia postazione. La bionda si accomodò sulla sedia, la sua amica le si mise accanto e le strinse la mano. Erano entrambe sexy, entrambe stavano flirtando con me come se la loro vita dipendesse da quello. Feci del mio meglio per contraccambiare perché Edgar stava guardando.

Venti minuti più tardi, la bionda si alzò dalla mia sedia con la scritta *Resta fedele a te stessa* scarabocchiata con delicatezza nella parte interna del polso. Lei e la sua amica mi invitarono a una festa.

«Sì, magari farò un salto,» dissi, e attesi con crescente irritazione mentre loro ridacchiavano e insistevano che tirassi fuori il telefono per segnarmi il loro numero e indirizzo. Finsi di digitare il numero della ragazza come nuovo contatto col pollice, poi feci scivolare di nuovo il telefono nella tasca posteriore dei jeans.

«Spero che tu ce la faccia,» mi disse la bionda da sopra la spalla mentre uscivano.

Quando se ne furono andate, Edgar scoppiò a ridere e scosse la testa. «Credevo che avessi un appuntamento stasera.»

Feci spallucce. «La porterò con me alla festa.»

Lui fece una grossa risata tonante. «Sei il mio eroe, T.»

No, sono uno stronzo bugiardo.

Secoli prima, avrei chiamato quel numero di telefono nell'istante in cui fossi uscito dal lavoro, e con tutta probabilità quella notte avrei dormito molto poco. Adesso, una bionda incredibilmente sexy e la sua amica non erano più interessanti di un bollettino meteo. Ma lasciar credere a tutti che uscissi ogni notte con una donna diversa era meglio della verità. Che da quando molti mesi prima avevo sentito Kacey cantare attorno a un fuoco da campeggio, ero una causa persa.

Conclusi la giornata, e mentre ripulivamo le nostre postazioni da lavoro, Edgar sollevò il mento verso di me.

«Goditi l'appuntamento con la tua rossa,» disse. «O con la bionda. O la rossa *e* la bionda. Domani voglio un resoconto completo.»

«E lo avrai,» dissi, infilandomi la giacca di pelle. «Se non mi spompano.»

Edgar rise e Zelda fece una smorfia. Le sorrisi con un lieve cenno di diniego del capo, per cercare di segnalarle che erano tutte stronzate. Avevo sentito dire che aveva una cotta per me da quando un anno prima aveva iniziato a lavorare lì. Non era sgradevole da guardare, ma io non frequentavo le colleghe. Sarebbe stato troppo un casino se le cose fossero andate male, e tra me e le donne succedeva sempre.

«Passa una bella serata, Z,» dissi.

«Anche tu, T,» rispose lei. Poi alzò lo sguardo e mi rivolse un sorriso asciutto. «Sgualdrina.»

Edgar e io scoppiammo a ridere, ma nell'istante in cui voltai loro le spalle il mio sorriso iniziò a vacillare ai lati del mio volto. Quando uscii dal salone, cadde come una maschera e si infranse sul marciapiede.

* * *

Alla Lee Business School dell'Università del Nevada, ascoltai la professoressa parlare di tasse sul salario e di numeri di identificazione dei dipendenti. Non avevo perso il filo. Avevo capito. I dati per me avevano senso, e quasi mi sentii orgoglioso. Come se stessi riuscendo a fare *qualcosa*.

«Vi ricordo di nuovo,» disse la professoressa Haden da dietro il suo leggio, «che questo esame di metà trimestre varrà il quarantacinque percento del vostro voto finale. Non potrete in alcun modo superare questo corso se salterete o fallirete l'esame. Organizzatevi per consultarvi con me qualora sentiate che uno di questi scenari sia possibile.»

La mia camminata verso il parcheggio era una corsetta di vittoria. Non avrei saltato né fallito l'esame. Non c'era pericolo.

Il mio telefono mi segnalò l'arrivo di un messaggio da parte di Oscar.

Vogliamo vederci stasera? Io non sento la tua mancanza, ma Dena sì.

Ridacchiai per quella proposta ambigua. Era da parecchio che non uscivo con i miei amici. Erano prima di tutto gli amici di Jonah, i suoi migliori amici, e uscire con loro era la stessa cosa che cenare a casa dei miei genitori. Fantasmi di altre occasioni che aleggiavano dappertutto come ombre.

Digitai la mia risposta.

Non posso. Ho un appuntamento.

Avrei dovuto immaginarlo, rispose Oscar. *Riproviamo la settimana prossima?*

Certo.

Quanto era diventato semplice mentire? Mentire ai miei colleghi, mentire ai miei amici. A malapena me ne preoccupavo, ormai.

Ci eravamo tutti allontanati, dopo Jonah. Lui era stato il centro del nostro dannato universo, e senza di lui avevamo iniziato a perdere qualunque attrazione ci mantenesse nella stessa orbita. Oscar e Dena ci provavano. Mia madre ci provava. Ma io non riuscivo a trovare le energie per sorridere, ridere e farmi largo tra i convenevoli a suon di cazzate. Tenere il dolore sotto controllo richiedeva troppo sforzo. Il dolore della perdita di Jonah, e poi di Kacey.

Uscii dal parcheggio dell'università e avanzai per stradine che correvano parallele alla Strip. Percorsi strade secondarie fino al Wynn Hotel e Casinò. Parcheggiai e bussai alla porta di servizio.

Tutte le guardie di sicurezza mi conoscevano. Quella sera era di turno Wilson.

«'Sera, Theo,» disse, facendomi cenno di entrare.

«Ehi, Wilson.»

Attraversai i passaggi secondari e i cunicoli dell'hotel, lungo un corridoio di cemento e luci al neon. Degli occhi mi osservavano dal cielo, ma il loro sguardo era benevolo. Nessuno mi avrebbe fatto domande. Eme Takamura, la curatrice della galleria, se ne era assicurata.

Tre svolte a destra, una a sinistra, poi spinsi una pesante porta e riemersi accanto agli ascensori del primo piano. Scivolai lungo il corridoio dall'altra parte del tintinnante casinò che non chiudeva mai.

Paulie era di guardia alle porte chiuse della galleria. Aveva mandato via gli ultimi visitatori ore prima.

«Come andiamo, T?» mi domandò, digitando il codice di apertura. La luce rossa divenne verde.

«Non posso lamentarmi,» dissi. «Grazie, amico.»

Questi mi sorrise, la sua scura pelle liscia e i baffi bianchi che si sollevavano in un sorrisetto triste. Spinse la porta e la tenne aperta per me. «Passa una buona serata.»

Annuii ed entrai nella galleria.

Dopo il funerale, mi ero religiosamente recato lì ogni notte. Poi ogni due notti. Di recente avevo stabilito il ritmo di tre o quattro volte alla settimana. Quando la mia giornata era stata una merda, o quando sentivo davvero troppo la mancanza di Jonah, andavo lì.

Le opere in vetro singole di Jonah erano andate da tempo, tutte vendute, e ora si trovavano nelle case di centinaia di persone diverse. La parte lunga della galleria a forma di L adesso era costeggiata da sculture ad opera di qualche artista emergente locale. Non le degnai di uno sguardo. Girai l'angolo verso la parte più corta della L. Lì, l'installazione di Jonah, un infisso permanente, si levava come una mareggiata sulla parete di fondo. Il sole, sempre splendente e vivace, illuminava le onde e la fauna marina che sembravano pronti a muoversi in ogni istante.

Mi accomodai come al solito sulla panchina lì di fronte e mi appoggiai contro la parete. Incrociai le braccia al petto e ammirai l'opera di Jonah. L'installazione era perfetta. Priva di difetti. Come era stato per me Jonah: l'idolatrato fratello maggiore incapace di commettere errori, secondo il suo fratellino che venerava la terra su cui camminava.

Strizzai gli occhi davanti a quella perfezione. Sapevo che se Jonah fosse stato lì, mi avrebbe detto che non era colpa mia. Avrebbe detto che Kacey era un'adulta che poteva prendere le proprie decisioni.

A volte gli credevo. A volte la galleria era il mio rifugio, la cattedrale di vetro dove trovavo la pace. La stessa serenità che Kacey aveva scoperto nei fermacarte in vetro di Jonah.

A volte.

Quella sera, non c'era alcuna pace. Avevo fatto una promessa a mio fratello e non ero riuscito a mantenerla.

Mi costrinsi ad aprire gli occhi e a guardare il capolavoro di Jonah. I colori brillanti si confusero mentre li fissavo a occhi sgranati. Il blu del mare che ricadeva dal soffitto e si disperdeva sul pavimento. Riuscivo quasi a sentire l'odore del sale, a percepire l'acqua fredda contro la mia pelle e il pizzicore dell'acqua salata negli occhi come lacrime. Un oceano di lacrime infinite.

CAPITOLO 2
Kacey

«Questa canzone è tratta dal mio album, *Shattered Glass*. Si intitola *The Lighthouse*. Spero che vi piaccia.»

Il pubblico di Le Chacal applaudì e fischiò in approvazione. Le conversazioni sussurrate cessarono. Qualche tintinnio di ghiaccio in un bicchiere, poi il piccolo jazz club si fece silenzioso. In attesa.

In tutta onestà, non me ne fregava un cazzo se al pubblico la canzone sarebbe piaciuta o meno. Sembrava solo qualcosa che dovevo dire. Ci credevo più che a "Questa canzone è tratta dal mio album."

Il mio album. Una cazzo di cosa grossa. Io e il mio *album*. Come se fosse un oggetto tangibile, un CD confezionato o persino dei file digitali, e non dodici canzoni che avevo scarabocchiato su un bloc notes e schiaffato su della musica. Vendevo le mie canzoni sul palco e lo definivo un album. La gente pagava un biglietto d'ingresso per entrare nel club, io ricevevo una percentuale. Quattro club diversi, quattro notti a settimana. E dal momento che per ciascuno di quei quattro club facevo il tutto esaurito, erano bei soldi. Abbastanza per mantenere una routine. Adesso *io* avevo una routine.

Sistemai la mia chitarra e per poco non feci cadere l'asta del microfono. Il pavimento girava pigramente sotto lo sgabello su cui ero seduta, e le luci di scena mi facevano male. Grossi ammassi indistinti di luce che mi bruciavano gli occhi. Il pubblico al di là di essi era una confusione di volti. Chiusi gli occhi. Non avevo comunque bisogno di vedere. Le mie dita trovarono la posizione, la mano destra iniziò a pizzicare le corde, e venne fuori una canzone.

Routine.

Il mio corpo sapeva cosa fare, e a quanto pareva non importava quanto ubriaca fossi, se ne sarebbe sempre ricordato. Memoria muscolare, o forse qualcosa di più. Forse, quando una canzone viveva così nel profondo dentro di te, diventava parte di te. Suonai ogni nota e cantai ogni parola di *The Lighthouse* senza pensarci troppo, proprio come per respirare.

Accordi. Corde. Pizzica. Canzone. Respira. Quattro notti alla settimana. Dal mercoledì al sabato.

«È buffo che abbiamo gli stessi orari di lavoro,» aveva detto lui. «Dal mercoledì al sabato sera.»

«Ho chiesto io quei giorni,» avevo risposto. «Perché sono i turni migliori.»

Jonah aveva sorriso. «Sono i migliori.»

Mi si serrò il petto, e le lacrime mi bruciavano dietro gli occhi chiusi. Dopo sei mesi, mi sarei dovuta abituare al modo in cui lui mi coglieva di sorpresa. Piccoli spezzoni di conversazioni. Piccoli frammenti di ricordi.

Piccoli momenti.

Jonah.

Adesso stavo piangendo, ma il pubblico lo adorava. Se lo aspettava. Le lacrime facevano parte dello spettacolo. *La Fille Submergée*, mi chiamavano. La ragazza annegata.

Piangevo con l'intensità sufficiente a esaltare la canzone senza rovinarla. O almeno, era ciò che una qualche tizia nel bagno del Bon Bon, il mio ingaggio del sabato sera, mi aveva detto una volta. Rendevo le lacrime e i respiri profondi parte dell'*esperienza*.

Lei aveva avuto *un'esperienza* nell'ascoltarmi cantare.

Che cazzo di abominio, avrei voluto dirle. *Jonah è morto e io sto trasformando la cosa in un'esperienza.*

Conclusi la canzone e gli applausi soffocarono il mio "grazie" mormorato. Scesi dallo sgabello e con cautela attraversai il palco, più che pronta per il mio cocktail post-spettacolo.

«Sei stata fantastica stasera, dolcezza,» disse Big E, mentre mi accomodavo al mio posto all'angolo riservato. Il barista aveva una barba biondo-rossiccia tagliata corta e una testa perfettamente rasata. Il suo vero nome era Mike Budny, ma tutti lo chiamavano Big Easy o Big E. Mi ricordava Hugo, il bodyguard del Pony Club di Las Vegas: grosso e spaventoso all'esterno, ma all'interno un tenerone.

«Quando hai intenzione di invitare uno dei tuoi amici ad ascoltarti suonare?» mi domandò. «O la tua famiglia?»

Ogni sera in cui lavoravo a Le Chacal, Big E cercava di estorcermi qualche informazione personale. Era apertamente preoccupato per me, e non mancava mai di tentare di riesumare qualche specie di indizio sul mio passato.

«Ancora il terzo grado?» Lo guardai strizzando gli

occhi. Lo scaffale illuminato con le bottiglie di liquore alle sue spalle mi faceva bruciare gli occhi. «Dovrei chiamarti Sherlock.»

«Mi chiami già Sherlock,» disse pacato. «Solo che non te lo ricordi.»

Feci una risata e sorseggiai il mio drink. «La mia famiglia è impegnata,» dissi, le parole che incespicavano tra loro. «E tu sei mio amico.» Gli rivolsi un sorriso lacrimoso e scherzoso. «Tu mi ascolti sempre suonare. Di cos'altro ho bisogno?»

«Di un sacco di cose, dolcezza,» rispose Big E sobriamente. «Hai bisogno di un sacco di cose. Hai bisogno di aiuto.»

Aiuto.

Nonostante tutto il suo ficcanasare e il non troppo discreto intervento, non aveva mai pronunciato prima quella parola. Da quando avevo lasciato Las Vegas e avevo tagliato i ponti con tutti, non l'avevo neanche più sentita.

Ho bisogno di aiuto.

Tirai su con il naso e ingoiai il mio whisky, poi spinsi il bicchiere sul bancone verso di lui. «Se vuoi aiutarmi, dammene un altro.»

«È l'ultimo,» disse Big E, versando un dito di whisky nel mio bicchiere. «Non ho intenzione di arrendermi con te, Kacey.»

Sollevai il drink in un brindisi derisorio e bevvi un sorso. Picchiai dolorosamente i denti contro l'orlo del bicchiere, rovinando l'atteggiamento alla "ho tutto sotto controllo, grazie tante" che stavo cercando di sfoggiare.

«Ahia. Cazzo.»

«Tutto bene?» domandò una voce alla mia sinistra. Un giovane e affascinante uomo con le braccia piene di tatuaggi e i capelli impomatati era scivolato sullo sgabello accanto al mio. «Dal rumore sembrava doloroso.»

«I denti sono tutti intatti,» borbottai, sorseggiando il liquore.

«Meno male,» disse il tizio. «Hai un bellissimo sorriso.»

Feci un forte verso di derisione. «Ah sì?»

«In verità non lo so,» rispose l'uomo. «La Ragazza Annegata non sorride, ma mi piacerebbe provare a cambiare la cosa.» Mi rivolse il suo sorriso di vittoria e protese la mano. «Sono Jesse.»

«Kacey.» Gli strinsi la mano, poi cercai di tirarla via, ma lui fu rapido nel trattenerla.

«Adoro il tuo tatuaggio,» disse, osservando l'intrico di rampicanti con le spine che mi risaliva lungo l'ampia manica della blusa dallo scollo ampio.

«Non ricordo,» dissi, rifilandogli una bugia e ritraendo la mano dalla sua presa.

Big E ci stava osservando mentre puliva un bicchiere con uno straccio bianco. Gli uomini ci provavano con me con cadenza abbastanza regolare. Non avevano la benché minima possibilità di tornare a casa con me, né tantomeno di portarmi fuori per un appuntamento, ma li lasciavo provare. Ascoltare le loro pessime frasi da rimorchio, o persino i loro sinceri tentativi di conoscermi meglio, mi ricordava altri tempi. Un'altra ragazza. Una che avrebbe riso e flirtato, e sarebbe saltata tra le lenzuola con un uomo come Jesse.

La ragazza che ero stata prima di Jonah.

Adesso, il relitto vuoto che ero diventata era disgustato all'idea di venire toccata da un uomo. Ma ogni tanto mi offrivano dei drink. E dal momento che Big E di recente aveva preso a comportarsi in modo particolarmente ridicolo per quanto riguardava il mio quantitativo di cocktail, raddrizzai appena la schiena e offrii a Jesse la mia versione di un sorriso: una debole incurvatura delle labbra. Finsi di essere interessata ai tatuaggi che ricoprivano i suoi avambracci muscolosi, e nel giro di pochi minuti avevo un altro drink davanti a me e stavamo confrontandoci i tatuaggi. Ero ubriaca da far schifo, e mi stavo comportando in modo molto, molto imprudente.

Mostrai a Jesse le stelline nere distribuite sul mio dito medio e sull'anulare. «Questo è stato il primo. L'ho fatto a San Diego. Pacific Beach.» Gli mostrai il medio. «Ho scelto questo dito in particolare. Un grosso vaffanculo a mio padre.»

«Carino.»

Tracciai con le dita i rampicanti lungo il braccio. «Anche questo l'ho fatto in un posto a San Diego.»

«Quindi ti ricordi?» rise Jesse.

«Tesoro, offrimi un altro giro e mi ricorderò ogni cosa tu voglia.»

Avrei rabbrividito se fossi stata la destinataria di un tentativo di flirt così falso e sdolcinato, ma era questo il bello dell'essere ubriachi: era molto più semplice fregarsene. L'unica cosa bella, a dire il vero. L'unica e sola luminosa verità.

Jesse pagò un altro giro. Divenni ancora più ubriaca, e confrontammo i tatuaggi come i soldati confrontavano le cicatrici di guerra. Lui sollevò la sua t-shirt blu scuro per rivelare un torace e degli addominali ben scolpiti, anche se per quanto mi riguardava poteva anche essere ricoperto di nei e foruncoli. Si voltò sullo sgabello per mostrarmi l'elmetto da football argentato dei Saints tatuato sulla scapola destra.

«Questo è il primo che ho fatto,» disse. «Da Jake su a Canal Street.» I suoi occhi annebbiati scivolarono verso la mia clavicola destra esposta. «Mostramene un altro, Kacey,» fece, con quella che con tutta probabilità pensava fosse una voce seducente. Diamine, in un'altra vita lo sarebbe sembrata, e mi sarei arrampicata sul suo grembo finché Big E non ci avrebbe cacciati fuori per effusioni inappropriate.

Stetti al gioco e mi sfregai il mento sulla pelle nuda della spalla. «Non posso,» dissi. «Non senza togliermi qualcosa.»

Gli occhi blu di Jesse si fecero vitrei. «Per me non c'è problema.»

«Mmh,» dissi, chiudendo gli occhi di fronte alla stanza che iniziava a girare. Non stava bene illuderlo così. *Dovrei fermarmi. Non ho niente da dargli.*

«Non ho niente,» borbottai, le parole che cadevano fuori dal treno di pensieri che avanzava sbuffando con indolenza nel mio cervello imbevuto di whisky. «Avrei dovuto averne uno qui.» Sfregai di nuovo il mento contro la spalla nuda. «Ma non l'ho mai scelto. Me ne sono andata prima di farmi fare il tatuaggio da Teddy.»

Il suo nome mi provocò una smorfia, e continuai a parlare per affogare in un mare di parole senza senso. «Non sapevo cosa volevo perciò non ci ho fatto niente. Me ne sono andata con niente. Non ho niente. Perché me ne sono andata. Sarei dovuta restare, ma me ne sono andata.»

Mi stavano tornando le lacrime agli occhi. Fama da Ragazza Affogata o meno, piangere nel bel mezzo di un tentativo di rimorchio era una cosa che faceva spegnere ogni desiderio. Jesse si passò una mano sulle labbra, a sua volta non troppo sobrio e incerto su come proseguire.

«Ehi, va tutto bene. Perciò...» Il suo sorriso era oscenamente radioso. «Ti piace il football?»

Big E piegò il suo enorme corpo sul bancone, dando più l'impressione di essere un buttafuori di un club per motociclisti che non un barista di un locale jazz. «Basta così, amico,» disse a Jesse. «Intesi?»

Jesse annuì e scivolò giù dallo sgabello con espressione imbronciata. Aveva sprecato venti dollari per offrirmi whisky di ottima marca, ma non protestò con Big E. Ben pochi lo facevano.

Il barista rivolse lo sguardo verso di me, i suoi lineamenti che si addolcivano sotto la barba color ruggine. «Ti chiamo un taxi, dolcezza?»

Annuii e sussurrai: «Grazie.»

Big E si fece coprire dal suo aiutante e in pratica quasi portò di peso me e la mia chitarra attraverso il perimetro poco illuminato di Le Chacal e fuori sul marciapiede. La nostra personale routine del giovedì sera.

La notte di New Orleans era fresca e ventosa, l'insegna al neon di Le Chacal che risplendeva sulla facciata di mattoni. Cercai di racimolare un briciolo di dignità mentre aspettavamo il taxi, ma il marciapiede continuava a scivolarmi da sotto i piedi. Un altro drink e avrei potuto perdere i sensi. Mi domandai cosa sarebbe successo a quel punto. Sarei finita sul retro della limousine di Jonah?

«Mettimi lì, Big,» biascicai. «Dove c'è lui. È l'unico posto in cui voglio stare.»

«Teddy?»

«No.» Smisi di scuotere la testa. «Forse. Anche lui mi manca. Mi mancano tutti. Ma me ne sono andata e... fine della storia.»

Big E strinse la presa sulla mia vita mentre il taxi si accostava al marciapiede. «Sei venuta qui da Las Vegas, giusto? Mi pare tu l'abbia detto una volta.»

«E quindi?»

Ignorando la mia domanda, comunicò il mio indirizzo al tassista e mi aiutò a sedermi sul sedile posteriore. C'era qualcosa nell'espressione fredda di Big E che non mi piaceva. Anche se ero terribilmente ubriaca, riuscivo a intuire che aveva qualcosa in mente.

«Che c'è, hai intenzione di parlare di questo a Rufus? Di farmi perdere l'ingaggio?»

«Mai,» disse Big E. Si appoggiò col suo enorme corpo alla portiera aperta. «Ma te l'ho detto, dolcezza. Non ho intenzione di arrendermi con te.»

Richiuse la portiera e assestò un colpo al tetto del taxi per far capire all'autista che poteva partire. Mi accasciai sul sedile, un vago senso di inquietudine che mi ronzava tra i nervi, provocandomi del prurito.

Il Quartiere Francese era una torbida confusione fuori dal finestrino del taxi, e stava lasciando spazio alle file ancor più buie di casette rettangolari in legno del mio quartiere nel Settimo Rione.

A Las Vegas c'era il marrone. Il beige. Il giallo paglierino e l'azzurro. New Orleans era rivestita dei colori del tempo e della storia vibrante. Vernice scrostata rossa e bianca. Verde dappertutto: il fiume verde-marrone, il Bayou verde, l'aria verde densa di umidità. Piante, arbusti e salici piangenti verdi.

Barcollai lungo il breve vialetto fino alla porta di casa mia. Mi ci vollero tre o quattro tentativi per riuscire a infilare la chiave nella serratura, perché il portico era buio.

Le lampade di whisky di Jonah si erano bruciate da tempo.

Una volta dentro alla mia minuscola casetta, mi lasciai cadere sul divano, la borsa e la chitarra che crollavano a terra con un tonfo. La testa mi affondò tra i cuscini e gli occhi mi si chiusero.

La bellezza è ovunque, persino nelle cose che più ci spaventano...

Mi risvegliai di soprassalto. Sfatta sul mio divano. Non su quello di Jonah. Niente orrenda coperta verde e arancione sulle spalle, niente opere in vetro sul tavolino da caffè. L'orologio alla parete rivelava che ero stata fuorigioco per venti minuti. Venti minuti che mi avevano resa sobria. O forse erano state le parole di Jonah che riecheggiavano nelle mie orecchie.

Bellezza nelle cose che più ci spaventano.

Ciò che più mi spaventava era lasciare entrare il dolore. O piuttosto, lasciarlo uscire. Era già dentro di me. Viveva dentro di me. Dovevo tenerlo nel profondo, affogarlo, di modo che non mi frantumasse in piccoli pezzi.

Andai in cucina per farmi il bicchierino della staffa. Il tipo di casa in cui vivevo si chiamava *shotgun house*, "casa del fucile". Un nome appropriato. In passato, potevi puntare un fucile contro la porta d'ingresso e sparare dritto verso la porta sul retro. Ogni stanza della mia casetta era allineata: salotto, cucina, camera da letto e bagno. Una linea dritta fino al portico sul retro. Un percorso semplice, in cui era facile barcollare. Dettagli importanti per la casa di una persona ubriaca ventiquattr'ore su ventiquattro.

Aprii la dispensa, che conteneva più bottiglie che cibo. Il mio bicchierino della staffa era vodka con ghiaccio con una spruzzata – una spruzzata molto piccola – di acqua. Mi portai il bicchiere in camera da letto.

Come il resto della casa, la camera era piena di mobili di seconda mano. Complementi che avevo scelto nei mercatini dell'usato quando per la prima volta ero arrivata a New Orleans da Las Vegas. Avevano quel fascino "shabby chic" di cui si vantavano sempre nei programmi di casa e giardinaggio, ma i miei erano più shabby, più *trasandati*, che non chic.

Mi serviva un divano su cui sedermi, e alle volte dormire, se non riuscivo ad arrivare in camera, perciò avevo comprato un divano. Arancione. Mi serviva una sedia, perciò avevo comprato una sedia. Era blu. Il tappeto che ricopriva il pavimento in legno era variopinto. Diamine, persino l'esterno della casa era dipinto di verde mare con finiture blu cielo e una porta marrone. Colore dappertutto, come nel resto della città. Eccetto per un ambiente.

Mi infilai in camera da letto e accesi la lampadina sul comodino. Il copriletto era bianco, con la sfera dell'universo che mi aveva fatto Jonah posta esattamente al centro. Una palla scura scintillante di nero e blu e stelle luminose. Un buco nero al centro di un universo bianco, che mi risucchiava. La sfera assorbì la luce pallida della lampada. Il pianeta al suo centro brillò di rosso e verde.

«È stata una buona serata,» dissi, scalciando via le scarpe. Persi l'equilibrio ma lo recuperai dopo essermi versata solo un pochino di vodka sul polso. «Quattrocento verdoni con le mance. Il locale era pieno. Avresti dovuto vederlo.»

Raggiunto il bagno, posai il cocktail sul lavandino e usai il water, poi mi lavai le mani. Il riflesso nello specchio era uno spaventoso casino di mascara sbavato, capelli aggrovigliati e incarnato pallido.

Jonah faticherebbe a riconoscerti.

Quel piccolo, debole pensiero mi parlò dal posto che detestava ciò che ero diventata. Un istinto testardo di autoconservazione che cercava di farmi risvegliare dalla mia ubriachezza. Non funzionava mai.

«Jonah mi riconoscerebbe *ovunque*,» sbottai, poi afferrai il drink dal ripiano. Lo buttai giù mentre facevo ritorno in camera da letto. I cubetti di ghiaccio tintinnarono mentre posavo l'alto bicchiere sul comodino. L'alcol mi scivolò freddo fin dentro lo stomaco, andando a confondersi assieme a tutto il resto che avevo consumato quel giorno e quella notte, e tutti i giorni e tutte le notti degli ultimi mesi.

La stanza adesso girava con più velocità. Raggiunsi quel dolce punto in cui l'alcol mi faceva precipitare rapidamente nel sonno, e dove qualunque sogno era troppo scivoloso perché potessi aggrapparmici al mio risveglio.

Mi assicurai che la fiaschetta sul cassettone fosse abbastanza piena per iniziare la mattinata, o il primo pomeriggio, a seconda di quanto tardi mi sarei svegliata. Era facile sbronzarsi a una festa o dopo uno spettacolo. Io lo sapevo bene, lo avevo sempre fatto dopo ogni concerto con le Rapid Confession. Ma c'era una scienza nel restare ubriachi tutto il tempo ed essere ancora in grado di funzionare.

Più o meno.

Io funzionavo *più o meno*. Facevo lavori che non richiedevano la sobrietà. Mi attenevo alla mia routine, parte della quale era mandare giù il bicchierino della staffa, controllare la fiaschetta per il mattino e accoccolarmi accanto alla sfera per raccontare la mia giornata a Jonah.

Mi sdraiai sul letto, il corpo che mi sembrava pesare centinaia di chili. Posai la testa dolente sul piumone bianco e mi rannicchiai accanto alla sfera. Ginocchia tirate su, braccia ripiegate, mi strinsi l'universo al petto, accoccolandolo contro il mio cuore.

«Rufus, il proprietario... dice che mi vuole a Le Chacal più di una volta alla settimana. Si è sparsa la voce. Ma io ho una routine, giusto? Quattro club diversi, quattro notti. Non affezionarmi troppo a nessuno dei locali.» Chiusi gli occhi per un istante, mentre la vergogna mi investiva. «Ma non posso più farlo. Non posso andare avanti così. Mi sta uccidendo. Devo smettere, vero? Ma non so come.»

Aiutami, Jonah.

«Big Easy... ti ho parlato di lui, giusto?» Tirai su con il naso e me lo pulii con la manica. «È il barista di Le Chacal. Ricordi? A volte lo chiamo Sherlock, perché cerca sempre di scoprire qualcosa su di me. Mi chiede degli amici e della famiglia. Si preoccupa per me. Vuole sapere da dove vengo o chi... chi chiamare. Vuole chiamare qualcuno. So che lo vuole. Crede che abbia bisogno di aiuto.»

Chiusi gli occhi per ascoltare le parole che stavo pronunciando a voce alta e cercare di schiaffarle in profondità assieme a tutto il resto.

«Non c'è nessuno da chiamare. Finirei solo per farli preoccupare. O incasinare le loro vite.»

Che stronzata. Henry, Teddy e Beverly probabilmente erano già preoccupati.

Concentrai lo sguardo annebbiato sulla sfera. Come sempre, mi sentii risucchiata al suo interno, persa in quell'oscura distesa di polvere di stelle e nei brillanti vortici di luce che illuminavano il pianeta solitario. Cercai Jonah là dentro, tenendo la sfera stretta tra le braccia mentre le lacrime scorrevano inascoltate.

Infinite.

«Mi dispiace così tanto,» sussurrai, la voce un gracchio lacrimevole. «Li ho lasciati. Tua madre... e Teddy. Non volevo farlo. Le persone non dovrebbero andarsene, questo lo so. Dovrei saperlo meglio di chiunque altro. Ma non potevo restare. E mi dispiace così tanto. Per averli lasciati e averti deluso. Sono *davvero* la ragazza affogata. Sto affogando, Jonah. Ho bisogno che torni. Ti prego, torna...»

Il mio stomaco si serrò per lo sforzo che mi richiese trattenere il dolore, terrorizzata al pensiero di cosa sarebbe successo se non ci fossi riuscita.

Mi strinsi alla sfera, completando l'ultimo passaggio della mia routine. Ogni notte abbracciavo la sfera e imploravo Jonah di tornare, con le lacrime che mi scivolavano giù dagli occhi come se provenissero da una diga pronta a esplodere. Piansi e implorai finché l'alcol non mi trascinò verso le oscure profondità, molto lontano dalla superficie.

Ogni notte, esprimevo un ultimo pensiero in quell'oscurità profonda: *Torna da me.*

E poco prima che l'oscurità mi consumasse, un sussurro mi rispondeva: *Angelo mio, lasciami andare...*

CAPITOLO 3

Theo

Era venerdì pomeriggio e il Vegas Ink era pieno al massimo di quanto quel bugigattolo potesse essere. Zelda, Edgar e io lavorammo senza sosta, il ronzio dei nostri aghi che gareggiava con il pulsare della musica elettrica. Il venerdì toccava a Zelda scegliere la musica.

Vivian presidiava la reception, rispondendo alle chiamate e fissando appuntamenti per clienti senza prenotazione che forse sarebbero tornati o forse no. Las Vegas era satura di saloni di tatuaggi. La maggior parte dei respinti probabilmente sarebbe andata da qualche altra parte.

«Hai progetti per il fine settimana, T?» domandò Edgar, mentre entrambi eravamo in pausa tra due clienti.

«Hai un appuntamento focoso?» domandò Zelda dalla sua postazione. Le parole erano taglienti, ma un'incurvatura nelle sue spalle fece vacillare la bugia che avevo sulla punta della lingua. Dietro i suoi luminosi occhi verdi, riuscivo a vedere un guizzo di dolore, stranamente simile al mio.

«Niente di che,» mi sentii dire. «Ho parecchio da studiare.»

«Domenica vieni a correre,» disse Edgar. Finì la sua Red Bull, schiacciò la lattina e la lanciò nel cestino della spazzatura. «Io e alcuni amici prenderemo dei quad a noleggio.»

«Sì, forse.»

«*Forse.*» Edgar fece un verso col naso. «Avanti, amico.»

«La settimana prossima ho tre esami di metà trimestre,» dissi, percorrendo il pavimento a scacchi bianco e nero verso la toilette dietro al bancone della reception. Rivolsi un cenno del capo a Zelda mentre le passavo accanto.

Scusa, Z. Ho finito la benzina.

Dovetti asciugarmi le mani sui jeans dopo essermele lavate. «Viv, abbiamo finito gli asciugamani di carta,» dissi mentre uscivo dal bagno. Lei era al telefono, e si limitò a sollevare il mento verso di me. Iniziai ad allontanarmi, proprio nell'istante in cui la musica nelle casse sfumava in una bassa pulsazione. Da sopra quel mite ritmo, sentii Viv dire: «Teddy? No, qui non c'è nessuno che si chiama Teddy.»

Quel nome fu come una frustata alla schiena. Mi voltai di colpo, col cuore che mi martellava in petto. «No,» gridai mentre Vivian abbassava la cornetta verso la base. «Viv, no...»

Corsi in avanti e le strappai il telefono dalle mani, mentre lei mi guardava sbigottita. Me lo portai all'orecchio e dissi tutto d'un fiato: «Pronto? Non riattaccare.»

L'orecchio mi bruciava, pronto a sentire la voce di

Kacey, intensa e limpida, appena un po' roca quando saliva di tono.

«Sei Teddy?»

Era la voce di un uomo. La delusione mi schiacciò il petto.

«Sì, sono io,» dissi, voltando le spalle alle sopracciglia inarcate di Viv. «Chi parla?»

«Mi chiamo Mike Budny. Ascolta, mi rendo conto che questo potrebbe non portare a niente, ma conosci una ragazza di nome Kacey Dawson?»

Raggelai. *È morta.*

«Sì,» dissi. «Sì, la conosco. Era la ragazza di mio fratello.»

«*Cazzo*, grazie,» disse l'uomo. «È tutto il giorno che faccio telefonate azzardate a distanza in cerca di un tatuatore a Las Vegas di nome Teddy. Hai *idea* di quanti saloni di tatuaggi ci siano a Las Vegas?»

Serrai la presa sul telefono. «Mi hai trovato. Che succede?»

È morta.

«Già, senti, conosci la sua famiglia? O un amico? Qualcuno che possa aiutarla?»

«Io,» risposi, come se volessi reclamare un mio diritto. «Sono un amico. Dove si trova?»

«A New Orleans. Faccio il barista in un club che si chiama Le Chacal. Lei canta qui ogni giovedì sera. Ti stai segnando tutto?»

«Sì, sì.» Frugai sul tavolo di Vivian in cerca di una penna e un foglio di carta, ignorando i gesti frenetici con cui lei mi indicava le altre tre chiamate in attesa sull'apparecchio. «New Orleans. Chacal. Giovedì sera.» Scarabocchiai stupidamente quelle parole, come se avessi potuto dimenticarmi di dove si trovasse Kacey adesso che l'avevo trovata.

«Come sta?» domandai nel medesimo istante in cui il barista mi chiedeva: «Tra quanto riusciresti a essere qui?»

Il panico nel mio petto si accese e strinse come una morsa. «Presto. Domani se devo. Perché? Che succede? Sta bene?»

«No, amico.» Il sospiro che trasse era una via di mezzo tra il sollievo e la rassegnazione. «È ben lontana dallo stare bene.»

* * *

Riagganciai con Mike sentendomi come un maratoneta all'inizio della corsa più importante della sua vita. Vivian si stava lamentando con me, ma io a malapena la sentii. Avevo il cuore a mille e lo stomaco contratto, e nel mentre mi feci una lista mentale di tutte le cose che dovevo fare per arrivare il prima possibile da Kacey.

A New Orleans.

Era andata dall'altra parte del Paese per ubriacarsi fino alla morte.

«Devo andare,» dissi, afferrando la mia giacca nera dall'appendiabiti. «Cancella il resto dei miei appuntamenti.»

Vivian mi fissò. «Cancellare i tuoi... Dove stai *andando*?»

Mi diressi verso la porta. «Chiama Gus per me. Digli che devo andare fuori città per qualche giorno. Emergenza familiare.»

«Qualche giorno? Gus darà di matto. Ti licenzierà.»

«Tu diglielo e basta, Viv, okay?» Aprii la porta d'ingresso senza aspettare una risposta.

Corsi verso il mio pick-up e sfrecciai lungo le strade

di Las Vegas, al tempo stesso frustrato e sollevato. Imprecai a ogni semaforo rosso, e nel frattempo avrei voluto piangere come un bambino perché l'avevo trovata.

Il resto della conversazione con Mike Budny mi riecheggiò nella mente: *Ubriaca tutto il tempo... Resta in disparte, niente amici... La chiamano la Ragazza Affogata, e amico, è la verità. Sta affogando, cazzo.*

Avevo una seconda occasione per sistemare le cose.

Arrivai a un altro semaforo rosso e picchiai il palmo della mano contro il volante, poi suonai il clacson. Il rumore riecheggiò nell'aria del deserto, poi svanì nel nulla.

Una volta a casa, accesi il laptop per cercare voli economici. La retta dell'università si era mangiata una buona fetta dei soldi che mi aveva lasciato Jonah, e tenevo d'occhio il saldo in modo ossessivo, con il pensiero al mio futuro salone. Un viaggio andata e ritorno senza prenotazione anticipata mi sarebbe costato settecento dollari dei miei risparmi, e mi serviva una data di ritorno.

Esitai. Avevo il denaro, ma non avevo idea di cosa sarebbe successo quando avrei incontrato Kacey a New Orleans o quanto a lungo sarei rimasto lì. Né se sarei tornato da solo.

«Non essere precipitoso,» borbottai. Cercai dei voli solo andata e trovai un notturno che partiva quella notte e arrivava a New Orleans alle undici della mattina dopo. Un'opzione merdosa con uno scalo a Dallas/Ft. Worth, ma era il primo disponibile. Infatti, sarebbe decollato in meno di due ore. I tempi erano stretti, ma se avessi atteso anche solo un altro giorno, sarei uscito di testa.

Andai in camera, tirai fuori dall'armadio una valigia

e iniziai a gettarci dentro dei vestiti. Mi destreggiai con il telefono nell'altra mano, scrollando i contatti in rubrica mentre mi facevo una lista mentale delle persone da chiamare prima di lasciare la città. I miei genitori. Oscar. Avrei dovuto chiamare Gus personalmente, così non mi avrebbe licenziato.

Premetti il pulsante per la chiamata e mi portai il telefono all'orecchio, continuando a preparare i bagagli. La voce che rispose mi fece bloccare di colpo.

Ehi, avete chiamato Jonah Fletcher. Lasciate un messaggio e vi richiamerò. Statemi bene.

Un messaggio automatico avvisò che la casella vocale era piena.

I miei genitori avevano insistito per conservare il numero di Jonah, così che potessimo sentire la sua voce. La casella vocale era piena di messaggi di vecchi amici che gli dicevano addio o quanto mancasse loro.

L'istinto mi aveva fatto chiamare il numero di Jonah. Vicino a lui mi sentivo più calmo, meno stressato dalle mie stesse emozioni, che erano sempre così intense.

Fissai il telefono tra le mie mani.

Mi si appannò la vista, e sbattei furiosamente le palpebre finché non si schiarì di nuovo. Ripresi a fare i bagagli con vigore.

L'ho trovata, fratello, dissi a Jonah, lanciando un paio di jeans dentro la valigia mentre la forza della mia convinzione mi faceva parlare a voce alta. «L'ho trovata, e mi assicurerò che sia al sicuro. Non ti deluderò di nuovo, promesso.»

Diedi ai miei genitori una versione ripulita della verità: un amico in comune mi aveva contattato riguardo a Kacey. Lei voleva vedermi. Sarei partito quella notte.

«Stanotte?» esclamò mia madre. «Perché tutta questa urgenza? Sta bene?»

«Sta bene, mamma. I voli last-minute sono super economici,» mentii.

«E l'università?» domandò mio padre dalla linea del suo studio. «Non hai gli esami di metà trimestre la settimana prossima?»

Cazzo.

Lanciai una t-shirt nella valigia. Se avessi saltato quegli esami, probabilmente avrei dovuto ripetere e pagare di nuovo i corsi. «Già,» dissi, rispondendo d'impulso. «Manderò una mail ai miei professori dicendo che si tratta di un'emergenza. Me li faranno riprogrammare.»

«Ne sei sicuro?» domandò mio padre. «Da quanto ricordo, gli esami del college sono una faccenda seria. Non puoi semplicemente saltarli...»

Proseguì con la paternale, e io gli borbottai un paio di rassicurazioni fasulle mentre andavo in bagno a recuperare il mio set da barba. Alla fine, lui riagganciò con un verso disgustato.

«Di' a Kacey che le vogliamo bene,» disse mia madre. «Dille che capisco perché se n'è andata. Okay?»

Magari lei lo capiva, ma io no. Mentre mi dirigevo in auto verso l'aeroporto McCarran, la mia preoccupazione si trasformò in rabbia. Volevo delle cazzo di risposte. Quando infine raggiunsi il gate, la furia si era placata, lasciandosi alle spalle la realtà del fatto che avrei rivisto Kacey. Presto. Il giorno dopo.

La Ragazza Affogata.

Mi immaginai i suoi capelli come una tenda ingarbugliata che le ricadeva sul volto, gli occhi da cui scorrevano lacrime nere di mascara, una bottiglia di alcol stretta tra le mani anziché la chitarra.

Mi accasciai sulla sedia, sollevando i piedi sopra la valigia e domandandomi cosa l'avesse spinta oltre il limite. Era stata messa male dopo il funerale di Jonah, ma a quel tempo eravamo stati tutti distrutti. Ci eravamo aggirati come zombie, frastornati e spezzati. Da mesi sapevamo che la morte stava per sopraggiungere. Ma, lo stesso, quando era arrivata era stata come una crudele sorpresa. Ci si poteva preparare in ogni modo per un giorno indefinito, ma nulla ti preparava per *quel giorno*.

La notte in cui io e Kacey eravamo andati in auto nel deserto per disperdere le ceneri di Jonah, lei mi era sembrata pronta a volare via. Mentre il vento sollevava i resti di Jonah verso il cielo scuro, le avevo preso la mano e avevo lasciato che le parole mi scivolassero fuori di bocca: «Resta qui.»

Volevo che restasse a Las Vegas, e le avevo dato la mano per dirle che l'avrei aiutata.

Avrei benissimo potuto dirle "Ma tu aiuta *me*".

Aiutami, e resta qui.

Resta con me.

«D'accordo,» aveva detto. E io le avevo creduto.

Eppure, dopo quella notte non l'avevo più vista molto. Stavo cercando di scendere a patti con il mio dolore, ma i veri sentimenti che provavo per Kacey avevano continuato a intralciarmi. Come si faceva a consolare una donna per la perdita del suo uomo, quando stavi sperando con ogni fibra del tuo corpo che prima o poi provasse quei sentimenti così profondi per te?

Il fatto che il suo uomo fosse stato mio fratello rendeva quell'intrico di assurde emozioni un qualcosa che non volevo e di cui non avevo bisogno.

Ero passato dal suo appartamento una notte dopo il

lavoro, e l'avevo trovata a scrivere canzoni. Sul divano con la sua chitarra, un bloc notes aperto accanto a lei.

«Le parole si stanno *riversando* fuori, Teddy,» aveva detto.

Ma avrei dovuto sentire come la sua voce aveva tremato a fine frase, e avrei dovuto vedere come i suoi occhi fossero stati lucidi e luminosi. Non per l'eccitazione o la gioia. Bensì come quando sei spaventato a morte e quella paura ti accende i nervi come un quadro elettrico.

Due settimane più tardi, se n'era andata, lasciandomi con un'unica e semplice verità: avevo bisogno di lei. Forse molto più di quanto lei ne avesse di me.

CAPITOLO 4
Theo

New Orleans era una città tanto verde e vecchia quanto Las Vegas era marrone. In aprile, il clima non era male, ma l'aria era permeata di acqua.

Il GPS sulla mia macchina a noleggio mi guidò sino al Quartiere Francese e al club Le Chacal. Era quasi mezzogiorno. Mike aveva detto che non sarebbe arrivato prima delle sei, e non mi avrebbe fornito l'indirizzo di casa di Kacey né qualunque altra informazione personale finché non mi avesse incontrato di persona. Apprezzavo la prudenza, sebbene mi facesse provare una tremenda impazienza.

Feci il check-in in un alberghetto ai margini del Quartiere Francese e mi concessi un pisolino per riprendermi dalla notte senza sonno su un angusto aeroplano. Consumai uno spuntino veloce in un locale, poi passeggiai su e giù per Canal Street, scrutando i volti dei passanti. Ogni donna dai capelli biondi a cui passavo accanto mi provocava un tuffo al cuore. Nessuna di loro era Kacey.

Il tempo trascorse e arrivarono le sei, momento in cui feci ritorno a Le Chacal. Era un club piccolo e poco illuminato, con un'insegna al neon rosa e verde con il disegno di uno sciacallo che ronzava sopra l'ingresso. A sinistra c'era una piccola area palco, con una manciata di sedie e tavoli di legno di fronte a essa. Il bar era nascosto nell'angolo sul retro a destra, dove un enorme uomo con una barba del colore della ruggine si stava preparando per la serata. La maggior parte della luce proveniva dai ripiani di vetro retroilluminati. Una canzone jazz risuonava dall'impianto audio, e c'erano già un paio di clienti, che bevevano e chiacchieravano a voce bassa.

Raggiunsi il bancone. «Mike Budny?»

Il grosso tizio mi squadrò. «Sì?»

Gli porsi la mano. «Theo Fletcher. Teddy.»

Mi strinse la mano, poi posò entrambi i palmi sul bancone, l'espressione tesa. «Chiamami Big E. Lo fanno tutti.»

«Certo.»

«Non scherzavi sul fatto di arrivare qui in fretta,» disse. «Ma comunque, non rivelerò alcuna informazione personale su di lei finché non conoscerò tutta la storia. Sei tu il motivo per cui ha lasciato Las Vegas per ubriacarsi fino a perdere i sensi ogni notte?»

«No,» risposi. «Era mio fratello, Jonah. Kacey era la sua ragazza, ed erano davvero uniti. Ma lui...»

«L'ha scaricata?»

Cazzo, uno dei vantaggi del negarsi alla vita sociale era che non avevo dovuto spiegare quella situazione a nessuno per sei mesi. Mi si serrò il petto mentre dicevo: «È morto.»

Big E annuì. «Mi dispiace, amico. Ma questo spiega molto. Lo sento nelle sue canzoni, sai?»

«Ci scommetto.»

Si accarezzò la barba e sospirò. «Una birra?»

«Certo.»

Il barista stappò due bottiglie di qualcosa di scuro e me ne porse una. Fece tintinnare la propria contro la mia, poi bevemmo entrambi. Presi un lungo sorso della birra fresca e amara, come se potessi lavarmi via dalla bocca le parole "è morto".

«Perciò qual è il tuo piano, Theo?»

«Vederla,» dissi. «Aiutarla. Qualunque cosa di cui abbia bisogno.»

Big E continuò ad annuire sopra la propria birra. Il suo atteggiamento impassibile stava iniziando a innervosirmi.

«Senti, amico,» dissi. «L'unica cosa di cui mi importa... dico sul serio, l'unica cosa al mondo di cui mi frega in questo momento è assicurarmi che lei stia bene. Tu hai chiamato, io sono arrivato. Adesso dimmi dov'è lei.»

Quel tizio enorme mi rivolse un'altra occhiata di valutazione, finì la propria birra e posò la bottiglia sul bancone. «Il sabato sera si esibisce al Bon Bon su Baronne Street. Puoi vedere i volantini nei paraggi. Inizia alle nove.»

«Grazie.» Finii la mia birra e feci per prendere il portafogli.

«Offro io,» disse Big E, e mi tese di nuovo la mano. «Sono felice che tu sia qui, Theo.»

La strinsi con forza. Quell'uomo era sinceramente preoccupato, e senza la sua telefonata in quel momento sarei stato seduto nella Galleria Wynn, a scusarmi con Jonah per la milionesima volta. «Grazie per avermi chiamato, amico.»

E per aver salvato la mia cazzo di vita.

* * *

Il Bon Bon era più grande di Le Chacal, e molto più affollato. Arrivai abbastanza presto per potermi accaparrare un tavolo da due all'angolo, che sorvegliai gelosamente. Per due volte alcune donne chiesero di potersi stringere lì dentro assieme a me, e per due volte dissi loro che il posto era occupato. Quando le luci finalmente si abbassarono, l'etichetta della mia bottiglia di birra era ormai strappata e ridotta in pezzettini. Dalla mia postazione avevo una visuale chiara del palco. C'erano uno sgabello e un microfono ad asta al centro del riflettore, in attesa.

La musica dello stereo si dissolse fino a spegnersi, e altrettanto fecero le conversazioni dei circa cinquanta clienti. Tutti gli sguardi si rivolsero verso il palco. Dopodiché, arrivò. Nessun annuncio, nessuna presentazione. Era apparsa e basta, con la chitarra già appesa a tracolla, i lunghi capelli biondi che ricadevano come una tenda intrecciata a celarle la maggior parte del volto.

Kacey. Diamine, tesoro...

Mi paralizzai, i miei occhi che si abbeveravano della sua immagine, mandando giù quegli ultimi sei mesi.

Sembrava magra, vestita con dei pantaloni di pelle nera lucidi e un maglione oversize color oliva che le ricadeva da una spalla. L'unico riflettore del palcoscenico faceva risplendere i suoi capelli e la sua pelle.

Era ubriaca.

Lo capii dal modo lento e cauto con cui si sedette sullo sgabello, si sistemò il microfono e strimpellò un paio di volte la chitarra.

Il locale era silenzioso, e tutti parvero trattenere il fiato quando infine lei avvicinò la bocca al microfono e disse, con la sua voce intensa ma in qualche modo più debole: «Ciao, sono Kacey e stasera canterò qualche canzone per voi.»

La folla proruppe in un applauso, facendomi risvegliare dalla mia trance. Poi Kacey iniziò a cantare, e mi ritrovai subito immerso in un altro stato ipnotico.

Quella voce...

Cantava di risvegliarsi circondata dalla bellezza e dalla pace. Di aprire gli occhi dopo un lungo incubo con musica ad alto volume, un party senza fine e un travestimento che non poteva mai togliersi di dosso.

Sedetti immobile, gli occhi aperti per riempirmi di lei, oppure chiusi per ascoltare meglio le sue parole. La prima canzone lasciò il posto a un'altra sul bacio di un amante che cancellava qualunque bacio venuto prima di quello. La successiva era su una notte trascorsa sotto le stelle.

Fui trasportato al Great Basin, un viaggio in campeggio con gli amici, ad ascoltare Kacey cantare attorno al fuoco. Quella notte era successo qualcosa dentro di me. Una qualche cataclismica alterazione di chi fossi come uomo. Era stata la notte in cui lei mi aveva rovinato. O mi aveva salvato. Non sapevo quale delle due.

Di canzone in canzone, rivissi il tempo trascorso da Kacey con Jonah. Dettagli nascosti nei testi, che esponevano le emozioni in modo vivido. Quando la salute di Jonah iniziò a peggiorare in una canzone intitolata *One Million Moments* stavo ormai stringendo con forza la bottiglia di birra, in parte sperando che si frantumasse, mi aprisse una ferita e interrompesse quell'incantesimo di dolore. Che fermasse la marea di sensazioni che stavano risalendo in superficie.

Dio, è così bella.

Ubriaca e arruffata, sommersa di disperazione e

sconfitta, eppure per me era bellissima. Avrei voluto farmi largo con la forza di un bulldozer tra le sedie e i tavoli davanti al palco e afferrarla, portarla via da quel posto e dalla gente che applaudiva il dolore che lei offriva loro attraverso le sue canzoni. Avrei voluto toccarla con le mie mani, assicurarmi che fosse reale, che non stavo sognando di essere seduto in un jazz club di New Orleans, ad ascoltare Kacey Dawson che cantava.

«Questa è l'ultima canzone,» disse. «Si intitola *The Lighthouse*.»

Kacey strimpellò una lunga intro di armonie malinconiche. Nel corso della canzone, queste degenerarono in note volutamente discordanti, che evocavano una nave che cadeva a pezzi, asse dopo asse. Durante la melodia, Kacey versò delle lacrime, la sua voce vacillò ed esitò, ma non venne mai meno. Era senza fiato, come qualcuno che boccheggiava in cerca d'aria, ma quello non rovinò la canzone. Faceva *parte* della canzone, tanto quanto ogni accordo o parola.

L'ultima nota rimase sospesa in aria, poi svanì. La folla rimase seduta in silenzio per mezzo secondo, prima di prorompere in un moderato applauso che crebbe d'intensità, finché il piccolo e buio club fu pervaso dal rumore.

Attonito, osservai Kacey scostarsi i capelli dal volto, con le guance macchiate di tracce del mascara. «Grazie,» mormorò nel microfono. «Buonanotte.»

Scivolò via dallo sgabello e scomparve dietro un sipario nero. Mentre la folla attorno a me riprendeva le normali conversazioni, io rimasi seduto al mio posto, sentendo riecheggiare dentro di me la sua voce e la sua musica. Quando l'impianto audio iniziò a riprodurre una qualche canzone jazz, fui distolto di colpo dai miei pensieri, e scandagliai freneticamente il club in cerca di Kacey.

Merda, l'avevo persa di nuovo. Con tutta probabilità era uscita dal retro mentre io fantasticavo come un idiota. Abbandonai il mio posto e mi feci largo tra la folla, scrutandone i volti.

La individuai all'ultimo sgabello del bar. Stava sorseggiando un cocktail mentre un uomo accanto a lei scriveva qualcosa su un tovagliolino e lo faceva scivolare sul bancone verso di lei. Kacey lo prese con un sorriso pronto e annuì. Il tizio si allontanò dal bancone con un'espressione speranzosa.

Mi resi conto che avevo le mani serrate a pugno. Kacey una volta mi aveva raccontato che durante il tempo trascorso con la sua vecchia band, ogni notte si portava a letto dei fonici o dei fan. Aveva ripreso anche quell'abitudine?

Kacey seguì il suo ammiratore con lo sguardo, attese finché non si fu allontanato, poi strappò il tovagliolo in lunghe strisce.

Bene.

Rilassai le mani e trassi un respiro, poi mi diressi verso il bancone, mentre lei scendeva dallo sgabello e recuperava la chitarra. Inciampò e per poco non cadde. Un altro tizio la sorresse, e lei gli rivolse un sorriso grato. Lui si chinò per dirle qualcosa nell'orecchio. Lei scosse il capo e sgattaiolò in mezzo alla folla di avventori del locale, molti dei quali la afferrarono per il braccio e per la mano, o addirittura si fecero avanti e la abbracciarono.

La seguii, il cuore che mi batteva più forte a ogni passo che colmava la distanza tra noi. Kacey aprì la porta d'ingresso e uscì in strada. I suoi capelli, che non erano più platino ma biondo spento, risplendevano come una fiamma sotto le luci dei lampioni, poi la porta mi negò la sua visuale.

Cazzo.

Mi feci largo tra la folla, che adesso si stava richiudendo su di me come una cerniera, e spalancai la porta. Guardai a destra e a sinistra, verso entrambi i lati della strada, illuminati da lampioni decorati vecchio stile.

Scomparsa. Di nuovo.

«Che cazzo.»

Scelsi una direzione e mi incamminai lungo il marciapiede, pensando che fosse impossibile che fosse andata lontano, dal momento che era ubriaca e trasportava la custodia della chitarra. A meno che non fosse salita su un taxi in attesa...

Superai un vicoletto tra il Bon Bon e una caffetteria affollata. Mi bloccai. Feci un passo indietro.

Mi stava dando le spalle e stava cercando di accendersi una sigaretta, la custodia della chitarra a terra. Mi avvicinai piano, non volevo spaventarla. Il cuore mi schizzò in gola. Era così vicina. Solo altri cinque passi e avrei potuto toccarla.

Deglutii a fatica. «Kacey.»

Il suo corpo sottile ebbe un sussulto, e lentamente si voltò. La sigaretta e l'accendino le caddero di mano. Mi fissò da dietro un velo di capelli biondi arruffati.

«Teddy?»

I suoi grandi e bellissimi occhi si riempirono di speranza. Le sue sopracciglia scure si aggrottarono e la bocca cercò al tempo stesso di sorridere e di crollare a piangere. Sollievo. Era sollevata di vedermi... e per un brevissimo istante la disperazione che mi aveva avviluppato durante gli ultimi sei mesi si allentò.

Poi i suoi lineamenti si indurirono. Anziché dare l'impressione che stesse per gettarsi tra le mie braccia, assunse un'espressione omicida, i suoi luminosi occhi blu divennero glaciali.

«Non dovresti essere qui, Theodore.» Prese la custodia della chitarra e mi superò con una spallata. «Torna a casa.»

CAPITOLO 5
Kacey

I miei stivali con il tacco basso ticchettavano sul marciapiede con quanta più velocità mi fosse possibile. La custodia della chitarra urtava contro le mie ginocchia, cercando di farmi inciampare. Avrei voluto gettarla a terra, voltarmi e correre da Theo, lanciarmi verso di lui e tuffarmi tra le sue braccia.

Sei venuto. Sei qui. Mi hai trovata.

La città in cui vivevo era New Orleans, ma i miei occhi annebbiati dall'alcol vedevano solo Las Vegas nei giorni successivi alla morte di Jonah, il dolore che sopraggiungeva dal passato e si rimescolava nelle mie viscere, rendendomi più nauseata di quanto non facesse l'alcol, facendomi avvertire il bisogno delle sue braccia che mi sostenessero. Bisogno del suo petto contro cui piangere mentre imploravo perdono.

Mi dispiace. Sei orripilato nel vedermi così. Lo so. Anche Jonah lo sarebbe.

Era stato a quel punto che la vergogna si era propagata nelle mie vene come uno shot di whisky, e un attacco di panico mi aveva fatta correre proprio nella direzione opposta rispetto a dove volevo andare.

Sentii dei passi pesanti dietro di me, una voce ansimante che mi chiamava. «Kacey, *aspetta*.»

La sua mano mi afferrò l'avambraccio e mi costrinse a fermarmi. Strattonai il braccio a mia volta, consapevole che non potevo sfuggirgli, consapevole che mi stavo prendendo in giro da sola, ma lottando comunque contro di lui.

«Cosa ci fai qui? Come mi hai trovata?»

«Mi ha chiamato Mike,» disse. «Mike Budny.»

«Big E,» borbottai. Sebbene fossi un'ubriaca sbadata, ero stata riservata in modo ossessivo riguardo al mio passato, avevo tenuto ben secretati tutti i dettagli. Il mio cervello imbevuto di alcol cercò di ricordare cosa avessi potuto dire a Big E per condurlo fino a Theo.

«È preoccupato per te,» disse Theo, lasciandomi andare e incrociando le braccia sull'ampio petto. Indossava una t-shirt nera e dei jeans, e gli occhi che indugiavano nei miei erano del colore del whisky, ardenti sotto le luci dei lampioni. «Adesso sono preoccupato anch'io.»

«Beh, sono stanca e voglio andare a casa, perciò puoi fare in fretta?»

I suoi occhi marrone chiaro si dilatarono increduli. «Non hai altro da dirmi? Dopo sei mesi?»

«Cos'altro vuoi che ti dica? Mi dispiace?» Soffiai via un ciuffo di capelli arruffati da davanti agli occhi. «D'accordo, mi dispiace. Contento?»

«Neanche lontanamente.»

«Cosa vuoi, Theo?»

«Parlare,» disse. Si passò le mani tra i corti capelli scuri. «Gesù, Kacey, sono passati sei mesi.»

«Parlare.» Finsi di pensarci su, quando invece la

mia mente era svuotata per lo shock. «Scusa, Teddy, ma non ho niente da dirti.»

«Dire "mi dispiace" non basta.»

Restammo a fissarci, e da qualche parte in mezzo a tutto quell'alcol sapevo che non avrei vinto quel confronto.

«D'accordo,» dissi, passandogli la mia chitarra. «Parliamo.»

«Dove?»

«In un terreno neutrale.»

«Tipo?»

Se fu scioccato quando gli diedi l'indirizzo di casa mia, nel Settimo Rione, non lo diede a vedere. Lo digitò sul GPS del suo telefono, e Siri gli cinguettò le indicazioni per raggiungerlo.

«Adesso dovrò traslocare,» borbottai.

«Cosa?»

«Niente.»

Imboccammo la strada, con la sua fila di casette rettangolari. Theo parcheggiò l'auto sotto la tettoia dietro alla Toyota usata che avevo comprato a Las Vegas. Durante il mio disperato viaggio verso la Louisiana, l'universo era stato posato su un cuscino dentro una scatola sul sedile del passeggero, protetto dalla cintura di sicurezza. Non avevo più guidato quell'affare. La mia casa era a soli dieci isolati dal Quartiere Francese.

Senza contare che guidare quando eri sbronza ventiquattr'ore su ventiquattro era estremamente irresponsabile.

E io sì che sono responsabile, mi feci beffa di me stessa.

Le luci del portico, le bellissime lampade ricavate da bottiglie di whisky che Jonah aveva fatto per me, si erano bruciate. Era appena successo, o non me n'ero accorta sino a quel momento? Le mie guance presero fuoco mentre faticavo a infilare quella dannata chiave dentro la serratura. Una volta in casa, mi diressi in cucina per prepararmi il bicchierino della staffa, lasciando che fosse Theo a chiudere la porta e a raccogliere la borsa che avevo fatto cadere per terra.

Mi versai della vodka sopra il ghiaccio. «Ne vuoi uno? Oppure una birra?»

Lui scosse il capo. Rimase a braccia incrociate, gli occhi scuri risoluti. Sorseggiai il mio drink, consapevole di ogni movimento. «Volevi parlare, giusto?»

«Non ho fatto tutta questa strada in aereo per ascoltare delle cazzate.»

I miei occhi si sgranarono ancora di più. «Cazzate? Non ho detto una parola.»

«Già, ma non mi dire.»

«Sei tu che ti sei messo a pedinarmi.»

«C'è gente preoccupata per te, Kace,» disse lui, la voce che si addolcì appena.

«Oh, quindi vuoi farmi sentire in colpa. Ti danno qualche premio per questo?»

Theo non rise, e i suoi occhi non si scollarono da me. Mi bruciavano le guance. Sbattei il drink sul ripiano in ceramica della cucina.

«Senti, non ho bisogno che tu venga qui a... *umiliarmi.*»

Quello parve confonderlo alquanto. Le sue spalle ebbero un fremito. «Umiliarti? E come?»

«*Stando* qui. Vedendomi così. Perché pensi che me ne sia andata? Per fare soffrire Beverly o Henry? Oppure te? No, ho lasciato Las Vegas perché lui era *dappertutto*, Teddy. Jonah era dappertutto e io non potevo sopportarlo.»

«Cosa credi, che per me sia invisibile?»

«Ti sto dicendo perché *io* me ne sono andata.»

«Intendi dire che te la sei svignata.» Il suo splendido volto era impassibile, ma la sua voce era ricolma di dolore.

«Benissimo. Me la sono svignata. Sono sgattaiolata via nella notte e ho lasciato un bigliettino. Sarei potuta rimanere, ma per cosa? Così che tutti voi poteste guardarmi andare in pezzi?» Scossi la testa, mi portai la vodka alle labbra e presi un lungo sorso. «È meglio così. È tremendo, cazzo, ma è anche meglio così. In un'ottica futura. Per tutti.»

«Ti sta uccidendo.»

Feci un verso dentro il mio bicchiere. «Posso gestirlo.»

«Stronzate.»

«È per questo che sei qui? Per un intervento? Per portarmi in riabilitazione?»

«No.»

Alzai lo sguardo, studiando l'uomo nel mio salotto, con le braccia ancora incrociate e i piedi divaricati piantati a terra. Come un buttafuori. O persino come Hugo, il bodyguard delle Rapid Confession, che mi aveva raccolta ubriaca dal palco e mi aveva deposto sul retro della limousine di Jonah, cambiando la mia vita. Troppi ricordi. Troppe coincidenze che giravano intorno a quei ricordi.

«Perciò...» Tamburellai le dita sul ripiano per nascondere il fatto che stavano tremando. «Hai intenzione di buttarmi via tutto l'alcol? Di costringermi a smettere?»

«No.» Il suo tono rimase piatto e duro, mentre il mio saliva verso picchi di panico. Sbattei la mano sul ripiano.

«E allora cosa? Volevi parlare. Parla.»

«Sto aspettando.»

«Aspettando cosa?»

Una delle sue spalle si sollevò e poi si riabbassò, e quello fu quanto. Sembrava così forte, massiccio e pesante; un insieme di muscoli piantati nel mio salotto senza alcuna intenzione di muoversi.

«Stai aspettando.» Mi passai le mani tra i capelli e le intrecciai sulla nuca, cercando di fare in modo che la stanza smettesse di girare. «Beh, non puoi *aspettare* qui. Vattene.»

Theo non si mosse.

«Mi hai sentito?» feci. «Non puoi restare.»

Neanche un battito di ciglia. Neppure un respiro. Sembrava come in pausa. Come un robot con la levetta posizionata su "off".

Abbassai le braccia e me le portai sui fianchi. «Sei sordo, Teddy? Ti ho detto di andartene.»

A quel punto lui trasse un respiro profondo. Quando espirò, i suoi stivali parvero piantarsi ancor più solidamente nel pavimento.

Feci scattare il dito a indicare la porta. «*Vattene.*»

Silenzio.

Sentii montare la frustrazione, impregnata di qualcos'altro. La radicata certezza che era lì di fronte a me. La mia unica possibilità di salvezza.

Aiutami...

«Dannazione, vattene da casa mia,» gridai. «Lasciami *in pace.*»

Quando lui non cedette, afferrai il cellulare. Era un telefono usa e getta, di quelli che si compravano nei discount. Non c'era altro in rubrica eccetto i numeri di contatto dei club in cui cantavo. L'altro mio telefono lo avevo gettato nel deserto del Nevada mesi prima.

«Chiamerò la polizia,» dissi, brandendo il cellulare

davanti a me come una pistola. «Ti farò arrestare per violazione di domicilio. È questo che vuoi?»

Lui non si mosse. Sentii che qualcosa dentro di me iniziava a incrinarsi. Quella barriera sottile come un guscio d'uovo che avevo innalzato per proteggermi dal dolore. Un argine contro il fiume di intensa sofferenza.

«Giuro su Dio, Teddy, chiamo la polizia,» dissi, la voce che tremava.

Un muscolo nella mascella di Theo fremette, ma il suo sguardo era granitico.

Il mio respiro prese a farsi affannoso, non riuscivo a farlo scendere oltre la gola, e le mani mi tremavano così forte che per poco non feci cadere il telefono. Invece, lo lanciai contro Theo.

«*Vattene.*»

Lui inclinò appena la testa, non fece neppure una smorfia quando il telefono gli sfrecciò accanto all'orecchio destro e si infranse contro la parete.

«Dico sul serio, Teddy. Vattene, *cazzo*!»

Afferrai un cuscino del divano e glielo lanciai contro. Atterrò ai suoi piedi. Il secondo cuscino lo colpì dritto sul petto e vi rimbalzò contro. Adesso stavo urlando, e nel mentre frugavo nella mia borsa in cerca di oggetti da tirargli addosso. Il mio portafogli, un portacipria, un pacchetto di fazzoletti. Ogni cosa mancò il bersaglio o finì sul pavimento. Alla fine, con un grido isterico, scaraventai direttamente la borsa, come stessi facendo il lancio del peso. Volò attraverso la stanza, e la forza di quel movimento mi fece quasi girare su me stessa. Persi l'equilibrio e caddi in ginocchio. L'impatto contro il pavimento in legno riecheggiò dentro di me e mi chinai in avanti, ripiegandomi su me stessa per evitare di andare in pezzi.

Lui non se ne andrà.

«Mi dispiace,» esclamai, il viso indolenzito per lo sforzo di trattenere quel fiume di lacrime. «Mi dispiace così tanto, Teddy, ma vattene. Ti prego, vattene. Non voglio che tu mi veda così...»

Lui non se ne andrà.

Lui non se ne andrà mai. È forte, è in salute e sta bene, e non se ne andrà...

Sentii lo scricchiolio delle assi del pavimento, le sentii muoversi sotto le mie ginocchia. Nel torbido annebbiamento della mia visuale comparvero i piedi di Theo. Quando parlò, la sua voce era solida come una montagna.

«Io resto qui.» Si inginocchiò accanto a me e mi fece sollevare la testa. Mi prese il viso tra le sue grandi mani, mi scostò i capelli e mi costrinse a guardarlo. I suoi occhi severi mi imploravano di arrendermi. Di lasciarmi andare. Ma il terrore di saltare dentro quel fiume e affrontare il mio dolore non me lo consentiva. Avevo bisogno di bere. Avevo bisogno di *restare* ubriaca, o sarei morta.

Sarei affogata.

Aprii la bocca per dirglielo, e le parole mi uscirono tutte sbagliate.

«Ho bisogno di aiuto,» sussurrai. Quelle parole erano fredde nella mia bocca. La mia pelle sembrava andare a fuoco, le lacrime che mi scivolavano lungo le guance, fino a raggiungere le dita con cui lui mi stava sostenendo il volto, erano incandescenti. Ogni cosa mi provocava dolore. Tranne quelle parole.

«Aiutami,» dissi, mandandole giù come fossero acqua fresca e cristallina in mezzo al deserto. «Ti prego. Aiutami.»

Le mani di Theo si distesero sul mio volto. I suoi

occhi brillarono. «Lo farò,» disse. «Sono qui e ti aiuterò.»

Scrutai il suo sguardo, avevo un disperato bisogno di credergli, e mi aggrappai alla sua t-shirt nera, rigirandomela tra le mani. Stava dicendo la verità. In Theo non c'era nulla che non fosse saldo, sincero e ferocemente leale. Avevo visto la medesima convinzione nel suo sguardo quando aveva tenuto la mano di Jonah durante quella tremenda biopsia. E adesso stava offrendo la stessa cosa a me.

Ma non potevo fare a meno dell'alcol. Non sarei potuta sopravvivere. Crollai addosso a lui, singhiozzando con foga ma senza arrendermi del tutto. Non ancora. Il bisogno di bere era rabbioso e malevolo. Aveva affondato i suoi denti in profondità dentro di me, e non sarebbe stato sradicato così facilmente. Ma avrei iniziato a farlo. Mi aggrappai a Theo e lui mi tenne stretta, la solidità della sua presenza che mi sosteneva, come se mi stesse prestando un po' della sua forza. Dopo qualche istante, si mosse sulle ginocchia per sedersi sul pavimento. Mi asciugai gli occhi con la sua manica.

«Sono stata ubriaca tutti i giorni per sei mesi.»

Lo sentii annuire contro la sommità della mia testa.

«Farà malissimo, vero?»

Il cenno d'assenso si fece più pronunciato. «Forse dovresti vedere qualcuno. Un dottore...»

«No.» Mi sollevai da terra. Anche Theo si alzò, sostenendomi quando barcollai. «Ho dato un'occhiata un mese fa, in una brutta nottata in cui avevo pensato di smettere. I programmi di riabilitazione ospedalieri ti danno dei farmaci per contrastare l'astinenza. Farmaci che non ti fanno sentire nulla.»

Alzai lo sguardo verso di lui, afferrandogli gli avambracci, ancora bisognosa della sua forza.

«Devo sentire tutto, no? Sentire è il punto della dannata questione. Perché non è solo l'alcol che scaccio via dal mio sistema.»

Lui annuì. «Puoi farcela, Kace.»

«Sarà uno schifo anche per te,» dissi. «Se hai intenzione di restare nei paraggi e guardare.»

«Posso farcela.»

«E il tuo lavoro?»

«Non c'è problema.»

«Non posso chiederti di...»

«*Non c'è problema*, Kace,» disse. «Me ne sono già occupato.»

Il suo tono severo e la sua espressione granitica non lasciavano spazio alle discussioni. Mi strinsi con le braccia e mi dondolai sui talloni. «Se ne sei sicuro.»

Il suo volto si addolcì. «Sono sicuro. Ed è tardi. Probabilmente dovresti provare a riposarti un po'.»

«E tu?»

«Una volta che ti sarai addormentata, recupererò la mia roba dall'hotel. Dormirò sul tuo divano.»

Una volta in camera, scalciai via gli stivali, mi sfilai i pantaloni di pelle e il maglione, e al loro posto indossai degli ampi pantaloni da ginnastica e una semplice t-shirt. Mi arrampicai sul letto e mi rannicchiai attorno alla sfera dell'universo, gli occhi che iniziavano già a chiudersi.

Theo venne sulla soglia della stanza. Fissò la sfera di vetro per un istante, poi si schiarì la gola. «Hai una scorta qui?» domandò.

«Il cassetto del comodino,» mormorai. Stava già sopraggiungendo il sonno. Dietro gli occhi chiusi, sentii il cassetto aprirsi e richiudersi. La mia fiaschetta di brandy del mattino era stata confiscata. Una fitta di paura e dubbio mi fece tremare le spalle, implorandomi di alzarmi e salvare la mia scorta. Ma stavo sprofondando troppo in fretta.

«Grazie, Teddy,» dissi. «So che è molto da chiedere. Troppo.»

Lui mi tirò ancor più su le coperte. Sentii l'odore pulito della sua colonia. «Non è troppo,» disse.

«Bugiardo.»

Lui grugnì quella che doveva essere una risata. «Buonanotte, Kace.»

Per un brevissimo istante, la sua mano rimase ferma sulla mia spalla. Avrei voluto prendergliela e tenerla stretta per tutta la notte, ma il buio mi fece rimanere immobile e inerte.

Ad ogni modo, sapevo che Theo era lì. Non ero più sola.

E quello mi bastava.

Era tutto.

* * *

Il mattino dopo mi svegliai con dei dolorosi crampi che mi torcevano lo stomaco e una smania nel sangue che ruggiva come un uragano.

Trovai Theo addormentato sul divano. Indossava dei pantaloni di flanella grigi e una canottiera bianca che metteva in mostra i muscoli tatuati delle sue braccia. Vagai per la cucina con l'idea di preparare il caffè. Come facevano le persone normali.

La spazzatura era stata portata fuori, e nel bidone c'era un sacchetto nuovo e vuoto. A quel punto seppi che avrei potuto controllare ogni armadietto, cassetto e nascondiglio dell'intera casa, e non avrei trovato una sola goccia di alcol.

Rimasi in piedi in cucina, la bocca secca come il deserto di Las Vegas, il cuore che mi martellava. Non volevo il caffè. Volevo il mio brandy mattutino. O un Bloody Mary. Volevo qualcosa di forte da bere, nello stesso modo in cui un leone affamato voleva della carne rossa.

Cercai di chiamare a raccolta il mio coraggio. Da adesso in poi non sarei più potuta tornare indietro. Dovevo farlo. Per Beverly ed Henry. Per Oscar e Dena. Per Teddy, che stava rinunciando a così tanto per restare lì con me. Molto più di quanto desse a vedere.

Per Jonah, pensai. *Per te, mio dolce amore. Lo farò per te.*

E anche se sentivo di non valere proprio nulla, e quell'impresa che mi si ergeva davanti sembrava impossibile, mi azzardai ad aggiungere me stessa all'elenco.

Anche per me. Per vivere.

«Teddy?» lo chiamai con una vocina flebile. Lui si svegliò di colpo, si tirò su a sedere e si guardò attorno finché non mi vide. In piedi al centro della cucina, le mani a tenermi i gomiti. La pelle che già mi prudeva.

«Va tutto bene, Kace,» disse, stropicciandosi gli occhi e annuendo. «Sono proprio qui.»

CAPITOLO 6
Theo

Non ci volle molto perché l'astinenza iniziasse a torturarla.

Non aveva vero cibo in casa. Dopo che avevo lasciato il mio hotel, la sera prima, avevo comprato un po' di cibi sani e bottiglie d'acqua in un negozio di alimentari aperto ventiquattr'ore su ventiquattro. A metà mattinata del primo giorno, trovai *Dirty Dancing* su un canale via cavo e costrinsi Kacey a mettersi sul divano e guardarlo. Aveva un debole per i film degli anni Ottanta. Sorseggiò dell'acqua durante la riproduzione del film, ma non mangiò nulla. Le tremava una gamba, e continuava a stropicciarsi le mani tra loro.

Entro il pomeriggio, rinunciammo a guardare i film. Lei si mise a camminare per il salotto, il volto madido di sudore, lo sguardo folle.

Quando giunse il primo pomeriggio, alternò tra imprecare contro di me e implorarmi per un drink. Ben presto, si aggiunse anche la nausea a quella rotazione. Rabbia. Supplica. Vomito.

Rimasi alla larga da lei. Digrignai i denti durante le

sue suppliche strappalacrime. Le tenni i capelli finché non recuperò la forza di ripartire di nuovo con quel ciclo.

Rabbia. Supplica. Vomito.

Di quando in quando sprofondava in brevi ed esausti sonni che mi concedevano dieci o quindici minuti per riprendere fiato. A lei non concedevano niente. Si risvegliava più arrabbiata, più disperata, più distrutta. *Più assetata.*

Entro mezzanotte, era in una spirale discendente di ansia. Aveva brevi e sfrenati spasmi di pianto mentre camminava per la stanza, cosa che non smetteva mai di fare, tirandosi nel mentre i capelli e guardandosi intorno con sguardo convulso, come se avesse perso qualcosa di prezioso.

La guardai impotente, incapace di fare nulla di più se non bloccarle la porta d'ingresso e costringerla a bere dell'acqua. Alle volte mi artigliava e mi colpiva. A volte si rannicchiava inerme tra le mie braccia, il corpo che tremava come se stesse congelando a morte.

Fu una lunga notte. Quando sopraggiunse l'alba del giorno seguente eravamo già esausti. L'astinenza, tuttavia, stava solo iniziando a riscaldarsi.

* * *

Il secondo giorno quasi la uccise. E quasi spezzò anche me. Arrivati al pomeriggio, volevo tirare i remi in barca. Arrendermi e portarla da un professionista.

«No, Teddy,» mi implorò. Il suo viso era chiazzato di rosso a furia di piangere, gli abiti zuppi di sudore, la voce roca per avermi urlato contro. «Non lasciarmi con degli estranei. Ti prego... Posso farcela. Posso. *Lo farò.*»

Cosa avrei dovuto dire? Se poteva lei, potevo

anch'io. La strinsi a me finché non mi spinse via per riprendere a camminare, per vomitare dentro il lavello della cucina l'acqua che ero riuscito a farle bere.

Non pensavo che potesse andare peggio di così. Poi iniziò il DT, il delirium tremens.

Le mani di Kacey tremavano come se fosse stata immersa dentro l'acqua ghiacciata, e la cosa mi spaventò a morte.

In tarda mattinata sentii bussare alla porta e andai a rispondere, e mi ritrovai davanti una donna afroamericana con dei jeans, una maglietta arancione e una mazza da baseball sollevata. Balzò all'indietro quando aprii la porta, e si preparò ad assestare un colpo con la mazza. Venne fuori che era un'infermiera che viveva nella casa accanto. Aveva sentito le grida di Kacey e aveva pensato che fosse in corso qualche atto criminale.

La feci entrare e lei mi aiutò a controllare i parametri vitali di Kacey. Il battito era accelerato, ma non troppo. Non era in preda alle allucinazioni. Al di là dei tremiti, non aveva le convulsioni. L'infermiera – Yvonne – mi diede l'okay a tenerla a casa a meno che la situazione non degenerasse, e dopo che se ne fu andata mi sentii un po' più calmo. Quel calvario mi stracciava ancora il cuore, ma ero meno terrorizzato.

Trascorremmo la seconda notte sul pavimento del soggiorno. Dovevano esserci quasi trenta gradi in quella casetta senza aria condizionata, eppure Kacey era avvolta nelle coperte e piangeva per il freddo che sentiva. Dormì poco più di una manciata di minuti.

Io non dormii affatto.

* * *

Terzo giorno.

Kacey riemerse dal suo bozzolo di coperte e si tirò su a sedere, la schiena ben dritta, come se si fosse ricordata di cosa avesse perso e sapesse dove trovarlo. Scalciò via le coperte. Aveva la t-shirt appiccicata alla pelle per il sudore lungo tutta la schiena, fino a scurirle l'elastico dei pantaloni da ginnastica.

Quando mi guardò, i suoi occhi avevano una lucidità che non le vedevo da giorni. La tremenda febbre era finalmente passata, e sentii montare la speranza dentro di me. Quel cazzo di incubo era quasi finito.

«Come ti senti?» le chiesi.

«Accaldata,» disse lei con voce gracchiante. «Fa caldissimo qua dentro.»

Si scapicollò in piedi e corse verso il bagno, togliendosi la maglietta. I suoi tatuaggi erano chiazze scure sulla sua pelle pallida. La seguii.

«Che c'è, non ti fidi a lasciarmi sola?» disse, aprendo la doccia per poi togliersi i pantaloni, restando con addosso nient'altro che l'intimo.

«No.» Evitai di posare gli occhi sul suo corpo seminudo e mi tenni impegnato cercando un asciugamano pulito sotto il lavandino.

Kacey si mise sotto il getto dell'acqua e rabbrividì.

«Fredda,» mormorò a denti stretti. «È come la pioggia. Fredda allo stesso modo.»

L'acqua ricadeva sui suoi capelli arruffati e sulla sua pelle pallida e accapponata. Il suo volto si contrasse, e le mani andarono ad afferrarle il petto tra i seni nudi, all'altezza del cuore.

Ci siamo, pensai. Il peggiore. Il più infimo. Il più straziante. Il demone supremo del dolore. Quello che io stesso ero troppo spaventato per affrontare.

«La pioggia,» sussurrò Kacey, l'acqua che le colava

dalle labbra e dal mento. «Su al Basin. Ho ballato per lui nella pioggia fredda. Ho ballato per lui...»

Pian piano si lasciò scivolare lungo le mattonelle, crollando sul pavimento della doccia. Si strinse le ginocchia al petto e si dondolò avanti e indietro sotto l'acqua. La stanzetta venne riempita da grandi gemiti lamentosi.

Rimasi paralizzato per un istante, con una morsa al petto, il mio stesso dolore che cercava di salire a galla in un'eco del suo.

Chiusi l'acqua, presi un asciugamano e mi chinai dentro la doccia per avvolgerglielo intorno, poi la sollevai. Tra le mie braccia sembrava senza peso, eppure si aggrappò con forza a me mentre la portavo in camera e la adagiavo sul letto. Tolsi di mezzo la sfera di vetro di Jonah e la posai su una mensola quasi vuota.

Non ho intenzione di deluderti, fratello, giurai mentre la sistemavo, poi mi sdraiai accanto a Kacey. La cinsi con le braccia, e lei si aggrappò a me.

Pianse per un'eternità. Per ore, forse. Persi la cognizione del tempo e mi limitai a stringerla, ad accarezzarle i capelli bagnati e arruffati, e a cullarla dolcemente.

«È finita?» domandò.

«Quasi. Puoi dormire.»

Le rimboccai le coperte strette e la guardai mentre il suo respiro si faceva più profondo. Il suo petto si alzava e si abbassava in lunghe e costanti ondate. Anche se il suo volto era chiazzato di rosso e gli occhi chiusi erano gonfi, l'espressione tesa del suo volto si era rilassata.

Trassi un respiro profondo, mi alzai dal letto e la lasciai dormire. Lasciai la porta della camera socchiusa e percorsi il corridoio verso il divano. Riuscivo a malapena a tenere gli occhi aperti. Mentre affondavo tra i malandati cuscini, ogni mio muscolo gemeva.

«Porca miseria,» mormorai, poi mi addormentai, ma solo per un paio di ore.

Mi risvegliai di colpo nel cuore della notte. Sgattaiolai in camera e vidi che Kacey stava ancora dormendo, profondamente e pacificamente, e seppi che sarebbe stata bene. Aveva combattuto una battaglia difficilissima, e ne era uscita vincitrice.

Mi sdraiai di nuovo sul divano, mi coprii gli occhi con il braccio e trassi un altro respiro, un respiro tremante e liberatorio.

C'è mancato poco, fratello, dissi a Jonah. *Ma ce l'ha fatta. Cazzo, ce l'ha fatta. Saresti così fiero di lei.*

I miei pensieri iniziarono a disperdersi come gocce di olio sull'acqua, mentre il sonno mi coglieva di nuovo.

Fiero di Kacey. Lei ti ama così tanto.

Ti ama...

CAPITOLO 7
Kacey

Mi risvegliai con la sensazione di aver corso per miglia e miglia, e mesi e mesi, inseguita da un mostro che voleva affogarmi. E adesso era finita. Avevo vinto.

Mi sdraiai sulla schiena, le ossa che affondavano nel materasso. Era sempre stato così soffice? Mi sfuggì un profondo sospiro, e chiusi gli occhi di fronte alla luce troppo chiara che filtrava dalla finestra della mia camera. Gli ultimi tre giorni – o quattro? – mi sembravano un qualche tremendo e perverso incubo. Li ricordavo a pezzi, e ricordavo di essere stata madida di sudore e agonizzante. Mi sembrava che il mio corpo fosse stato strizzato, prosciugato, e sospettavo che se avessi provato a parlare, la mia voce sarebbe stata roca per via di tutte le grida.

Teddy...

Avevo gridato contro Teddy. Lui era fuggito dal mostro assieme a me, afferrandomi quando inciampavo e aiutandomi a rimettermi in piedi. Ero caduta un centinaio di volte, ma senza di lui non avevo idea di come avrei fatto a rialzarmi di nuovo. E la notte precedente ero stata sul punto di andare in mille pezzi, finché non avevo sentito le braccia di Theo attorno a me, che mi avevano tenuto insieme. Ricordai il suono del suo cuore forte che pulsava contro il mio orecchio, e quanto fossi stata spaventata finché lui non aveva detto: «Sono qui.» A quel punto, ero riuscita a dormire.

Scesi dal letto, le braccia e le gambe pesantissime, la testa che mi martellava a ritmo con il battito cardiaco. Theo era sdraiato sul divano in salotto, a occhi chiusi. Era troppo grosso per il mio divano vecchio e malconcio, un braccio e una gamba erano a penzoloni, ma stava dormendo profondamente, incurante del raggio di sole che lo investiva.

Mi sentivo un po' invadente a guardarlo dormire, ma non potevo farne a meno. Ero stata sola così a lungo, e poi qualche notte prima Theo si era materializzato dal nulla su Baronne Street. La profonda gratitudine per il fatto che lui fosse lì, sdraiato sul mio divano troppo piccolo, mi fece venire le lacrime agli occhi. Me le asciugai e sentii la pelle gonfia. I capelli mi ricadevano sulle spalle in un groviglio e puzzavo. Parecchio.

Mi ritirai nel mio minuscolo bagno. Di fronte al riflesso nello specchio, un gridolino mi si mozzò in gola. Avevo l'aspetto di una che si era beccata due pugni in faccia e adesso aveva entrambi gli occhi neri. Sfiorai il disastro dei miei capelli e mi domandai se fosse il caso di tagliarli.

«Ma è finita,» dissi al mio patetico riflesso. La luce al neon illuminò il bagliore nel mio sguardo, che era attenuato ma non spento. «Ce l'hai fatta, è finita.»

Non ancora. Una vocina mi avvertì che avrei dovuto

lottare contro il bisogno di bere per il resto della mia vita, ma per la prima volta da moltissimo tempo sentivo di avere una possibilità.

Rabbrividii mentre la doccia rilassava i miei arti irrigiditi e indolenziti. Mi sentivo la pelle sottile come carta, i muscoli deboli. Mi asciugai, indossai un paio di pantaloni da ginnastica puliti e la t-shirt più vecchia e più soffice che possedevo. Mi spazzolai i capelli finché il mio braccio non prese a protestare, poi mi diedi un'ultima occhiata allo specchio del bagno.

Occhiaie nere, pelle giallastra, occhi rossi.

Un netto miglioramento.

Quando superai il salotto diretta in cucina, Theo stava ancora dormendo. Un'occhiata all'orologio del forno mi rivelò che erano le undici del mattino. Iniziai a preparare il caffè il più silenziosamente possibile, ma non appena aprii il rubinetto, lui si mosse e si tirò su a sedere, grattandosi il volto e sbattendo le palpebre.

«'Giorno,» disse.

«Buongiorno.» La mia voce era come carta vetrata nella mia gola.

Theo mi scrutò con attenzione. «Come ti senti?»

Mi costrinsi a sfoggiare un sorrisetto. «Come se un camion mi avesse investita, avesse fatto retromarcia e mi avesse investita di nuovo per concludere l'opera.»

Mentre lui si alzava in piedi e si stirava, tirai fuori un barattolo di caffè dalla dispensa, e nel frattempo la mia mente nuotava tra l'annebbiata confusione degli ultimi giorni e cercava di tirarne fuori dei ricordi. Tentai di separare un filtro di caffè dal mucchietto, con le mani che tremavano.

«Aspetta, lascia fare a me.» Theo si alzò e mi raggiunse in cucina.

«Sono debole da far schifo,» dissi, le guance in fiamme per la vergogna. «Mi sono stancata solo per aver fatto la doccia e lottato con i miei capelli.»

«Ma ce l'hai fatta.»

Alzai lo sguardo verso di lui. In pratica riempiva tutta la mia cucina, eppure ancora non riuscivo a credere che fosse lì. Tangibile e reale, non un frutto della mia immaginazione intrisa di alcol.

«Siediti,» mi disse, la sua grande mano delicata sulla mia spalla. «Ci penso io.»

Uscii dalla cucina e mi lasciai cadere sulla poltrona di fronte al divano. Mi strinsi a un cuscino mentre Theo si rigirava nella mia cucina come se avesse sempre vissuto in quella casa.

«Col rischio di sembrare un'idiota, quando sei arrivato a New Orleans?»

«Cinque giorni fa,» rispose lui.

Scossi la testa, incredula. «Cinque giorni, e sono tutti annebbiati.» Guardai verso di lui. «Come sapevi dove trovarmi?»

«Mi ha chiamato il barista di Le Chacal,» disse Theo, versando l'acqua nella caffettiera. «Mike. Big E. Ti aveva sentita parlare di tatuaggi con un tizio, e continuavi a ripetere il nome Teddy.»

«E tu hai mollato tutto e sei volato qui dall'altra parte del Paese.»

Il primo profumo di caffè in ebollizione si propagò nell'aria. Mentre Theo veniva a sedersi sul divano, strinsi il cuscino con più forza.

«Mi dispiace,» sussurrai.

«Non dirlo,» disse lui, con un gesto di sufficienza.

«Devo farlo,» risposi, asciugandomi gli occhi con il dorso della mano. «Ho così tanto di cui essere dispiaciuta. Da qualche parte dovrò pure iniziare.»

«Inizia più tardi,» disse Theo. «Adesso dovresti provare a mangiare qualcosa. Per tutto questo tempo non sono riuscito a farti buttare giù altro che qualche bicchiere d'acqua, ecco perché ti senti debole. Da queste parti c'è un posto che ti piace?»

«Il Rooney's Cafe. È una tavola calda a circa tre isolati a piedi da qui. Ci sono finita un paio di volte, quando la sbornia mi faceva desiderare del cibo grasso.»

«Prenderò qualcosa da lì per entrambi,» disse, dirigendosi di nuovo in cucina. «Ti dispiace se prima mi faccio una doccia veloce?»

«No. Fai pure.»

Sentii il borbottio acquoso del caffè che veniva versato dentro una tazza, poi Theo me la infilò tra le mani. La sorseggiai e lo risputai subito. Troppo caldo. Troppo forte. Troppo e basta. Ogni cosa era troppo, come se il mio corpo fosse fatto di carta di riso, sia dentro che fuori.

Theo riemerse dalla doccia dieci minuti più tardi, tenebroso e affascinante con una t-shirt blu, i jeans e gli stivali. «Cosa vuoi mangiare?»

Cercai di pensare al cibo più innocuo, qualcosa di semplice da masticare e deglutire. «Del porridge sarebbe ottimo, grazie.»

Si avviò verso la porta, ma poi si bloccò. «Hai un telefono in casa? Per le emergenze?»

«No, solo il mio cellulare...» Lasciai in sospeso quella frase, mentre mi sovveniva un vago ricordo. Il suo peso mi fece affondare nella poltrona. «Oh mio Dio.»

«*Avevi* un cellulare,» disse Theo con un'ironica smorfia sulle labbra.

«Teddy, mi dispiace così tanto...»

Lui mi interruppe di nuovo. «Ti lascio il mio telefono.»

«Per cosa?»

«Non lo so. Casomai ti sentissi molto male.» Fece spallucce e sfoggiò un sorrisetto. «O magari per giocare un po' a *Fruit Ninja*.»

Sorrisi. «Pensi proprio a tutto.»

Nel silenzio della mia casa, sorseggiai il caffè poco alla volta e giocai una partita a *Solitario*, prima di aprire la rubrica di Theo. L'enorme quantità di nomi femminili, per la maggior parte solo nomi di battesimo, mi fece alzare gli occhi al cielo con una risatina, che però si smorzò quando il mio casuale scrollare mi fece finire su Dena. Poi Oscar. Il numero di casa Fletcher. Tania, l'assistente di Jonah. Eme, la curatrice della galleria.

E Jonah.

Il mio pollice, sospeso sopra il pulsante "chiama", stava tremando. Avrei sentito il suo vecchio messaggio della segreteria? Oppure i Fletcher lo avevano disconnesso?

Non farlo. Ti reggi a malapena in piedi dopo ieri notte. Non hai niente nello stomaco. Non hai una mano da stringere. Non farlo, non sei abbastanza forte.

Premetti "chiama" e mi portai lentamente il telefono all'orecchio.

Ehi, avete chiamato Jonah Fletcher...

Il cuore mi si spezzò in due, mentre ricordavo il motivo per cui, tutti quei mesi prima, avevo gettato via il mio vecchio telefono.

Lasciate un messaggio e vi richiamerò.

Dalla voce sembrava così in salute. Niente respiro corto, niente stanchezza che rendeva la sua voce un sussurro. Avrei potuto lasciare un messaggio, e lui mi avrebbe richiamato nel giro di cinque minuti. Avrebbe potuto varcare la soglia di casa, bisticciando con Theo e portando con sé il take-away di Rooney's.

Statemi bene.

Quando Theo fece ritorno, portando con sé l'odore di patatine fritte e uova, stavo piangendo.

Lui non fece domande, si limitò a posare il takeaway sul mio tavolino da caffè scheggiato. Un piccolo contenitore di porridge per me, e per lui quella che sembrava essere una porzione di ogni cosa sul menù.

«Ho chiamato Jonah,» dissi, posando il suo telefono sul tavolo. «Voglio dire, il suo numero. Il messaggio della segreteria mi ha scombussolata di nuovo. Ben mi sta per aver sbirciato. A proposito, scusami.»

Le spesse sopracciglia scure di Theo si aggrottarono. «Non c'è problema.»

«È solo... voglio essere onesta,» dissi. «Da adesso in poi. Non è molto, ma... Mi dispiace...»

«Ehi.»

Il suo tono era brusco, e alzai lo sguardo con tristezza.

«Lo faccio anch'io,» disse, la sua voce adesso bassa e dolce. «Lo chiamo sempre. Solo per sentire la sua voce.»

«Non ho potuto farne a meno,» dissi, asciugandomi gli occhi. «Ho dovuto gettare via il mio vecchio telefono perché lo chiamavo decine di volte al giorno.»

Theo annuì. «Io parlo ancora di lui al presente.»

Quelle semplici parole contribuirono a risollevarmi il morale molto più di qualunque altra cosa; quasi più del fatto che Theo mi avesse tenuta insieme per quegli ultimi giorni. Avrei voluto confessargli tutto. Perché avevo lasciato Las Vegas, perché bevevo fino a raggiungere l'oblio, ma lui si stava gettando sul cibo.

«Cazzo, ho fame,» disse, frugando dentro le buste.

«Ne sono certa,» risposi. «Non c'è granché da

mangiare da queste parti. Seguivo una dieta liquida.» Alzai lo sguardo verso di lui. «Hai avuto il tuo bel da fare.»

Theo fece spallucce. «È quello che fanno gli amici,» disse, tuffandosi su un'enorme porzione di crostini con sugo di carne.

«Già, volano dall'altra parte del Paese per combattere contro una banshee che strilla e vomita per tre...»

«*Mangia*,» sentenziò, indicando il mio porridge con il mento.

Feci una risatina, un suono a cui non ero più abituata. «Se insisti.»

Presi una cucchiaiata di porridge. Mi sentivo come se il mio corpo fosse stato rivoltato, e poi rivoltato di nuovo, ma con ogni cosa al posto sbagliato. Mi posai una quantità piccolissima di porridge sulla lingua. Sapeva di poltiglia calda con la cannella. Mi costrinsi a mangiarne una mezza dozzina di cucchiaiate, poi lo posai per osservare Theo che divorava il banchetto davanti a sé. Appoggiai la guancia alla mano, nascondendo parzialmente il sorriso mentre lui allontanava i crostini e si dedicava al contorno di patatine fritte.

Dovette avvertire il mio sguardo su di sé. «Che c'è?»

«È bello rivederti,» dissi. «Mi dispiace che le circostanze siano...»

Lui mi puntò contro la forchetta. «Smettila. Di. Scusarti.»

«Mi sembra di avere parecchio per cui chiedere scusa.» Strappai il mio tovagliolo di carta. «Come sta Beverly?»

«Sta bene. Almeno, quanto ci si può aspettare.»

«È arrabbiata con me?»

«Era preoccupata per te. Lo eravamo tutti.»

«Avrei dovuto chiamarla. Avrei dovuto dire qualcosa, ma...» Feci per addurre una scusa, ma la mandai giù come fosse bile amara. «A *lei* devo delle scuse, perlomeno.»

«L'ho chiamata ieri. Le ho detto che stavi poco bene, ma stavi migliorando.»

«Grazie.»

Lui scrollò le spalle, si pulì la bocca con un tovagliolo e prese un sorso di caffè.

«E tuo padre?» domandai, giocherellando con il porridge.

«Si è gettato sul lavoro. Era quasi in pensione, ma adesso trascorre un sacco di tempo in municipio per cercare di rendersi utile. Per occupare il tempo, presumo.»

«E tu come lo fai?»

«Come faccio cosa?»

«Come occupi il tempo.»

«Soprattutto con il lavoro. Di recente al salone c'è stato parecchio da fare.»

Lasciai cadere il cucchiaio. «Ma adesso sei qui con me.»

Theo posò il tovagliolo e mi guardò con occhi severi. «Sì, sono qui. E lo rifarei di nuovo senza pensarci due volte, perciò smettila di preoccuparti.» Sorrise appena per addolcire le sue parole. «Avevi bisogno di aiuto, perciò ho aiutato. Non è niente di che.»

Lo era eccome, cazzo, ma lasciai perdere. «Gesù, non so neanche che giorno della settimana sia. Potrei anch'io star saltando il lavoro.»

«È mercoledì,» disse Theo. «E credo che ti serva una pausa.»

«Penso che tu abbia ragione. Posso prendere in prestito il tuo telefono?»

Chiamai Rufus, il proprietario di Le Chacal, e gli dissi che stavo troppo male per esibirmi la sera seguente. Una laringite improvvisa. Grazie alla mia voce rauca, sembrava solo lievemente irritato per quella cancellazione dell'ultimo minuto.

«E, Rufus?» dissi, prima che chiudessimo la chiamata.

«Sì?»

«Di' a Big E che lo ringrazio. Lui sa per cosa.»

Chiamai gli altri club, dicendo che stavo male e che avrei fatto sapere loro quando sarei stata in grado di tornare.

Sempre ammesso che torni, pensai.

Restituii a Theo il telefono. «Quando devi tornare a Las Vegas?»

«Stavo pensando di prendere il volo di domenica notte,» rispose lui, ripulendo il resto del nostro cibo. «Per te va bene?»

Annuii. «Certo.»

A essere sincera, il pensiero di rimanere da sola mi spaventava a morte. Ero completamente sobria e non sconvolta dall'astinenza solo da mezza giornata. Theo sarebbe rimasto per altri due giorni, perciò decisi di concedermi quei due giorni per capire cosa fare. Ero comunque troppo stanca, troppo esausta dal punto di vista mentale e fisico per poter fare qualcosa.

«Domani potrei portarti in giro per New Orleans,» dissi. «Adesso sono stanchissima. Vuoi guardare un film?»

«Certo. Non so se ti ricordi, ma sulla TV via cavo stanno passando *Dirty Dancing*. È un film degli anni Ottanta, giusto?»

Sorrisi. «Un classico. Mi piacerebbe rivederlo.»

Theo accese il piccolo schermo piatto e trovò il film On Demand.

«Non sapevo nemmeno di avere la TV via cavo,» dissi.

«Significa che hai pagato le tue bollette,» fece Theo.

«Già, immagino di sì,» risposi.

Theo si sedette sul divano, le braccia larghe sul retro dello schienale, le gambe divaricate. Io mi rannicchiai sulla poltrona, ma non stavo comoda, e dentro di me infuriava quell'antico desiderio di toccare ed essere toccata. Sentivo il mio corpo piccolo e fragile, e bisognoso dell'abbraccio protettivo di un altro essere umano. Mi maledissi per essere così patetica. Theo mi aveva visto nel mio stato peggiore, isterica e sofferente, nuda e mentre vomitavo, e mi aveva sorretta per tutto il tempo. Ero titubante a chiedergli di più. O forse adesso sembrava più difficile chiederglielo *perché* ero sobria.

Glielo chiesi comunque.

«Teddy?»

«Sì?»

«Ti dispiace se mi siedo con te?»

Lui mi rivolse uno sguardo. Qualcosa di tenero gli balenò negli occhi, per poi scivolare lungo i suoi lineamenti e addolcire tutti gli spigoli.

«Se vuoi.»

Si spostò da un lato e io mi accoccolai accanto a lui. Senza toccarlo, ma quasi. Riuscivo a sentire il calore del suo corpo, e a odorare il profumo di pulito della sua pelle. Arrivati al punto in cui Baby e Johnny si allenano dentro il lago per la presa, la testa iniziò a ciondolarmi, e gli occhi mi si chiudevano di continuo.

«Vieni qui.» Theo mi cinse con un braccio. Sprofondò maggiormente nel divano, trasformando il suo petto in un cuscino. Allungò la mano per recuperare la coperta dallo schienale e per posarmela sulle gambe.

«Dormi,» disse.

Sospirai, mi sciolsi contro di lui e scivolai via sul lago.

CAPITOLO 8

Theo

La mattina seguente, Kacey uscì dalla sua camera con un aspetto un milione di volte migliore di quanto fosse stata da settimane. Aveva ripreso colore, i capelli erano spazzolati e in ordine. Non erano più color platino, disse di averli lasciati tornare al loro colore naturale, una specie di biondo miele.

«Ero troppo devastata per stare dietro all'acqua ossigenata,» disse, posando il bagel di cipolla per esaminarsi una ciocca di capelli. «Non vedevo questo colore da quando avevo quattordici anni. È un po' *bleah*.»

È un po' stupendo, pensai. Lo strano colore dei suoi occhi, iridi azzurre circondate da blu scuro, risaltava in modo più vivido con il biondo ramato dei suoi capelli.

Scrollai le spalle sopra la tazza di caffè. «Ti stanno bene.»

Kacey mi sorrise e si mise a chiacchierare. «Come stanno Oscar e Dena?» domandò.

«Sono fidanzati ufficialmente.»

Lei si sedette più dritta. «Sul serio? Le ha finalmente fatto la proposta?»

«Già.»

«E come?»

«L'ha portata al Great Basin qualche mese fa. Non era propriamente una sorpresa, ma è il posto preferito di Oscar.»

«È un gran bel posto.» I suoi occhi parvero ritrarsi, scomparire verso l'interno. Lo sguardo di una persona che andava indietro nel tempo. «Credo di aver rimosso dai miei ricordi tutto del campeggio al Great Basin. Dovevo farlo. È stato troppo perfetto. La prima volta che io e Jonah...» Alzò lo sguardo tra le lacrime e fece una risatina, tirando su col naso. «Insomma, lo sai.»

Mantenni un'espressione impassibile. «Sì, lo so.»

«Ma è stato il fattore scatenante per me,» dissi. «È stato quel ricordo a farmi infine riemergere dalle crisi di astinenza. Mi domando come mai.»

«È un ricordo potente. Come hai detto tu, avevi rimosso tutto di quel campeggio. Ieri mattina gli hai premesso di riemergere. Le proverbiali paratie che cedono.»

Fece una risatina. «In senso letterale e figurato. Sembra che abbia perso un match di boxe.»

«Ma adesso sei messa meglio,» dissi.

«Fa ancora male. Malissimo, cazzo. Ma è un tipo diverso di sofferenza. In qualche modo è più pulita. Tipo che posso piangere se ne sento il bisogno, ma posso anche fermarmi se devo. Non era così prima. Immagino che fosse per questo che bevevo. Per rimanere stordita. Così da non dover sempre combattere contro il dolore. Era davvero troppo estenuante.»

Tra noi calò un breve silenzio.

«Ti va di uscire?» domandò all'improvviso. «Vivo in questa città da sei mesi e ancora non l'ho *vista*.»

«Te la senti?»

«Credo di sì. Sto meglio. E non mi sembra giusto che tu abbia fatto tutta questa strada solo per restare seduti in casa.»

«Non mi dispiacerebbe uscire.»

«Ottimo.» Kacey scivolò giù dalla sedia, muovendosi ancora con lentezza, come se avesse potuto rompersi. «Vado a prepararmi.»

* * *

Guidammo fin dentro al Quartiere Francese e parcheggiammo vicino a Jefferson Square. Tenendomi sottobraccio, Kacey indicò vari luoghi d'interesse: la Cattedrale di St. Louis, un museo, una galleria d'arte. Ad ogni minuto, il mio sguardo era attratto da lei. Aveva indossato dei jeans scuri e un maglione oversize grigio scuro che le lasciava scoperta una spalla. Sembrava apprezzare quello stile. I suoi capelli sembravano ottone satinato e aveva messo un qualche profumo che mi rendeva difficile pensare.

Era splendida. Camminando sottobraccio a lei, era facile fingere che gli occhi rossi, il volto smunto e il tono arrochito della sua voce fossero dovuti al fatto che si stava riprendendo da una malattia. Solo un virus che l'aveva messa fuori gioco per un pochino. Adesso andava tutto bene. Eravamo usciti per fare due passi. Stavamo...

Insieme?

Dacci un taglio, mi dissi. *Prima di fare qualcosa di stupido.*

Era difficile contenersi in un simile contesto. New Orleans era viva in un modo diverso rispetto alla sensazione che dava Las Vegas. La mia città era aperta e piena di luci. New Orleans ti teneva legato al passato. Il centro città era un labirinto di vecchi edifici con grate in ferro battuto sormontate da gigli francesi. Camminavamo accanto a club e locali, ristoranti e bar. Un bar a ogni isolato. Un abbeveratoio a ogni angolo.

«In pratica, la parte peggiore della città in cui passeggiare per degli alcolisti in fase di recupero,» osservò Kacey.

«Vuoi andartene?» domandai.

Lei si morse il labbro inferiore per un istante. «No. Voglio andare lì.»

Seguii la direzione del suo dito fino a un negozietto con perline e luci colorate appese alle finestre. Sulla vetrata c'era una mano dipinta di bianco con un occhio dentro il palmo. Sopra il palmo, l'insegna al neon rossa diceva *Lettura della mano e dei tarocchi*. Sotto c'era scritto *Amore, Fato, Destino.*

Aggrottai la fronte. «Un sensitivo?»

«Solo per dare un'occhiata,» disse lei. «Da adolescente adoravo i tarocchi. E c'è qualcosa in New Orleans, nella storia *Cajun*, nelle tradizioni vudù.» Scrollò le spalle. «Penso sia fico.»

Era la prima volta che sembrava appena un po' meno triste riguardo al trovarsi lì. Motivo più che sufficiente per lasciare che mi trascinasse in quel negozietto.

Una campana suonò sopra la porta quando entrammo, e venni investito dall'odore dell'incenso. L'ingresso scarsamente illuminato sembrava l'atrio frontale di una casa, con grosse tende viola dalle frange dorate che separavano il negozio dall'abitazione. Alla destra della porta d'ingresso c'era un tavolino tondo con quattro sedie. Su un tavolo ancor più piccolo erano esposti dei vassoi di perline, cristalli dal taglio grezzo e frammenti di legno con sopra incise delle rune. Sulle mensole erano allineati dei vecchi libri, e tra di esse erano appesi degli acchiappasogni, delle bamboline vudù di paglia e dei disegni colorati di sugar skull, grandi volti che ridevano, alcuni con indosso cappelli a cilindro e smoking, altri con abiti da sposa, capelli di paglia e labbra cucite.

La lettura della mano e i poteri da veggente a me sembravano una stronzata, ma l'atmosfera di quel posto mi piaceva comunque.

«Non è una ficata?» disse Kacey, lasciandomi andare il braccio per accarezzare con le dita i cristalli viola nel loro scomparto sul vassoio.

Le pesanti tende vennero scostate e la proprietaria del negozio entrò nella stanza. Quasi mi aspettavo una donna con un turbante e una sfera di cristallo sotto il braccio. O magari quella professoressa con gli spessi occhiali da vista dei film di *Harry Potter*.

Quella donna invece non era né il cliché della zingara, né una stramba con i capelli da pazza. Sembrava avere una quarantina d'anni, con delle lunghe treccine chiuse da perline colorate che tintinnavano a ogni movimento. I suoi abiti erano di seta fluttuante ma moderni. Dalle orecchie le pendevano dei cerchi d'oro.

«Benvenuti,» disse con voce soffusa. «Io mi chiamo Olivia. Siete qui per una lettura?»

«Stavamo solo guardando,» rispose Kacey. «Il suo negozio è bellissimo.»

Olivia sorrise e attraversò la stanza, diretta verso il tavolinetto. «Gentile da parte tua. Ma non è per questo che siete entrati, no?»

Fu uno sforzo per me non alzare gli occhi al cielo. Riconoscevo l'inizio di un imbonimento quando ne sentivo uno.

«Forza. Sedetevi.» Olivia indicò le due sedie vuote davanti al tavolo e tirò fuori da una tasca del suo abito un mazzo di carte fuori misura. «Siete curiosi, sì? Forse un po' intrigati?»

«Non proprio,» dissi io nel preciso istante in cui Kacey rispondeva: «Sì, un po'.»

Kacey e Olivia risero, e l'indovina tamburellò con le lunghe unghie dipinte di rosso sul mazzo di carte. «Una lettura completa costa venti dollari. La pesca di tre carte invece dieci. Solo una carta sono cinque dollari. Un piccolo assaggio di ciò che offro.»

«La lettura di una sola carta non sembra male,» fece Kacey.

«Cinque dollari l'uno. Sì, è un prezzo economico per ricevere guida e saggezza dall'Aldilà.»

Il modo in cui la voce di Olivia avvolse con riverenza la parola "Aldilà" mi fece capire che per lei era un luogo reale. Sentii la mano di Kacey scivolare nella mia, dopodiché mi trascinò verso il tavolo. «Una carta, Teddy. Sarà divertente.»

Sentendomi come un idiota, sedetti accanto a Kacey al tavolino fin troppo piccolo, mentre Olivia mescolava il mazzo. Il retro delle carte era nero con i bordi dorati. Una volta mescolate come piaceva a lei, le aprì a mo' di ventaglio sul tavolo.

«Queste carte predicono il futuro?» domandai dubbioso.

«Una lettura completa ci rivela dove sei stato, dove ti trovi in questo momento e dove sei diretto,» disse Olivia. «Una carta ci offre un'istantanea del presente. Per comprendere dove ti trovi adesso, devi essere in grado di vedere con più chiarezza cosa si para di fronte a te. L'obiettivo è la chiarezza. Dissipare la nebbia dell'incertezza... a volte non serve altro per portare un po' di sollievo a un'anima tormentata.»

Disse quelle ultime parole rivolta a Kacey, che annuì speranzosa.

«Perciò,» fece Olivia, raggiante. «Chi inizia?»

«Lui,» disse Kacey.

«Io non ci tengo affatto,» risposi. «L'affare è tuo.»

Olivia rise di cuore, mentre Kacey mi scuoteva il braccio.

«E dai, Teddy. Che cos'hai da perdere?»

Guardai Kacey, i suoi occhi che risplendevano blu e luminosi in quel negozio in penombra. Sbuffai un sospiro di sconfitta. «D'accordo, okay.»

Quei dannati occhi.

Olivia fece scivolare le dita sopra le carte. «Scegline una, e posala di fronte a te.»

Consapevole del fatto che molte persone sceglievano le carte nel mezzo cosa su cui probabilmente Olivia contava ne scelsi una dall'estrema destra del mazzo. La girai a faccia insù, rivelando il disegno di un uomo appeso sottosopra per un piede ai rami di un albero a forma di T.

«L'Impiccato,» disse Olivia, rimpilando le carte in un mazzo preciso e lasciando la mia carta sul tavolo di fronte a me. «Non mi sorprende.»

Trattenni un'altra alzata di occhi al cielo. Accanto a me, Kacey si chinò più in avanti. «Cosa significa?»

«L'Impiccato rappresenta la resa definitiva.»

Sbattei le palpebre. «Cosa?»

Kacey mi assestò una gomitata al fianco. «La resa definitiva, Teddy. Sembra una cosa spinta.»

A quel punto alzai decisamente gli occhi al cielo, e Olivia rise di cuore. «La resa definitiva dell'Impiccato,» proseguì dopo un istante, «è la resa di se stessi per gli altri. Dei sacrifici personali fatti per un bene superiore. Mettere da parte il proprio interesse personale, oppure rinunciare a degli obiettivi in favore di quelle che vengono percepite come cause più alte.» Piantò uno sguardo deciso su di me. «Tu metti i bisogni e i desideri degli altri al primo posto, sempre e senza lamentele. È così?»

Mi appoggiai allo schienale della vecchia sedia in legno, incerto di come diavolo dovessi rispondere.

«Sì,» disse Kacey. «*Sì*. Teddy è così, al cento percento.» Mi guardò, gli occhi teneri e calorosi. «Sei sempre stato così.»

Mi mossi a disagio sulla sedia e mi voltai verso Olivia. «Perciò, quand'è che subentra la parte della guida?»

«L'Impiccato sembra soddisfatto,» disse lei. «Osserva l'espressione calma del suo volto. Eppure, è legato a questo albero. Sospeso. Una *vita* sospesa.» Si appoggiò allo schienale. «Ti accontenti di credere che ciò che fai sia il meglio per le persone che ti circondano. Eppure, per questo sono i tuoi sogni e i tuoi obiettivi a soffrirne. Devi scegliere un percorso. Finalizzare una decisione che ti si profila davanti. Agire per il tuo bene, e non per quello degli altri, o resterai sospeso per sempre.»

Kacey annuì come se sapesse esattamente cosa intendesse Olivia, ed entrambe mi guardarono, piene di aspettativa.

«Sì, okay,» borbottai, solo perché quella lettura si concludesse. Diamine, chi è che non affrontava delle decisioni importanti nella propria vita? Chi è che non avrebbe voluto sentire di avere un comportamento altruistico e di mettere sempre prima gli altri? Con tutta probabilità, Olivia aveva una generalizzazione memorizzata per ogni carta, con l'aggiunta di una piccola iniezione di autostima.

Certo, il significato dell'Impiccato ci prendeva più di quanto volessi ammettere. D'accordo, lo ammettevo. Quello non faceva sì che ci credessi.

Come se mi avesse letto nel pensiero, Olivia rimise l'Impiccato nel mazzo e iniziò a mescolare di nuovo le carte, l'espressione compiaciuta e soddisfatta. Dispiegò le carte sul tavolo davanti a Kacey. «Scegli la tua carta, tesoro.»

Kacey si morse il labbro, gli occhi che scandagliavano le carte, e infine ne scelse una verso il centro del mazzo e la rigirò a faccia insù. Si sedette all'indietro con un lieve sussulto. Le mie mani si serrarono a pugno sotto il tavolo, mentre il mio cuore saltava un battito.

Sulla carta c'era un disegno di uno scheletro che usava una falce come fosse una scopa, spazzando via corone d'oro e gioielli. In cima vi era riportato il XIII. In fondo...

«La Morte,» sussurrò Kacey.

Olivia la osservò con attenzione. «Non è la carta che pensi che sia, mia cara.»

«No?» Lo sguardo di Kacey era fisso sul disegno, la sua voce lieve. «A me sembra proprio la carta che penso che sia.»

Mi chinai verso di lei. «Non dobbiamo restare per forza.»

«No, va tutto bene.» Guardò verso Olivia. «Cosa significa?»

«La carta della Morte è il presagio di un cambiamento,» disse la veggente. «Significa chiudere una porta e aprirne un'altra. Transizione. Ti senti alla deriva, no? Intrappolata in uno stato di mezzo che ti ha lasciata incerta su come procedere. Non puoi tornare indietro, eppure...»

«Non posso andare avanti,» mormorò Kacey. «È vero. Sono bloccata.»

«No, mia cara,» disse Olivia. «Non riesci a lasciar andare, ma non equivale a essere bloccati. Quando ti aggrappi con tutte le tue forze a qualcosa dietro di te, non puoi muoverti in avanti. La risposta è sganciare il tuo cuore dal passato. Chiudere la porta. Aprire un nuovo capitolo. Solo allora potrai liberarti dal dolore che ti tormenta.»

La veggente tacque per una pausa a effetto, e per la miseria se non pendevo da ogni sua singola parola.

«Accettazione, tesoro,» proseguì Olivia. «È questa la chiave. Accettare ciò che è finito e lasciarlo andare, così da poter proseguire. Così da poter crescere. Così da poter prosperare. La luce nei tuoi occhi, nel tuo cuore, si è attenuata, ma non si è spenta. Lascia che ruggisca di nuovo.»

Un istante di silenzio, con il fiato sospeso. Poi Kacey espirò e si appoggiò allo schienale della sedia, con gli occhi lucidi. «Grazie.»

Uscimmo dal negozio dopo che ebbi consegnato a Olivia venti dollari. Cinque per ciascuna carta, più altri dieci di mancia per come Kacey l'aveva abbracciata, dichiarando quanto si sentisse *sollevata*.

«Non è stato straordinario?» disse Kacey, il braccio intrecciato al mio. «Voglio dire, puoi ridurre tutto a una coincidenza, ma io vi ho sentito della verità.» Alzò lo sguardo verso di me. «E tu?»

«Un pochino,» dissi con lentezza. Avevo avvertito della speranza, oltre alla verità. Speranza che il nuovo capitolo nella vita di Kacey potesse includere me in modo significativo.

E tanti saluti al mettere da parte gli interessi personali.

«La grossa decisione che stai rimandando deve riferirsi al salone di tatuaggi, giusto?»

Feci spallucce. «Immagino di sì.»

«Com'è che non hai ancora comprato un posto tutto tuo, Teddy?»

Avrei potuto dirle che stavo per prendere una laurea in economia, ma se avesse saputo che avevo saltato gli esami per essere lì, la cosa non avrebbe fatto altro che farla sentire di merda.

Feci di nuovo spallucce. «Non ho ancora trovato il locale giusto.»

Kacey si accigliò, poi rabbrividì appena, anche se la notte era calda. «Sono un po' stanca. Mi piacerebbe andare a casa.»

* * *

Una volta arrivati a casa, iniziai a pentirmi di aver dato quella mancia a Olivia, o persino di aver messo piede nel negozio della veggente. Anziché sdraiarsi per fare un pisolino, Kacey si era raggomitolata sulla poltrona del soggiorno. Aveva abbracciato stretto il cuscino e stava fissando il vuoto.

Mi sedetti sul divano e mi allungai per picchiettarle il ginocchio. «Stai bene?»

Lei scosse la testa. «Non proprio.»

«Senti, questi cosiddetti veggenti...»

«Aveva assolutamente ragione,» disse Kacey.

«A che proposito?»

Alzò lo sguardo verso di me, gli occhi pieni di lacrime. «Non riesco a lasciare andare Jonah.»

Mi appoggiai allo schienale e annuii. «Già, ti capisco.»

«A volte, quando tornavo a casa ubriaca,» disse, «crollavo a letto, e poco prima di addormentarmi, giuro che riuscivo a sentire la sua voce. Che mi diceva di lasciarlo andare. E io mi risvegliavo sentendomi tremendamente in colpa. Come se forse Jonah non potesse ancora vivere tra le stelle finché non lo lascerò andare.» Si mise a tirare un filo del cuscino, le lacrime che ricadevano sul tessuto arancione. «L'ho sempre considerato solo un sogno. Non sono pronta a lasciarlo andare, e in ogni caso non mi sembra una scelta. Mi sembra... impossibile.»

Desiderai sapere come parlarle, come farla sentire meglio. Ma ero ammutolito, il mio stesso dolore che cercava di risalire a galla e travolgermi.

«E come potrò mai lasciarlo andare quando c'era ancora così tanto che non ho potuto fare?» chiese con un fuoco improvviso. «Perché avrei potuto fare di più. Avrei *dovuto* fare di più. Avrei dovuto sposarlo. Lui lo voleva? Un matrimonio? O avrei potuto fare un figlio con lui. Così avrebbe saputo che una parte di lui sarebbe rimasta per sempre.»

«Kacey...»

«Avrei potuto farlo,» disse lei con ferocia. «Come posso lasciarlo andare quando non ho fatto abbastanza?»

«Stronzate,» dissi. «Jonah non è forse stato sempre onesto con te riguardo a ciò che voleva? Sempre?»

Lei tirò su col naso e scrollò le spalle.

«Non ti avrebbe mai chiesto cose simili,» dissi. «Non ti avrebbe legalmente vincolata in nome di una stupida cerimonia. Non ti avrebbe chiesto di fare un bambino per poi lasciarti a crescerlo da sola.»

«So che non lo avrebbe fatto, ma...»

«Nessun rimpianto, giusto? Non è questo che gli avevi detto?»

Kacey annuì. «Lo è. Ed è vero. Tranne per il rimpianto di non aver fatto abbastanza. Il rimpianto di non aver potuto...»

Non dirlo, pensai.

Fu travolta dalle lacrime. «Non ho potuto salvarlo.»

I capelli le ricaddero sul volto mentre si piegava su se stessa e piangeva.

Non ho potuto salvarlo. Ciò che avevo provato ogni giorno della mia vita da quando Jonah si era ammalato. Solo che io non potevo piangere disperatamente come stava facendo lei. Se l'avessi toccata, se avessi toccato il suo dolore con il mio, sarei esploso, avrei ululato e sarei uscito di testa.

Jonah... Torna, brutto stronzo.

Trassi un respiro e lo usai per mandare giù il dolore. Quando ebbi di nuovo fiducia nella mia voce, dissi: «Hai fatto tutto nel modo giusto. Ogni cosa.»

Kacey sollevò la testa. Quando si scostò i capelli dal volto, l'espressione nei suoi occhi era disperata.

«Lo hai reso felice,» dissi. «Proprio nel momento in cui più ne aveva bisogno. Lo hai reso felice. Smettila di preoccuparti di quello che non hai fatto, perché quello che invece *hai* fatto era tutto. Okay?»

Lei si sfregò la manica della maglietta sul volto. «Più facile a dirsi che a farsi.»

Riuscivo a capire che le mie parole avevano contribuito a farla stare meglio. E farla stare meglio era quanto di più vicino alla felicità avrei mai ottenuto.

* * *

Quella sera, guardammo *Un compleanno da ricordare* con una pizza e delle bibite. Kacey sedette accanto a me sul divano, mezzo cuscino a separarci, vicini quanto bastava perché percepissi il calore del suo corpo.

«Hai ancora intenzione di prendere l'aereo per Las Vegas domenica?» chiese quando partirono i titoli di coda.

«Il piano è quello.»

«Cambio di piani. Tornerò assieme a te.»

Guardai verso di lei. «Sei sicura di essere pronta a farlo?»

Lei tirò su con il naso e ridacchiò. «No. Ma ho bisogno di vedere i tuoi genitori. E Oscar e Dena. Devo sistemare quegli errori. Non è forse uno dei passi durante la riabilitazione? Chiedere scusa?»

«Presumo di sì,» dissi, fissando quella donna così piena di rimpianti e vergogna, eppure così ignara della propria forza. *È questa la parte insidiosa delle dipendenze,* pensai. *Ricordi la profondità e l'oscurità dell'abisso in cui eri sprofondato, ma non la forza che ti ci è voluto per riemergerne.*

«Ho un sacco di scuse da porgere,» disse Kacey. «A un certo punto dovrò pur affrontare Las Vegas. Guardare i ricordi negli occhi... Altrimenti resterò nascosta qui per sempre, a evitare i miei sentimenti. Che è stato il primo motivo che mi ha portata a bere.» Kacey assestò un colpo al bracciolo della poltrona, gli occhi che le brillavano. «Visto? L'equivalente di migliaia di dollari di progressi in terapia al costo della lettura di una carta dei tarocchi.»

Prima che potessi rispondere, si era già alzata dalla poltrona e mi stava salendo in braccio.

«Grazie, Teddy,» sussurrò contro il mio collo.

Il cuore mi esplose nel petto. «Per cinque dollari? Capirai.»

«No, stupidone,» disse, la sua risata calda e delicata sulla mia pelle. «Grazie per avermi salvato la vita.»

«Non sono stato io, Kace,» risposi, e le posai la mano sui capelli. «Sei stata tu. Hai fatto tu tutto il lavoro...»

«Theodore,» disse. «Di' solo "non c'è di che", o quando arriveremo a Las Vegas ti farò tatuare l'Impiccato sulla fronte.»

«Beh, se la metti in questo modo... Non c'è di che.»

CAPITOLO 9

Kacey

L'assistente di volo mi sorrise con benevolenza. «Desidera qualcosa da bere?»

«Domanda da un milione di dollari,» mormorai.

«Prego?»

Feci un lieve sorriso. «Una Coca Light, per favore.»

La hostess aprì una lattina per me e versò una bottiglia d'acqua per Theo, poi spinse il carrello più in giù, lungo il corridoio.

«Tutto bene?» chiese Theo.

«Mi viene da vomitare, mi sento come se avessi la pelle di una taglia più piccola rispetto al corpo, e poi c'è questo.» Indicai la mia gamba che tremava. «Avrei dovuto dare a te il posto vicino al finestrino. Vedrò Las Vegas farsi via via più vicina mentre atterriamo. Stiamo per schiantarci dritti contro tutto ciò di cui ho paura.»

«Forse è troppo presto,» disse Theo. «Sono passati solo un paio di giorni da quando hai smesso.»

Scossi il capo. «Devo farlo. Se mi fermassi a pensarci troppo a lungo, finirei per farmela sotto. Inoltre, sono già sull'aereo. Troppo tardi per fargli fare inversione e farmi lasciare in Oklahoma.»

«Nessuno ce l'ha con te,» disse Theo dopo un istante. «Soprattutto non mia madre. Lei sarà solo felice di sapere che stai bene.»

«Non è solo quello,» dissi. Guardai fuori dal finestrino, dove il Texas era un ampio spazio piatto di verde chiaro e marrone sotto di noi. «È Las Vegas. E Jonah.» Mi si serrò la gola, e afferrai il bracciolo del mio sedile. «Tu come fai?» domandai. «Così tanti ricordi...»

Lui fece spallucce. «Il lavoro e l'università mi tengono impegnato.»

Sbattei le palpebre. «Cosa intendi con "l'università"?»

Theo fece una smorfia. «Prima o poi sarebbe venuto fuori. Sono tornato all'università per prendere una laurea in gestione d'impresa.»

«*Teddy*.» Gli scossi il braccio. «Cavolo, è fantastico. Perché non me lo hai detto?»

Lui fece un sorriso asciutto. «Non eri propriamente dell'umore per fare conversazione.»

Sbuffai. «Sul serio, quando hai iniziato? Quanto ti manca?»

«Gennaio, e ho ancora un anno.»

Mi rannicchiai sul sedile per guardarlo. «Perché hai ripreso?»

«Perché così quando comprerò un posto mio, non sarò del tutto all'oscuro su come dirigerlo.»

Sentii le mie guance estendersi nel sorriso più ampio che sfoggiavo da chissà quanto tempo. «Sono davvero orgogliosa di te. Sembra troppo condiscendente?»

«No,» disse Theo, sebbene la sua testa annuisse in segno di assenso.

Risi e gli diedi una pacca al braccio. «Simpaticone.»

Mi risistemai sul sedile, con uno strano pensiero intriso di speranza che mi affiorava alla mente. *Se lui aprisse un salone a New Orleans, avrei un amico.*

Il mio migliore amico.

Come altro si potrebbe chiamare la persona che ha mollato tutto per volare dall'altra parte del Paese, per salvarti la vita?

«Credi che potresti volere aprire un salone da qualche parte fuori da Las Vegas?» gli domandai con lentezza.

«Forse. La salute di mia madre non è il massimo.» Scacciò via la mia espressione allarmata con un gesto della mano. «Sta bene, è solo... Le è stato tirato via il tappeto da sotto i piedi, sai? È scossa e spaventata tutto il tempo. Mi sentirei una merda a lasciare la città.»

Theo era bloccato. Sospeso. Proprio come aveva detto la carta dei tarocchi. La mia fuggevole fantasia che potesse aprire un salone a New Orleans morì sul nascere. La famiglia veniva prima, ovvio, ma detestavo l'idea che non perseguisse il suo sogno.

«Sono certa che ci sia un modo in cui potrai pubblicizzare un salone a Las Vegas perché si faccia notare,» gli dissi. «Hai un grande talento, Teddy. Ho visto il tuo lavoro. *Inked* ha parlato del tuo lavoro. Se apri un salone, i clienti verranno per *te*.»

«Forse. È un rischio. Era già un rischio. Le nuove imprese falliscono ogni giorno. Sarebbe diverso se non si trattasse dei soldi di Jonah...» Scosse il capo, smorzando le sue stesse parole. «Prima prenderò questa laurea, poi si vedrà.»

Era chiaro che voleva che lasciassi perdere l'argomento, perciò lo feci. Voltai la testa verso il finestrino e osservai il terreno scorrere sotto di noi. Ben presto, troppo presto, l'aereo iniziò la sua discesa e osservai Las

Vegas, con tutti i suoi ricordi di Jonah, farsi sempre più vicina.

Le lacrime mi annebbiavano la vista, ma le ricacciai indietro per guardare la Strip con le sue luci, brillanti e colorate persino a metà giornata, che risplendevano contro le sabbie gialle. Come vetro colorato che riluceva al sole.

A Las Vegas c'era tutto ciò che più mi spaventava, ed era bellissima.

CAPITOLO 10

Theo

Recuperammo il mio pick-up dal parcheggio a sosta lunga dell'aeroporto e raggiungemmo l'hotel, così che Kacey potesse depositare i bagagli. Aveva prenotato una stanza in un posticino economico fuori dalla Strip, non troppo lontano dalla casa dei miei genitori.

«Loro sanno che sarei venuta, vero?» domandò, mordendosi il labbro mentre ci dirigevamo verso il quartiere Belvedere.

«Ho detto loro che saremmo passati appena ti fossi sistemata.»

«Ma non sanno che sono stata ubriaca per quasi sei mesi.»

«Non ho detto loro nulla,» le dissi. «Quello spetta a te.»

Si stava rigirando nervosamente le mani in grembo, mentre osservava Las Vegas scorrere fuori dal finestrino.

«Andrà tutto bene, Kace. Te lo prometto.»

Annuì. «Buffo. Qui, in questo pick-up, con i finestrini tirati su? Mi sento al sicuro. Barricata. Ma quando ne usciremo, quando respirerò Las Vegas... sarà come respirare Jonah. I ricordi. Sono nell'aria, sai? Come se potessi sentirli nel petto ogni volta che inspiro.» Si posò una mano sul cuore e se lo massaggiò come se le facesse male.

Non avevo la benché minima idea di cosa dire. Proprio com'era stato per le sue crisi di astinenza, non c'era nulla che potessi dire per renderle il dolore più sopportabile. Dovevo solo essere lì per lei, ammesso che fosse di aiuto.

Mentre svoltavo nella strada dei miei genitori, Kacey trasse un respiro. Quando parcheggiai, le lacrime ormai le avevano riempito gli occhi.

«Non siamo ancora neanche scesi dall'auto.» Fissò fuori dal finestrino. «Sono a casa,» sussurrò. «È casa di Jonah, ma la sento anche mia. I tuoi genitori mi hanno fatta sentire accolta e amata. In un modo in cui i miei non hanno mai fatto. E io me ne sono andata. Io... me ne sono andata.»

Mi voltai sul sedile verso di lei. «Ehi. Guardami.»

Kacey girò la testa.

«Sei qui adesso.»

Lei annuì, fece un debole sorriso e poi si asciugò gli occhi. «Facciamolo.»

Scendemmo dall'auto, e camminammo fianco a fianco verso la casa. La porta d'ingresso si aprì prima ancora che potessi bussare. Mia madre mi oltrepassò di netto e avvolse Kacey in un abbraccio. Si strinsero e piansero sull'ingresso, poi piansero e si strinsero sul divano del salotto. Kacey non fece altro che ripeterle quanto le dispiacesse. Mia madre non fece altro che zittirla, scostarle i capelli all'indietro e asciugarle le lacrime.

«Lo capisco,» disse. «Hai fatto la cosa più difficile.

Sei rimasta con Jonah fino alla fine. Per questo avrai sempre un posto in questa famiglia.»

Frugai nel frigorifero, cercando di non ascoltare, finché infine mia madre non batté le mani e dichiarò che il momento di piangere era finito. Adesso era ora di mangiare.

«Tutti fuori sul patio.» Chiamò mio padre sul retro della casa. «Henry? Theo è tornato. Con Kacey. Prendi le bistecche buone, okay? Kacey, a te piacciono le bistecche?»

Kacey annuì con il capo ed ebbi l'impressione che le avrebbe anche mangiate crude pur di far contenta mia madre.

«Meraviglioso. Theo, caro, puoi accendere il barbecue? Oscar e Dena saranno qui a minuti.»

Mio padre riemerse dal suo studio e diede a Kacey un abbraccio e un bacio sulla guancia, poi ci mettemmo all'opera per la cena domenicale.

Io mi occupai del barbecue, rigirando sei bistecche di manzo sul fuoco mentre Kacey e i miei genitori chiacchieravano. Non ascoltai, ma attraverso il fumo della griglia i miei occhi si concentrarono sulla sedia vuota accanto a Kacey, alla destra di mio padre, che sedeva capotavola. La mano di Kacey era posata sul bracciolo, le sue dita scorrevano lungo il legno. Mio padre mise la mano sullo schienale della sedia quando si chinò per dirle qualcosa.

Jonah sedeva su quella sedia. Riuscivo a vederlo, chiaro come il giorno, avvolto dal braccio di mio padre, mentre teneva la mano di Kacey. Era proprio lì, a occupare quel posto. Sarebbe stato suo per sempre.

Portai il piatto con le bistecche a tavola ed esitai. Dov'era il mio posto? I miei genitori erano seduti capotavola, due sedie vuote da un lato per Oscar e Dena, Kacey e la sedia di Jonah dall'altro.

Mi tenni impegnato usando le pinze d'argento per impiattare le bistecche.

«Sono così felice che tu sia qui,» disse mia madre, posando una mano sulla guancia di Kacey.

«È solo grazie a lui.» Kacey guardò verso di me. «Ero messa male. Stavo cercando di restare intorpidita.» Mi sorrise, scuotendo il capo. «Teddy ha mollato tutto ed è venuto in mio soccorso.»

«Già, lo ha fatto.» Mio padre si voltò verso di me. «Hai parlato con i tuoi professori riguardo agli esami che hai saltato?»

«È tutto sistemato,» dissi rapido, anche se le e-mail che avevo ricevuto dai miei professori dicevano l'esatto contrario. Kacey mi fissò a occhi sgranati, la preoccupazione e il rimorso che le distorcevano i lineamenti. A quel punto, detestai un po' mio padre.

«E il tuo lavoro ti aspetta ancora?»

«Henry,» disse mia madre. «Sono certa che abbia sistemato tutto prima di partire.»

«È tutto a posto,» dissi, il calore che mi risaliva al volto. Feci cadere la bistecca di mio padre sul suo piatto con più violenza di quanto volessi.

«Sto semplicemente sottolineando la mia preoccupazione per le tue responsabilità,» disse mio padre. «Non vorrei che mettessi a rischio la tua permanenza all'università. La retta è costosa, e il contributo di Jonah può solo...»

«*Niente* è a rischio, papà,» dissi. «Perciò piantala.»

«Cosa c'è da piantare?» domandò una voce allegra dall'ingresso del patio. «Vedo che a casa Fletcher non è cambiato nulla.»

«Oscar,» disse Kacey, alzandosi in piedi. «Dena.»

Si lanciò verso di loro, che la strinsero con forza. I tre amici si abbracciarono, e le donne prolungarono ulteriormente l'abbraccio.

«Ragazza, sei scappata dalla città come se avessi la mafia alle calcagna,» disse Oscar. Nei sei mesi in cui Kacey era scomparsa, aveva a malapena parlato o chiesto di lei, e di solito solo se era prima Dena a farlo. Le aveva rivolto un ampio sorriso e non dubitavo che fosse felice del suo ritorno, ma una volta conclusa quella riunione, le cose sarebbero tornate quelle di sempre.

Mia madre batté le mani. «Sedetevi tutti. Mangiamo prima che si freddi.»

Presi l'unica sedia disponibile, quella che era stata di Jonah, e mi accomodai, sentendomi come un impostore, nonostante il caloroso sorriso che mi rivolse Kacey.

Aggiornò tutti su dove viveva e lavorava, e mia madre parlò di quanto avesse sempre voluto andare a New Orleans. Kacey domandò a Oscar e Dena dei loro rispettivi lavori, Oscar era un programmatore di computer per la MGM Grand, Dena lavorava come professoressa aggiunta di letteratura all'Università del Nevada. Le donne si sdilinquirono per l'anello di fidanzamento di Dena. Io e Oscar chiacchierammo delle possibilità della squadra di basket Runnin' Rebels per quell'anno. Ma sotto a tutto quello, c'era una triste verità: eravamo un gruppo di persone sedute in cerchio che intavolavano conversazioni con sorrisi falsi e voci acute, cercando di ignorare il buco nero nelle nostre vite.

«Ho i biglietti per la partita della settimana prossima,» disse Oscar. «Sempre che tu non abbia già in previsione un appuntamento.»

Percepii l'occhiata di sbieco di Kacey nel medesimo

istante in cui mia madre domandava: «Frequenti qualcuno di speciale, caro?»

«No,» dissi. «Sono troppo impegnato con il lavoro e l'università.»

«Sì, certo.» Oscar rise, Dena mi guardò con quei suoi occhi marrone scuro, che avevano un loro modo di guardarti *attraverso.* Distolsi lo sguardo prima che vedesse troppo.

«Dunque, sentite,» disse Kacey. Picchettò la forchetta contro il bicchiere d'acqua e gettò uno sguardo attorno al tavolo. «Ho bisogno di dire qualcosa. Devo una spiegazione a tutti voi.»

«Non ci devi nulla, cara,» disse mia madre.

Kacey scosse il capo. «No, devo farlo. Per voi e per me stessa.» Emise un sospiro, e tutto il tavolo tacque. Avrei voluto prenderle la mano, farle sapere che aveva il mio sostegno, ma non osavo. Non mentre sedevo sulla sedia di Jonah. In compenso, le diedi un colpetto al piede.

Lei mi scoccò un sorriso grato.

«Vi ho detto di aver trascorso questi ultimi sei mesi a New Orleans. Mi sono diretta a est e ho continuato a guidare finché non sono arrivata lì. O forse sono solo rimasta senza benzina. Ho lasciato Las Vegas perché perdere Jonah è stato più difficile di quanto avessi potuto immaginare. Pensavo di essere pronta. O almeno un pochino preparata. Non lo ero. Proprio no.»

Scrutai il tavolo, tutti quanti erano immobili, impassibili, ma tutti loro, tutti noi, eravamo collegati dai nostri personali ricordi di quei cazzo di orrendi giorni dopo che Jonah ci aveva lasciati.

«Ci ho provato,» disse Kacey. «Ho scritto qualche canzone molto in fretta, come se avessi potuto sfuggire al dolore mettendolo tutto su carta. Ma non ha funzionato. Le parole non bastavano, ed ero troppo spaventata per affrontare l'enormità di quel dolore. Ho pensato che mi avrebbe distrutta. Perciò sono scappata in una città diversa, sperando di lasciarmi alle spalle i ricordi. E quando questo non ha funzionato, ho iniziato a bere.»

A quel punto tutti al tavolo si mossero a disagio, chinandosi in avanti o indietro, toccandosi i capelli o accarezzandosi il mento. Premetti il mio piede contro il suo con più forza. Kacey trasse un respiro, e sapevo cosa avrebbe detto in seguito. La cosa più difficile.

«Sono stata ubriaca negli ultimi sei mesi. Letteralmente. Ogni giorno, tutto il giorno.» Guardò verso di me, gli occhi colmi di lacrime. «Theo mi ha salvato la vita. Mi stavo pian piano uccidendo, e se Theo non mi avesse trovata...»

«Kace,» mormorai. Non era una gran cosa, e al tempo stesso lo era. Volevo minimizzarla e volevo essere orgoglioso di averla aiutata. Volevo guadagnarmi il mio posto, eppure mi apparteneva già.

Dio, quand'è che tutto smetterà di sembrare così incasinato?

Kacey mi sorrise. «Lui non vi dirà mai cosa ha passato per aiutarmi a ripulirmi, ma ve lo dirò io: è stato un inferno. Non se n'è mai andato, non gli è importato di quanto difficile fosse. Non sarò mai in grado di ripagarlo per avermi salvato la vita.»

Esalò un altro sospiro e si asciugò gli occhi. «Perciò adesso sono qui grazie a lui, ma anche perché tutti voi mi mancavate. E volevo dirvi che mi dispiace. Mi dispiace di essermene andata. Mi dispiace di avervi fatti preoccupare o avervi fatti arrabbiare o avervi feriti. Mi dispiace e... Mi dispiace.»

Mia madre prese le mani di Kacey tra le sue. La sedia

di Dena strusciò sul pavimento mentre lei si alzava e faceva il giro del tavolo per unirsi all'abbraccio.

Oscar, con espressione contenuta, stava lentamente annuendo verso di me.

Mio padre si mosse a disagio sulla sua sedia. «Non avevo idea che la situazione fosse così drammatica.»

Mi preparai per il "ma...". La postilla che avrebbe sminuito ciò che avevo fatto, oppure il resto della predica. Ma mio padre fissò oltre le mie spalle, rimuginando su quella serata.

Adesso lo capisci, papà? pensai. *Dovevo andare. Ho fatto una promessa. Sono andato da lei ora, e andrò da lei di nuovo se dovrò farlo. Verrò bocciato in centinaia di esami e licenziato da centinaia di lavori, prima di permettere che le accada di nuovo qualcosa.*

CAPITOLO 11

Kacey

«Tornerai domani?» domandò Beverly, abbracciandomi per darmi la buonanotte. «Quanto resterai in città?»

«Solo qualche giorno,» dissi.

La sua espressione si incupì. «Oh. Pensavo che saresti rimasta più a lungo. O che magari ti saresti ritrasferita...»

«Mamma,» disse Theo. «È stanca...»

«Devo tornare là,» dissi, costringendomi a sorridere. «Ho degli ingaggi per delle serate e sto cercando di mantenere i miei impegni. Verrò a trovarvi domani. Per cena? Posso portare qualcosa?»

Beverly mi abbracciò di nuovo. «Solo te stessa, cara.»

A quel punto fu Dena a tirarmi a sé. Il suo abbraccio fu come il suo sguardo, caloroso e delicato, e del tutto accogliente. Anche se era più grande di me solo di qualche anno, emanava una saggezza che non credevo di aver mai conosciuto. Guardandola, mi resi conto di cosa significasse possedere un'anima antica. «Hai fatto una cosa coraggiosa,» disse con dolcezza. «Potrà non sembrarti, ma è così.»

«Io non mi sento coraggiosa,» dissi. «Un minuto prima mi sento orgogliosa di essere riemersa da quell'abisso. Quello dopo mi detesto per essere innanzitutto sprofondata così tanto.»

«Abbiamo tutti il nostro modo di affrontare il dolore,» disse Dena, ritraendosi appena. «Hai trovato qualcosa che ti sembrava un sollievo, qualcosa che ti intorpidiva, e ti ci sei aggrappata, anche se ti ha trascinato a fondo. Ma ne sei riemersa, sapendo quanto sarebbe stata dura trovarti dall'altra parte. Dovresti sentirti più orgogliosa che in imbarazzo.»

La strinsi forte. «Mi sei mancata.»

«Mi sei mancata anche tu,» mi rispose. «E mi manca Jonah. È stata più dura di quanto potessi immaginare. Ma rivederti di nuovo mi ricorda quanto fosse felice.» Sorrise e mi mise le mani sulle spalle. «So che ha portato quella gioia con sé ovunque sia andato. Trai conforto da questo se puoi, tesoro.»

«Lo farò.»

Ma era una bugia. Non provavo alcun conforto. Non sapevo neanche più cosa significasse conforto. Soprattutto quella sera, lì a casa dei Fletcher, dove Jonah mi guardava dalle fotografie ed era sospeso sopra di me nelle lampade in vetro che aveva realizzato. Dove si era chinato sopra la mia spalla e mi aveva toccata sul fondo della schiena. Avevo continuato a voltarmi per guardarlo e chiedergli cosa ne pensasse, ma a ricambiare il mio sguardo era stato Theo. Jonah mi mancava così tanto che riuscivo a sentire le crepe nel mio cuore lasciate dalla sua assenza. Sembrava impossibile che potessero mai rimarginarsi.

Theo mi riaccompagnò all'hotel. Parcheggiò lì davanti, ma io non mi mossi per scendere.

«Quanto è brutta?» domandai.

Lui aggrottò la fronte. «Quanto è brutta cosa?»

«La situazione con i tuoi corsi.»

«Cazzo, Kacey, non...»

«Dimmelo.»

Sospirò. «Potrei doverne rifare uno o due. Niente di che.»

Chiusi gli occhi e mi appoggiai allo schienale. «Ti devo così tanto.»

«Tu non mi devi proprio niente,» disse Theo. «Smettila di ripeterlo.» La sua voce si addolcì. «Sembri a pezzi. Forza, ti accompagno su.»

«Aspetta...» Rivolsi un'occhiata all'hotel. «Non sono propriamente pronta a stare da sola in questo momento. È così dura, cazzo. Se mi rintanassi nella mia stanza da sola, finirei per piangere tutta la notte.»

Theo rimase in silenzio per un istante. Poi disse a voce bassa: «Conosco un posto in cui possiamo andare.»

* * *

Dicono che New York sia la città che non dorme mai, ma Las Vegas si merita di più quel titolo. La Strip era brulicante quella domenica sera. Le auto intasavano la strada in file rosse e bianche, e i pedoni scorrevano loro accanto lungo i marciapiedi. Superammo l'Hotel e Casinò Bellagio, dove una volta eravamo andati io e Jonah. Al nostro primo appuntamento, rammentai, quando le fontane accese avevano ballato su una canzone romantica. Quella sera ad accompagnarle c'era *Billy Jean* di Michael Jackson, ma non importava.

Riuscivo ancora a vedere noi due. Ogni cosa di quella notte era proprio lì, perfettamente conservata in primo piano nella mia mente. Riuscivo ancora a sentire il sapore del cupcake che mi aveva comprato da quel distributore.

Deglutii a fatica e distolsi lo sguardo. Theo guidò il pick-up lungo una stradina secondaria accanto all'Hotel Wynn, e capii dove mi stava portando.

«È tardi,» dissi con dolcezza. «La galleria sarà chiusa.»

«Non ti preoccupare,» disse.

Posteggiò il pick-up nel parcheggio di servizio, dove gli impiegati lasciavano i loro mezzi, e fece il giro per aprirmi la portiera.

«Lavori qui in nero?» domandai, mentre lui mi prendeva la mano e mi conduceva verso l'ingresso posteriore.

«Mi conoscono,» dissi.

Era vero, ma la guardia di sicurezza non conosceva me. «Non saprei, Theo,» disse, accarezzandosi i baffi.

«È la ragazza di Jonah,» rispose Theo.

Gli occhi della guardia mi percorsero da capo a piedi, notando i miei occhi arrossati e le spalle chine. Un sorriso si dispiegò sotto i baffi mentre digitava il codice e ci faceva entrare.

«Passa una buona serata, Theo. Anche lei, signorina.»

«Grazie, Wilson,» disse Theo, e mi guidò lungo i corridoi secondari del Wynn.

«Ti lasciano entrare qui così?» domandai. Mi ero già persa tra le svolte a destra e a sinistra, ma Theo sembrava sapere esattamente dove andare. Mi stava ancora tenendo per mano.

«Vengo qui spesso,» disse.

La galleria era chiusa, ma dopo uno scambio con l'altra guardia di sicurezza in servizio, la porta venne sbloccata per noi ed entrammo. La mia mano scivolò in quella di Theo mentre percorrevamo il lato lungo della galleria a forma di L, costeggiato di statue in pietra. Quando arrivammo all'angolo, mi bloccai.

Theo mi strinse la mano nella sua. «Andrà tutto bene. Te lo prometto.»

Girammo l'angolo.

Mi aspettavo che avrei pianto, che sarei stata travolta dal dolore e dalla sofferenza e che sarei crollata distesa a terra. Non mi ero aspettata che il petto mi si serrasse per la gioia. Non ero pronta per il sorriso che si allargò sul mio viso come una crepa sulla pietra dura. Le lacrime mi riempirono gli occhi, ma non a causa del dolore. Era per la bellezza mozzafiato del capolavoro di Jonah.

L'acqua sembrava essere in movimento. La fauna marina sul fondo pulsava di vita. Riuscivo a percepire il calore dei raggi di sole cocente attraverso la delicata cascata di vetro. Una miscela di gialli e blu, arancioni e rossi.

Mi lasciai cadere sulla panchina di fronte all'opera. Respirai tra le lacrime e lasciai che mi riempisse gli occhi, lasciai che il mio sguardo inalasse la sua bellezza.

«Avevi ragione,» sussurrai. «È proprio il posto giusto. È per questo che vieni qui? Ti dà pace?»

«Un po'.» Theo sedette accanto a me. Un crollo esausto dei suoi arti, come se si fosse portato dietro per tutto il giorno un peso tremendo, e soltanto in quel luogo avesse potuto lasciarlo andare. Mentre guardava verso l'opera, sembrava emaciato ed esausto.

«Bevevo fino a perdere i sensi per anestetizzare il dolore,» dissi. «E voglio ancora farlo. Il fatto che siamo a una cinquantina di metri da un casinò pieno di alcol è un'agonia.»

«Vuoi che ce ne andiamo?»

«No. Devo farmene una ragione. Essere qui aiuta. Ma tu, Teddy? In che modo stai affrontando il dolore?»

Lui scrollò le spalle. «Vado avanti.»

«Hai voglia di parlarne?»

«Non proprio.» Aveva un atteggiamento di netta chiusura, le braccia incrociate, l'espressione segnata dalla determinazione.

Te ne sei andata quando lui ti aveva chiesto di restare. Non eri la sola a soffrire, a essere sul punto di andare in frantumi.

Chinai la testa contro la sua spalla. «Mi dispiace,» sussurrai.

«Per cosa?»

«Lo sai per cosa. Soffri tanto quanto me.»

Lui si mosse come se stesse per dire qualcosa che avrebbe liquidato la questione. Invece, sospirò e disse a voce bassa: «Come ti ho detto, adesso sei qui.»

Annuii contro di lui, gli occhi stanchi che volevano chiudersi, ma se lo avessero fatto il dolore nel mio cuore mi avrebbe trascinata a fondo. Invece, ammirai quella bellissima opera.

Restammo a lungo seduti assieme a Jonah.

CAPITOLO 12
Theo

Il giorno dopo arrivai al lavoro verso mezzogiorno, e Vivian mi disse che Gus era già lì e mi stava aspettando.

«Quant'è brutta la situazione?» domandai.

Lei agitò la palla delle risposte che teneva sulla scrivania, una delle sue molte chincaglierie kitsch. Ruotò il triangolo blu verso di me: *Richiedimelo più tardi.*

«Grazie, Viv,» borbottai. «Davvero di aiuto.»

Entrai nell'ufficio sul retro, che era a malapena più grande di uno sgabuzzino e altrettanto ingombro. Una parete era ricoperta da una fila di armadietti, e la scrivania in pratica ostruiva l'accesso al bagno.

«Sto cercando di andare in pensione, Theo,» disse Gus Monroe, mentre mi richiudevo la porta alle spalle. Si appoggiò allo schienale della sedia, sollevò gli stivali da cowboy sulla scrivania e si lisciò i lunghi baffi con due dita. Una coda di sottili capelli castani gli scivolava sopra la spalla della camicia di flanella. Strinse il pollice e l'indice, lasciando solo mezzo centimetro di distanza tra loro. «Sono a tanto *così* dal ritrovarmi sulle spiagge del

Belize per il resto della mia vita. Non sto cercando di riprendere a tatuare.»

«Era un'emergenza,» dissi. «Dovevo aiutare un'amica. Era messa male.»

«Un'*amica*, eh?» Gus alzò gli occhi al cielo. «Molli tutto e te ne vai per una settimana per una puttanella?» Scosse il capo. «Non permettere alle donne di tenerti per le palle, Fletcher. Lo fanno una volta, e poi non smettono più.»

«Ottimo consiglio,» dissi, aggiungendo tra me e me: *Detto da un uomo al suo terzo matrimonio.*

«Eccoti un altro consiglio. Sparisci di nuovo in quel modo e dovrò licenziarti. Non posso evitarlo.»

«Non succederà. Promesso.» Una bugia. Ero grato che non mi avesse lasciato con il culo per terra, ma se Kacey avesse avuto di nuovo bisogno di me, sarei andato.

Non posso evitarlo, pensai e quasi sorrisi.

Vivian fece capolino dalla porta. «Scusate se interrompo, ma lei è qui, Theo. La... fidanzata di tuo fratello?»

Kacey aveva accennato al fatto che sarebbe potuta passare, ma l'ultima cazzo di cosa che volevo era che Gus capisse che era lei il motivo per cui mi ero assentato per una settimana. Mi voltai per andarmene. «Grazie, Viv.»

«Sei appena tornato,» disse Gus. «Adesso ti metti a socializzare durante l'orario di lavoro?»

«È una cliente pagante. È qui per scegliere un disegno.»

Lui alzò gli occhi al cielo. «Vai.» Poi mi puntò contro un dito. «Ma te lo ripeto, Fletcher. Adoro il tuo lavoro. Sei un artista di talento. E il fatto che *Inked* bazzichi da queste parti in cerca di notizie su di te non è propriamente una brutta cosa. Ma basta con le sparizioni, intesi?»

«Forte e chiaro.»

Scivolai fuori dalla porta e me la richiusi alle spalle. Kacey era in piedi nella piccola sala d'attesa, e stava scambiando qualche convenevole con Vivian. Si teneva i gomiti con le mani, abbracciandosi stretta. Sembrava fragile e agitata.

«Ehi.» Mi avvicinai a lei. «Tutto bene?»

«Certo,» rispose con un sorriso debole. «Solo... altri ricordi.»

Lo stomaco mi si torse per uno di quei ricordi, uno brutto. Il giorno in cui lei e Jonah erano venuti lì insieme era stato il giorno in cui avevamo dovuto ammettere che Jonah stava peggiorando. Il giorno che aveva segnato l'inizio del totale declino.

«Vieni, ti presento agli altri.» La guidai verso la mia postazione. Quel giorno gli affari stavano andando a rilento, e sia Zelda che Edgar erano in pausa tra un cliente e l'altro.

«Ragazzi, questa è Kacey Dawson,» dissi. «Kacey, loro sono Edgar Morrello e Zelda Rossi.»

«Piacere di conoscervi entrambi,» disse Kacey.

Zelda sorrise e le fece un lieve cenno con la mano. «Ciao.»

«Piacere di conoscerti, signorina,» disse Edgar con un sorriso caloroso e genuino, senza alcuna traccia di ironia.

Kacey si arrampicò sul bordo della mia sedia, dondolando le gambe avanti e indietro. Indossava jeans aderenti, degli stivali neri alla caviglia e una t-shirt oversize del *Rocky Horror Picture Show*. Aveva i capelli sciolti e un trucco sobrio. Aveva un aspetto naturalmente sexy.

«Loro conoscevano Jonah?» mi domandò a bassa

voce, con un cenno all'indietro del capo. «Non li ricordo al funerale. Ma del resto, tutto quel giorno è un ricordo confuso.»

«C'erano,» dissi. «E nemmeno io ricordo granché del funerale. Ho dedicato gli ultimi sei mesi a escluderlo dalla memoria.»

Lei sorrise, e tra noi calò un breve silenzio.

«Sai già cosa vuoi?» domandai. «Ti devo un tatuaggio.»

«Non ho ancora deciso.»

Mi infilai le mani nelle tasche dei jeans. «Magari il pezzo in vetro che ti ha donato Jonah? La sfera dell'universo?»

Suggerimento stupido. Non potresti mai riprodurlo alla perfezione.

Oltre a quel pensiero, speravo che dicesse di no. Non volevo usare la mia arte per riprodurre quella di Jonah sulla sua pelle.

Kacey aggrottò la fronte e rifletté per un istante. «No. Non so cosa dovrei farmi, ma non è quello.»

«Cosa *dovresti* farti?»

«Già, ho questa strana sensazione che sia qualcosa di specifico. Qualcosa che solo tu potresti creare per me. Ma non so ancora cosa sia. Lo capirò.» Alzò lo sguardo e ridacchiò. «Forse dovrei dare altri cinque dollari a Olivia la veggente e farmelo dire da lei.»

Sorrisi, cercando di non sembrare troppo sollevato. *Il cuore vuole ciò che vuole.* Ero sicuro di averlo letto da qualche parte. Il mio cuore, a quanto pareva, era uno stronzo egoista.

«A proposito di consigli dall'Aldilà, hai fatto un pensiero sul comprare questo posto?» domandò Kacey. «Vivian mi stava dicendo che il tuo capo è sul punto di andare in pensione. Magari vuole vendere.»

Mi schiarii la gola, lanciando un'occhiata verso Zelda e Edgar. Per fortuna erano entrambi occupati con nuovi clienti.

«Non ci ho pensato. Questo posto è alquanto piccolo, e non è proprio ciò che avevo in mente in termini di stile.» Mi chinai verso di lei. «E da queste parti non è esattamente risaputo che sto cercando di aprire il mio salone.»

«Perché no?»

Aprii la bocca e poi la richiusi di nuovo. «Non lo so. È solo... non è qualcosa di cui parlo.»

Lei inarcò le sopracciglia.

Alzai le mani. «Che c'è? Non ho bisogno che la gente sappia i fatti miei.»

«Non sono tuoi amici?»

«Immagino di sì.»

«A te non piace parlare molto di te,» disse Kacey, un sorriso che trasformava la sua espressione triste in qualcosa di caloroso. «Infatti, ricordo che a malapena mi dicesti due parole quando iniziai a frequentare Jonah.» Il sorriso si allargò in un ghigno. «Tipo duro e silenzioso.»

«Parlo quando ho qualcosa da dire.»

Lei posò il mento sulla spalla. «Mi piace. Io sono l'esatto opposto. Mi mancherà parlare con te quando tornerò a New Orleans.»

«Quando?»

«Domani.»

Il cuore mi sprofondò nello stomaco. «Così presto?»

Kacey annuì. «Ho già preso il biglietto. Sono felice di essere tornata, ma laggiù ho delle responsabilità.» Sorrise con tristezza. «Mi sto davvero mettendo d'impegno per non essere più un gigantesco disastro.»

Giocherellai con un pezzo di legno scheggiato del mobiletto. «Credi che tornerai presto qui?»

Lei sospirò, le sue gambe che dondolavano avanti e indietro come due pendoli. «Sinceramente non lo so, Teddy. Lo vorrei. Ho nostalgia di te, di Beverly e di tutti gli altri. Ma stare qui è durissima, cazzo.» Le sue spalle si sollevarono e si riabbassarono, in un movimento sofferente e triste. «Mi mancate da impazzire, ma penso che sarà più semplice riprendermi in un luogo in cui non devo vederlo ogni volta che mi giro.»

Annuii. «Lo capisco.»

«Voi siete così coraggiosi. Vivete circondati dai ricordi, da una vita intera di ricordi. Io non sono abbastanza forte per farlo. Non in questo momento.»

Cercai di non mostrare in volto la mia soverchiante delusione. «Lo capisco, Kace. Lo capiamo tutti.»

A quel punto, il suo sorriso si fece appena un po' più luminoso.

«Ti serve un passaggio all'hotel?» domandai.

«Ho prenotato un Uber.»

«Mia madre stasera vuole fare un'altra cena. Con tutti quanti.»

Kacey annuì. «Dirò loro che non rimango.»

«Sicura di non volerti fare il tuo tatuaggio già che ci sei?»

Lei sorrise. «Non me ne farò uno a New Orleans, se è questo che ti preoccupa.» Allungò una mano dietro le spalle e si toccò la scapola destra. «Questo punto è riservato a un'opera originale di Theo Fletcher.»

Quando vidi quella parte del corpo che Kacey stava conservando per me, un feroce desiderio mi ribollì dentro, ma lo soffocai con rapidità.

Lei scivolò giù dalla sedia. «Meglio se aspetto fuori.»

Ci avviammo verso l'ingresso, mentre ogni parte del mio corpo gridava: *Resta. Ti prego, resta.*

«Facciamo un patto,» disse.

«Sarebbe?»

«Quando comprerai un posto tuo, sarò la tua prima cliente.»

«Potrebbe volerci un po'.»

Lei si fermò vicino al desk della reception e si allungò per darmi un bacio sulla guancia. «Posso aspettare.»

Il suo profumo mi riempì le narici, e quelle parole sussurrate mi penetrarono nella pelle finendo dritte nel mio inguine. Rimasi a guardarla mentre se ne andava. Poi notai Gus, le braccia incrociate sul petto, l'espressione che indicava al cento percento un "te l'avevo detto".

«Ah-ha,» disse. «Per le palle, Fletcher. Ti tiene per le palle.»

Magari, pensai.

«Tornerà.» Presi la palla delle risposte di Viv e la agitai.

Buone prospettive.

Scossi la testa mentre la rimettevo al suo posto. Mi stavo rincoglionendo. Prima i tarocchi, adesso degli stupidi giocattoli. Ma sorrisi per tutto il percorso di ritorno alla mia postazione, e il sorriso perdurò mentre mi preparavo per il mio primo cliente.

Quando dei piccoli spiragli di speranza si palesavano, dovevi afferrarli e tenerli stretti. Sorridere loro. Altrimenti, che cazzo di senso aveva?

CAPITOLO 13
Kacey

A cena quella sera, dissi ai Fletcher, a Dena e a Oscar che sarei di sicuro tornata a New Orleans. Beverly era delusa, ma mi disse che comprendeva, l'importante era che tornassi a trovarla.

«E non intendo arrendermi con l'idea che tu torni a vivere qui,» mi disse, quando per me si fece il momento di tornare in hotel. Mi abbracciò forte. «Per ciò che hai fatto per Jonah...»

Ricambiai il suo abbraccio. «Non ho fatto nulla per Jonah che lui non abbia fatto per me.»

Beverly si ritrasse e mi prese il volto tra le mani, il suo viso che minacciava di scoppiare in lacrime. «Oh, dolce bambina mia...» riuscì a dire, poi mi lasciò andare.

Dena mi tirò a sé. «Il nostro matrimonio sarà tra un mese. Voglio che tu sia una delle mie damigelle.»

Accusai appena il colpo, ma non lo diedi a vedere. Il matrimonio dei migliori amici di Jonah, senza la presenza di Jonah, sarebbe stato tremendamente arduo... Ma sorrisi e annuii, la mia felicità per loro che riemergeva da sotto il dolore. «Ne sarei onorata, Dena.»

Lei mi sorrise e poi disse, come se potesse leggermi nel pensiero: «Sarà una giornata agrodolce, ma alla fine l'amore deve trionfare, no? Per *tutti* noi, Kacey,» aggiunse in un sussurro, come fosse un segreto.

Theo arrivò al mio hotel prima dell'alba. Mi prese il trolley dalle mani e lo posizionò sul retro del pick-up, poi aprì lo sportello del passeggero quando io mi fermai per frugare nella mia borsetta e assicurarmi di avere tutto.

«Sei un vero gentiluomo,» dissi, salendo a bordo. C'erano due caffè posizionati nel porta-bicchieri, che riempivano l'abitacolo di un profumo paradisiaco. «Rettifico. Sei un santo.»

Theo grugnì in risposta. Non disse quasi nulla per tutto il viaggio fino all'aeroporto. La sua espressione era severa e i suoi occhi pieni di pensieri che non avrebbe condiviso con me. Una volta giunti ai controlli di sicurezza dell'aeroporto, mi voltai verso di lui e mi infilai una ciocca di capelli dietro l'orecchio.

«Teddy, non so come ringraziarti.»

«Non farlo,» rispose, lo sguardo puntato ovunque tranne che su di me. «Non ringraziarmi, Kace. Solo...»

«Cosa?» Gli diedi un lieve colpetto al braccio. «Parlami, Goose.»

Lui scosse il capo. «Niente.»

«Okay.» Mi avvicinai e con esitazione lo abbracciai. Mi sembrava di abbracciare un macigno. «Arrivederci.»

Lo lasciai andare e mi voltai per andarmene, ma la sua mano scivolò nella mia e mi tirò indietro. I suoi occhi marrone chiaro sembravano illuminati dall'interno, come se tutti i pensieri che non aveva espresso stessero prendendo fuoco. La sua mascella vibrò per un istante, poi disse: «Ricordi l'altra sera? Fuori dal tuo hotel, quando ti ho detto che non mi dovevi niente?»

«Sì.»

«Me lo rimangio. Mi devi una cosa.»

La sua mano stava ancora stringendo la mia. «Okay.»

«Devi promettermi che se le cose si facessero dure e ti sentissi sprofondare, mi chiamerai.»

«Così che tu possa tornare in aereo a New Orleans e venire bocciato in altri corsi? O magari perdere il tuo lavoro?»

«*Sì.*» La sua mano strinse con maggiore forza. «Non ti biasimo per essertene andata la prima volta. Diamine, a volte io stesso vorrei salire in auto e iniziare a guidare, solo per scomparire per un po'. Non avercela con te stessa. Hai fatto ciò che dovevi fare per affrontare la cosa.» La sua voce, prima severa, si addolcì e il suo sguardo su di me fece altrettanto. «Ma non farlo di nuovo.»

Annuii in silenzio. «Non lo farò.»

«Promettimelo, Kacey. Non scomparire più, okay?»

«Promesso.»

Tenne lo sguardo fisso su di me per un altro istante, poi annuì, come se fosse soddisfatto. «Bene. Allora non serve che ne parliamo più.»

Lasciò andare la mia mano e mi abbracciò. Percorsi la passerella sino al mio aereo con le sue parole, e la convinzione dietro di esse, che mi vorticavano ancora e ancora nella mente.

Il suo fervore è dovuto al fatto che ha parecchie cose in ballo, riflettei. *Non può sottrarre altro tempo al lavoro o all'università per tirarmi di nuovo fuori dai guai.*

Ma sembrava qualcosa di più profondo. Mi infilai la

mano che mi aveva stretto sotto il braccio per tenerla al caldo, ripensando a tutte le promesse di cui era intriso un arrivederci.

Resta qui, aveva detto Theo la notte che avevamo disperso le ceneri di Jonah nel deserto.

D'accordo, avevo risposto.

Mi voltai verso il finestrino mentre l'aereo decollava e osservai Las Vegas, con tutti i suoi arrivederci e le sue promesse, diventare via via sempre più piccola, fino a sparire del tutto.

Promettimelo, Kacey...

CAPITOLO 14

Kacey

Al mio sguardo da sobria, la mia casetta rettangolare appariva squallida e diroccata. Senza il filtro della birra, e della vodka e del whisky, riuscivo a vedere che era un posticino carino con parecchio potenziale, se solo mi fossi data la briga di prestarle qualche attenzione.

Girai per casa, pensando alla vernice, alle tende e ai tappeti, quando il campanello prese a suonare. Dallo spioncino vidi una donna afroamericana con capelli tagliati cortissimi. Sembrava avere poco più di trent'anni e indossava una giacca di jeans. Il suo sorriso era bianco smagliante, ad eccezione di una piccola fessura tra i denti altrimenti perfetti. Teneva una casseruola ricoperta da un foglio di alluminio nelle mani infilate nei guanti da forno.

Aprii la porta. «Sì?»

«Ciao,» disse la donna. «Sono Yvonne Robinson. Abito qui accanto.» Inclinò il capo, poi sollevò la casseruola, che odorava di pasticcio di tonno. «Benvenuta nel vicinato.»

Aggrottai la fronte. «Vivo qui da sei mesi.»

Yvonne mi rivolse uno sguardo asciutto. «Tesoro, avrai anche *abitato* qui, ma non eri davvero *qui*, o sbaglio?»

Sorrisi, nonostante il rossore che mi risaliva lungo il collo. «No, immagino di no. Ti va di entrare?»

«Se non ti dispiace. Questo affare è pesante.»

Yvonne mi superò e si diresse verso la cucina, dove depose la casseruola sul ripiano. La pietanza stava già riempiendo la mia casetta di un profumo delizioso.

«È appena uscita dal forno,» disse Yvonne, togliendosi i guanti e infilandoseli sotto il braccio. «Perciò meglio se aspetti un po' prima di tuffartici.»

«Ci proverò,» dissi, invitandola a sedersi sul divano. «Ha un profumo fantastico. Il pasticcio di tonno è il mio preferito. Mia madre me lo faceva sempre quando ero piccola.»

«Senza offesa per tua madre, ma il mio batte tutti,» disse Yvonne con una risata.

«Perciò… Come sapevi…»

«Che eri messa male?» concluse lei, chinandosi in avanti sul divano. «Non ti ricordi di me, vero?»

Scandagliai i miei ricordi, poi scossi il capo. «Mi dispiace. Sono stata… distratta.»

«Tesoro, lo so,» disse. Le parole le uscirono in un fuoco rapido, ogni frase che saliva di tono sul finale, trasformando affermazioni in domande. «Ti vedevo tornare a casa tardi la notte, più o meno barcollante? Volevo aiutarti ma lavoro sempre. Sono un'infermiera all'Ochsner Medical. Qualche giorno fa, ho sentito che te la stavi passando male. Quando c'era qui quel tuo amico. Theo. Pensavo che il motivo fosse lui. Ho sentito che gridavi in modo agghiacciante e sono arrivata con una mazza da baseball, pronta a fargli saltare via i denti.»

Scosse il capo, ridendo del ricordo. «Avresti dovuto vedere l'espressione sul suo volto, povero caro.» La risatina si smorzò. «Ma è venuto fuori che ti stava aiutando, e non facendo del male, giusto?»

Annuii, cercando disperatamente di ricordare. La vergogna mi infiammò le guance perché non ci riuscivo.

«Comunque, mi ha spiegato la situazione e io ti ho dato una controllata.» Si guardò intorno. «Dov'è il tuo uomo adesso?»

«Oh, no, lui non è... il mio uomo.» Mi scostai una ciocca di capelli dietro l'orecchio. «Teddy è solo un amico. No, più di un amico. È il mio migliore amico. A dire il vero, è il fratello del mio ragazzo. Voglio dire, lo era. Jonah... lui è il mio ragazzo... Era il mio ragazzo. Lui... è venuto a mancare.»

Era la prima volta che dicevo quelle parole a voce alta. Non avevo la minima pratica nel parlare della morte di Jonah. Non avevo una risposta predefinita né una storia preconfezionata. Non riuscivo neppure ad azzeccare il tempo verbale. Quando avrei potuto dire che il mio ragazzo era venuto a mancare senza far bloccare di colpo il mondo? Faceva male, come un martello che mi colpiva dritto al petto a ogni sillaba.

«Comunque... beh, vivevo a Las Vegas, ma mi sono trasferita qui dopo che Jonah... Non stavo affatto bene, e Theo mi ha aiutato. Quello che hai visto e sentito ero io che mi disintossicavo dall'alcol. Mi dispiace. Dev'essere stato orribile.»

«Non quanto dev'esserlo stato per te, dolcezza.» Yvonne si allungò nello spazio che ci divideva per prendermi la mano, gli occhi scuri pieni di calore. «Vorrei poter restare più a lungo, ma il mio turno inizia tra quaranta minuti. Non perdiamoci di vista adesso.» Ridacchiò. «Sai che io non lo farò.»

Mi affrettai a raggiungerla e aprirle la porta. «Nemmeno io. Grazie. Per il pasticcio. E per avermi aiutato quando ero…»

«A terra? Non c'è di che. E, tesoro? Se ti serve qualcosa, se vuoi parlare o se ti assalisse la voglia di bere, fammi un fischio o bussa alla mia porta.» Mi scrutò con intensità. «Sei in qualche programma?»

Avrei voluto dirle che ero determinata a farcela da sola, ma a una professionista in ambito sanitario come Yvonne sarebbe suonata come una scusa. Non si poteva prendere per il culo un'infermiera.

«Non ho ancora deciso,» dissi.

Lei arricciò le labbra. «Rifletterci su. E non pensare di essere sola. Questa è New Orleans, dolcezza. Qui ci spalleggiamo a vicenda.» Si avviò giù per gli scalini del portico, scuotendo il capo. «Eccome se lo facciamo.»

«Grazie, Yvonne.»

Mi salutò con la mano da sopra la testa e percorse i cinque passi che la condussero nella sua casetta rettangolare. Non era vistosamente colorata come la mia, ma era tenuta dieci volte meglio.

Chiusi la porta e mi ritrovai nella tranquillità della mia casa.

Sola e sobria.

Non del tutto sola, pensai, e sollevai l'alluminio dalla casseruola. Tagliai un pezzo di pasticcio, ricoperto da crostini croccanti, e lo mangiai direttamente dal contenitore. Aveva un sapore paradisiaco. Mangiai quel pezzo e poi un altro, in piedi nella mia cucina. Notai che la mia finestra si affacciava sulla casa di Yvonne. Solo un metro separava le finestre delle nostre cucine.

Spalancai la mia. «Yvonne!»

Da dentro la sua casa si sentì: «Sì, tesoro?» Venne alla finestra e la aprì, appoggiando gli avambracci al davanzale. «Buono, vero?»

«È perfetto.»

Lei scoppiò a ridere e fece un gesto di sufficienza con la mano, poi rientrò in casa. Risi e richiusi la finestra.

Il mio nuovo cellulare annunciò l'arrivo di un messaggio. Era Theo.

Volevo assicurarmi che fossi arrivata senza problemi.

Sorrisi. *No. Per niente sola.*

* * *

Quel giovedì, mi presentai al lavoro a Le Chacal in perfetto orario.

Cantare da sobria non fu così dura come pensavo sarebbe stato. Mi vennero comunque le lacrime alla fine di *The Lighthouse*. Ma anziché essere isolata dal mio pubblico per via dell'alcol, riuscii a percepire l'intensa emozione farsi largo tra le folla. Nessuno bevve, sussurrò o si mosse durante la canzone. Quando finì, sentii tutti trarre un respiro prima di applaudire.

«Grazie,» mormorai nel microfono, sentendomi stranamente intimidita. Scesi dal palco e portai la mia chitarra al mio solito posto al bar.

Big E piantò le mani su entrambi i lati del vecchio bancone, sorridendo. «Cosa vuoi, dolcezza?»

«Una soda con lime, per favore.» Schiaffai una banconota da dieci dollari sul bancone. «E continua a versarne.»

Lui ruggì una risata e mi mise il drink davanti. «Sei stata brava, figliola. Come ti senti?»

«È strano,» dissi. «Mi sono esibita in spettacoli

cento volte più grandi di così, ma questa è stata la prima volta in cui mi sono sentita nervosa. È così... intimo qui. Non posso nascondere nulla. Devo suonare con tutta me stessa o restare a casa.»

«Sono contento che tu non sia rimasta a casa,» disse Big E. «Sono fiero di te.»

«Grazie, E,» dissi. «E grazie per...»

Lui alzò le mani. «No. Niente ringraziamenti. Ho fatto solo il mio lavoro.»

«Che *problema* avete voi uomini con la gratitudine? Vale lo stesso per Teddy. Non vuole sentire un grazie neanche a pagarlo.»

Big E scrollò le spalle. «I veri uomini si prendono cura delle donne della loro vita come se fosse una cosa ovvia. Non perché vogliono qualcosa in cambio.»

Le sue parole mi riscaldarono più di uno shot di whisky. «Neanche un grazie?»

«Neanche quello.»

Risi e alzai gli occhi al cielo. «Non c'è dubbio che Theo si prenda cura delle donne della sua vita,» dissi. «Sua madre, io... Se mai si sistemerà con una donna, scommetto che verrà viziata per il resto della sua vita.»

Big E si accigliò. «E tu?»

«E io cosa?»

«Pensavo...» Sembrò sul punto di dire qualcos'altro, ma poi fece spallucce. «Lascia stare.»

Stavo per insistere, quando mi sentii picchiettare sulla spalla. Mi voltai e vidi una giovane coppia, forse poco meno che trentenni. Il ragazzo aveva capelli scuri e corti, e degli occhiali da hipster con montatura nera. La ragazza aveva lunghi capelli rossi fluenti e un vestito in stile bohémienne ricoperto di fiori.

«Signorina Dawson?» disse il ragazzo. Dovette alzare la voce per sovrastare il trio jazz che in quel momento era sul palco. «Mi chiamo Grant Olsen. Questa è mia sorella, Phoebe.»

«Piacere di conoscervi,» dissi, sorridendo educatamente. Grant non disse altro. Guardai prima l'uno poi l'altra, il sorriso che iniziava a vacillare.

Phoebe diede una gomitata sul fianco al fratello. «*Parla*,» sibilò.

«Oh, giusto.» Grant si sistemò gli occhiali. «Noi possediamo un piccolo studio di registrazione.»

«Tipo, davvero piccolo,» aggiunse Phoebe, «ma comunque in regola.»

«Sì, ehm... in regola.» Grant si frugò in tasca in cerca di un biglietto da visita e me lo porse. «Io sono un fonico, Phoebe produce. Possiamo parlarle un minuto? Offrirle qualcosa da bere?»

Acconsentii al primo punto, declinai il secondo. Ci sedemmo a un tavolinetto, dove gli Olsen mi descrissero il loro studio e il loro impegno nel produrre artisti indie locali.

«Adoriamo il tuo lavoro,» disse Grant, sistemandosi meglio gli occhiali sopra il naso. «La tua voce. Le parole. Davvero unico. Toccante.»

«Sei come un incrocio tra Brandi Carlile e Adele,» disse Phoebe.

«Oh, no,» feci, scuotendo il capo. «È gentile da parte tua, ma...»

«Ma niente,» disse Phoebe, ripescando una ciliegina dal suo drink. «Grande voce *nonché* testi emozionanti. Una combo da sogno.» Morse la ciliegina e ne puntò il picciolo contro di me. «E suonavi per le Rapid Confession.»

«Una vita fa,» risposi. «Non mi interessa giocarmi quella carta. Adesso viaggio per conto mio. La band procede per la sua strada.»

Lei scambiò un'occhiata col fratello, poi Grant disse: «Lo adoriamo. In tutta onestà, vogliamo aiutarti a viaggiare per conto tuo, adesso. Abbiamo notato che non vendi CD prima dei tuoi show e non riusciamo neppure a trovare delle tracce digitali da nessuna parte.»

«Perché non ci sono,» dissi.

«Vorremmo cambiare questa cosa.»

Parlammo per un'ora. Grant e Phoebe mi presentarono un piano per registrare e produrre un album di tutte le canzoni che suonavo in quei club. Sarebbe stato venduto sia in formato digitale che come CD fisico.

«Possiamo farti fare un tour del nostro studio di registrazione domani?» domandò Grant alla fine del suo discorsetto. Alzò le mani. «O più tardi in settimana? Niente pressioni. Niente obblighi. Solo, vieni e dai un'occhiata.»

Mi rigirai tra le mani il bicchiere di soda vuoto. Non avevo mai sentito quelle canzoni dalla prospettiva di un pubblico. Registrarle e poi ascoltarle mi riempiva di una strana paura. Sarebbe stato semplice dire no. Facile dire grazie, ma no grazie, stavo bene così.

Ma non stavo bene.

E fare ciò che mi spaventava era l'unico modo in cui avrei potuto riprendermi. Non avevo bisogno di una carta dei tarocchi che me lo dicesse.

«Domani va bene,» dissi a Grant e Phoebe. «Perché aspettare?»

* * *

Gli Olsen non avevano mentito. Il loro studio era piccolo, ma era anche molto professionale. Sembrava una miniatura dello studio in cui le Rapid Confession avevano registrato prima del tour. Un rettangolo in penombra e senza finestre, diviso in due spazi da un vetro. La zona registrazione era grande a malapena per una band, ma sarebbe andata benissimo per una ragazza su uno sgabello con la sua chitarra. Dall'altro lato del vetro, il mixer occupava metà dello spazio, con un'ampia distesa di manopole, bottoni, cursori e altre funzioni di cui non avevo alcuna idea.

Le pareti del soundbooth erano tappezzate di poster di concerti e band indie, mentre quelle della zona di registrazione erano ricoperte di roba grigio scuro dall'aspetto schiumoso, simile all'interno dei cartoni di uova. L'intero posto puzzava di incenso vecchio. L'atmosfera mi piacque subito.

Grant si massaggiò la nuca e rivolse un'occhiata torva a Phoebe. «So che non è molto, e continuo a dire a Phoebe di andarci piano con l'incenso...»

«Inizia a usare il deodorante e lo prenderò in considerazione,» sbottò Phoebe.

«Uso il deodorante. Cristo, dici una cosa del genere di fronte a una potenziale cliente?»

Battibeccarono sottovoce finché non mi tolsi di spalla la custodia della chitarra e la posai a terra, come se stessi disfacendo una borsa. Si interruppero e mi fissarono.

«Dunque,» dissi, facendo un respiro profondo. «Quando possiamo iniziare?»

* * *

Tornata a casa, mi accoccolai attorno alla sfera dell'universo e raccontai i nuovi sviluppi a Jonah.

«Potrebbe essere la cosa giusta per me,» dissi. Di solito avevo un cocktail in mano per quelle conversazioni. Invece, strinsi il vetro con più forza. «O forse no.

Vedi, quelle canzoni... Non le ho mai sentite se non dentro di me. E se fosse troppo dura?»

Ma era già troppo dura.

Mi asciugai le lacrime. «Teddy mi ha portato a vedere la tua installazione quando ero a Las Vegas. Ed è così bella, Jonah. Il tuo lascito. Ma ricordi cosa mi hai detto nella tua lettera? Che anche il nostro amore era il tuo lascito?» Adesso le lacrime scorrevano a fiumi, ma in qualche modo un sorriso mi distese le labbra. «Quelle canzoni, loro sono il *nostro* lascito. Sono noi. Amore. Tu e io. E credo che dovrei condividerle. Che te ne sembra?»

A me sembrava una cosa buona. Mi sembrava *giusto*. Forse registrare quell'album, rendere quelle canzoni permanenti, e non dei respiri lacrimosi in un club in ombra che si dissipavano nell'aria intrisa di fumo, era ciò che dovevo fare. Poteva essere un modo di lasciarlo andare.

Sospirai e posai la testa accanto al vetro. I miei occhi stanchi si fecero via via più pesanti mentre osservavo le stelle luminose che vorticavano attorno al pianeta. Scivolai in quello spazio indistinto tra il sonno e la veglia e sentii Jonah con me.

E stava sorridendo.

CAPITOLO 15
Kacey

Tre settimane più tardi, l'album era quasi finito. Ancora non avevo riascoltato l'intero mix, perché prima avevo inciso le melodie con la chitarra, poi la parte cantata. Mi erano stati fatti risentire solo dei pezzi.

Non sapevo neanche quale tipo di impatto avrebbe avuto sul mondo della musica, sebbene Grant e Phoebe fossero in uno stato di perpetua ebbrezza. Mi assicurarono più e più volte che sarebbe stato un enorme successo.

«Persino a un prezzo di novantanove centesimi a canzone, puoi fare una fortuna se una fa il botto,» mi disse Grant, gli occhi luminosi dietro le sue lenti.

Puoi anche comprarti un sacco di alcol, pensai. Un'eco dei miei giorni nelle Rapid Confession, quando il successo non era necessariamente un bene.

Quel giovedì, dopo il lavoro in studio, tornai a casa, dove passai dalla mia mise da registrazione, con jeans larghi e t-shirt, a dei jeans più carini e una blusa per il mio spettacolo di quella sera al Le Chacal. Il mio cellulare vibrò per un messaggio da parte di Theo: *Sei sveglia?*

Digitai la risposta con dita rapide. *Ti rendi conto che quello è il codice internazionalmente riconosciuto degli scopamici, vero?*

Niente per un istante, poi: *Sporcacciona. Stavo domandando con molta innocenza se eri sveglia.*

Non c'è niente di innocente in te, Teddy. Qui sono soltanto le otto di sera e lo sai. Che succede?

Lavori sta tetta?

Risi. *No, la mia tetta ha la serata libera.*

Stasera. Intendevo stasera. Stupido correttore automatico. Ti chiamo…

Theo detestava mandare messaggi perché faceva un sacco di errori quando digitava. A me andava benissimo, preferivo comunque sentire la sua voce. Mi piaceva il suo tono roco e profondo nell'orecchio.

Il telefono squillò. «Sì, stasera lavoro,» dissi. «Mi serve il denaro per pagare le mie gigantesche bollette del telefono.»

«A chi lo dici,» rispose Theo. «Ho dovuto richiedere un piccolo prestito dopo che la settimana scorsa mi hai tenuto al telefono fino alle quattro del mattino.»

«Non dovevi fare altro che riconoscere che *La storia fantastica* è il film più citabile mai esistito e ti avrei lasciato andare.»

Sorrisi, ricordando come Theo avesse tentato di contestare che quel titolo andava a *Monty Phyton e il sacro Graal.* Lo avevo bombardato di "Inconcepibile!" finché non si era arreso.

«Non cominciare,» disse, «o ti sputo in un occhio.»

Non avevo idea che l'apparentemente austero Theodore fosse un grande fan di *Monty Phyton*. Ma durante le nostre maratone di conversazione avevo scoperto che poteva citare per intero i film *Sacro Graal* e *Brian di Nazareth* quasi parola per parola, accenti e quant'altro.

Quelle mostruose sessioni telefoniche erano iniziate con lui che chiamava per sentire come stavo. Brevi chiacchierate, una o due volte alla settimana, per assicurarsi che stessi bene. La voglia di bere era una costante. Nei giorni brutti montava sino a diventare una sete insaziabile, intrisa di dolore per Jonah. Nei giorni buoni, era un rumore di sottofondo, di cui a volte a malapena mi accorgevo.

I giorni buoni, avevo notato, stavano diventando via via più frequenti. Adesso avevo degli amici. Yvonne della porta accanto. Big E. Persino Grant e Phoebe erano più amici che colleghi di lavoro.

E avevo Teddy, che adesso mi chiamava quasi tutti i giorni.

«Perciò,» disse. «Il matrimonio di Oscar e Dena.»

«Già. Il prossimo sabato. Sono così eccitata. Soprattutto dal momento che il mio abito da damigella non è un incubo totale.» Scoccai un'occhiata al vestito senza spalline color corallo appeso alla porta della mia stanza. «Non è propriamente il mio stile, ma è grazioso. Proprio il giusto colore per un matrimonio primaverile.»

Theo grugnì in risposta alle chiacchiere femminili sugli abiti, poi disse: «Quando arrivi?»

«Venerdì,» risposi. «Dovrei farcela in tempo per la cena di prova.»

«Fico.»

«Non sembri particolarmente entusiasta della cosa.»

«Non avrei mai dovuto acconsentire a fare da testimone. Sarà uno schifo.»

«Perché? Non sei un fan dei brindisi di fronte a centinaia di estranei?»

«Qualcosa del genere,» borbottò. «Comunque, porterai qualcuno?»

Sbattei le palpebre. «Intendi come accompagnatore?»

«Sì.»

«Dio, no. Non sono *decisamente* pronta per quello.» Tirai un filo della mia coperta, facendo raggrinzire tutto il tessuto. «Tu invece?»

«No,» rispose.

Sul mio viso fece capolino un sorrisetto, mentre lisciavo la coperta. «Perché no?»

«Non c'è nessuno che voglio portare in aereo fino a New York,» disse. «Costoso come appuntamento.»

«Giusta osservazione.»

Oscar e Dena si sarebbero sposati in un club esclusivo a nord di New York di cui facevano parte i genitori di Oscar. Una location sulla East Coast era più comoda per i nonni di Dena, entrambi ottantenni, che dovevano volare da Teheran, passando da Londra, verso gli Stati Uniti.

«Perciò, potremmo essere i nostri reciproci accompagnatori,» dissi. «O almeno puoi riservarmi uno o due balli, così non resterò seduta al tavolo da sola tutta la sera come una patetica sfigata.»

«Non sei una patetica sfigata,» disse lui cupo. «E io non ballo.»

«Sì, giusto.» Scoppiai a ridere. «Dovrai tenere lontane tutte le single con un bastone. E forse anche quelle sposate.»

«Non succederà.»

«Ne sei sicuro?» domandai, ghignando. «Ammettere di avere un problema è il primo passo verso la guarigione. Avrai un aspetto magnifico con lo smoking, Teddy.»

«Già, già.»

Diedi un'occhiata all'orologio. «Tra poco devo andare. Stasera mi esibisco a Le Chacal.»

«Non sembri particolarmente entusiasta della cosa,» disse lui.

Sorrisi perché aveva ripetuto le mie stesse parole. «Lo so. Sono stata più concentrata sulle registrazioni. Concludiamo domani. Sai gli Olsen di cui ti parlo sempre? È venuto fuori che sanno davvero il fatto loro. Dicono che l'album potrebbe essere pronto per quando tornerò da New York.»

«Di già?»

«Non c'è molto missaggio e masterizzazione da fare quando hai solo una voce e una chitarra. Anche se in effetti mi hanno convinta ad aggiungere un violinista in sottofondo su un paio di tracce. A dire il vero sono alquanto elettrizzata.»

«È una cosa buona, allora.»

Tirai di nuovo il filo della coperta. «Credo di sì. Sono nervosa al pensiero di ascoltarlo. Okay, no, me la faccio sotto dalla paura al pensiero di ascoltarlo. Da una prospettiva esterna.»

«Prenditi il tuo tempo. Non ascoltarlo finché non sarai pronta.»

«Quando sei diventato così saggio?»

«Sono nato così.»

Intravidi di nuovo l'orologio. «Oh, cavolo. Devo proprio scappare.»

«Di' a Big E che lo saluto,» fece Theo.
«Sarà fatto. Ti scrivo più tardi?»
«Mi trovi qui.»
«Ciao, Teddy.»
«Ciao, Kace.»

CAPITOLO 16

Kacey

Il mio volo atterrò ad Albany il pomeriggio prima del matrimonio, e arrivai appena in tempo per la cena di prova in una lussuosa steakhouse. Dena aveva sei damigelle, ed ero entusiasta di scoprire che Tania King, la ex assistente di Jonah, era una di loro. Ci abbracciammo e piangemmo un po'; vederla bastò a riportarmi una marea di ricordi. Mi confidò di essere elettrizzata che fossi lì per un motivo molto più pratico.

«A parte i Fletcher, non conosco proprio nessuno qui,» disse.

«Ehi, siamo sulla stessa barca.»

Lei mi prese sottobraccio. «Oh, grazie al cielo. Sei mia.»

Restammo l'una accanto all'altra anche a cena, e Tania mi raccontò tutto del suo lavoro allo Studio Chihuly di Seattle.

«È incredibile,» mi disse mentre gustavamo la zuppa di vongole. «Mi sveglio ogni mattina pensando: *Porca miseria, questa è la mia vita adesso*. Grazie, e non di poco, a Jonah.» Si fece più vicina a me e abbassò la voce. «In tutta onestà... e detesto persino dirlo, ma domani sarà dura senza lui qui. Il buco vuoto nella mia vita... è più semplice ignorarlo quando sono a Seattle. Ma qui, circondata da tutti i suoi amici...» I suoi occhi scuri percorsero la tavolata, prendendo nota di ogni ospite. «Non riesco nemmeno a immaginare quanto debba essere dura per Oscar e Dena.»

Il mio sguardo si diresse verso la coppia felice alla fine della lunga tavolata. Alla sinistra di Oscar era seduto Theo, affascinante con dei pantaloni scuri e una camicia elegante. Niente cravatta, le maniche arrotolate fino agli avambracci, i tatuaggi scuri che vorticavano fino ai polsi.

«E tu come stai?» mi domandò Tania con dolcezza. «Ho sentito che hai lasciato Las Vegas.»

Probabilmente era stata troppo impegnata con il lavoro per venire a sapere molti dettagli della mia situazione, e una parte di me avrebbe voluto sorridere e alleggerire le cose. Ma il mio personale piano di guarigione prevedeva di essere quanto più onesta possibile. Con chiunque.

«Già, mi sono trasferita. Non ce la facevo. Adesso vivo a New Orleans.» Rigirai la mia zuppa. «Questa è la versione ripulita di ciò che è successo. La versione "peste nera" è che sono scappata senza dire a nessuno dove ero diretta e ho trascorso gli ultimi sei mesi a New Orleans a sbronzarmi fino all'oblio.»

Le sopracciglia di Tania scattarono verso l'alto, ma poi lei annuì. «Okay.»

«Theo mi ha trovata, ha mollato tutto per aiutarmi a disintossicarmi; e per lui non è stata certo una passeggiata, credimi. Adesso sono qui, vestita di tutto punto per un matrimonio, anziché morta da qualche parte dentro un fossato.»

«Sono così felice che tu sia qui.» Gli occhi di Tania saettarono verso Theo. «Quel ragazzo è una roccia.»

«In che senso?»

Tania prese un cucchiaio di zuppa, poi si tamponò la bocca con il tovagliolo. «Sai che ero l'assistente di Jonah al laboratorio. La Carnegie Mellon mi aveva pagato per quel lavoro. Ma sapevo che per un'installazione delle dimensioni che aveva previsto Jonah, due persone non sarebbero bastate a completarla in tempo. Io non potevo esserci sempre, avevo le mie lezioni all'università. Perciò è subentrato Theo. Non aveva mai lavorato prima con il vetro. Io e Jonah gli abbiamo mostrato le basi, e lui ha imparato subito. Il lavoro doveva essere completato, e lui era intenzionato a farlo. Ci ha dato dentro, con tutto se stesso. E una volta conclusa l'installazione, ho ricevuto tutti i meriti per il lavoro di assistenza. Ho cercato di convincere Theo a mettere il suo nome sui documenti per la mostra al Wynn. Jonah ci ha provato. Diamine, Jonah stava per farlo senza il permesso di Theo. Ma lui ci ha scavalcati, è andato direttamente da Eme Takamura e le ha detto che il suo nome non doveva comparire da nessuna parte in relazione con l'installazione.»

«Perché non ha voluto prendersi nessun merito?»

Tania fece spallucce. «È fatto così. Perciò non mi sorprende affatto che abbia mollato tutto per venire da te quando avevi bisogno di lui. È così che fa. Se c'è un lavoro da fare, lui lo fa.»

Annuii, pensando al fatto che Theo stava facendo da testimone a Oscar. *Perché lo avrebbe fatto Jonah.*

Tania si era fatta silenziosa. Vidi la sua mascella fremere, e lo sguardo fisso sul bicchiere d'acqua di fronte a lei.

Le coprii la mano con la mia. «Ehi.»

Sorrise, senza guardarmi. «Dio, mi manca da morire.»

«Lo so.» Quelle parole racchiudevano la verità più dura e profonda per chiunque in quella stanza.

Mi manchi, Jonah. Manchi a tutti noi.

Era facile sentire di essere quella che soffriva più di tutti. Credere di dover essere io a strozzarmi con la maggior parte del dolore. Un gigantesco boccone, mentre tutti gli altri dovevano solo masticarne piccole parti. Ma chiunque avesse conosciuto Jonah aveva un piatto di dolore da dover mandare giù.

Ogni istinto mi gridava di cambiare argomento prima di ricominciare di nuovo a piangere, ma invece strinsi le dita di Tania.

«Jonah non avrebbe potuto finire l'installazione se non fosse stato per te,» dissi. «So per certo che ti considerava una dei suoi migliori amici. Ti voleva un bene dell'anima. È per questo che ti manca da morire.»

«Grazie, Kace.» Tania sorrise e si asciugò una lacrima. «So che è così, ma è bello sentirlo dire da qualcun altro.»

* * *

La mattina seguente, ci dirigemmo in un corteo di berline al Centennial Club, venti minuti fuori da Albany. Il club era una sontuosa villa del Diciottesimo secolo, con molti timpani che spuntavano dal tetto rosso. Sorgeva su un enorme prato, come un'isola che galleggiava in un mare piatto e verde.

Dena e le sue damigelle, assieme alla madre e alla nonna, furono sistemate in un'ala della grande villa, mentre Oscar e i suoi amici erano nell'altra. La cerimonia si sarebbe tenuta nell'ampio giardino sul retro, che sembrava più un campo da football, e il ricevimento nel grande salone da ballo.

Nell'ala est, noi damigelle indossammo i nostri abiti color corallo, mentre a Dena venivano sistemati capelli e trucco. L'abito senza spalline aveva delle pieghe che si incrociavano sul corpetto e scivolava fino al pavimento in una morbida cascata di seta.

La madre di Dena, una donna dall'aspetto elegante con un abito più modesto della stessa sfumatura rosa-arancio dei nostri, dedicava le sue attenzioni alla figlia, mentre la nonna ottantenne di Dena sedeva su una sedia e osservava. Sia la madre che la nonna mi scoccarono qualche occhiata di sbieco, come anche due delle damigelle che non avevo mai visto prima.

Mi guardai nello specchio a grandezza intera. I tatuaggi che scendevano lungo il mio braccio destro e la chitarra nell'interno del mio polso sinistro creavano un netto contrasto con il fluttuante pastello dell'abito.

Dena mi si avvicinò, il suo solito sorriso compiacente e pacifico in volto. Sembrava raggiante, e molto più calma di qualunque altra sposa avessi mai visto.

«Kacey,» disse con dolcezza. «Sei bellissima.»

«Questo spetta a me dirlo. Dena... sei strepitosa.» Mi sfregai le braccia, come se potessi grattarmi via i tatuaggi solo per quel giorno. «Non sono troppo sicura che i tatuaggi si intonino al vestito.»

Dena si allungò verso il vassoio con i nastri, le forcine e le spazzole del parrucchiere, e prese una rosa di seta nera. «Credevi che mi fossi dimenticata che avevi questi tatuaggi quando ho scelto l'abito?»

«No, ma riesco a sentire tua nonna che mi fissa,» dissi. «Voglio che questa giornata sia perfetta per te.»

Il suo sorriso si allargò mentre fissava il fiore di seta dietro il mio orecchio sinistro. «Questa giornata sarà perfetta perché le persone che amo sono qui, così come sono.»

Mi esaminai allo specchio. Nessuna delle altre damigelle aveva un fiore nero, ma non avevano nemmeno dei tatuaggi lungo le braccia. Però dovevo ammetterlo, la rosa nera era un accessorio perfetto, che si abbinava ai miei tatuaggi e completava l'insieme del look.

Tania si avvicinò. «Sei la damigella più cazzuta che abbia mai visto,» disse, splendida nel suo abito. Mi prese a braccetto. «Forza. È l'ora del rock n'roll.»

Scendemmo le scale, e una wedding planner dall'aspetto stressato ci sistemò al nostro posto. Dena era come una nuvola di tranquillità, che fluttuava tra noi con il suo abito bianco di seta, mentre tutte noi le ronzavamo intorno come nervosi uccellini.

Un violoncellista suonò *Il canone in Re maggiore* di Pachelbel, e a turno marciammo fuori dalla casa tra le fila di sedie bianche posizionate sul prato. Oscar e i suoi testimoni erano già sotto una tettoia bianca, rivestita di rampicanti verdi e fiori rosa.

Fu il mio turno di percorrere la navata, ed ero in paranoia al pensiero che i miei tacchi affondassero troppo nell'erba rigogliosa e mi facessero crollare a terra davanti a tutti.

Bella figura per una cazzuta.

Oscar era splendido nel suo smoking, ma un tantino pietrificato. Il mio sguardo trovò Theo in piedi accanto a lui. In smoking.

Oh, wow...

Era di una bellezza devastante. I capelli pettinati all'indietro, le mani serrate davanti a sé, con i gemelli che rilucevano al sole. La sua espressione era piatta per la noia, finché non mi vide. La sua bocca si spalancò appena e i suoi occhi si sgranarono.

Gli sorrisi, tentando un lieve cenno di saluto da dietro il mio piccolo bouquet di rose bianche. Theo non rispose ma mi fissò in quel modo tutto suo, come se non riuscisse a credere che fossi reale. Pensavo si trattasse di un momento di giocosa complicità, ma quando mi avvicinai al mio posto sulla piattaforma, il suo sguardo si fece più duro e di colpo lo distolse.

Okay, bene.

La cerimonia fu della durata perfetta, né troppo corta per far sembrare eccessivo tutto il clamore, né troppo lunga perché la gente iniziasse a essere impaziente. Oscar e Dena si scambiarono le tradizionali promesse, poi si baciarono mentre il sole tramontava alle loro spalle. La folla esultò e la processione fece ritorno in casa per il ricevimento.

Per la marcia conclusiva, fui accoppiata a un amico di Oscar. Theo ovviamente scortò la prima damigella d'onore, che si aggrappò al suo braccio con eccessivo zelo, notai. Gli ridacchiò qualcosa nell'orecchio, che lui ignorò.

Una volta dentro la villa, Theo ignorò anche me. Il corteo di invitati fece le foto con Oscar e Dena, poi fummo liberi di goderci i cocktail e gli stuzzichini che vennero serviti nel grande soggiorno. Un violoncellista suonava in un angolo sotto le sommesse conversazioni di un centinaio di invitati.

Da sopra un piattino di snack, Beverly si rivolse in modo enfatico a Theo, Tania e me. Henry mi fece promettere di riservargli un ballo, anche se i suoi occhi vagarono più di una volta sui miei tatuaggi mentre chiacchieravamo. Theo non disse una parola.

«Che c'è che non va, caro?» domandò Beverly. «Nervoso per il tuo brindisi?»

«Già,» borbottò. «Presumo di sì.»

Lo presi da una parte. «Ehi? Che ti succede? Sul serio.»

«Sul serio? Odio fare discorsi, cazzo.»

«Immaginati che siano tutti in mutande. Ho sentito dire che aiuta.»

«Io immagino tutti che pensano: *lassù dovrebbe esserci Jonah*.»

Il sorriso scivolò via dal mio volto come una maschera di carta. «Teddy,» dissi con dolcezza.

«Era già dura senza lui qui. Io sto rendendo tutto dieci volte peggio.»

«Non è vero,» dissi.

Lui si guardò attorno con sguardo tetro. «Ah no? È quello che penso. Jonah e Oscar erano migliori amici. Io sono come un pessimo rimpiazzo.»

«Non è vero,» ribadii, afferrandogli il braccio. «A tutti noi manca Jonah, ma nessuno pensa che tu sia...»

«Il premio di consolazione?» disse Theo, incrociando il mio sguardo per la prima volta. «Lascia stare. Voglio solo farla finita il prima possibile.» Buttò giù lo champagne e posò il bicchiere su un tavolino.

«Te la caverai alla grande,» dissi.

La sua espressione si addolcì mentre ammirava il mio abito, i miei capelli, e infine il suo sguardo andò a scrutare il mio volto. Sembrava sul punto di dire qualcosa, ma cambiò idea, e i suoi lineamenti si indurirono di nuovo. «Oscar avrebbe dovuto scegliere qualcun altro,» disse, e si allontanò.

Feci per seguirlo, per dirgli che Oscar lo aveva scelto perché voleva *lui*, ma la wedding planner spalancò le porte del grande salone da ballo e gli ospiti confluirono al suo interno, trascinandomi nella corrente.

Quando entrammo si levò un ansito collettivo. I pavimenti di legno brillavano nella luce di una dozzina di diverse sorgenti: delicati lampadari sul soffitto, applique alle pareti e incredibili centrotavola su ciascuno dei tavolini tondi. Fiori, posate d'argento e delicati coperti in ceramica erano sistemati in modo semplice ma incredibilmente elegante. Riuscivo a vedere il tocco di Dana in ogni dettaglio. Un tavolo tondo fasciato con una tovaglia brillante rossa e dorata era rivestito di ciotole di semi di papavero e riso, piccole coppette di riso, foglie di tè nero e altri semi di cui non conoscevo il nome. Su vassoi d'argento c'erano Baklava, biscotti di riso e biscotti di mandorla. Il centrotavola era costituito da uno specchio su un piatto argentato e due candelabri. Sentii un uomo dire alla sua accompagnatrice che lo specchio e le candele rappresentavano la luce e il fuoco.

«Luce e fuoco,» mormorai tra me e me, quando vidi che il segnaposto mi faceva sedere tra Tania e Theo.

Ma il mio sorriso svanì quando fu chiaro che Theo non mi avrebbe neppure guardata, e quando lo faceva sussultava e distoglieva lo sguardo, come se gli ferissi gli occhi. Quando giunse il momento del suo brindisi, si alzò con cupa determinazione, un foglio di carta in una mano e un bicchiere di champagne nell'altra.

È una roccia, pensai. *Fa ciò che deve fare.*

La stanza si fece silenziosa, mentre Theo studiava le parole scritte sul foglio. «Al diavolo,» borbottò sottovoce, poi gettò via il foglio e guardò la folla.

«Conosco Oscar da circa vent'anni,» disse. «Da quando eravamo bambini. L'ho conosciuto tramite Jonah. Per quelli di voi che non sanno chi sia Jonah, era mio fratello e il migliore amico di Oscar. Per quelli di voi che *conoscono* Jonah, sapete che preferirei di gran lunga ascoltare lui parlare in questo momento, anziché farlo io stesso. Non posso non sentire che sta ridendo di me, ovunque lui sia, perché sa quanto odi questa merda. Scusate.»

La folla mormorò delle risate, e mi parve di riuscire ad avvertire un collettivo sospiro di sollievo. Come se l'elefante nella stanza fosse stato affrontato.

«Oscar e Dena sono fatti l'uno per l'altra,» proseguì Theo. «Non c'è molto altro da dire a parte questo. Lei è la quiete della sua tempesta, la poesia delle sue barzellette sconce, l'opera delle sue partite di football. Ognuno colma i vuoti dell'altro. Si sollevano a vicenda e si sostengono quando le cose vanno di merda.» Tossì un altro "scusate" e il pubblico rise.

«Ma hanno in comune molto più di quanto pensiate. Sono entrambi le persone migliori che conosca. Sono entrambi generosi nei confronti dell'altro e dei loro amici. Hanno più amore nei loro cuori di quanto molte persone abbiano nei mignoli. Dovremmo avere tutti la fortuna di trovare qualcuno che è l'altra metà di noi stessi. Di far parte di una coppia perfetta come Dena e Oscar.» Sollevò il bicchiere. «Congratulazioni, ragazzi. Potrei dire che spero passiate una lunga e felice vita insieme, ma non ce n'è bisogno. So che sarà così.»

Gli ospiti ricambiarono il brindisi, e Theo fu rapido nel risedersi di nuovo.

Gli toccai il braccio. «È stato perfetto.»

Sembrava come se stesse per dirmi qualcosa di brusco, o magari proprio nulla. Ma rilasciò un sospiro e annuì con riluttanza. «Sono solo felice che sia finita.»

Il DJ suonava, la gente mangiava, ballava e rideva, e io tentai di non pensare a quanto avrei voluto che Jonah fosse lì. Mi sforzai di non cercarlo, o di non voltare la testa e aspettarmi di vederlo lì, con la mano tesa verso di me, che mi chiedeva di ballare.

Alla fine, non riuscii più a sopportare di restare seduta a cullare il dolore nel mio cuore.

«Ehi.» Tamburellai sulla spalla di Theo. «Mi hai promesso un ballo.»

«Scusa,» fece lui. «Non me la sento.»

«Ehi,» ripetei, con la voce che si incrinava. «Manca anche a me.»

A quel punto Theo mi guardò, i suoi occhi si addolcirono nel modo in cui avevano fatto prima, ma stavolta rimasero così. «Già,» disse.

Il DJ mise *Everything I do* di Bryan Adams. Mi alzai in piedi e protesi la mano. «Balla con me.»

Theo mi prese la mano e lasciò che lo tirassi su, ma poi fu lui a condurmi sulla pista da ballo, superando le coppie che dondolavano verso uno spazio libero.

La sua mano sulla mia vita era solida, e la sua presa sulla mia mano era così rigida, che le nostre mani rimasero sospese a mezz'aria. Non sarebbe andato bene per me. Io avevo bisogno di stringere ed essere stretta.

Mi feci più vicina, posai la testa sul suo petto e tirai le nostre mani strette verso di me per posarle sul suo cuore. Lui si irrigidì, poi si rilassò contro di me, ancora forte e saldo ma modellando il suo corpo perché si adattasse al mio.

«Così è meglio,» dissi, accoccolando la testa sotto il suo mento, dove si incastrava alla perfezione.

«Già,» disse lui sottovoce. «Lo è.»

CAPITOLO 17
Theo

G*razie al cielo.*

Non sapevo di averne bisogno. Non finché Kacey non appoggiò la testa sul mio petto. Una comunione con un'altra persona che soffriva, la sola altra persona sul pianeta che fosse stata vicina a Jonah quanto lo ero stato io.

Posai la guancia contro la fronte di Kacey. Ruotammo in un lento cerchio, muovendoci a malapena, limitandoci a stringerci l'un l'altro. Il mio corpo sarebbe dovuto impazzire con lei premuta così contro di me. Ma non c'era nulla di sessuale nel calore che mi pervadeva. Solo conforto. Quella donna sapeva esattamente come mi sentivo. Non dovevo dire una sola parola. Non dovevo spiegare perché stavo di merda, perché mi sentivo fuori posto o perché avevo trascorso tutta la serata con l'orecchio teso verso la voce di Jonah, sforzandomi di sentirlo tra la folla, girando il collo per vederlo ridere con Oscar.

Lui avrebbe dovuto esserci. Per fare il brindisi, per

danzare con nostra madre, con Dena, e soprattutto con Kacey. Mi avrebbe spezzato il cuore, ma avrei dato qualunque cosa al mondo per spostare lo sguardo e vedere Kacey stretta tra le braccia di Jonah.

Invece, era tra le mie, il mio corpo assorbiva la sua pace come una spugna si impregnava d'acqua. Una parte di me si sentiva un imbroglione. Un truffatore. Un premio di consolazione.

L'altra parte di me si sentiva a casa.

«È piacevole,» mormorò Kacey. «Ogni volta che sento che sto andando in pezzi, tu mi rimetti in sesto.»

«Lo stesso vale per me,» dissi. «Questo momento... è piacevole.»

Lei si accoccolò di più contro di me e io strinsi la presa, non volevo che la canzone finisse. Se avessi chiuso gli occhi, sarei riuscito a tenere fuori il mondo un pochino più a lungo. Ma alzai lo sguardo e vidi Oscar che mi stava fissando, gli occhi severi, le sopracciglia aggrottate per la confusione. Mentre io e Kacey giravamo, vidi il nostro tavolo, dov'erano seduti i miei genitori. Ci stavano guardando danzare, mio padre con le labbra strette e mia madre mi fece un sorriso nervoso quando i nostri sguardi si incrociarono.

Mi ritrassi da Kacey, smisi di modellare il mio corpo con il suo. La canzone si concluse proprio in quell'istante, ma la mia improvvisa interruzione la colse di sorpresa. Alzò lo sguardo verso di me, e quel senso di pace che aveva avuto durante il nostro ballo abbandonò i suoi incredibili occhi blu, e il mondo reale, quello senza Jonah, vi rientrò di nuovo.

«Scusa,» borbottai mesto. «Scusa, Kace... Io...»

«Va tutto bene,» disse lei con dolcezza. «È stato bello. Per qualche minuto almeno, no?»

La riaccompagnai al nostro tavolo e lei si scusò e andò al bagno. Tania balzò in piedi per unirsi a lei.

«È così dolce da parte tua confortare Kacey in quel modo,» disse mia madre. «Deve soffrire moltissimo.»

Annuii, con la mascella serrata. Tutto l'antico dolore e la rabbia ripresero a ruggire, distruggendo il mio ultimo brandello di pace con Kacey. «Sì,» dissi, ringhiando ogni parola. «Infatti.»

«Sei meraviglioso a prenderti cura di lei,» disse mia madre, apparentemente sollevata. «So che Jonah ne sarebbe felice.»

«Lo è,» borbottai, traendo un sospiro e costringendomi a calmarmi. «So che lo è.»

Perché era quello che gli avevo promesso, di prendermi cura di Kacey.

L'altra metà della promessa di Jonah non mi era mai sembrata più difficile da mantenere.

* * *

Tania e Kacey tornarono dal bagno giusto in tempo per il lancio del bouquet. Kacey cercò di rifiutarsi, ma Tania la tirò per un braccio. «È solo una sciocchezza divertente. O, nel mio caso, è la ricerca di quanto più aiuto possibile.»

Kacey fece una risatina e acconsentì, ma entrambe tornarono a mani vuote. Mia madre parve davvero sollevata, come se afferrare un dannato mazzo di fiori significasse qualcosa.

«Ho fatto del mio meglio,» disse Tania, con finta amarezza. «Ma Oscar ha una segreta campionessa olimpionica di salto in alto nel suo lato della famiglia. Ve lo dico, era tutto truccato.»

Tutti risero, ma Kacey si limitò a sorridere, lo sguardo perso nel vuoto.

Sembra stanca, pensai. Lo schermo del mio telefono indicava la mezzanotte quando Oscar e Dena si cambiarono con abiti più casual e partirono per l'aeroporto. Gli ospiti li guardarono dal portico frontale della Centennial House mentre si allontanavano su una berlina, con *Just Married* scritto su tutti i finestrini con la schiuma. Alcuni lanciarono riso, altri zucchero, una tradizione iraniana che significava un augurio di una dolce vita.

Mi chinai verso Kacey. «Vuoi uno strappo all'hotel? È tardi.»

Lei sorrise con fare stanco. «Dio, sì, sono sfinita.»

Condussi i miei genitori, Tania e Kacey all'hotel ad Albany. Ci organizzammo per fare colazione la mattina seguente, e ci demmo la buonanotte con un palpabile senso di sollievo che la serata fosse finita. Il primo grande evento delle nostre vite in cui Jonah era stato assente.

Accompagnai Kacey verso la sua stanza. Fuori dalla porta, lei si fermò. «Adesso che siamo qui, stranamente sono sveglia. Mi guarderò un film. Vuoi vederlo con me?»

È una pessima idea, disse una voce dentro di me, rammentando lo sguardo severo di Oscar e il sorriso nervoso di mia madre.

«Certo,» dissi. Non stava succedendo nulla tra me e Kacey. Lei era mia amica e mi confortava come niente e nessuno avevano mai fatto prima. Non avevo intenzione di permettere a nessuno di farmi sentire una merda per questo.

Nella sua stanza, mi tolsi la giacca dello smoking e la gettai su uno dei due letti matrimoniali assieme alla cravatta.

«Tania era così buffa riguardo al bouquet,» disse Kacey, togliendosi le forcine dai capelli mentre si dirigeva verso il bagno. «Avresti dovuto vederla. Quando l'altra ragazza lo ha preso, ho creduto che Tania l'avrebbe placcata. Io non ho nemmeno provato a prenderlo.»

«Perché no?»

«In primo luogo, non sono sul mercato. E poi... mi sembrava sbagliato. Avevo la sensazione che se fossi tornata al tavolo con il bouquet, avrei ferito i sentimenti di tua madre.»

Prima che potessi rispondere, lei tornò e indicò la TV. «Quest'hotel ha HBO On Demand. Puoi vedere se hanno *Dirty Dancing*?»

«Ancora?» domandai. «L'ho già visto due volte con te. Dio solo sa quante volte lo hai visto da sola.»

«Quindici.» Kacey sorrise. «La sedicesima è la volta buona.»

«Se insisti.»

«Grazie. Devo togliermi questo vestito di dosso.»

Calciai via le scarpe e mi appoggiai alla testiera del letto mentre Kacey frugava nella sua valigia in cerca di qualcosa con cui dormire.

Sperai che non le servisse aiuto ad abbassare la zip del vestito.

Sperai che le servisse.

Che razza di amico sei.

Riuscì a farlo da sola, e uscì dal bagno con indosso dei calzoncini e una t-shirt. I capelli le ricadevano sulle spalle in onde color miele dopo essere stati intrappolati tutto il giorno dalle forcine.

«È stata una bellissima cerimonia, vero?» disse, accomodandosi sui cuscini del suo letto.

«Già,» dissi, anche se non riuscivo a ricordare granché. Avevo osservato Kacey percorrere la navata, raggiante in quel vestito che le faceva risaltare gli occhi come fossero zaffiri, ed ero uscito di testa. Il resto della cerimonia era stato confuso.

Premetti i bottoni del telecomando e feci partire il film.

«Oscar e Dena avranno dei bambini bellissimi,» disse Kacey dopo qualche minuto.

«Probabile,» risposi.

«E tu? Vuoi sposarti un giorno? Avere dei figli?»

«Sì, certo. E tu?»

Kacey fece un sorriso triste. «Non lo so. Non ho mai pensato di essere il tipo da matrimonio. O il tipo da figli. Sono stata troppo incasinata e troppo a lungo per quel genere di responsabilità. Ma forse. Un giorno.»

«*Un giorno* dovrebbe essere il mio motto.»

«Sei davvero disposto a rinunciare alla tua reputazione di donnaiolo e a sistemarti?» mi domandò con un sorrisetto che per un istante scacciò via la tristezza.

«Non sono così,» dissi. «Non più. Mi sono ripulito.»

«Davvero? Da quello che dice Oscar, ti immagino fuori con una ragazza diversa ogni notte.»

«Sta solo scherzando.»

Lei annuì. «Beh, ti ci vedo sposato.»

«Ah sì?»

«Certo. Me lo hai detto una volta, a te piace la perennità.»

«Già,» dissi, avvertendo un fuoco familiare divampare in presenza di Kacey, lo stesso che avevo sentito sulla pista da ballo. Una pace e un impulso a confidarle la verità. «Voglio qualcosa di reale.»

Lei si rannicchiò sul letto rivolta verso di me. «Ho questa immagine di te che tieni in braccio un bambino, accoccolato sul gomito come una palla da football mentre afferri il pannolino di un altro prima che questi si sporga e cada dal bordo del tavolo. E lo fai senza il minimo stress. Non batti ciglio.» Fece una risatina. «Non so da dove mi sia uscita.»

«Ah davvero?» Volevo lasciar cadere l'argomento, ma era facile parlare con Kacey. «Un mio amico ha avuto una bambina. Posta foto di se stesso che fa un sonnellino con lei sul petto, o del suo pugnetto che gli stringe il dito. Credo che potrei farcela.»

«Quanti figli vorresti?»

«Almeno due,» dissi. «Penso che dovrebbero avere un fratello o una sorella. Io sono felice di averlo avuto.»

Eufemismo del secolo.

Il sorriso di Kacey svanì. «Ci scommetto. Anch'io ho sempre desiderato un fratello o una sorella. Ma già mio padre riusciva a malapena a sopportare me. Non mi sorprende che i miei abbiano avuto solo un figlio.»

«Hai parlato con loro di recente?»

Lei scosse la testa. «Non da... non so nemmeno io da quando.» Fece spallucce, un gesto teso e impotente. «Neanche una parola da moltissimo tempo.»

«Che stronzata,» mormorai sottovoce. Il piacevole calore nel mio petto dovuto a quella conversazione divampò, trasformandosi in rabbia.

«Cos'hai detto?»

«Ho detto che è una cazzo di follia che non ti richiamino nemmeno. Sono passati, quanto? Sei mesi dall'ultima volta che li hai sentiti?»

«Di più,» rispose. «Ho smesso di chiamarli più o meno nel periodo in cui ho conosciuto Jonah. Li ho visti durante il nostro viaggio a San Diego. Lui non te ne ha parlato?»

Scossi il capo. «Non mi ha detto niente, ma quando è tornato il suo volto era come una cartolina.»

Kacey inclinò il capo.

«Ricordo che sembrava... contento. In un modo in cui un uomo nella sua posizione non avrebbe motivo di sembrare.»

Lei mi fissò inespressiva, e io osservai quelle parole far presa su di lei, diffondersi sul suo volto e riportare in superficie uno splendido sorriso. «Grazie, Teddy,» disse a bassa voce.

Feci un gesto di sufficienza. «Ad ogni modo,» dissi. «Hai visto i tuoi genitori quindi?»

Kacey annuì. «Li abbiamo *visti*,» disse. «Letteralmente. Dall'altra parte della strada. Non volevo parlarci. Sembravano felici, perciò li ho lasciati stare. Forse dovrei farlo in modo permanente.»

«È quello che vuoi?» domandai con dolcezza.

Fece di nuovo spallucce, le mani che giocherellavano con i suoi lunghi capelli, esaminandone le punte. «Potrebbe essere più semplice che venire rifiutata ancora e ancora.»

«Capisco cosa intendi,» dissi.

«Già, vero?» Si sedette sui cuscini. «È una domanda personale, ma Henry è sempre stato duro con te?»

Annuii. «Da quando io e Jonah eravamo piccoli. Nulla è mai abbastanza buono. Non lo sopporto. Sono così stufo che mi importi di cosa il mio vecchio pensa di me, eppure non riesco a smettere.» Feci un verso di scherno. «Sembro proprio uno stupido piagnucol...»

«Ehilà, guarda con chi stai parlando,» disse Kacey. «È frustrante da morire, vero? Come se non volessi che ti importasse, ma invece ti importa. E molto.»

Guardai il suo bellissimo volto sincero e le sue semplici parole mi risuonarono nel cuore. «Già, è così.»

«Perché è così duro con te?» domandò. «È mai stato duro con Jonah come lo è con te?»

«Decisamente no. Non ce l'ho mai avuta con Jonah per questo. Nemmeno quando eravamo piccoli. Lui mi difendeva ma non mi ha mai compatito. Non avrei mai potuto odiarlo. O essere geloso di lui...»

Il dolore che tenevo rinchiuso con tanta forza dentro di me minacciava di esplodere. Serrai ancor di più il coperchio.

«Papà non ha mai approvato la mia arte e mai lo farà. Dovrei abituarmici o farmene una ragione. Se non fosse per mia madre, me ne andrei da Las Vegas e aprirei un salone da qualche altra parte.»

«Ah, davvero? Mi viene in mente una città a cui servirebbe il tuo talento,» mi punzecchiò Kacey, poi mosse la mano in aria, quasi a disperdere le parole come fossero fumo. «No, Beverly ha bisogno di te. E credo che con Henry tu possa rimediare. Sento che nel profondo può cambiare idea.»

«Cosa te lo fa dire?»

«Mi basta paragonarlo a mio padre.» Si lasciò ricadere sui cuscini. «Io e papà siamo una causa persa. Credo che anche io e mia madre la stiamo diventando. Ogni giorno in cui non le parlo le rende più semplice fare a meno di me.»

«Fare a meno di te per *cosa*? Perché lui ti ha tagliata fuori? Perché è stato uno stronzo con te così a lungo, e perché lei gli dà corda?»

Kacey scrollò le spalle. «Non lo so. Sento come se mia madre non mi stesse dicendo qualcosa riguardo a mio padre. Quando ero piccola e vivevo ancora in casa, lui a malapena mi guardava. Come se gli ferissi gli occhi. E a volte beccavo mia madre a guardarmi nel modo in cui si guarda una vecchia fotografia. Con nostalgia.»

Scosse il capo. «So che non ha alcun senso, ma era la *sensazione* che mi dava. Come se le mancassi... anche se ero sempre lì davanti a lei.»

«Forse si sentiva una merda perché non ti difendeva,» dissi.

«Forse.» Fece un lieve sorriso e si voltò sul fianco per guardarmi. «Tu e io siamo molto simili, Teddy.»

Fissai la TV, dove il film stava andando avanti senza un pubblico. Baby cercava di imparare i passi per quel primo ballo con Johnny, nervosa e tentennante. «Abbiamo entrambi un genitore che non possiamo compiacere,» dissi.

«Già.»

«E a entrambi manca Jonah.»

«Dio, sì, eccome. Arriva come fosse un'ondata. Imprevedibile. Mi assale quando sono con i miei amici a New Orleans, o quando stavo registrando quell'album... Oh mio Dio, cantavo una traccia e pensavo "Non diventerà mai più semplice. Il nostro tempo è stato breve, ma anziché stare male perché è finita, sono solo felice che sia successo". Come se il mio cuore dopotutto stesse guarendo. E poi rovino completamente la traccia successiva con un orrendo scoppio di pianto e penso "Non supererò mai questa cosa. Non riuscirò mai a mantenere la promessa che gli ho fatto".»

Sollevai la testa verso di lei. «Quale promessa?»

I suoi occhi blu brillarono come vetro. «All'ultimo stava estorcendo promesse. Ricordi?»

«Ricordo,» dissi pacato.

Il sorriso di Kacey era straziante quando abbassò lo sguardo sulla coperta. «Per me è stato promettergli che avrei amato qualcun altro.»

Il mio cuore iniziò a martellare mentre il sangue mi confluiva alle orecchie. La sua promessa e la mia si collegarono tra loro nella mia mente. Nel mio dannato cuore.

«Gliel'ho promesso,» stava dicendo a bassa voce. «Ho detto di sì. Non volevo farlo e non dicevo sul serio. Mi sembrava impossibile. Ma era così stanco...» Ricomparvero le lacrime, e la sua voce si fece debole e sofferente. «Era così stanco. Ma poi gliel'ho promesso ed era felice.»

Un migliaio di emozioni diverse ribollirono dentro di me. Mi si torsero le budella, come se avessi mangiato e poi fossi saltato sulle montagne russe.

Aveva chiesto a lei di amare ancora.

Aveva chiesto a me di amarla.

Che cazzo, Jonah.

Kacey si asciugò il viso contro la federa del cuscino. «La mia speranza è che un giorno la promessa smetta di sembrare impossibile da mantenere. Ma che succeda o no, almeno l'ho reso felice all'ultimo. È questo che conta.» Alzò lo sguardo verso di me. «Vero?»

«Sì,» dissi, con voce gracchiante. Poi con maggiore forza aggiunsi: «Sì. È la cosa più importante.»

Lei si fece prendere dal film, mentre io fissavo distrattamente la TV. Perso tra i miei pensieri, incapace di comprendere la profondità del cuore di mio fratello. Un uomo che aveva detto all'amore della sua vita, nel momento dell'addio, di amare qualcun altro.

E a suo fratello, una promessa di amarla...

* * *

Il film finì. Kacey si era addormentata. Scivolai giù dal letto su cui ero sdraiato, mi misi le scarpe, afferrai la giacca e la cravatta. La porta cigolò con un suono simile a una maledetta iena, ma Kacey si limitò a girarsi e continuare a dormire. La richiusi bene, assicurandomi che non si riaprisse.

Nel corridoio silenzioso verso la mia stanza, le nostre promesse, la mia e quella di Kacey, si collegarono di nuovo nella mia mente, ancora e ancora, come coppie che danzavano a un matrimonio.

CAPITOLO 18

Kacey

Tornai a casa in una New Orleans umida e piovosa. Avevo appena trascinato la valigia in salotto e mi ero appena sfilata la giacca quando sentii Yvonne chiamarmi a voce alta. Andai in cucina e aprii la finestra.

«È arrivato questo per te,» disse. «Due giorni fa.» Mi lanciò un pacchettino piatto e quadrato avvolto nella carta marrone al di là del piccolo spazio che separava le nostre case. «Stava piovendo, perciò l'ho salvato.»

«Grazie, Yvonne.» Sapevo che cosa fosse. Un CD. E il mio cuore mancò un battito.

«Com'è stato il matrimonio?» domandò, mentre una lieve pioggia picchiettava sopra i nostri tetti.

«È stato bello,» dissi, «ma sono felice di essere a casa.»

«Anch'io sono felice che tu sia tornata, tesoro,» disse. «Passa domani per dei beignet con il tè, così mi racconterai tutto.»

«Affare fatto.»

Una volta in salotto, mi sedetti sul divano, rigirandomi il pacchettino tra le mani. Nella parte frontale era scribacchiato un piccolo messaggio.

È meglio di quanto tu possa immaginare!

Non ne ero così sicura. Per Grant e Phoebe quello era un album indie che tutti speravamo potesse vendere qualche copia. Per me era una storia d'amore, quella tra me e Jonah, messa in musica e parole, dall'inizio alla fine.

Portai il CD in camera e lo posai sul letto accanto alla sfera dell'universo.

«È stata una bellissima cerimonia,» dissi mentre mi toglievo i jeans e la blusa di seta scura. «Avresti dovuto vedere Dena. Era raggiante. E Oscar sembrava farsela sotto dalla paura, ma anche innamoratissimo. E Teddy...»

Indossai i pantaloncini del pigiama e la mia t-shirt sbiadita degli *Wham!*. «Saresti stato così fiero di lui. Lo faceva star male essere il testimone. Ha detto che riusciva a sentire cosa stessero pensando tutti riguardo a te. Ma ha fatto un discorso perfetto.» Affondai nel letto accanto alla sfera, sfiorando con le dita il vetro liscio. «Ma tu lo sai, giusto? Tu eri proprio lì. Hai visto come abbiamo parlato di te. Lo abbiamo fatto tutti, per tutta la sera. Ci manchi così tanto. Devi per forza saperlo.»

Tirai su con il naso, mentre le lacrime ricadevano sul piumone bianco. Recuperai il mio laptop dal pavimento e ci infilai dentro il CD.

Iniziò a risuonare la prima canzone, *Riot Girl*, e io mi rannicchiai stringendo la sfera dell'universo e ascoltai.

Ascoltai una ragazza cantare del disastro che era stata e dell'uomo dolce e nobile che le aveva dato la forza di rimettersi in piedi.

Ascoltai una ragazza cantare di un amore che l'aveva cambiata per sempre, fin nel profondo della sua anima.

La ascoltai cantare di momenti che le scivolavano tra le dita come sabbia, e di un dolore così intenso da farla quasi affogare in un oceano di lacrime.

Ascoltai una ragazza cantare dell'impossibile coraggio del suo amore. Di come, persino alla fine, il cuore malato del suo uomo aveva avuto la forza di mostrarle un futuro, pur senza di lui.

Strinsi la sfera dell'universo, la premetti contro il mio cuore, e ascoltai una ragazza andare in pezzi in una canzone intitolata *The Lighthouse*.

Quando cantavo quella canzone nei club, era sempre un'àncora emozionale che mi trascinava a fondo e mi faceva venire le lacrime. Piansi quella notte, grandi singhiozzi pesanti che mi fecero venire il mal di stomaco. Ma mentre ascoltavo quella versione di *The Lighthouse*, chiara e pura, senza rumore di sottofondo, udii qualcosa di nuovo. Un violino dietro la triste strimpellata di una chitarra solitaria e la voce rotta di una ragazza. Le sue note salivano di un'ottava rispetto alla chitarra, levandosi in perfetta armonia. Davano una spinta verso l'alto al ritornello, laddove, nelle performance dal vivo, il ritornello sprofondava verso il basso.

Questa volta, udii la speranza.

Mentre le ultime note restavano sospese in aria e poi si dissolvevano, sentii un cambiamento nel mio cuore. Una mano consolatoria che si chiudeva attorno a quel dolore sordo. Sollevai la sfera dell'universo. Cullandola tra le mie braccia, la portai dall'altra parte della stanza e la posai sul suo supporto sopra il cassettone.

«Jonah,» sussurrai. «Ho intenzione di provarci. Devo provare a lasciarti andare adesso. Perché penso... che è quello che vuoi. Giusto? È questo che stavi cercando di dirmi. Non so se posso lasciarti andare del tutto. Ma stasera ho intenzione di provarci.»

Mi baciai la punta delle dita, le posai sopra la sfera, con il suo pianeta solitario e le costellazioni vorticanti.

«Vivi tra le stelle, tesoro. Okay?» La mia voce si incrinò ma non si spezzò, e sorrisi tra le lacrime. «Sei libero. Mi hai reso libera.»

Sapevo che si trattava di uno scherzo della luce della mia camera che mi confondeva la vista tra le lacrime, ma avrei potuto giurare di aver visto tutt'a un tratto i vortici luminescenti di un milione di stelle dentro quella sfera di vetro risplendere con più intensità.

Chiusi gli occhi.

Inspirai. *Tu sei un universo...*

Espirai. *Nessun rimpianto, solo amore...*

E sulla corrente di quei lievi respiri, sussurrai a Jonah: «Buonanotte, amore. Ti amo. Ti amerò per sempre...»

The Lighthouse

Sul fondo della bottiglia

Riesco a non sentire
Ogni notte che passa
Posso fingere di non soffrire

La riva si allontana
Lo scafo si sta spezzando
E mentre affondo imploro
Le stelle che mi stanno guardando

Di accogliermi tra loro
In quel mondo silente
Racchiuso nella tua sfera di vetro
Dove il mio pianto nessuno sente

(Ritornello)
Nel faro
Ai confini del mio mondo
La luce non brilla più,

Mi infrango sulle rive rocciose
E le onde mi trascinano giù
Affogo nella marea
Delle mie stesse lacrime
Una cascata inarrestabile
Che riempie l'oceano
Di un dolore insopportabile

La tua luce si è spenta in eterno
Chiudo gli occhi e mi inghiotte
L'oscurità assoluta
Come cenere in un cielo di notte

Di questa ragazza affogata
Rimane soltanto
Un faro spento
In un mondo infranto

Parte Due

Guarirai e ricostruirai te stesso attorno alla perdita che hai subìto. Sarai di nuovo integro, ma non sarai più lo stesso – Elisabeth Kübler-Ross

CAPITOLO 19

Kacey

Due mesi dopo

T*eddy*, scrissi. *Indovina?*

Mi arrendo.

Quasi riuscivo a vedere il suo piccolo sorrisetto compiaciuto. Alzai gli occhi al cielo e digitai la risposta: *Non ci hai nemmeno provato.*

C'è una maratona di film anni Ottanta sulla TV via cavo questa settimana?

Quasi altrettanto fico. Mi morsi un labbro, non volevo sembrare presuntuosa, ma lui era la prima persona con cui volevo condividere quella notizia. *Il mio disco,* Shattered Glass, *è il numero uno su CDBaby e Beatport. Numero sei su iTunes...*

Feci una smorfia e premetti invio. Dopodiché, la risposta di Theo mi fece sorridere da orecchio a orecchio.

Porca miseria! Ti chiamo...

Il mio telefono squillò e risposi. «Porca miseria.»

«Cazzo, è fantastico, Kace.»

«Grazie,» dissi, giocherellando con un filo del cuscino del divano. Il sorriso non si attenuò. «C'è voluto un po' perché le cose si mettessero in moto, ma adesso i download sono piuttosto costanti. È davvero assurdo. Grant e Phoebe dicono che *The Lighthouse* e *One Million Moments* sono i singoli che vendono meglio.»

«Cavolo, eccome,» disse Theo. «Ti ha già chiamato qualche dirigente discografico?»

«No.»

«Lo faranno.»

«Grant pensa che un video su YouTube attirerebbe la loro attenzione. È pieno di idee. Prima che pubblicassimo l'album, parlava di me da sola in una stanza vuota con una chitarra e delle candele. Ma adesso che stanno entrando dei soldi, sta pensando a cisterne d'acqua ed effetti speciali. Riesci a crederci?»

«Sono davvero felicissimo per te, Kace.»

«Grazie, Teddy.»

«Perciò, questi Olsen sono tipi a posto? Non si stanno approfittando di te, vero?»

«Finora sono stati fantastici. Abbiamo un contratto. Riconosco loro il quindici percento di tutto ciò che faccio, più una tariffa fissa per l'uso del loro studio e per la produzione dei CD veri e propri.»

«Mi pare giusto.»

«A me pare anche poco. Se mai farò una valanga di soldi, ho intenzione di occuparmi di loro. Non starei neppure per intraprendere il prossimo passo se non fosse per loro.»

«Qual è il prossimo passo?»

Mi lasciai ricadere sulla sedia con un sospiro. «Grant vuole che facciamo una festa per il lancio del disco.»

«Dove? Quando?»

«Il prossimo venerdì. Le Chacal. Ho fatto in modo che Grant la organizzasse lì, così potrò avere Big E. Ho bisogno di quanti più amici possibili. *Così, per dire.*»

Lo stavo punzecchiando, e al tempo stesso non lo stavo facendo.

«Merda, vorrei poterci essere,» disse Theo. «Ma Gus mi sta già addosso per le assenze dal lavoro. E ho lezione. Mi dispiace...»

«Non dispiacerti,» dissi, nascondendo la delusione nella mia voce. «È costoso, ed è con poco preavviso. Non mi aspetto davvero che tu molli tutto quanto e voli fino a qui per una sciocca festa.»

Ma volevo che lo facesse, mi resi conto. Mi mancava tantissimo, e le nostre conversazioni telefoniche stavano iniziando a sembrare piccole briciole, laddove io volevo un grande banchetto.

Quando è successo?

Mi schiarii la gola. «Ad ogni modo, ti chiamo una volta finita la festa? Sarà sul tardi, però.»

«Non mi importa,» disse lui. «Ci sarò.»

«Sei sempre così buono con me.»

«Ci provo, Kace,» disse lui con dolcezza.

Calò un breve silenzio, pregno di attesa, come se entrambi stessimo trattenendo il respiro. Fui la prima a riprendere fiato.

«Okay, devo andare,» dissi rapida. «Dai a tua madre un bacio da parte mia.»

«Sì, certo, lo farò,» rispose lui con altrettanta rapidità. «Buonanotte, Kace.»

«Buonanotte, Teddy.»

* * *

Giunse la sera della festa, e io ero nervosa da morire. Indossai dei jeans di pelle nera e una blusa di seta grigia con maniche fluttuanti, mi lasciava una spalla scoperta. Mi appuntai i capelli sulla testa, lasciando libere delle piccole ciocche a incorniciarmi il viso. Con una stretta al cuore, mi infilai la rosa nera che mi aveva dato Dena al suo matrimonio dietro l'orecchio. Avrei voluto che lei e Oscar fossero lì a festeggiare con me. E Theo.

E Jonah.

Prima che uscissi di casa mi arrivò un messaggio sul cellulare: *Goditi la tua festa. Te la meriti.*

Nel mio petto fiorì una sensazione di calore, e risposi: *Grazie, Teddy <3.*

Le Chacal era stracolmo. Non avevo mai visto il club così pieno prima. Jonathan, il magro proprietario con una calvizie incipiente, aveva in pratica il simbolo del dollaro negli occhi per il quantitativo di alcol che stava viaggiando. Le porte e le finestre erano aperte, e la gente e la musica si riversavano in strada. I passanti che non avevano alcuna idea di cosa stesse succedendo si fermavano ad ascoltare, e in molti restavano.

Mi diressi verso il tavolo accanto al bar che Grant e Phoebe avevano predisposto per la vendita dei CD. Mi procurai un crampo alla mano firmando cinquecento copertine, convinta che fossero troppe e che fosse impossibile venderne anche solo una parte.

«Cinquecento CD, tutti esauriti,» disse Phoebe, mostrandomi la scatola vuota. «In tempi record.»

«A dieci dollari l'uno.» Grant alzò le mani, con un ampio sorriso. «Lo so che è volgare parlare di denaro, ma diciamo solo che non è male per una serata di lavoro.»

Phoebe mi mise in mano dell'acqua tonica con lime,

che quasi rovesciai sul pavimento un istante dopo, quando Big E mi sollevò e mi fece girare. Era arrivata anche Yvonne con un paio di suoi amici, e ridemmo e parlammo gridando sopra la voce di Louis Prima che riecheggiava dalle casse. Dieci minuti dopo, il telefono nella mia tasca posteriore vibrò per l'arrivo di un messaggio di Theo.

Ti stai già divertendo?

Aggrottai la fronte. *È presto, ma sì.*

Feci per inviarne un altro, ma lui mi batté sul tempo.

Avevi quel fiore tra i capelli al matrimonio.

La mia testa scattò verso l'alto, il mio sguardo che scandagliava la folla mentre iniziava a martellarmi il cuore.

Non è possibile.

Esaminai il bar con gli occhi. Poi tornai indietro. Theo era in piedi assieme a Big E, ed entrambi sorridevano come degli idioti.

Spalancai la bocca. «Non. È. Possibile.»

Theo era bello in modo ridicolo, con una camicia elegante color vinaccia dalle maniche arrotolate e dei jeans scuri. Mi rivolse un sorrisetto impertinente e mi fece "ciao" con il telefono in mano.

Il cuore, già così ricolmo di felicità, mi si allargò nel petto mentre lo sguardo di Theo sosteneva il mio e il suo sorriso si faceva più ampio. Avanzai tra la folla con quanta più rapidità possibile e gli gettai le braccia al collo. «Mi prendi in giro?»

Lo tenni stretto, inspirando lui, la sua pelle, la sua colonia. Sentendo le sue braccia forti attorno a me e la risata che proveniva dal suo petto.

«Non posso credere che tu sia qui!» esclamai.

«Sono qui.»

«Mi avevi detto che eri troppo impegnato con l'università, brutto bugiardo.»

«È così,» disse. «Ma la cosa buffa dell'Università del Nevada è che ti danno il fine settimana libero. Strano, vero?»

Risi, assestandogli una pacca al braccio, poi lo strinsi di nuovo.

«E tu,» dissi, voltandomi verso Big E. «Tu sei suo complice.»

Il massiccio barista alzò le mani «Sono solo felice di rivedere questo tizio tanto quanto lo sei tu.» Il suo sguardo caloroso passò da me a lui. «Beh, forse non proprio *così* felice...»

Presi Theo per mano. «Vieni. Voglio presentarti Grant e Phoebe, e sono certa che Yvonne sarà felicissima di rivederti.»

Theo fece una smorfia. «Spero che stavolta abbia lasciato la mazza da baseball a casa.»

Presentai il mio amico di Las Vegas ai miei amici di New Orleans, e trascorsi il resto della serata a ridere e chiacchierare, circondata dalle persone che amavo. La folla aumentò, e ben presto Rufus mi fece segno dalla regia che era il momento di esibirmi.

Gonfiai le guance e poi buttai fuori l'aria. «Sono io, o c'è davvero una gran folla?»

Phoebe mi prese il drink dalle mani, mentre Grant mi infilava la chitarra a tracolla. Theo si chinò per farsi sentire sopra il rumore, il suo respiro caldo contro la mia guancia, come un bacio.

«Falli secchi.»

Alzai lo sguardo verso di lui. «Grazie, Teddy.» La gente era troppo rumorosa, ma sapevo che mi aveva sentito comunque.

Suonai un paio di canzoni dal disco, inclusa *The*

Lighthouse. L'enorme folla mi offrì il suo silenzio, e io diedi loro tutto ciò che avevo. Ma non ero più la Ragazza Affogata. Anche se avvertivo il dolore per l'assenza di Jonah in ogni parola, nella mia mente sentivo un violino, che innalzava il ritornello con la speranza. Infusi ogni parola di profonda emozione, ma non piansi.

Dopo che ebbi finito la mia performance, accolta da un fragoroso applauso, una band zydeco salì sul palco. Insistettero che mi unissi a loro per un set. Non ero esperta nel loro stile di musica, ma sentii le variazioni e seguii il flusso della musica, e ben presto mi ritrovai a improvvisare con loro. La folla andò in delirio.

Il mio sguardo continuava a cercare Theo tra il pubblico. Ogni volta che lo facevo, notavo che il suo sguardo era puntato su di me, quell'espressione intensa che solo Theo Fletcher possedeva. L'espressione che mi faceva sentire, per pochi brevi istanti, come se nel suo mondo non esistesse nessun altro tranne me.

CAPITOLO 20
Theo

Il giorno seguente, Kacey mi portò in giro per New Orleans per mostrarmi tutti i suoi luoghi preferiti. Adesso che era sobria, mi disse, poteva godersi la città. Era bellissima con indosso una semplice t-shirt e una gonna di jeans, la sua pelle riluceva di salute. Il blu incredibile dei suoi occhi era più chiaro di quanto lo avessi mai visto.

«Mi piace un sacco qui,» disse sopra dei beignet in un localino. «Questa città è così diversa da qualunque altro posto sia stata.» Diede un generoso morso al suo dolce. «Pieno di fantasmi danzanti.»

Annuii con fare assente, ascoltandola solo a metà. «Hai dello zucchero a velo...» Indicai il suo labbro inferiore, che era ricoperto di bianco.

Lei prese un tovagliolo e se lo pulì. «Sparito?»

«Sparito?»

Si era tolta lo zucchero a velo dalle labbra, ma la mia immaginazione mi fece visualizzare mentre mi chinavo sul tavolo e le passavo la lingua sul bordo delle labbra, assaporando quella dolcezza...

All'improvviso fui estremamente grato per il tavolo che mi nascondeva il grembo, e bevvi un lungo sorso di acqua ghiacciata. Fin dal momento che Kacey mi aveva rivelato la sua promessa a Jonah, quella lieve scintilla di speranza nel mio cuore si era infiammata fino a diventare qualcosa di costante. Qualcosa di permanente. Non mi sembrava più come se tra me e lei fosse impossibile.

Ma cosa devo fare? Dirle quello che provo? Non posso dirglielo. È troppo presto. Manderei tutto a puttane.

A qualunque altra ragazza avrei già messo le mani tra i capelli e la lingua in bocca, perché non mi fregava niente di cosa sarebbe successo dopo. Con Kacey, mi importava di tutto, di quel momento e di tutto ciò che sarebbe seguito.

«Sono così felice che tu sia qui,» disse lei di colpo. «So che sono un disco rotto, ma mi manchi.» Si accigliò, aggrottando le sopracciglia come se stesse cercando di risolvere un qualche complesso problema. «A dire il vero, mi manchi un sacco. Più che un sacco. È strano?»

«No.» Tossii. «Anche tu mi manchi.» Rimestai il mio caffè per nascondere quanto le sue parole mi avessero colpito dritto al petto. «Ma in qualche modo sembra che tu abbia chiuso con Las Vegas.»

«Immagino di sì,» disse lei, ancora distratta dai suoi pensieri. «Me la cavo bene qui. Non sto bevendo, sto rispettando i miei impegni, mi sto facendo degli amici. Sto costruendo una vita.»

Annuii. Stava chiudendo una porta e ne stava aprendo una nuova, come aveva detto quella dannata carta dei tarocchi. Nel frattempo, io ero l'Impiccato. Prendere una laurea non mi avrebbe aiutato se ciò significava avviare un'attività a Las Vegas che con tutta probabilità sarebbe fallita.

Se mi trasferissi a New Orleans, potrei costruirmi anch'io una vita qui.

«Hai finito?» mi chiese Kacey all'improvviso, indicando il mio cibo. «Ho bisogno di fare due passi.»

«Andiamo.»

Lasciammo il locale e passeggiammo per il Quartiere Francese. Pensavo che stessimo camminando senza una meta precisa, godendoci quel sabato primaverile, ma Kacey aveva un piano. Mi resi conto che stavamo camminando lungo il margine di uno di quei famosi cimiteri di New Orleans, con file e file di piccole cripte simili a casette che stavano cedendo con il tempo. Dovevano esserci circa ventisei gradi, ma a me venne la pelle d'oca.

«Andiamo dentro,» disse Kacey.

«Sei sicura?»

Lei mi rivolse un sorrisetto. «Perché? Hai paura?»

«No,» dissi con un verso di scherno. «È solo che...» *I cimiteri mi danno i brividi, cazzo.* «...è un posto strano in cui passeggiare.»

«È storico,» rispose Kacey. «E si addice al mio umore. Andiamo.»

La seguii attraverso i cancelli aperti. Il sole della tarda mattinata riluceva cupo su una placca in pietra con sopra inciso *Cimitero di St. Louis #2.*

Camminammo lungo le file di cripte. Fiori, rosari e candele erano disposti sulle loro soglie. Alcune erano recintate con del ferro dalle estremità appuntite, alcune con marmo bianco immacolato. La maggior parte era scurita dal tempo, probabilmente erano state costruite prima ancora che venisse fondata Las Vegas.

«La cripta di Marie Laveau è nel St. Louis #1,» disse Kacey. «È la regina del vudù. Dovremmo andarci prima o poi.»

Feci un verso che avrebbe potuto essere un sì o un no. Non volevo trovarmi neppure dentro *quel* cimitero, ma sarebbe congelato l'inferno prima che lo ammettessi con Kacey.

Trovammo una panchina e ci accomodammo, mentre il sole si levava alto sopra le file di cripte.

«Questo luogo ha degli spiriti irrequieti,» disse Kacey. «Riesci a sentirli?»

Beh, cazzo, adesso sì che li sento, pensai, guardandomi intorno e sfregandomi le braccia. Per fortuna Kacey era persa nei suoi pensieri e non se ne accorse.

«Anch'io sono irrequieta,» proseguì. «Mi sento come se fossi sempre sull'orlo di qualcosa di grosso. Poi qualcosa di grosso succede, come il disco che vende bene o lo spettacolo di ieri sera. Penso: *Okay, ci siamo. Era quello il "qualcosa di grosso"*. Ma il giorno dopo, o persino l'ora dopo, la sensazione ritorna. Sono sempre in attesa di qualcos'altro, ma non ho idea di cosa. È snervante.»

«Io mi sento più o meno allo stesso modo,» dissi. «Ma per quanto mi riguarda, credo che quel "qualcosa di grosso" è ciò che succederà quando mi laureerò.»

«E allora avvierai la tua attività,» disse lei.

«Già, credo. Ma, cazzo, è un rischio. Non so dire se sia la cosa sbagliata da fare, o se sono solo i miei nervi che cercano di dissuadermi. O se è mio *padre* che cerca di dissuadermi.»

«Non lasciare che ti dissuada,» rispose lei. «È il tuo sogno. Non lasciartelo scappare.»

Mi sembrava di sentire Jonah. La sua convinzione e la sua fede in me erano esattamente come quelle di mio fratello: incondizionate.

Kacey mi guardò per un istante, poi abbassò lo sguardo sulle sue mani, la stessa confusione di prima che le corrugava il volto. «Sei il mio migliore amico,» disse. «E quando ti ho visto al bar con Big E ieri sera, mi sono sentita così... felice. Più che felice. Piena di gioia.»

«Ah sì?» risposi, cercando di mantenere piatta la mia voce. «Mi succede spesso.»

Lei mi diede una gomitata nel fianco. «Sono seria. Non mi sentivo così da tantissimo tempo.» Alzò lo sguardo verso di me. «È questo che siamo? Migliori amici?»

«Beh, credo... sì, Kace. Tu sei la mia migliore amica.»

Lei si morse il labbro. «Ti vedi con qualcuna? Qualcuna di speciale?»

«No,» dissi con lentezza. «Nessuna di speciale.»

«Oh,» disse, infilandosi una ciocca di capelli dietro l'orecchio. «A sentire Oscar, sembrava che fosse così. Oppure... non lo so.»

«Si sbaglia,» dissi, più duramente di quanto avessi intenzione. «Gli piace scherzare, e quando lo fa non la finisce più.»

Kacey annuì. «Ad ogni modo, non è affar mio. Me lo stavo solo... domandando.»

«Non ho più frequentato nessuna in modo serio da Holly.»

Che diamine?

Ma le parole mi erano sfuggite, e non c'era modo di rimangiarmele.

Kacey mi fissò. «È stato quasi un anno fa. Hai rotto con Holly quella notte al Great Basin.» Mi rivolse un'occhiata. «Perché? Voglio dire, perché proprio lì, nel bel mezzo del bosco?»

Perché ti ho sentita cantare. E ho capito che non sarei più stato lo stesso.

Feci spallucce, tenendo lo sguardo puntato in lontananza. «Non era destino tra noi. Mi sembrava sbagliato continuare a tirarla per le lunghe.»

«Ma perché quella notte? Perché non aspettare fino a dopo la fine del viaggio?»

Cercai di pensare a una ragione plausibile. La verità, o almeno una parte di essa, sembrava l'unica soluzione. «Sapevo che avrebbe voluto fare sesso quella notte. Ma per me era già finita.»

Kacey sollevò le sopracciglia con un sorriso eloquente. «Perciò avresti potuto spassartela un'ultima volta, ma invece hai scelto la strada più difficile.»

«Non sono poi così spregevole.»

«Non sei affatto spregevole,» disse lei. «Buffo, a quel tempo, io e Dena pensavamo che quello che avevi fatto fosse stato piuttosto sgarbato. Ma a quanto pare, stavi facendo la cosa giusta.»

«E tu?» domandai lentamente, le parole che mi si appiccicavano ai denti. «Ti vedi con qualcuno?»

«No, no,» rispose, stringendosi i gomiti. «Non sono pronta. Penso a come sarebbe, avere un appuntamento con un altro uomo. Tenersi per mano o darsi il bacio della buonanotte, e proprio... non posso farlo. La mia mente neanche ci arriva.»

«Per via di Jonah.» dissi pacato.

Lei annuì, abbassando di nuovo lo sguardo verso le sue mani. «Sto cercando di lasciarlo andare, sai? Ma non penso che sia qualcosa che posso *fare*. Come spegnere un interruttore. Penso sia solo qualcosa che accadrà gradualmente, e saprò che sta succedendo perché inizierò a fare di nuovo delle cose. Andare agli appuntamenti, pensare ad altri uomini...»

Un pensiero le fece incurvare le labbra verso il basso e guardare verso di me. I nostri occhi si incontrarono e la mia guardia iniziò a venire meno, le mura ad abbassarsi. Era seduta così vicina, mi stava guardando, e una vaga consapevolezza iniziò a mettere radici, una realizzazione che si insinuava nel suo sguardo.

Di' qualcosa, Kace. Fa' qualcosa, perché io non posso. Deve venire da te. Deve essere reale...

Si chinò verso di me. «Teddy...»

Mi sentii attirato verso di lei. «Sì?»

«Tu... vai ancora spesso a vedere l'installazione di Jonah?»

Sbattei le palpebre, e la risata imbarazzata di Kacey spezzò la tensione che aleggiava nell'aria come fibre di vetro. «Scusami, è proprio un discorso a casaccio. È solo... Ci sei sempre stato per me. Mi domandavo se volessi parlarne. O parlare di lui.»

La delusione mi fece tornare sulla Terra con uno schianto. «No, sto bene.»

«È quello che hai detto l'ultima volta,» rispose lei. «È davvero così?»

«Sto bene, Kace. Te lo assicuro.»

Kacey si voltò sulla panchina per guardarmi in faccia. «Teddy. Io sono qui per te. Anche se siamo a centinaia di miglia di distanza, io ci sono. Se mai avessi bisogno di me come io ho avuto bisogno di te...»

Avrei voluto toccarle il viso. Avrei voluto dirle che avevo bisogno di lei in un modo che non poteva immaginare. Avrei voluto dirle la verità.

«Kacey...»

Ma non potevo dirlo. Quelle parole, nate nel mio cuore, risalirono verso l'alto e mi si incastrarono in gola, intrappolate dalle scuse. *È troppo presto. Non è pronta. Lo ha detto lei stessa...*

«Grazie. Anch'io ci sono per te.»

Dio, sei patetico.

Kacey annuì. «Perché siamo amici. E gli amici

sentono la reciproca mancanza quando sono lontani, e sono felici di vedersi quando sono insieme. Ha senso. Giusto?»

«Certo,» dissi lentamente.

Lei sospirò. «Immagino che allora non ci sia altro da aggiungere.»

Ci avviammo verso casa sua. Ma quell'espressione perplessa non abbandonò il suo volto.

Anche gli amici si innamorano, avrei voluto dirle, ma era troppo tardi. Quel momento mi era scivolato via dalle dita, e io glielo avevo permesso.

CAPITOLO 21
Kacey

Il sorriso di Grant Olsen era così ampio che pensavo che gli avrebbe fatto cadere gli occhiali. «E con questo, come dicono nel cinema, fine delle riprese.»

«Grazie al cielo,» dissi, mentre l'assistente di produzione mi avvolgeva in un asciugamano. «Sembro un pulcino bagnato.»

Phoebe mi porse un caffè bollente. «Ti direi che non è vero, ma mi piace che ci sia onestà nei miei rapporti.»

Le feci la linguaccia.

Il set del video musicale di *The Lighthouse* era una stanza quadrata, nera e senza finestre, con cavi e fili che si diramavano per tutto il pavimento. Due luci di inondazione con filtri blu e verdi illuminavano la cisterna d'acqua dentro la quale avevo trascorso gli ultimi tre giorni.

Il regista assunto da Grant aveva immaginato una ragazza intrappolata in una cisterna mentre un uomo, il cui volto era sempre oscurato dall'ombra, si trovava appena fuori dalla sua portata dall'altra parte del vetro. Usando della tecnologia CGI discretamente costosa, avrebbero inserito il video di me dentro l'acqua e lo avrebbero sovrapposto a riprese di persone durante la vita quotidiana: a un cocktail party, in un appartamento, nel letto del mio fidanzato traditore e della sua amante. Sarei stata la Ragazza Affogata, sempre sommersa, mentre la vita attorno a me andava avanti.

Apprezzavo il tema del fidanzato traditore, anziché del fidanzato defunto. Non avrei acconsentito a farlo, altrimenti. Non avrei mai permesso che un attore interpretasse Jonah in una drammatica ricostruzione della nostra storia. Mi sarebbe sembrato squallido e irrispettoso sfruttare ciò che avevamo avuto per uno sciocco video.

Anche con quel cambiamento di narrazione, pensavo che le riprese sarebbero state estenuanti dal punto di vista emotivo. Ma il video era stato registrato senza un preciso ordine, tagliando e rimescolando la storia fino a renderla irriconoscibile. Scena dopo scena, finché le riprese non si erano fuse tra loro. I costanti aggiustamenti tecnici. Gli stop e le ripartenze. L'audace lotta per non far fuoriuscire bolle d'aria dal mio naso e rovinare una scena. Dopo tre giorni, ero stufa di *The Lighthouse*.

Mi asciugai mentre gli Olsen mi aggiornavano sulle vendite del disco. «Sei un successo, ragazza,» disse Phoebe, sfogliando alcuni documenti. «Il video ti farà arrivare in vetta.»

«Grazie a voi, ragazzi. Niente di tutto questo sarebbe stato possibile senza di voi.»

«Basta che non ti dimentichi di noi quando accetterai il Grammy,» disse Grant, ancora sorridendo.

«Non lo farò.»

«Non puoi,» disse Phoebe, gli occhi che scintillavano. «Lo abbiamo messo nel tuo contratto.» A quel punto schioccò le dita verso il fratello. «Vai via. Dobbiamo parlare tra donne.»

«Dobbiamo?» domandai.

Attese finché Grant non si fu allontanato. «Matt Porter mi ha chiesto se sei single.»

Matt era il graphic designer che si era occupato della copertina di *Shattered Glass*. Carino, con un pungente senso dell'umorismo, un bel sorriso.

«Ah sì?»

«Sì.» Phoebe mi diede un colpetto al braccio. «Quindi?»

«Non saprei,» dissi. «Ci penserò su.»

Solo dire quelle parole mi fece avvolgere il cuore dal senso di colpa, e quella sensazione di inquietudine di cui avevo parlato a Theo mi colpì più forte che mai. Se volevo chiudere la porta di cui mi aveva parlato la carta dei tarocchi e iniziare un nuovo capitolo, dovevo *fare* qualcosa. O magari un paio di "qualcosa di grosso".

Tornai a casa con la mia piccola auto, poi mi fermai sulla soglia. Era casa, eppure non mi sentivo legata a essa. Adesso avevo successo. Soldi sul conto in banca, buoni amici e una carriera che sembrava sul punto di decollare.

Chiudi la porta. Fai qualcosa di grosso.

Prima che potessi convincermi a non farlo, composi il numero di casa dei miei genitori a San Diego. Il telefono squillò finché non scattò la segreteria telefonica. Dopo l'esitante voce di mia madre che diceva di lasciare un messaggio, presi un respiro profondo.

«Ciao, mamma. Ciao, papà. Sono Kacey. Non chiamo da quasi otto mesi. Non so se voi avete cercato di chiamarmi. Mi sono sbarazzata del mio vecchio cellulare, ma adesso ho un nuovo numero. Vivo a New Orleans. La mia carriera musicale sta decollando, come solista questa volta, e mi sto prendendo cura di me stessa.»

Trassi un altro respiro, avvertendo l'impellenza di sbrigarmi. Se la segreteria mi avesse interrotta, non avrei avuto il fegato di chiamare di nuovo.

«Me la sto cavando molto bene, e volevo solo che lo sapeste. Sto bene. E inoltre...» Espirai e mi sedetti più dritta. «Questa è l'ultima volta che vi chiamerò. Non posso continuare a provare e non ricevere risposta. Se volete parlare con me, sono qui. Okay, mamma? Se vuoi parlare, chiamami. Sennò... Beh, spero che abbiate entrambi una vita lunga e felice.»

Lasciai loro il mio nuovo numero di telefono e riagganciai. Il cuore mi martellava nel petto e le lacrime mi pungevano gli occhi, ma me le asciugai e sbuffai un sospiro.

È un inizio.

Mi guardai attorno nella mia squallida casetta con i suoi mobili spaiati di seconda mano, i pavimenti in linoleum vecchi, i ripiani in ceramica scheggiata e la moquette da quattro soldi macchiata. L'ossatura della casa, come dicevano sempre nei programmi TV dedicati alle abitazioni, era buona. Era una classica casa "shotgun" di New Orleans. Si meritava qualcosa di meglio.

Chiamai la banca proprietaria della casa e fissai un appuntamento per il giorno seguente. Non chiamai Theo quella sera, e per chissà quale motivo lui non chiamò me.

Il giorno seguente mi recai in banca alle due del pomeriggio, ed entro le cinque avevo un accordo di garanzia.

Fuori dalla banca, mi fermai per riprendere fiato, il

cuore che mi batteva all'impazzata per la cifra di denaro che mi ero appena impegnata a pagare. Sessantaquattromila dollari non erano un mutuo enorme, ma avevo chiesto un prestito di settantacinquemila dollari per fare delle ristrutturazioni. Non avevo mai avuto un debito così alto in vita mia. Ma volevo delle radici. Un posto mio in cui potessi piantarle, sistemarmi in pianta stabile. Non stavo per partire per un tour su strada, né mi stavo perdendo nella grande industria musicale di Los Angeles.

Il battito accelerato del mio cuore rallentò, ma inspiegabilmente mi lasciò con la stessa sensazione di vacuità che avevo provato prima di uscire per dirigermi in banca.

Cosa c'è che non va in me?

Avevo risolto le cose con i miei genitori, comprato una cazzo di casa, per l'amor del cielo, ma sentivo ancora come se mi mancasse qualcosa.

Chiamai Phoebe e le dissi che venerdì ero libera, se Matt Porter era ancora interessato. Lei mi assicurò che lo era, e che gli avrebbe dato il mio numero.

Riagganciai. Aspettai di sentirmi soddisfatta.

Invece, mi sentii lievemente nauseata.

Quella sera sbocconcellai la cena seduta sul divano, poi guardai *Grosso guaio a Chinatown* fino a mezzanotte. A Las Vegas erano le dieci, e Theo aveva finito le lezioni.

«Indovina un po'?» dissi, la cena che di colpo mi si rivoltava nello stomaco.

«Hai finito di girare il video musicale,» rispose lui.

«Ieri,» confermai. «Inoltre, ho chiamato i miei genitori per l'ultima volta. Ho lasciato un messaggio. Se vogliono parlare, possono chiamarmi, ma ho finito di porgere la mano solo per farmela schiaffeggiare.»

«Buon per te, tesoro,» disse Theo.

In casa mia c'erano ventisei gradi, ma un brivido mi risalì lungo la schiena, trasformandosi in una risata nervosa che mi sfuggì di colpo dalle labbra.

«Tesoro?»

«Ah, scusa. Kace,» disse.

«Hai troppe donne tra cui destreggiarti,» dissi, tirando impietosamente i fili dei cuscini del divano. «Vedo che iniziamo tutte a confonderci tra noi.»

«Sì, okay.» Theo tossì, schiarendosi la gola. «Perciò, è un bene che tu abbia sistemato le cose con i tuoi, *Kace*.»

«Non è l'unica cosa che ho sistemato,» dissi. «Ho comprato casa mia. Sono una padrona di casa. Roba da spararsi.»

«Davvero?» Un breve silenzio. «Wow, è... fantastico. Quindi presumo che resterai in pianta stabile a New Orleans?»

Mi rigirai una ciocca di capelli attorno al dito. «Immagino di sì. Almeno credo. Penso che sia ciò che devo fare. Stabilirmi in un qualche posto che sia mio.»

«Perennità.»

«Esatto. E mi sembra giusto stare qui e non a Las Vegas,» dissi. «Ci ho pensato. Ho provato a immaginarmi di nuovo lì, e proprio non ci riesco.» Chinai le spalle. «Spero che la cosa non turbi troppo Beverly.»

«Capirà,» disse lui.

Mi morsi il labbro. «Passando ad altro... Venerdì ho un appuntamento.»

Un silenzio teso si protrasse. Controllai il telefono per verificare che la linea non fosse caduta. «Teddy?»

«Sono qui.»

«Sì, è solo... Penso che possa esserci un piccolissimo briciolo di possibilità che sia pronta.» Risi nervosamente. «Non lo sapremo finché non ci proverò.»

«Immagino di no.»

La sua voce sembrava piatta. Annoiata. Non sembrava affatto toccato, né dalla questione della casa né da quella dell'appuntamento.

Perché siamo amici.

Sbadigliai in modo rumoroso. «Sono stanca. Comprare casa è estenuante. Ci sentiamo domani?»

«Mi troverai qui. 'Notte.»

«Buonanotte, Teddy,» dissi, ma lui aveva già riattaccato.

CAPITOLO 22
Theo

Nell'arco della settimana successiva andai avanti con la mia routine, come al solito. La sveglia suonava, la mia mano sgattaiolava fuori dalle coperte per spegnerla e avevo tre secondi di pace prima che la realtà mi piombasse addosso. Solo che adesso il primo pensiero era *Kacey non tornerà da New Orleans.*

Seguito da: *E venerdì ha un appuntamento.*

Non sapevo quale delle due fosse peggio.

L'appuntamento. L'appuntamento è decisamente peggio, cazzo.

Non volevo negarle nessun "qualcosa di grosso". Doveva fare ciò che era meglio per lei, per rimettersi in sesto e andare avanti.

Ma andrà a un cazzo di appuntamento.

Quel giorno arrivai al lavoro di umore nero. Non c'era nessuno a occuparsi della reception, perciò presi la palla delle risposte di Vivian. La scossi con forza, ponendo una domanda silenziosa a quel miscuglio nero e bianco: *Finirà con Kacey che gli getta un drink in faccia e non lo rivedrà mai più?*

Osservai con intensità mentre il triangolo blu si assestava.

Richiedilo più tardi.

Non proprio quello che speravo, ma mi accontentai. Mi diressi verso la mia postazione. Zelda e Edgar erano già alle loro.

«Ehi, ragazzi,» dissi. «Posso chiedere la vostra opinione su una cosa?»

Si raccolsero attorno a me mentre aprivo il mio portfolio e disponevo sulla mia poltrona per i tatuaggi alcuni disegni a inchiostro e acquarello. Ci avevo lavorato dall'ultima volta che ero stato a New Orleans, nel tentativo di tenermi la mente occupata.

«Cos'è questo?» chiese Edgar, prendendo il mio disegno di una savana africana, rappresentata solo con le silhouette nere di due giraffe sul lato destro, un ibis che si levava in volo sull'altro lato e un ardente sole rosso e arancione reso indefinito dal calore e tratteggiato in modo indistinto sullo sfondo. «Questa è roba fica, amico.»

«Cazzo, lo adoro,» disse Zelda, esaminando un disegno a inchiostro nero di un sugar skull di profilo, ombreggiato di rosso brillante, blu e giallo. Alzò lo sguardo verso di me. «Sembra incompleto. Ma invece è completo, vero?»

Mi massaggiai la nuca. «Sì, l'idea è quella. Sottolineare l'inchiostro nero con i colori, ma senza riempirlo né sovraccaricarlo.»

«È una bomba, T,» disse Edgar, sollevando il disegno dell'occhio di una donna, con ciglia lunghe e scure e un sopracciglio inarcato. Il blu chiaro dell'iride era circondato da un cobalto più scuro, e la carnagione del volto della donna era solo parzialmente accennata. «Hai intenzione di mostrare questa roba a *Inked*?»

«Quando sarà sulla pelle sì,» risposi. «Su carta, è solo un disegno.»

«Mi offro volontario,» fece Edgar. Si schiaffeggiò la parte alta del braccio.

«Lo apprezzo molto,» dissi, «ma non sto cercando di fare pressione su di voi. Voglio solo la vostra opinione. Sapere se potrebbero andare bene.»

«Chiaro,» rispose Edgar. «E la mia opinione è che ne voglio uno.»

«Sul serio? Grazie, amico. Sono onorato.»

Zelda mi restituì i disegni. «Ho una cliente che ucciderebbe per uno di questi,» disse. «La manderò da te. Per una piccola provvigione,» aggiunse con un sorrisetto, poi tornò alla sua postazione.

«Fai la timida con noi, Rossi?» le gridò dietro Edgar. «L'idea delle mani virili di Theo sulla tua pelle nuda è troppo per te?»

«Vai al diavolo,» replicò Zelda, affaccendandosi con i suoi inchiostri.

«Fai il bravo, amico,» dissi a Edgar a voce bassa. Poi mi assestò una pacca sulla schiena. «Sto scherzando.» Picchiettò il dito sul disegno del sugar skull. «Puoi farmi questo con un po' più di rosso e arancione?»

«Certo. Possiamo iniziare domani.» Ci demmo un cinque con una stretta. «Lo apprezzo davvero.»

«Amico. È uno sballo. *Inked* darà di matto per questa roba.»

Lo speravo. L'idea dei tatuaggi incompleti mi era sovvenuta la notte prima, proprio mentre stavo per prendere sonno. Avevo trascorso la maggior parte della nottata a realizzare disegni per impedire a quell'idea di scivolare nell'abisso delle buone intuizioni dimenticate.

Un sorrisetto fece capolino sulle mie labbra mentre rimettevo a posto i disegni. Se quell'idea fosse andata in porto, mi avrebbe fatto sentire davvero molto meglio riguardo al comprare un posto mio. Forse sarei riuscito a farmi un nome, giusto quanto bastava per scongiurare la paura del completo fallimento.

Mentre preparavo la mia postazione mi vennero delle idee per altri disegni. Carte dei tarocchi e sale da jazz, cimiteri e bamboline vudù. Las Vegas era strapiena di saloni per tatuaggi. Il mercato di New Orleans era molto più ampio. Lo sapevo perché la notte precedente avevo fatto delle ricerche sulla città. Forse, dopotutto, il fatto che Kacey avesse comprato una casa nella "Big Easy" non era poi una terribile tragedia. O una porta chiusa. Forse era una porta che si stava aprendo. Per entrambi.

Mentre stavo finendo con il primo cliente, il mio cellulare squillò. Mi accigliai di fronte al numero.

«Che succede, mamma?»

«Theo?» La sua voce sembrava debole e tremante. «Detesto disturbarti, ma...»

«Che c'è?» domandai, con il cuore che mi martellava. «Stai bene?»

«Oh, io... sto avendo una brutta giornata,» disse. «Stavo sistemando alcuni vecchi scatoloni e ho trovato delle fotografie.» Tirò su con il naso e si costrinse a fare una risatina. «Sono un po' un disastro, ma ho promesso a Lois che avrei fatto la parmigiana di melanzane per la nostra partita a carte di domani. È solo... sembra che non riesca a trovare la forza di lavarmi e rendermi presentabile per il supermercato.»

«Lo capisco, mamma,» dissi con dolcezza. «Cos'hai bisogno che faccia?»

«Faresti un salto al negozio per me? Sono certa che per domani starò bene, ma se non inizio stasera...»

«Dov'è papà?» domandai, cercando di mantenere un tono piatto.

«Oh, lo conosci. È in ufficio. Dice che non può allontanarsi.»

Chiusi gli occhi per un istante, poi rivolsi uno sguardo verso l'ingresso, dove un paio di clienti erano in attesa.

«Sei impegnato?» mi domandò lei. «Mi dispiace tanto, caro. Mi sento così inutile.»

«No, mamma, va bene,» dissi. «Dammi una lista di quello che ti serve. Andrò ora.»

«Sei così buono con me,» rispose lei, le parole intrise di lacrime. «Sono stata benedetta con due figli meravigliosi, vero?»

Il dolore mi attanagliò il cuore. Mi feci dare la lista della spesa, poi recuperai la mia roba.

«Dove stai andando?» mi chiese Vivian dalla reception. «Hai un cliente in arrivo tra venti minuti.»

«Puoi richiamarlo? Vedi se riesci a fare in modo che arrivi tra quaranta minuti.»

Lei scosse il capo ma sollevò la cornetta. «Sei fortunato a essere così dannatamente carino,» borbottò.

«Grazie, Viv. Sei la migliore.»

Mi fermai, afferrai la sua palla delle risposte e la agitai.

«Stai domandando se Gus ti licenzierà?» mormorò, la mano a coprire la cornetta. «Allerta spoiler: *È sicuro.*» Si voltò dall'altra parte. «Sì, ciao, Brittany? Sono Vivan di Vegas Ink...»

Non avevo domandato al giocattolo se Gus mi avrebbe licenziato, bensì la stessa domanda di quella mattina. Era "più tardi", perciò lo stavo richiedendo più tardi.

Avrei potuto giurare che quel maledetto triangolo fosse compiaciuto mentre mi mostrava la sua risposta: *Le prospettive non sono buone.*

* * *

Dopo aver recuperato tutto dalla lista della spesa di mia madre, arrivai di corsa con il pick-up nel suo vialetto. I miei quaranta minuti erano scaduti: ero via dal salone da quasi un'ora. Ma le mie speranze di consegnare il cibo e riandarmene andarono in frantumi quando trovai mia madre seduta sul pavimento del salotto, con un centinaio di foto sparse ovunque attorno a sé, mentre ne teneva una nella mano inerte e piangeva.

«Cristo.» Lasciai cadere le borse della spesa e corsi a inginocchiarmi accanto a lei. «Forza, mamma. Ti accompagno al divano.»

«Era così bello,» mormorò, fissando la foto di Jonah che aveva in mano il giorno della laurea all'Università del Nevada, con indosso la toga e il tocco rossi. Non distolse lo sguardo dalla fotografia mentre la sollevavo da terra e la aiutavo a sedersi sul divano. Dopodiché guardò verso di me, gli occhi rossi e incupiti. «Mi manca così tanto, Theo.»

«Lo so.»

Si appoggiò a me, piangendo sommessamente. «Sto provando a essere forte, ma alcuni giorni...»

«Lo so,» le dissi, passandole un braccio attorno. «Abbiamo tutti delle brutte giornate. Non c'è nulla di cui vergognarsi. Va tutto bene.»

«Sei così buono con me. So che è difficile per te, ma tu sei così forte.» Si tirò su a sedere e mi mise una mano a coppa sulla guancia. «Sei tutto ciò che mi rimane. Mi viene una tale paura che possa accadere qualcosa anche a te...»

Scoppiò di nuovo a piangere, e io la strinsi a me. «Sono proprio qui,» dissi, serrando la mascella come a cercare di non far uscire quelle parole. «Non vado da nessuna parte.»

CAPITOLO 23
Kacey

La casa era un disastro. Il cartongesso era stato tirato giù in alcuni punti, il pavimento della cucina rialzato, e dei teli di plastica erano appesi come tende, per impedire alla polvere di volare dappertutto.

Volevo fare quanto più lavoro possibile, pensando che quanto più quel posto fosse somigliato a una vera casa, tanto più mi sarei finalmente sentita sistemata. Ma porca miseria, era un lavoro molto più grosso di come lo facevano sembrare in quegli show televisivi sulla ristrutturazione.

Per fortuna Yvonne se la cavava bene con il martello da fabbro e lasciava che la ripagassi con i beignet che le compravo dalla sua pasticceria preferita. Quel giorno mi stava aiutando a demolire le vecchie credenze della cucina. Erano state dipinte e ridipinte così tante volte che ormai gli sportelli erano incastrati.

«Cos'è quel faccino triste, dolcezza?» disse, scrutandomi da dietro i suoi occhiali protettivi. «Sembri un po' giù.»

«Davvero?» Tirai lo sportello di un armadietto che penzolava da un cardine. «Immagino di essere solo nervosa. Ho un appuntamento venerdì.»

«Con Teddy?»

«Cosa?» Alzai la testa di scatto e aggrottai la fronte. «No, non Teddy. Lui è tornato a Las Vegas. L'appuntamento è con un amico di Phoebe.»

«Ah.»

«Ah, cosa?»

«Niente.» Yvonne abbatté il martello contro l'armadietto più in basso come una golfista professionista, mandando in pezzi il legno e schiodandolo dalla parete.

Non so perché avvertissi il bisogno di spiegarmi, ma le parole mi uscirono comunque. «Teddy è solo un amico. È il mio migliore amico.»

Yvonne corrugò le labbra e mi lanciò un'occhiataccia da dietro gli occhiali.

Scoppiai a ridere e la cinsi con un braccio. «Intendo dire il mio migliore amico dalla mia vecchia vita. Tu sei la mia migliore amica dalla mia nuova vita.»

«Così è meglio.» Prese di mira un altro armadietto. «E anche il tuo altro migliore amico ha degli appuntamenti?»

«Dice che non sta frequentando nessuno seriamente, ma sono certa che ne abbia. Lo hai visto, no?»

«Eccome. Sprizza sesso da tutti i pori.»

Ci mancò poco che perdessi l'equilibrio, e un'ondata di calore mi travolse il volto. «Yvonne!»

«Non è forse vero?»

«Lui... è affascinante.»

Yvonne fece un verso di derisione. «Mio nonno era "affascinante". Anche mia nonna, a ben pensarci.»

«Lo ammetto, è sexy,» dissi. «È probabile che abbia

molti bisogni maschili da soddisfare e molte donne che lo aiutino a farlo.»

«E rieccola.»

«Cosa?»

«Quell'espressione triste sul tuo volto è tornata.»

«Cosa? Smettila. È... probabilmente è gelosia. Ho dei bisogni anch'io, sai. Non faccio sesso da secoli. Ma non sono certa che questo appuntamento con Matt sia una buona idea.»

«Perché no?»

«Un appuntamento con un tizio sconosciuto mi fa sentire come se tutto ciò che ho avuto con Jonah fosse... un qualcosa "usa e getta". Tipo che non devo fare altro che aspettare che passi abbastanza tempo e *bum*, rieccomi in sella.»

«Che altro c'è?» domandò Yvonne.

«Non lo so,» risposi. «Ma mi sento come... Non posso far seguire alla mia storia con Jonah qualcosa di così superficiale come dei *flirt*. Sperimentare ragazzi diversi per vedere se sono adatti. Baciarli, magari persino andare a letto con loro, solo per piantarli una settimana dopo perché è venuto fuori che lui non ha ancora dimenticato la sua ex, oppure che non vuole "fare sul serio", o che odia i cani.»

Yvonne sollevò la fronte. «Odia i cani?»

«Sai cosa intendo,» dissi. «Tutte le stronzate annesse quando ci si frequenta. Non posso farlo. Non dopo Jonah. Ciò che abbiamo avuto era più che speciale. Ciò che verrà in seguito deve essere a sua volta speciale. Uscire per un appuntamento sembra già un tradimento. Sarebbe mille volte peggio se lo rifacessi ancora e ancora, un estraneo dopo l'altro.»

«Theo non è un estraneo.»

Interruppi ciò che stavo facendo e le rivolsi un'occhiata.

Yvonne alzò le mani. «È carino. È tutto tatuato come te. È ovvio che sia un brav'uomo, dal momento che è venuto fin qui per aiutarti in quel modo. E voi due siete legati. Condividete un dolore comune.»

«Sì, perché è il fratello di Jonah,» dissi pacata.

«E quindi?»

«E quindi?» Le mie sopracciglia scattarono verso l'alto. «Quindi è... voglio dire, lui è...»

Yvonne si appoggiò al suo martello. «Sì? Ci hai pensato? Magari solo un pochino?»

Scossi il capo. «No. Beh, forse.»

Lei arricciò le labbra.

«Okay, sì. D'accordo, ci penso. Penso a lui costantemente. Il mio momento preferito della giornata, a parte parlare con te, sono le mie telefonate con lui. Ma non saprei dire se la nostra sia un'amicizia davvero forte o se mi stia solo aggrappando a lui in cerca di conforto.»

«Forse,» disse Yvonne, «dovresti provare a scoprirlo.»

Sospirai. «Non saprei. Non so se sono pronta. Non posso riversare tutta quella confusione e quel senso di colpa addosso a Teddy. Lui mi sta a cuore. Talmente a cuore che infatti...» Spalancai le braccia per indicare la casa. «Ho comprato una casa a millecinquecento miglia da lui.»

«Vuoi sapere cosa penso?»

«Nel peggior modo possibile.»

«Penso che stia succedendo qualcosa tra te e Theo, e che la cosa ti spaventi a morte.»

Un migliaio di ragioni per cui fosse una cosa sbagliata mi risalirono alle labbra. Le mandai tutte giù.

«Penso che tu possa avere ragione,» dissi in tono

sommesso, e all'improvviso sentii qualcosa cambiare dentro di me. Un assestamento. Un "qualcosa di grosso" che forse stavo aspettando.

Il sorriso di Yvonne era pieno di dolcezza. «Vai avanti, tesoro. Parlami.»

«È da un pezzo che non riesco a immaginare una vita dopo Jonah,» dissi. «Un futuro come lo hanno altre persone, con un matrimonio e dei figli, e delle carriere che ci aiutiamo a costruire a vicenda. È quasi impossibile immaginare di amare qualcun altro. Ma quando mi concedo questo tipo di visione speranzosa, la sola persona che vedo è Teddy.»

Yvonne annuì. «E adesso il *ma*...»

«Ma il senso di colpa. E come reagirebbe Beverly. E cosa penserebbero Oscar e Dena. E la preoccupazione che possa incasinare le cose. E il fatto che sono... sono terrorizzata al pensiero che a Theo possa accadere qualcosa come è successo con Jonah.» Gli occhi mi bruciarono per le lacrime improvvise. «Ho già perso fin troppo.»

«Lo so.» Yvonne lasciò cadere il martello e mi abbracciò tra la polvere. «So che è così.»

«Avevo Jonah. Per pochi, brevi momenti quell'uomo bellissimo è stato mio e io sono stata sua. Non avrò mai più qualcosa di così vero o bello, è così? Chi ha una seconda occasione come quella?»

«Quelli che tornano al tavolo da gioco e puntano tutto ciò che hanno.» Yvonne si ritrasse, scostandomi i capelli dagli occhi. «Non è finita per te, Kacey. Sai che è così. Hai altre carte da giocare.»

Sorrisi tra le lacrime. «Sono un universo.»

Yvonne sgranò gli occhi. «Mi piace. Sì, tu sei un universo, proprio qui in questa stanza, e per te *non è finita*.»

Mi cinse con un braccio, ed esaminammo la cucina demolita.

«Stai ricominciando da capo. Nuova vita, nuova casa. È un atto di coraggio, mettere un piede di fronte all'altro. Non devi risolvere tutto all'istante. Non forzare le cose, e se qualcosa di bello e reale ti sta aspettando dietro l'angolo, sarà ancora lì quando sarai pronta.»

La credenza era stata tutta divelta, ed eravamo immerse fino alle caviglie nei frammenti di legno. Granelli di polvere danzavano nella luce del pomeriggio che filtrava dalla finestra.

Yvonne mi strinse. «Riesci già a vederla? La tua nuova casa?»

«Non ancora.»

«Succederà, dolcezza. Succederà.»

CAPITOLO 24
Theo

Venerdì pomeriggio al salone c'era calma piatta. Avevo sperato di ritrovarmi con un lavoro difficile, un cliente che volesse qualcosa di complicato per tenere la mente lontana dall'appuntamento di Kacey. Invece, mi toccò solo una ragazza giovane e nervosa, di circa vent'anni, che voleva un punto e virgola nell'interno del polso destro.

Fantastico, pensai. *Mi ci vorranno in tutto dieci minuti.*

«Cosa significa?» le domandai, caricando l'inchiostro nero e un ago liner nella mia macchinetta per i tatuaggi.

«Il punto e virgola è dove uno scrittore può decidere di concludere la frase,» disse lei, infilandosi una ciocca di capelli castani dietro l'orecchio. «Ma non lo fa. La storia prosegue. È un simbolo di speranza. Di prosecuzione.» Sorrise timidamente. «A volte ho bisogno che mi venga ricordato.»

Fissai la ragazza per un istante, annuendo, e quel

lavoro all'improvviso assunse tutto un nuovo significato. *È per questo che lo faccio.*

Tatuai il punto e virgola nel polso della giovane donna, e una volta finito fui io a ringraziare lei, anziché il contrario.

Il tempo trascorse.

Un'occhiata all'orologio mi rivelò che erano da poco passate le sei. Le otto, nel fuso orario di Kacey.

Probabilmente in quel preciso istante era al suo appuntamento.

Una nuova emozione esplose dentro di me, andando ad aggiungersi al già deleterio mix che mi si stava rimestando nello stomaco; pura gelosia vecchio stile, nuda e cruda.

La storia prosegue. La storia di Kacey si stava svolgendo a New Orleans. Non aveva la stessa solennità del simbolismo del punto e virgola, ma l'idea mi colpì comunque. Lei stava andando avanti. Io ero bloccato. Punto.

«Zelda,» chiamai da sopra il ronzio della macchinetta di Edgar e il martellare della musica metal.

Lei alzò lo sguardo, i capelli che le ricadevano come seta nera attorno alle spalle. I suoi occhi incredibilmente enormi erano del verde più verde che avessi mai visto.

«Sì?» disse con voce strascicata quando mi limitai a fissarla. «Hai qualcosa in mente?»

«Ti va di andare a cena stasera? Al Paris hanno aperto un nuovo locale. Potremmo andare a provarlo.»

Zelda sbatté le palpebre per due volte, il viso inespressivo. Poi fece spallucce. «Mi andrebbe di mangiare.»

«Bene,» dissi. *Dunque è un appuntamento*, pensai, ma non riuscivo a dirlo ad alta voce. Fui assalito dal senso di colpa. Il senso di colpa di un uomo che tradiva la sua donna.

Kacey non è la tua donna. Non lo è mai stata ed è probabile che mai lo sarà.

Cosa stava facendo in quel momento? Si stava divertendo? Il ragazzo con cui era uscita stava tenendo le sue dannate mani a posto o lei voleva che la toccasse? Si stavano baciando? Erano a letto insieme? Lei gli stava permettendo di toglierle il vestito, stava lasciando che le mettesse la bocca addosso...

Porca puttana.

Mi chinai e mi misi ad armeggiare con un cassetto, sistemandomi furtivamente i pantaloni.

Questo sì che è un appuntamento, Fletcher, ridacchiò nella mia testa una voce simile a quella di Oscar. *A cena con una ragazza, e un'erezione per un'altra.*

Chiudemmo il salone alle sette. Per fortuna, Edgar e Vivian ci diedero la buonanotte e se ne andarono, lasciando me e Zelda a metterci d'accordo senza prenderci in giro né speculare impietosamente.

Zelda attese mentre chiudevo la serratura, la sua figura minuta sprofondata nella giacca di pelle nera.

«Ti piace la cucina italiana?» domandai.

«Il mio cognome è Rossi,» rispose. «Che ne dici?»

«Il nuovo posto al Paris si chiama Martorano's. Dovrebbe essere buono.»

«A me sta bene.» I suoi grandi occhi si dilatarono quando le aprii lo sportello del passeggero. «Grazie. E io che pensavo che la cavalleria fosse morta.»

Mi misi al volante e all'improvviso mi sembrò un *appuntamento*. Una ragazza nel mio pick-up, che riempiva il piccolo abitacolo con il suo profumo e la sua presenza, diretti verso un ristorante non propriamente informale.

È una cosa positiva, pensai. *Posso farcela*.

Durante la cena, scoprii che Zelda era fissata con i fumetti. Stava cercando di creare una graphic novel. «Alla fine, spero di riuscire a proporla alle grandi. Dark Horse o DC.»

«Perciò tatuare è solo il tuo lavoretto giornaliero?»

«È l'unico modo per guadagnare delle somme importanti facendo dei disegni,» disse lei con un sorriso asciutto.

Annuii, e mentre parlavamo cercai di costringermi a provare qualcosa, *qualunque cosa*, per Zelda. Era bellissima. Intelligente. Con un acuto senso dell'umorismo, e per giunta era un'artista dallo straordinario talento. Feci la telecronaca di ogni osservazione e sensazione. Esaminai e riesaminai le impressioni, in cerca di qualcosa di più, convincendomi che ci fosse, anche se sapevo bene che non era così. Quello non era un appuntamento. Era una distrazione. Al di là di una possibile amicizia, non provavo un bel niente per lei.

Non è giusto. È il momento di farla finita.

«Senti, Zelda,» dissi, ma poi il mio cellulare vibrò per l'arrivo di un messaggio. Lo tirai fuori dalla tasca della giacca. «Scusa, pensavo di averlo spento.»

Era Kacey.

Appuntamento tremendo. Orribile. Sei libero? Ho bisogno di sfogarmi.

Una bomba di felicità mi esplose nel petto. Il giorno dopo avrei avuto un paio di cosette da dire alla palla delle risposte di Viv. *Che ne dici adesso delle prospettive, stronza?*

Zelda si schiarì la gola di proposito. «Buone notizie?» domandò.

«No, è...»

Lei sospirò. «Spara, T.»

«Sparare cosa?»

«Sul serio?» Alzò gli occhi al cielo. «Non sono stupida, sai. Questo non è un appuntamento. E se lo è, è il peggiore appuntamento nella storia degli appuntamenti.»

Mi appoggiai allo schienale della sedia. «Mi dispiace.»

«Non dispiacerti,» disse lei con un gesto di sufficienza. «Ho appena mangiato degli ziti da ventotto dollari e questo vino di certo non proviene dagli scaffali di un negozio di alimentari. Il cibo compensa quello che già sapevo essere una finta.»

«Lo sapevi?»

Lei annuì. «Appena prima di andare a trovare Colei Che Non Deve Essere Nominata diventi ridicolmente felice. E quando torni, sei una melensa pozza di tristezza.»

«È così ovvio?»

«Sì.» Zelda si allungò verso un lungo e croccante grissino nel cestino tra di noi sul tavolo, e gli diede un morso. «Perciò, cosa combina stasera Miss Kacey?» Sbatté le ciglia, continuando a masticare.

«È uscita per un appuntamento e non è andata bene.»

«Non bene per lei è bene per te. Voglio dire, a te lei piace.»

«È così,» dissi. «Ed è un vero casino perché è la ragazza di Jonah.»

«*Era* la ragazza di Jonah.» La voce brusca di Zelda si addolcì nel pronunciare il nome di mio fratello. «Non è più la ragazza di Jonah. È da quasi un anno che non è più la ragazza di *nessuno*. I termini di prescrizioni per l'astinenza autoimposta sono scaduti. Quanti anni ha?»

«Ventiquattro.»

«È una donna di ventiquattro anni. Perciò mettiamo che viva fino a... settantacinque anni. Cos'è, dovrebbe rimanere single per cinquant'anni? Non amare mai più nessuno? Restare per sempre da sola?»

«No, ma...» Tamburellai le dita sulla tovaglia di lino. «Se dovesse mettersi con qualcun altro, è probabile che non dovrei essere io.»

«Perché no?» domandò Zelda.

«Da dove comincio? Ho ballato con lei a un matrimonio e il migliore amico di Jonah sembrava volermi uccidere. Anche peggio, mia madre trova molto conforto in lei. Kacey è saltata fuori dal nulla e ha reso Jonah dannatamente felice alla fine della sua vita. Per mia madre è una cosa grossa. E per i nostri amici. E anche per me. Lo ha amato sino alla fine.» Mi sfregai gli occhi con le mani. «Come faccio a togliere questo a mia madre? Perché dovrei provarci, tanto per cominciare?»

L'espressione di Zelda si fece piccata. «Perché questo dovrebbe togliere qualcosa a tua madre? Non credi che la renderebbe felice sapere che anche tu sei amato?»

«Ad ogni modo, non stiamo parlando di amore,» dissi, scuotendo il capo. «Durante l'ultima visita a New Orleans, Kacey mi ha *friendzonato*. O forse io ho *friendzonato* lei. Ad ogni modo, le serve spazio per riordinare le idee.»

«Già, le stai dando spazio eccome,» rise Zelda. «Vive a quattro stati di distanza. Non si può certo dire che tu sia troppo appiccicoso.» Si chinò in avanti sulle braccia, puntando il grissino contro di me. «Sai quale credo sia il problema?»

«Illuminami.»

«Tu vuoi stare con lei, ma non hai mai avuto una

relazione seria e hai paura di mandare tutto a puttane. Finora ho ragione?»

«Forse.»

«Vuoi darle spazio, lasciare che si riprenda secondo i suoi termini, senza dare l'impressione di esserti strusciato contro la sua gamba nell'ultimo anno.»

Mi sfuggì una risata. «Qualcosa del genere.»

Zelda assottigliò i suoi grandi occhi verdi, fissandomi. «Voi due avete mai...» Mosse il grissino dentro e fuori dal cerchio creato con il pollice e l'indice.

«Gesù, Zelda.»

«Quindi?»

«No. Non ci siamo nemmeno mai baciati. E mi sento come un cretino delle superiori a parlarne.»

«*Dovresti* parlarne. Con lei. Se la vuoi, diglielo. Raggiungila ovunque si trovi stasera e diglielo.»

«Dirle cosa? Non so come fare,» dissi. «Jonah sapeva farlo. Lui sapeva dire tutte le cose giuste per farla sentire speciale, o almeno sapeva dirle quello che provava. Io non so che cazzo sto facendo. Non sono bravo con il romanticismo e le cazzate varie.»

«Non chiamarle "romanticismo e cazzate varie" potrebbe essere un buon inizio.»

Feci spallucce. «Il semplice sesso è più facile per me.»

«Fantastico.» Zelda alzò gli occhi al cielo. «Sono a un non-appuntamento con l'ultimo bravo ragazzo di Las Vegas, che con ogni probabilità a letto è una bestia, e guarda caso è innamorato di un'altra. Chi è più fortunata di me?»

«Non sono innamorato di lei.»

Zelda appoggiò la guancia sulla mano, rigirando il suo martoriato grissino nel bicchiere d'acqua. «Bugiardo.»

«Non so cosa provo. Sono frustrato, cazzo. L'amore è questo? Cercare di comportarsi bene con tutti mentre ti senti come se avessi lo stomaco sottosopra? Non riesco a pensare a un'altra donna, a dormirci insieme o persino a toccarla.»

Le sopracciglia di Zelda scattarono verso l'alto. «Non sei più andato a letto con nessuna? Da quando?»

«Dolcezza, è da un anno che nemmeno mi faccio una sega.»

Zelda mi fissò per un istante, poi sbatté le palpebre e scosse il capo. «Credo che dovrei bere dell'acqua e tu dovresti ripetermelo, così posso sputarla fuori.»

«Già, beh...»

«E tutti quegli appuntamenti con cui Edgar ti punzecchia sempre? La biondina e la sua festa? La rossa con il serpente sulla caviglia?»

Feci spallucce. «Menzogne.»

«Ti ho sentito dare buca a Edgar centinaia di volte, dicendo che c'era una donna che ti aspettava. Dov'è che vai sul serio?»

«In chiesa.»

«Dillo di nuovo,» disse lei, prendendo un sorso d'acqua.

Sorrisi nel mio bicchiere d'acqua. «Vado a vedere l'installazione di Jonah. È ancora al Wynn. Mi siedo lì e penso. Non prego né niente del genere, ma è come... sedere in una cattedrale.»

Zelda si mosse sulla sedia. Alzai lo sguardo, e i suoi occhi verdi erano intensi e dolci. L'acuta punta di sarcasmo era scomparsa, rivelando sotto di sé una tenera vulnerabilità. «Capisco.»

«È stupido.»

«Non è stupido. Gesù, perché scacci o sminuisci ogni singola emozione che ti attraversa il cuore?»

La fissai. «Io non...» Ripensai a Kacey nel cimitero a New Orleans, a come avessi tenuto la bocca chiusa in quello che forse era stato il momento peggiore per farlo.

«Siamo solo amici, giusto?» aveva domandato Kacey.

Zelda si appoggiò alla mano, sorridendo. «Raccontami.»

«Che cazzo. Okay, dunque. Jonah sapeva che io tenevo a Kacey. In qualche modo lo aveva capito. E mi ha detto, proprio prima di morire, che voleva che mi prendessi cura di lei e...»

«E?» domandò a voce bassa Zelda.

«Voleva che stessi con lei.»

Trassi un lungo respiro. Un sospiro vecchio di un anno. Dall'altra parte del tavolo, Zelda aveva gli occhi sgranati, ma senza alcuna traccia di giudizio. Niente shock né disgusto né opinioni. Solo uno sguardo meditabondo e riflessivo.

«Non ne ho parlato con nessuno,» dissi. «E intendo *nessuno.*»

Lei annuì lentamente. «Soprattutto non con Kacey.»

«Non glielo dirò mai,» dissi. «È impossibile. Prima di tutto, penserebbe che me lo stia inventando. Che la stia manipolando o stia facendo leva sul senso di colpa per portarla a provare qualcosa. Secondo, non *voglio* farlo. Se tra me e lei dovrà esserci qualcosa, deve essere sincera. Deve venire dal suo cuore. In modo spontaneo. Altrimenti, come potrei sapere che è reale?»

Zelda annuì. «Sì, lo capisco.» Si portò una ciocca di capelli neri e lisci dietro la spalla. «Perciò cosa pensi di fare?»

«Non ne ho la benché minima idea,» dissi, passandomi le mani sul volto. «Sono bloccato. Sospeso. Come l'Impiccato.» Alzai lo sguardo. «È una carta dei tarocchi...»

«So che cos'è,» disse Zelda, posandosi il mento sulla mano. «Perché non mandi tutto al diavolo e ti trasferisci a New Orleans? Apri un salone. Stai più vicino a lei. Vedi come si evolvono le cose.»

«Mia madre ha bisogno di me. Non posso trasferirmi. E Kacey si è appena comprata una dannata casa. Non si ritrasferirà mai qui. Las Vegas è troppo piena di ricordi di Jonah. Vuole una nuova vita. Sarebbe meglio se trovasse qualcuno senza legami con Las Vegas o con Jonah, e io li ho con entrambi.»

«E che mi dici di te, allora? Hai intenzione di diventare un monaco?»

Scrollai le spalle. «Lo supererò. Andrò avanti.»

«Rieccoti che liquidi la faccenda.»

«Dimentica quello che ti ho detto,» replicai, serrando le mani a pugno sotto il tavolo. «Vedi, è per questo che non parlo delle cose. Non serve a un cazzo e fa solo...»

«Soffrire,» disse Zelda. «Fa soffrire, vero? È incasinato e complicato, ed è come un tatuaggio che non finisce mai. Un milione di aghi che tatuano sul tuo cuore qualcosa di non propriamente bello.»

«Qualcosa del genere.» *Qualcosa che è proprio così.*

«Non puoi tenere tutto sepolto, T. Insomma, non sono un'esperta a buttare fuori tutto, credimi. Ma tu sei un bravo ragazzo. Meriti anche tu un po' di felicità. Che diavolo è successo per convincerti che non vali *niente*?»

Feci un respiro profondo per calmarmi e bevvi un sorso di acqua ghiacciata. Zelda mi osservò per un istante, poi spostò la sedia dall'altra parte del tavolo per sedersi accanto a me.

«Devi rispondere al messaggio di Kacey,» disse.

«Dille che anche tu hai un appuntamento. Il peggior appuntamento della tua vita.»

La fissai incredulo. «A che pro?»

«Almeno non si sentirà in colpa. Avete entrambi provato con altre persone, ed entrambi avete fallito. Dille questo. Dille che faccio schifo. Dille che avevo degli spinaci tra i denti e che parlavo senza sosta del mio ex.»

«Non ho intenzione di dirglielo.» Ma di colpo mi ritrovai a ridere e irritarmi al tempo stesso; come capitava con un fratello. *Come mi capitava con Jonah.*

«D'accordo, allora glielo dirò io.» Mi strappò il telefono di mano e iniziò a digitare.

Mi lanciai in avanti. «Aspetta. Non farlo.»

Lei si divincolò lontano da me, muovendo rapida i pollici. «Eeeeee, inviato. Ecco qua.»

Girò il telefono verso di me, mostrandomi il suo messaggio: *Il mio appuntamento era* pessimo. *Ci sentiamo più tardi?*

Glielo ripresi dalle mani. «Brutta delinquente.»

Sotto il messaggio stavano già muovendosi i puntini di una risposta. Zelda mi poggiò il mento sulla spalla e mi strinse il braccio. «È così eccitante.»

«Vattene, con te non ci parlo.»

I puntini comparvero, poi scomparvero, poi ripresero di nuovo.

«Digita, cancella, digita,» disse Zelda. «Sta avendo dei ripensamenti sul suo messaggio.»

«Gesù, detesto questa storia.»

«La adorerai.»

Preceduto da un allegro rumore, arrivò il messaggio di Kacey: *È sbagliato che ne sia contenta?*

Tornai a guardare verso Zelda, la cui espressione era trionfante. «Dille la verità,» dichiarò.

No, digitai in risposta, il cuore che mi martellava in petto. *Sono contento anch'io.*

Chiamami presto, okay? Mi manchi.

Zelda fece un cenno a un cameriere di passaggio. «Il conto, prego.»

* * *

Zelda viveva nella parte nordest della città. Il suo condominio era uno squallido blocco di cemento, simile al mio, con luci e musica alta che fuoriuscivano da una finestra angolare.

«Quelle saranno le mie compagne di stanza,» disse Zelda con un sospiro. «A casa mia c'è sempre una festa. Grazie per la cena, T.»

«Grazie per aver preso tutto così bene, Z. Non solo. Per essere... beh, cazzo, per essere come una sorella per me.»

«Proprio quello che ho sempre voluto.» Fece un sorrisetto e si allungò verso la maniglia della portiera, poi si bloccò, il sorriso che si addolciva. «Non credo di avertelo detto quando Jonah è mancato, ma... mi dispiace per la tua perdita.»

«Grazie.»

Sospirò e scese dal pick-up. «Sai cosa devi fare, vero?»

«Ricordamelo.»

«O dici a Kacey quello che provi per lei...» Fece spallucce. «Oppure la butti sulla prima superficie orizzontale che ti capita e la scopi di brutto. Dio solo sa che hai bisogno di entrambe le cose.»

«Sono queste le mie due opzioni?»

«Già.» Sospirò con fare melodrammatico. «Sai, mi mancherai quando ti trasferirai a New Orleans.»

«Non mi trasferirò a New Orleans.»
Lei sorrise e richiuse la portiera. «Sì, certo.»

CAPITOLO 25
Kacey

Stavo camminando avanti e indietro per il salotto, girando intorno al tavolino su cui era posato il cellulare. A tormentarmi.

Sei davvero così patetica?

Avevo mentito nel mio messaggio a Theo. Il mio appuntamento non era stato così terribile. Matthew Porter era stato dolce, premuroso e piacevole per gli occhi. Non aveva masticato con la bocca aperta, era stato cortese con il cameriere, la conversazione era stata vivace. A fine serata era stato un perfetto gentiluomo, mi aveva baciata sulla guancia e mi aveva chiesto se poteva rivedermi.

Avevo detto di no perché la sola cosa a cui ero riuscita a pensare quando Matthew si era chinato per baciarmi era che avrei desiderato che fosse qualcun altro.

Il telefono squillò.

Il mio qualcun altro.

«Ehi.»

«Ehi.»

«Perciò avevi un appuntamento stasera?» esordii. *Oh, che classe.*

«Sì, infatti. È stato uno schifo.»

Un sorriso mi fece capolino in volto. «Che peccato.»

«Anche il tuo appuntamento è stato una merda?»

«Già, esatto.» Aggrottai la fronte. «Beh. No. A dire il vero lui non era poi tanto male, ma...»

«Cosa?»

Non era te.

«Non lo so,» dissi. «Immagino di non aver sentito una connessione.»

«Baciava bene?»

«Non l'ho baciato,» risposi, domandandomi perché una bolla di calore mi fosse esplosa nel bassoventre al tono di voce di Theo. Mi era sembrato geloso. «Ci ha provato, ma gli ho dato la guancia.»

«Ah sì?»

«Già. Tu invece? C'è stata dell'azione?»

«Niente bacio,» dissi. «Niente connessione.»

Esalai un sospiro quanto più silenzioso possibile. «Che sfortuna. Siamo andati entrambi in bianco.»

«Kace?»

«Sì?»

«Che programmi hai questa settimana?»

«Finire i lavori alla casa. Aspettare il montaggio finale del video. Tu?»

«Stavo pensando di venire a trovarti.»

Mi lasciai cadere sul divano, il cuore che mi martellava in modo ridicolo. «Davvero? Voglio dire, lo faresti? Perché?»

«Senza motivo,» disse lui con lentezza. «A parte che voglio farlo.»

«Puoi assentarti dal lavoro? E l'università?»

«A dire il vero ho maturato un intero giorno di vacanza. Che ne dici se vengo venerdì e riparto domenica?»

«Andata. Oh mio Dio, sono così felice. Insomma, mi manchi.»

«Anche tu mi manchi.»

«Ce lo diciamo parecchio, vero?»

Calò un silenzio, ricolmo di parole non dette. Mi rigirai i capelli con tanta forza che la punta del dito perse sensibilità.

«Kace?»

«Sì?»

«Ti mando un bacio della buonanotte.»

Un calore simile all'acqua calda si diffuse in tutto il mio corpo. La sua voce... Dio, la sua voce. Profonda, rude e sexy da morire. *Un bacio...*

Avrei voluto che lo dicesse di nuovo.

«Okay.» Mi sdraiai, allungandomi sul divano. «Dimmi quando.»

«Shhh. Adesso ti sto toccando la guancia.»

Mi portai una mano alla guancia. «È una bella sensazione.»

«Chiudi gli occhi.»

«Già fatto,» sussurrai.

«Apri la bocca, appena appena...»

Trassi un respiro. A occhi chiusi, il potere delle sue parole era amplificato. Ogni terminazione nervosa si tendeva per ascoltare. Per tradurre quel suono in tocco.

«Adesso ti darò il bacio della buonanotte.»

«Sulle labbra?»

Un attimo di silenzio. «Sì.»

Serrai la presa sul telefono. «Okay.»

«Buonanotte, Kacey,» disse con voce soffusa.

Mi passai la lingua sul labbro inferiore, ma al buio,

con la voce profonda di Theo che mi faceva le fusa nell'orecchio, era la *sua* bocca che sentivo e le *sue* labbra che sfioravano con delicatezza le mie.

Mi sfuggì un sospiro, che mi fece sentire triste e felice.

«Lo hai sentito?» mi chiese.

Annuii contro il telefono, accoccolandomi ai cuscini del divano. «L'ho sentito. Proprio bello. Mi ha fatto venire sonno.»

«Davvero?»

«Mm-mm. Mi sento al caldo. E al sicuro. Come ci sei riuscito da così lontano?»

«Non lo so,» sussurrò lui. «Adesso riposati.»

«Lo farò. Buonanotte, Teddy.»

Di solito a quel punto riattaccavo, ma esitai. Lo sentii trarre un respiro, come se stesse per dire altro.

«Teddy?»

«Niente. Solo... ci vediamo presto.»

CAPITOLO 26

Theo

Venerdì pomeriggio, Kacey mi accolse fuori dall'aeroporto Louis Armstrong lanciandosi verso di me e gettandomi le braccia al collo.

«Sei qui!» esclamò.

«Sono qui.» Ricambiai l'abbraccio quanto più a lungo osai. Aveva un profumo così buono. Come di fiori freschi, pittura fresca, e del verde calore di New Orleans. Impregnava la sua pelle adesso, l'odore dei deserti del Nevada era da tempo svanito.

A casa sua, notai che la vernice verde e magenta dell'esterno era stata rinfrescata. Le lampade di whisky di Jonah erano appese in un portico dall'aspetto solido e ordinato, e Kacey infilò la chiave nella sua nuova porta d'ingresso.

«Pronto?» disse. «Preparati a essere stupefatto.»

«Porca miseria,» dissi, entrando in casa e posando la mia borsa sul nuovo pavimento in legno. «Non sembra neanche più la stessa.»

Lei fece un verso di scherno. «Dopo quindicimila dollari, lo spero proprio.»

Le assi di legno del pavimento erano grigie con sfumature di beige lungo le venature. Nuove piastrelle di travertino in cucina riprendevano il marrone chiaro. La credenza era nuova, in grigio chiaro, e i ripiani sotto di essa di quarzo bianco brillante. Il frigo era sparito, così come i fornelli che risalivano agli anni Settanta. Al loro posto, rilucevano degli elettrodomestici in acciaio inox.

«È fantastico,» dissi. «Sei stata brava.»

Lei fece un sorriso radioso, ripulendo una macchia da una delle ante del frigorifero. «Sono stata aiutata. Yvonne si è fatta il culo, e poi ho assunto dei ragazzi per il pavimento. Ma le piastrelle nel bagno? Ho fatto tutto io. Vieni a vedere.»

Ridacchiai mentre mi puntava le mani sulla schiena e mi spingeva verso il bagno. Le piastrelle erano grigio scuro, con disegni in graffite, e risplendevano sotto la luce di un piccolo lampadario. La luce si rifletteva sugli infissi cromati e su una vasca da bagno con piedini e con un doccione a pioggia.

Kacey si portò le mani sui fianchi, scrutando il suo operato. «Che ne pensi?»

«È fantastico.»

«Lo hai già detto,» rispose lei, il sorriso brillante. Mi condusse lungo l'ultima zona della sua casetta, fino alla camera da letto. «Non ho fatto molto. Solo i pavimenti e qualche mobile nuovo.»

«È bella,» dissi, lo sguardo sulla sfera di vetro che Jonah aveva fatto per lei. Non era più al centro del suo letto, ma su un sostegno in cima al cassettone. «È davvero bella.»

Tornati in salotto, mi sedetti sul divano.

«Raccontami tutto. Come vanno le cose a casa?»

domandò Kacey, accoccolandosi sulla sua nuova poltrona con lo schienale alto.

«Hai appena chiamato Las Vegas "casa"?» chiesi, con quanta più nonchalance possibile.

«Beh, cazzo,» disse lei, ridendo. «L'ho fatto.»

«La laurea si avvicina,» risposi. «Mio padre si comporta da stronzo riguardo alla mia idea del salone di tatuaggi, come al solito. Mi sta spingendo a usare la laurea per qualcos'altro, per l'aspetto imprenditoriale del commercio di arte, o magari per la cura dell'arte. E ancora non si è arreso sul fatto che usi la mia arte come graphic designer. Roba da spararsi.»

Kacey si accigliò. «Senza offesa per Henry, ma che vada al diavolo. Hai un talento pazzesco in ciò che fai. Sei nato per quello.»

«Grazie.»

«Non vedo l'ora di vederti con toga e tocco, mentre ricevi la tua laurea.»

«Hai intenzione di venire?»

Kacey inclinò la testa e mi inchiodò con lo sguardo. «Theodore James Fletcher...»

Risi e mossi le mani in un gesto di sufficienza. «Okay, okay. Hai intenzione di venire. Ma ti avverto, sarà noioso da morire.»

«Non me lo perderei per nulla al mondo.»

Calò un breve silenzio, ma piacevole. Un silenzio in cui due persone che non si vedevano da molto tempo si crogiolavano nella presenza dell'altro, si riabituavano a essa. Si mettevano comode. Il consiglio di Zelda sul parlare con Kacey mi ronzava in testa.

Come comincio? "Dunque, sono venuto fin qui per rovinare per sempre la nostra amicizia..."

«Quel divano si apre,» disse Kacey.

La fissai a occhi sgranati, domandandomi se stesse

andando dritta al sodo e dovessi dunque seguire il secondo consiglio di Zelda. «Come?»

«Perciò puoi dormire qui,» disse.

«Oh. Giusto. No, ho preso una stanza in albergo,» risposi.

«Cancellala. Ti assicuro che è super confortevole. Risparmia i soldi.»

«Okay,» dissi lentamente. La nuca mi divenne bollente. Dio, volevo portarla a letto. Al diavolo i convenevoli, volevo *dimostrarle* ciò che provavo.

Il suo telefono annunciò l'arrivo di un messaggio.

«Oh diamine, è Grant,» disse. «Il video è pronto.» Mollò il telefono e prese il laptop dal tavolino. «Mi ha appena inviato il file. Credo che vomiterò.» Si sedette accanto a me sul divano e mi gettò il Mac sul grembo. «Clicca tu. Io non posso.»

«Codarda.»

«La Codarda Affogata.»

«Shh.»

Mi appoggiai appena a lei, premendomi contro la sua spalla e il suo fianco mentre il riff iniziale di *The Lighthouse* iniziava a risuonare su uno sfondo acquoso. Comparve una mano. Un braccio tatuato. La curva di una spalla che conduceva a un lungo collo bianco. Lunghe ciocche di capelli color ottone che ondulavano sopra labbra pallide. Occhi chiusi che pian piano si aprivano, lasciando intravedere un lampo di blu.

«Porca miseria,» sussurrai.

Kacey si muoveva sott'acqua, come una sirena. I suoi capelli biondi e l'abito bianco ondeggiante divennero uno schermo, al quale si sovrapposero delle immagini: un locale, una strada, un appartamento. Lei che beccava il suo uomo a letto con un'altra donna.

Kacey, accanto a me, fece dei piccoli sobbalzi, e di

quando in quando nascondeva il volto nel mio braccio. Io a malapena mi mossi. Ero rapito. Ammaliato. Riuscivo a sentire l'aria fresca che entrava e usciva dalla mia bocca aperta. Inspiravo la sua voce, il suo volto illuminato da una luce color ambra. Il dolore e la sofferenza nei suoi occhi rilucevano attraverso l'acqua e mi raggiungevano. La Ragazza Affogata.

Il video si concluse, ed entrambi espirammo.

«Che ne pensi?» domandò lei contro la mia spalla.

«Penso...» Fissai lo schermo vuoto. «Penso che tu sia dannatamente bella.»

Lei sollevò la testa per guardarmi, e mi resi conto che avevo espresso i miei pensieri a voce alta. Mi erano scivolati fuori dalla bocca spalancata prima ancora che riuscissi a riafferrarli.

«Oh,» disse lei sottovoce, il suo viso a pochi centimetri dal mio; riuscivo a sentire il soffio del suo respiro sulle mie labbra. «Grazie, Teddy.»

I nostri sguardi si incrociarono. Lei mi fissò la bocca, poi di nuovo gli occhi. Stordito, le guardai le labbra, domandandomi se fosse il momento. Adesso. Avrei potuto baciarla. Baciarla e vedere cosa sarebbe successo.

Le sue labbra si sarebbero schiuse per me, avrebbe accolto il mio bacio in profondità nella sua bocca e lei lo avrebbe ricambiato?

Oppure si sarebbe ritratta perché non ero il fratello che voleva?

La mia cazzo di esitazione mi costò cara. Kacey si tirò indietro e si spostò i capelli dietro l'orecchio con imbarazzo. «Perciò, è piuttosto buono, vero?»

Le restituii il laptop. «È un video fantastico. La gente impazzirà.»

«Presumo che sia meglio dire a Grant che l'ho visto

e che ritengo che sia pronto a diventare di pubblico dominio.»

Fai pure, io intanto vado a ficcare la testa sotto il lavandino, cazzo.

Kacey ci preparò il pranzo, panini po'boys con polpette di granchio, patatine e bibite. Mangiammo e parlammo, e in seguito guardammo uno dei suoi dannati film degli anni Ottanta. Lei si rannicchiò accanto a me, ma non troppo vicina, rise a cuor leggero, sorrise e parlò, ma io ero stanco di interpretare il ruolo del migliore amico. Avrei voluto domandarle cosa significassero quei sorrisi, e se fossero rivolti a me. Ma non potevo chiederglielo, non potevo forzarle la mano. C'era un'energia così fragile che ribolliva nel calore tra di noi. Una pressione eccessiva e si sarebbe dissolta.

Ma, dannazione, io voglio questa vita, pensai. *È questo che voglio.*

Vivere nel suo stesso ambiente, il mio rasoio che condivideva lo scaffale con il suo spazzolino da denti. I nostri vestiti aggrovigliati in camera da letto. Preparare insieme la colazione, e poi lasciare che il cibo si bruciasse mentre la prendevo sul pavimento della cucina...

Dimmi cosa vuoi, pensai, scoccandole un'occhiata di sbieco. *Perché io voglio tutto.*

CAPITOLO 27
Kacey

Il giorno seguente, portai Theo a Magazine Street, dove vagammo dentro e fuori dai negozi di antiquariato, le pasticcerie e le boutique di abiti vintage. Visitammo qualche galleria d'arte, dove Theo mi indicò lavori di artisti che non avevo mai sentito nominare: Katherine Bradford e Ted Gahl. La profondità della sua conoscenza mi sorprese, risvegliando della rinnovata rabbia nei confronti di Henry per il fatto che non apprezzasse il talento del figlio. Fui pervasa da una feroce convinzione. Volevo più che mai vedere Theo realizzare il suo sogno di possedere un posto tutto suo. Promisi che lo avrei aiutato e sostenuto in ogni modo possibile.

Non ha bisogno di soldi, pensai. *Preferirebbe tagliarsi una mano piuttosto che accettarne. Forse una grande festa di inaugurazione? Potrei esibirmi...*

Sembrava una cosa arrogante, ma dovevo ammetterlo, il video di *The Lighthouse* non faceva schifo e le mie canzoni stavano vendendo tantissimo sui siti digitali. Forse per quando fosse stato pronto ad aprire il suo salone mi sarei fatta un nome. Un nome che avesse un'attrattiva.

«Perché stai sorridendo?» chiese.

«Stavo pensando al tuo futuro salone.» Gli diedi un colpetto al gomito. «Ad ogni modo, quando hai capito di voler diventare un tatuatore?»

Lui fece spallucce. «Non lo so. È passato un po' di tempo.»

«E dai, Teddy.»

Theo si accigliò. «Di solito non parlo di questa roba.»

«Voglio saperlo. Sul serio.» Eravamo arrivati di fronte a una panchina vecchio stile davanti a un negozio di antiquariato che aveva in vetrina un grammofono e un abito di epoca Vittoriana. «Avanti, siediti,» dissi. «Raccontami.»

Si sedette, guardandomi una volta di sbieco. «Ho fatto il mio primo tatuaggio a sedici anni. Questo.»

Mi mostrò l'interno del polso. C'era uno scorpione rosso e nero appollaiato sulla propria coda. Sotto c'era tatuata la scritta *Helen* in una bellissima calligrafia, angolata in modo intelligente, così che il nome sembrasse l'ombra dello scorpione.

«Helen lo Scorpione?»

Theo mi rivolse un sorriso strano. «Ci arriverò,» disse. «A quel tempo pensavo che uno scorpione fosse una cosa tosta. Sapevo che mio padre avrebbe dato di matto, in Nevada è illegale farsi tatuare quando hai meno di diciotto anni. Ma conoscevo un tizio che conosceva un tizio.»

Scoppiai a ridere. «Anch'io conoscevo un tizio che conosceva un tizio,» dissi, mostrandogli le stelle sul mio dito medio.

«Sono ovunque, lavorano a un prezzo basso e fanno

incazzare i genitori. Ad ogni modo, gli ci vollero quattro ore, e mentre ero lì un altro tatuatore stava lavorando su una cliente. Una donna di mezza età. Aveva appena perso la figlia in un incidente d'auto. Si stava facendo un tatuaggio di un angelo con il volto della ragazza e la sua data di nascita.»

«Oh Dio, è così triste.»

«Da dov'ero non riuscivo a vedere, ma sentii tutta la storia. Rimasi seduto ad ascoltare la donna che raccontava tutto al suo tatuatore. Ero un ragazzino ribelle di sedici anni. Non riuscivo a capire perché una donna volesse riversare tutta la propria tragedia personale su un completo estraneo. Ma lei parlò della figlia per tutto il tempo, a volte piangendo, a volte ridendo. Parlò persino del momento in cui era venuta a sapere che sua figlia era morta. E per tutto il tempo pensai: *Quel povero tatuatore. Di certo starà desiderando di essere altrove.*»

Annuii, ma non dissi nulla. Gli occhi di Theo erano fissi sulla strada, ma erano anche rivolti verso il passato. Non volevo che smettesse di parlare.

«Il tatuaggio della signora fu pronto prima del mio. Se lo controllò allo specchio, piangendo. Il suo tatuatore somigliava a Chester dei Linkin Park, eppure la abbracciò, e lei gli diede una pacca sulla guancia come fosse suo figlio. Gli disse che le aveva fatto il regalo più grande: sua figlia come voleva ricordarla, ogni volta che voleva. Doveva solo abbassare lo sguardo verso il suo braccio, ed eccola lì.»

Stava guardando dritto davanti a sé, oltre i passanti, la strada e il cielo. Pensai che fosse giunto alla fine della storia, ma poi lui si chinò in avanti e posò gli avambracci sulle ginocchia. Con le dita tracciò il profilo dello scorpione sul suo braccio.

«Si chiamava Helen. E non l'ho mai dimenticata.

Quando è giunto il momento di iniziare il college, mi stavano tutti addosso perché diventassi un graphic artist. Computer, tecnologia, siti internet... *È lì che si fanno i soldi, T.* Se avessi un dollaro per ogni volta che mio padre ha cercato di indirizzarmi verso il graphic design...» Scosse il capo. «Io volevo *disegnare*, non lavorare con i computer. Volevo che la risposta tra arte e pubblico fosse immediata. Quanto più viscerale possibile. Ravvicinata e personale. Ma non sono un tipo ravvicinato e personale. Non parlo molto...» Il suo sguardo saettò verso di me. «Tranne che con te.»

Sorrisi. «Vai avanti. Per favore.»

«Ripensai alla donna che aveva raccontato al suo tatuatore della figlia. A come il tatuatore l'avesse ascoltata, come se fosse stato un prete o un barista. Il tutto mentre usava il proprio talento per donarle un'opera d'arte che tutti avrebbero potuto vedere sul suo corpo, e che però al tempo stesso era solo per lei. Arte in mostra, ma estremamente personale. Diventò ciò che volevo fare. È ciò che faccio. Un cliente arriva e io lo ascolto. Non solo riguardo a che tipo di tatuaggio vuole. Ascolto la sua storia. Ascolto e faccio del mio meglio per riprodurre ciò che ho visualizzato.» Rigirò il polso, accarezzando un'altra volta il nome sotto lo scorpione, poi si appoggiò allo schienale della panchina e si infilò le mani in tasca. «Perciò, questo è quanto.»

Posai la guancia sulla spalla di Theo. «Hai mai avuto una Helen?»

«Alcune. Ho avuto un paio di veterani della guerra in Iraq. Vengono a farsi tatuare date importanti, come quando sono stati mandati in missione. Oppure vogliono lo stemma della loro compagnia, per onorare i ragazzi con cui hanno servito. Gli amici che sono caduti. Mi raccontano le loro storie. Oppure viene una ragazza giovane che è nervosa al pensiero di fare un tatuaggio allo stomaco o sul fianco perché pensa di essere grassa o cosa. All'inizio ci scherza su e dice che dovrà perdere peso se vuole mostrarlo. Ma una volta finito, è orgogliosa del tatuaggio. Vuole farlo vedere, così com'è. Quelle sono le storie belle.»

Theo rimase in silenzio per un istante, poi guardò verso di me, notò la mia espressione rapita e si mosse a disagio sulla panchina. «Okay, l'ora dei racconti è finita. Adesso sono pronto per quel drink.»

Passeggiammo lungo la strada in cerca di un bar. I miei occhi continuavano a sbirciare verso l'uomo accanto a me. Mi stavo rendendo conto che non era solo Jonah a cui Theo era rimasto accanto nei peggiori momenti della sua vita. C'era stato anche per un sacco di altre persone. Aveva accolto il loro dolore, lo aveva ascoltato, lo aveva destrutturato. Lo aveva rigirato e lo aveva restituito sotto forma di opera d'arte. In un modo unico per ciascuno, come unico era il dolore per la persona che lo sopportava.

«Hai mai raccontato a tuo padre la storia di Helen?» domandai.

Theo scosse il capo. «Perché disturbarsi? Lui ha già preso la sua decisione.»

Lo presi sottobraccio. «Non vedo l'ora di farmi fare un tatuaggio da te. Ora più che mai.»

«Sai cosa vuoi?»

«No,» dissi, sorridendo verso di lui. «Non so ancora quale delle mie storie voglio che tu racconti.»

Theo aggrottò la fronte, e un sorriso buffo fece capolino sulle sue labbra. La sua espressione era divertita, ma ormai avevo capito che i sentimenti di Theo si leggevano dal suo sguardo. E in quel momento era commosso.

Ci fermammo in un localino dove Theo prese una birra e io una limonata alla fragola.

«Non ti dispiace se bevo questa?» domandò, sollevando la bottiglia.

«Se dovessi chiedere alla gente di non bere quando io sono nei paraggi, smetterebbero di invitarmi alle feste.»

Theo fece una risata. «Mi servono delle patatine o qualcosa di simile. Tu vuoi qualcosa?»

«Voglio quel vestito,» dissi indicando la vetrina di un negozio di abiti vintage dall'altra parte della strada. Esposto in vetrina c'era un vestito da casa, che risaliva agli anni Quaranta, con centinaia di piccole mele verdi sopra e bottoni rossi lungo la parte frontale.

«È perfetto per stasera,» dissi, sorridendo verso Teddy. «Ci vestiremo in puro stile New Orleans.»

* * *

Iniziammo a prepararci verso le sette. Indossai il vestito da casa vintage e al posto dei tacchi optai per delle Mary Jane nere con il tacco basso. Si intonavano al nero dei miei tatuaggi, e completai il look con un rossetto rosso mattone e con un trucco cat-eye.

Uscii dalla mia stanza e vidi Theo con indosso una semplice camicia nera e dei jeans, i tatuaggi che gli risalivano lungo il braccio. *Gli serve un orologio*, pensai. Un orologio avrebbe messo in risalto la sua definizione muscolare e i suoi tatuaggi.

Guidammo fino a Louie's Louisiana Kitchen, un ristorante *Cajun* vicino al fiume che ospitava anche spettacoli musicali serali. Era un locale nel più vecchio e più classico stile di New Orleans, senza aria condizionata, senza mobili eleganti e senza chef stellati. Solo puro e autentico cibo *Cajun*, e musica jazz di artisti locali.

Ricordai la notte in cui avevo conosciuto per la prima volta Dena e Oscar, e avevamo cenato al ristorante *Cajun* dell'MGM Grand. Theo aveva un debole per il cibo ultra-piccante.

«Se vuoi qualcosa di piccante, questo è il posto giusto,» gli gridai nell'affollata fila in attesa di essere accompagnati al tavolo. «La jambalaya più piccante di tutta New Orleans.»

Assottigliò lo sguardo di fronte alla sfida. «Staremo a vedere.»

Il locale era strapieno. A quanto pareva, la band che si esibiva quella sera era super popolare: un quartetto blues con una cantante giovane e sensuale. Avevo prenotato, ma persino l'ingresso era stipato come una discoteca e caldo da morire, l'estate ormai agli sgoccioli. Il sudore mi imperlava la fronte, minacciando il mio trucco. Theo era di poco davanti a me mentre aspettavamo, quando una cameriera venne a porgere assaggini di birra gratis per alleviare l'attesa.

Il tizio dietro di me – un ragazzo magro e pallido poco più che ventenne, con occhi arrossati e camicia sgualcita – prese due bicchieri e li buttò giù in fretta. A giudicare dall'aspetto, nonché dall'intenso odore di liquore che emanava, quelle birre non erano la prima bevuta della serata.

«Ehi,» mi disse, dandomi un colpetto. «Sei proprio carina, eh?»

Alzai gli occhi al cielo e mi voltai, trovandomi di fronte l'ampia schiena di Theo. Il sudore riluceva sulla sua nuca, rendendogli i capelli in quel punto simili a piccole punte.

«Ehi.» Il tizio mi diede di nuovo un colpetto. Si

avvicinò quanto bastava perché il pungente odore di alcol del suo fiato diventasse una vera e propria nebbiolina sulla mia guancia. «Scommetto che hai un buon sapore. Di caramella.» Ridacchiò. «Posso darti una leccata?»

Sfortunatamente per lui, in quel preciso istante ci fu una pausa nella musica. Theo si girò di scatto, lo sguardo puntato verso l'ubriaco, con una pericolosa intensità.

«Che cazzo le hai appena detto?»

L'ubriaco alzò le mani. «Scusa, amico. Non avevo capito che era tua.»

«Non scusarti con me,» disse Theo. Non era propriamente altissimo, ma aveva almeno venti chili di muscoli in più rispetto al tizio. Indicò verso di me con il pollice. «Scusati con lei.»

Il tizio ci pensò su per un istante, poi fece una risata e barcollò appena, spintonandomi di nuovo.

Un muscolo nella mascella di Theo fremette. «Sei troppo vicino a lei.» Posò con calma la mano sul petto del tizio. «Levati,» gli diede una piccola spinta, «dai coglioni.»

Il tipo barcollò all'indietro di uno o due passi, poi alzò di nuovo le mani, senza più traccia di risata. «D'accordo, amico. Stai tranquillo.»

Gli occhi di Theo rimasero piantati su di lui in avvertimento per un altro istante, poi mi mise un braccio attorno e mi tirò davanti a sé, tenendomi nel suo abbraccio protettivo per il resto della nostra lenta migrazione verso la postazione della hostess di sala.

«Avete prenotato?» domandò la cameriera, e impiegai un secondo a rendermi conto che stava parlando con me.

«Per due,» dissi. «Dawson.» Il cuore mi martellava

ancora con forza nel petto, e il calore che mi imporporava le guance non aveva nulla a che vedere con la mancanza di aria condizionata.

Il modo in cui Theo aveva gestito quel tizio...

Non ero un'amante della violenza, ma un qualche strano istinto primordiale dentro di me aveva quasi sperato che il tizio ricambiasse la spinta, solo per poter guardare Theo che mi difendeva di nuovo. Che mi proteggeva in quanto sua da proteggere.

Oh mio Dio, datti una calmata. Stai riportando il movimento femminista indietro di cinquant'anni.

La cameriera ci accompagnò a un tavolo. Mi feci aria con il menù mentre Theo studiava il suo con concentrazione, del tutto ignaro della mia reazione. Ci volle un'eternità prima che il cameriere si facesse vedere, poi un'altra eternità perché ci portasse il cibo. Quando infine arrivò, pollo in fricassea e jambalaya di gamberi per Theo, lui assaggiò un boccone, arricciò il naso e iniziò a versarci sopra altra salsa piccante.

«Sei pazzo?» dissi ridendo. «Mi fa male la bocca solo a vederlo.»

«Era tiepido,» rispose Theo con un sorriso. «Adesso è soddisfacente. Più o meno.»

Scossi il capo, posandomi il mento sulla mano. «Devi essere stato un mangiafuoco in una vita precedente.»

Scoppiò a ridere e ci tuffammo nella calda notte della Louisiana, e in una cena ancora più calda. La musica che precedeva lo spettacolo aleggiava nell'aria pesante e umida come fumo pungente. Immaginai degli spiriti che danzavano nell'ombra in quella città di vampiri e vudù.

Chiacchierammo con facilità, e lui rise prontamente, bevendo birra a fronte della mia limonata.

Ciononostante, sentivo una specie di ebbrezza dentro di me. Alticcia ed esaltata, i miei pensieri correvano senza freno lungo una strada che non avevo mai intrapreso prima.

Jonah una volta mi aveva detto che arrivavo fino a undici. Theo arrivava a cento, riflettei. Non conosceva mezze misure. Era il tipo di uomo che, se gli facevi un torto o ferivi qualcuno che amava, ti tagliava fuori senza una sola parola. Ma se eri suo, eri suo a vita.

Se lui fosse mio...

Il pensiero mi sconvolse al punto che quasi rovesciai il mio bicchiere di limonata.

Theo alzò lo sguardo dal suo cibo. «Tutto bene?»

Annuii, notando che i suoi occhi si stavano facendo lucidi. Accennai al suo piatto con il mento. «Perché lo mangi se è così piccante?»

«Mi piace.»

«Sembra una sofferenza.»

Fece un sorriso sghembo. «Una meravigliosa sofferenza.»

«Dio, sei proprio un uomo.»

«L'ultima volta che ho controllato era così.»

Scoppiai a ridere, e lui distese anche l'altra metà del suo sorriso, prima di tornare al cibo. Feci per tuffarmi sul mio piatto, ma il mio sguardo continuava a vagare verso Theo. Prese un boccone troppo grosso della sua jambalaya, il sudore che gli imperlava la fronte perché lo aveva reso piccante a livello inferno. Di proposito. Mandò giù i gamberi con un sorso di birra, fece un lungo sospiro, poi si rituffò sul piatto con determinazione, entrambi gli avambracci sul tavolo, e si preparò per un altro enorme boccone.

Mi domandai se avrei sentito quel calore sulla sua lingua qualora mi avesse baciata.

Il mio ginocchio ebbe un sussulto e mi fece volare il tovagliolo sul pavimento. Mi chinai per raccoglierlo, e non mi rialzai finché la mia espressione non si fu ricomposta. Dio, l'atmosfera di quel locale mi stava rendendo stupida.

Theo prese un'altra rovente forchettata di cibo piccante. Un'altra goccia di sudore gli scivolò lungo la tempia mentre si leccava le labbra.

Oh sì, senza alcun dubbio, se lo baciassi mi brucerebbe.

«Ho qualcosa tra i denti?»

Lo guardai sbattendo le palpebre. «No, niente. Stavo solo pensando.»

«A cosa?» chiese Theo. Il suo sguardo rimase puntato su di me mentre le sue labbra avvolgevano la bottiglia di birra e lui ne prendeva un sorso. Guardai il movimento della sua gola mentre il liquido scorreva giù. Tutti i miei sordidi pensieri erano visibili sul mio volto, oppure scritti a caratteri cubitali in un'insegna al neon che mi lampeggiava sopra. Le mie guance si imporporarono mentre mi sforzavo di trovare una risposta.

«Questo posto ha un sacco di atmosfera,» dissi infine.

Cristo, ma sei seria?

Theo annuì e assunse un'altra espressione intensa, simile a quella che aveva esibito durante il confronto con l'ubriaco in fila. Solo che adesso era rivolta a me. I suoi occhi color whisky si accesero di un altro bisogno primordiale. Theo, senza maglietta e sudato, che mi posava una mano sul petto e stringeva tra le dita il tessuto del mio vestito. Anziché spingermi via, mi attirava bruscamente a sé, con l'intenzione di prendersi ciò che era suo...

Oh mio Dio.

I miei occhi erano intrappolati dal suo sguardo. Il mio corpo era intrappolato sulla sedia da una dolce fitta di desiderio che mi bruciava tra le gambe. Non sbattei le palpebre. Non distolsi lo sguardo.

Con un forte riff di tamburi e un glissando sui tasti del pianoforte, la musica dal vivo iniziò, facendomi infine spostare lo sguardo. La leader della band era una giovane donna con lunghi capelli castani che indossava un cappello Fedora, pantaloni di pelle nera e una camicia bianca con un gilè nero. Tre uomini afroamericani componevano la sua band di chitarra, piano e basso. Aprirono con una canzone lenta che permeò l'aria come fragrante fumo.

Mi concentrai sulla musica, fingendo di ascoltare, con la risoluzione di non guardare verso Theo. Ma quella dannata musica aveva delle tonalità blues, sexy... Una lenta combustione di desiderio e passione. Penetrò nel mio corpo già sofferente, riempiendomi del bisogno di essere toccata.

Un'ombra si allungò sopra di me, e quando alzai lo sguardo vidi Theo in piedi, che mi porgeva la mano.

«Balla con me.»

Non era una richiesta, e il mio corpo traditore si stava già alzando in piedi prima ancora che riuscissi a pensare.

Theo mi prese per mano e mi condusse verso la piccola pista da ballo, dove una decina di altre coppie stavano ondeggiando al ritmo della musica. Alcune, guidate dai toni sensuali della canzone e dalla voce vellutata della cantante, stavano strusciando i fianchi tra loro, le cosce intrecciate.

Theo mi fece portare le braccia attorno al suo collo, poi mi posò le mani sui fianchi e iniziò a muoversi.

Era dal matrimonio che non stavo così vicina a lui. I

nostri corpi premuti stretti. I nostri volti talmente vicini che riuscivo a sentire il dolce calore del suo cibo, l'asprezza della birra, il sale del suo sudore. Il suo cuore che batteva con forza contro il mio. Il suo respiro irregolare.

«Al matrimonio mi avevi detto che tu non balli,» dissi, ogni parte del mio corpo consapevole del fatto che stava toccando tutte le parti del suo.

Le sue labbra mimarono le parole "ho mentito", ma da sopra la musica non mi giunse nessun suono.

Riuscivo a malapena a respirare. Mi stavo perdendo in lui. I nostri sguardi erano inchiodati l'uno nell'altro. Non riuscivo a guardare da nessun'altra parte se non verso di lui. Il marrone chiaro dei suoi occhi era intenso, come uno shot di whisky retroilluminato da una fiamma incandescente. I suoi fianchi si mossero in un lento cerchio addosso a me, la sua coscia si avvicinò allo spazio tra le mie gambe. Un braccio scivolò attorno alla mia vita, l'altro si sollevò verso il centro della schiena, e mi strinse a sé. Le mie braccia si avvolsero attorno al suo collo, le dita affondarono tra i suoi capelli umidi.

«Mi piace,» mormorò. Tutto il suo corpo era premuto contro il mio. Riuscivo ad avvertirne la potenza, la forza dei suoi muscoli che mi trattenevano e mi muovevano al ritmo della musica. L'incavo del suo collo riluceva. Sentii il mio sudore scendermi lungo la clavicola e in mezzo ai seni. Il mio sangue era infuocato in un modo che non aveva niente a che vedere con l'estate della Louisiana. Un calore che Theo stava facendo montare in me con ogni rotazione del suo inguine contro il mio. Avvertii la rigidità dei suoi jeans contro la mia pelle mentre la sua mano scivolava verso il mio sedere, premendomi a lui con più forza. Strusciandosi in una danza che aveva il sapore di...

Preliminari.

Mi ritrovai senza fiato quando la fronte di Theo si posò contro la mia, i nostri sguardi fissi l'uno nell'altro. Nel profondo dentro di me, avvertii un istinto vorace e un crescente bisogno che non sentivo più da molto tempo. Agganciai una gamba attorno alla sua vita.

«Toccami,» sussurrai.

Lui emise un verso dal profondo del petto, e la sua mano scivolò sotto il mio vestito, risalì lungo la mia coscia sino al fianco, spingendomi verso di lui. Trattenni un grido quando mi fece piegare all'indietro. Lasciai ricadere la testa e mi inarcai. Lui si chinò assieme a me, la bocca sul mio collo, la lingua che scivolava sulla mia pelle. Febbrile. Bruciandomi dentro e fuori. Il suo tocco era ardente, faceva propagare scariche di fuoco sulla mia pelle in ogni direzione. I miei capezzoli si indurirono. Il calore mi confluì tra le cosce, dove Theo si stava strusciando impietosamente contro di me. Poco alla volta le sue labbra risalirono lungo il mio collo, poi sul mento, ed entrambi raddrizzammo la schiena finché non ci trovammo faccia a faccia.

L'espressione negli occhi di Theo, una brama quasi selvaggia, mi mozzò il respiro.

«Kace,» sussurrò.

Mi aspettavo un suo bacio. Era proprio lì tra noi, in famelica attesa. Non mi aspettavo che le sue mani, così rudi e forti fino a poco prima, mi si posassero con delicatezza sul viso. Non avevo previsto il modo in cui aggrottò la fronte, quasi come se stesse provando dolore.

Sollevai il mento, in attesa, in disperato bisogno.

Ti prego.

Lui posò le labbra sulle mie, baciandomi con dolcezza. Il mondo attorno a noi si trasformò, divenne confuso e poi scomparve. Dovetti sorreggermi ai suoi polsi per impedirmi di scivolare via con lui, sussultando per le sensazioni che emersero dentro di me come un ruggito. Un cerino acceso in una stanza buia, che risplendeva con una luce brillante. Le mie labbra si schiusero in quel sussulto, e Theo, con un ringhio di puro desiderio, mi baciò di nuovo, questa volta con più intensità e profondità.

Gli cinsi il collo con le braccia, aggrappandomi a lui, e aprii la bocca per accogliere il bacio nella sua interezza. Il sapore della sua lingua, il calore della sua bocca. Riprendemmo a ballare, i nostri corpi che agivano di volontà propria, le nostre bocche che si aprivano e si chiudevano, le teste che si inclinavano da una parte e dall'altra. Le nostre lingue scivolavano e si intrecciavano quando il bacio si faceva più profondo. Denti e lingue mordevano e succhiavano quando quell'intensità veniva meno.

Ballammo ancora e ancora, e dietro a quel mio delirio, sapevo di aver avuto ragione riguardo a Theo: se lo avevi, avevi tutto di lui. Il suo bacio era la più pura essenza di lui: intenso, feroce, interamente devoto al momento. Così vicini, lui era tutto il mio mondo, senza posto per nient'altro. Il suo corpo premuto contro il mio, le sue mani sul mio corpo, il suo sudore, la sua bocca...

Era così tanto. Il mio istinto esitò, abituato a pensare che fosse troppo. Ma no, lui mi stava dando tutto e io lo stavo prendendo. Potevo prenderlo. E ne volevo ancora.

«Oh, Dio,» sussurrai nella sua bocca. La sua risposta fu un gemito e io lo presi, lo inspirai mentre lui mi baciava di nuovo.

Ci baciammo finché la canzone non finì e l'applauso della folla non spezzò l'incantesimo. Lentamente, il circolo in cui stavamo ballando si disfece. I miei piedi percepirono di nuovo il pavimento, i nostri corpi si staccarono. Il mondo reale tornò a materializzarsi. Restammo sulla pista da ballo per un altro istante, i nostri sguardi che si cercavano per… non sapevo cosa. Entrambi stavamo sbattendo le palpebre, storditi, come se fossimo riemersi da una trance.

Tornammo al nostro tavolo, io avevo le gambe che mi tremavano, e presi un grosso sorso del mio bicchiere di acqua, cercando di placare il vortice di emozioni che mi ribollivano in corpo.

«Vuoi andare via?» mi chiese Theo, la voce arrochita dal desiderio. Riuscivo a vederlo bruciare nei suoi occhi.

Annuii, il mio corpo che gridava il bisogno del suo, mentre la comprensione di ciò che era appena successo si insinuava tra le crepe del mio cuore infranto, e non capivo se lo stesse danneggiando o ferendo.

All'esterno l'aria era più fresca, un balsamo tonificante per la mia mente in poltiglia. Percepii che anche Theo si stava ricomponendo. Il desiderio scemò, ci ripensò due volte e iniziò a porre delle domande. Il viaggio in taxi fu troppo lungo. Tenni lo sguardo fisso verso il mio finestrino, dove riuscivo a intravedere il riflesso di Theo accanto a me, i suoi lineamenti marcati in duri angoli di frustrazione.

Quando infine il taxi si fermò di fronte a casa mia, Theo gettò del denaro verso il sedile anteriore e scendemmo dal veicolo. Le mani mi tremavano mentre armeggiavo con la chiave nella serratura, e una volta giunti in salotto mi paralizzai.

Volevo che se ne andasse. Volevo che restasse.

Volevo rannicchiarmi da sola sul mio letto e piangere. Volevo trascinarlo in camera mia, farmi strappare via i vestiti da lui e farmi prendere con forza e intensità, finché entrambi non avessimo trovato sollievo.

Volevo piangere per aver tradito ciò che avevo avuto con Jonah. Volevo piangere perché baciare Theo mi aveva fatto provare qualcosa che non avevo più provato da allora.

Una felicità che bruciava assieme a quel fuoco, un tesoro brillante che non riuscivo a raggiungere senza ustionarmi.

I miei occhi si riempirono con l'inondazione delle emozioni vorticanti. Non riuscii a trattenerle. Le mie spalle si incurvarono e mi strinsi tra le braccia.

«Oh, Dio, Kacey,» disse Theo, aggirandomi per mettersi davanti a me. Mi mise le mani a coppa sulle guance. «Non piangere, tesoro. Ti prego...»

Scossi il capo, lottando per riottenere il controllo. «No, va tutto bene,» mi sentii dire, cercando di spiegare l'inspiegabile. «È solo... È il primo bacio da quando...»

Theo fece un passo indietro, lasciando ricadere le braccia lungo i fianchi. «Cazzo. Kace, mi dispiace.»

«Non... non so cosa sto cercando di dire. O cosa provo. Non hai nulla di cui dispiacerti. Non è colpa tua.»

«Non è neanche colpa tua,» disse. «Ci siamo solo... fatti prendere dal momento.»

Gli rivolsi una brusca occhiata. «È stato questo?»

Theo mi fissò per un istante, i suoi occhi color whisky dolci e calorosi. «Sì,» disse, passandosi le dita tra i capelli. «Ci siamo fatti prendere dal momento. Il locale, la canzone, l'atmosfera. Era come una droga.»

Sentii un tuffo al petto, e poi una fitta acuta. Dritta al cuore. «Già, immagino che sia così,» dissi.

«Torno a Las Vegas,» disse. «Stanotte. Credo che sia meglio così.»

No, pensai, sebbene stessi annuendo con il capo. «Okay. Credo che forse... dovresti. Ho bisogno di pensare. Dio, non lo so di cosa ho bisogno.» Lo guardai, così stoico e gentile, disposto a fare qualunque cosa per me, a fare la cosa giusta. «Mi dispiace così tanto.»

«Non dispiacerti,» disse lui, avanzando per stringermi e premermi contro il suo ampio petto. «Non devi mai scusarti. Non con me.»

Con la stessa rapidità con cui si erano strette attorno a me, le sue braccia mi lasciarono andare. Infilò le sue cose nella borsa, e nel giro di pochi minuti era sulla porta, pronto ad andarsene.

«Ti chiamo quando atterro.»

«Okay,» dissi. «Teddy?»

Si fermò sulla porta. «Sì?»

«Grazie.»

Il fantasma di un sorriso gli sfiorò le labbra. Dopodiché se ne andò.

CAPITOLO 28

Kacey

Spalancai la finestra della cucina.

«*Yvonne.*»

Mi giunse una risposta attutita dall'interno di casa sua. «È tardi, tesoro.»

«Ho baciato Teddy.»

«Arrivo subito.»

Cinque minuti più tardi, Yvonne fece irruzione dalla porta d'ingresso, con mezzo litro di acqua tonica sotto un braccio e una bottiglia di succo di mirtillo rosso sotto l'altro.

«L'occasione richiederebbe del vino, ma dal momento che ti stai ripulendo dall'alcol, questo è il meglio che posso fare con poco preavviso.»

Affondai nel divano, le dita che mi sfioravano le labbra, mentre Yvonne si dava da fare nella mia cucina, ripescando cubetti di ghiaccio e versando i drink. Fece ritorno e mi mise tra le mani un'acqua tonica al mirtillo rosso. Si lasciò cadere sulla poltrona di fronte a me. «Raccontami tutto.»

«Teddy mi ha baciata e io ho ricambiato il bacio. Ho ricambiato eccome. Ed è stato... magnifico.»

«Magnifico? Tesoro, è una cosa buona.»

«È stato così bello che ho iniziato a piangere. Perciò lui ovviamente ha pensato di aver fatto qualcosa di sbagliato e si è tirato indietro. Non sono riuscita a dirgli la verità. Che stavo piangendo perché era stato così bello. Era stato così *giusto*. Ma poi, dieci secondi dopo, mi sono sentita tormentata dal senso di colpa. Mi sono sempre sentita come se il mio primo bacio fosse stato con Jonah. Adesso ho baciato Teddy, ed è il primo... Il primo dopo il primo.»

Yvonne mi concesse un istante prima di chiedermi: «Lui cosa ha detto al riguardo?»

Presi un sorso del mio drink senza assaporarlo. «Che ci eravamo fatti prendere dal momento. Ma penso che mi stesse offrendo una via d'uscita. Di sicuro sarò sembrata in preda al senso di colpa.»

«Dov'è adesso?»

«Sta tornando a Las Vegas.» Notai la smorfia di disapprovazione sulle sue labbra. «No, va bene. È un tale brav'uomo, Yvonne. Sapeva che era troppo. Se fosse rimasto, saremmo finiti a letto insieme, e io non sono nel pieno possesso delle mie facoltà mentali. Lui lo sapeva, perciò se n'è andato. E come se i miei sentimenti non fossero abbastanza incasinati, adesso vorrei che non lo avesse fatto.» Alzai lo sguardo pieno di lacrime verso di lei. «È il mio migliore amico. Non posso perderlo.»

«Non devi per forza perderlo, tesoro,» disse Yvonne. «Forse ciò che c'è tra voi due si sta trasformando in qualcos'altro.»

«Oh, Dio, non so cosa sto facendo.» Mi piegai sulle ginocchia e mi presi la testa tra le mani. «Dimmi cosa fare, Yvonne. Ti imploro.»

«Dormici su, bambina,» disse Yvonne. «È il mio unico consiglio. Dormi, e vedi come ti sembrano le cose domattina. E, Kacey?»

Alzai lo sguardo attraverso i miei capelli. «Sì?»

«Ciò che proverai nel preciso istante in cui ti sveglierai, prima che il tuo cervello incasini tutto con pensieri e parole... è lì che sta la verità, in quella prima sensazione.»

Rimasi seduta a lungo dopo che se ne fu andata, chiamando a raccolta il coraggio per andare in camera. La sfera dell'universo sul mio comò brillava nella luce gialla della lampada. Non la toccai. Non mi sembrava corretto toccarla, così intrisa di Theo com'ero. Posai il mento sul cassettone e osservai la luce giocare tra le stelle, risplendere lungo la superficie rossa e verde del pianeta.

«Ho ballato con Teddy,» dissi, con voce tremante. «No, non è esatto. Abbiamo ballato ma sembrava come se stessimo scopando e poi ci siamo baciati. L'ho baciato, ed è stato...» Deglutii a fatica. «È stato bello. È stato molto bello. Ma anche prima di quello... siamo usciti. Ci siamo divertiti insieme. Abbiamo mangiato buon cibo, riso e parlato... Abbiamo vissuto.»

Le lacrime fecero confondere la sfera in una palla scura, le stelle al suo interno luminose ma silenziose.

«Non dovrebbe succedere, vero?» sussurrai. «Io e Theo? L'idea di stare con chiunque non sia tu per me è terribile, eppure con lui... È stato bello. Sembrava... reale.»

Volevo che Theo stesse con me. Non mi ero resa conto di quanto mi mancasse il contatto intimo finché lui non mi aveva baciata. La vicinanza con un uomo, il suo respiro caldo sulla pelle, la sua presenza nel mio spazio personale mentre mi toccava. In quel momento lo volevo. Volevo che mi stringesse, che mi baciasse di nuovo. Che mi baciasse per tutta la notte. Che facesse l'amore con me, con intensità. In modo incandescente, sudato, brutale e focoso.

«Non so cosa sto facendo,» mormorai, voltandomi verso il letto. Seppellii la faccia nel cuscino, ordinando al mio corpo di sbollire. Dopo essere stato freddo così a lungo... una solitudine raggelante, mentre affogavo tra lacrime ghiacciate, insensibile al tocco di chiunque... Adesso non riuscivo a sopportare il calore di un uomo che non fosse Jonah.

Mi girai e rigirai per ore. Razionalizzando. Giustificando. Cercai di imputare quell'intero incidente alla banale, vecchia lussuria. Mi ero fatta prendere dal momento, come aveva detto Theo. E a chi non sarebbe successo? Theo era bellissimo. Pieno di muscoli, tatuato e sexy da morire. Se si muoveva a letto come aveva fatto sulla pista da ballo...

Oh, Dio, smettila.

Quando finalmente iniziai a scivolare nel sonno, ad accompagnarmi non furono sentimenti di puro desiderio, o la sensazione del corpo di Theo premuto contro il mio, e neppure il delizioso calore del suo bacio. Fu il suo sorriso. Non ero certa di aver mai visto Theo sfoggiare un sorriso così ampio e privo di difese. Ballando con me, aveva abbandonato il fardello del lutto e delle responsabilità. Per poche ore, lo avevo reso felice.

E quando mi svegliai il mattino seguente, la prima sensazione che provai nel mio cuore fu il desiderio di renderlo di nuovo felice.

CAPITOLO 29

Theo

L'ultima cazzo di cosa che volevo fare era una cena domenicale con i miei genitori, ma non potevo dire di no. Ci accomodammo nel patio, e mia madre cercò di tenere viva la conversazione davanti a piatti di pollo arrosto e asparagi. Mio padre ingurgitò il suo cibo quasi senza parlare. Io continuavo a sbirciare verso il mio telefono e verso quell'unico messaggio di Kacey: *Volevo assicurarmi che fossi arrivato senza problemi*.

Avevo risposto: *Tutto ok, grazie.* Ma dopo nient'altro.

Ho mandato tutto a puttane, pensai per la milionesima volta.

La sera prima ero stato ubriaco. Ubriaco di cibo, di birra e di jazz. Ubriaco di New Orleans e ubriaco di Kacey. Avevo perso il controllo. Quel coglione sbronzo che ci aveva provato con lei aveva risvegliato qualcosa dentro di me, un desiderio di lottare per lei, di eliminare qualunque cosa la minacciasse. Seguito subito dopo dal bisogno ancora più potente, una volta fatto tutto quello, di averla. Di marcarla come mia proprietà con la mia bocca e con le mie mani. Di spogliarla e scoparla fino a essere l'unico pensiero nella sua testa. Fino a non farle gridare altro nome che il mio.

Mi aveva guardato come se fossi già nudo, i suoi occhi mi avevano scrutato da capo a piedi, le sue labbra si erano schiuse e la sua lingua le aveva accarezzate. *Ci siamo*, avevo pensato. La fine della mia lunga e agonizzante attesa.

Ma no. Lei non era pronta. Forse non lo sarebbe mai stata. E peggio ancora, non potevamo tornare indietro nel tempo e riportare tutto a com'era prima. Baciarsi aveva cambiato ogni cosa.

«Perciò,» disse mia madre, interrompendo i miei pensieri. «Che novità ci sono questa settimana?» Si allungò verso di me e mi fece una carezza alla mano. «A parte la laurea.»

Rivolsi uno sguardo verso mio padre, che teneva la testa bassa, concentrato sul cibo.

«In effetti ho una novità. Ho iniziato una nuova serie di tatuaggi che si chiama *Tatuaggi incompleti*.»

«Davvero?» Mia madre sorrise e prese altro purè di patate.

«Il mio collega ha mostrato la serie a *Inked* magazine, e faranno un servizio su di me.»

«Oh, è magnifico.» Mia madre si chinò verso mio padre. «Non è magnifico, Henry?»

Mio padre sorseggiò il suo drink e sollevò il mento, come se ci stesse riflettendo su, le labbra serrate, mentre inspirava profondamente dal naso.

«Potrebbe essere una cosa molto buona,» dissi, detestando quanto fosse patetica tutta quella faccenda di implorare come un cane per un avanzo. Eppure, non riuscii a fermarmi. «La pubblicità mi darebbe una spinta quando avrò un salone tutto mio.»

Le labbra di mio padre si abbassarono ulteriormente, segno che stava per formulare i suoi pensieri. Odiavo quei brevi istanti, perché il mio stupido cuore si gonfiava sempre di speranza, aspettandosi che fosse *quella* volta in cui avrebbe detto: «Ben fatto, figliolo. Sono fiero di te.»

Ma non lo era mai.

«Il mercato di Las Vegas è tremendo per le nuove imprese,» disse. «Per qualunque impresa. Nick Sullivan dell'ufficio locazioni commerciali dice che la crescita sta rallentando. Senza parlare del fatto che a Las Vegas ci saranno già un centinaio di saloni per tatuaggi.»

«È un po' un'esagerazione, non credi, caro?» domandò mia madre, il suo sguardo che saettava tra di noi.

«Non posso fare tre metri in auto senza che ne veda uno,» disse mio padre. «Sono comuni quanto i locali di spogliarello.»

Lanciai la forchetta sul tavolo. «L'ho capito. È un mercato di merda. Lo stai dicendo da un anno...»

«Perché è la verità. Se hai imparato qualcosa dai tuoi corsi, dovresti sapere che l'ottanta percento delle piccole imprese fallisce entro il primo anno. Figurarsi quelle che cercano di introdursi in un mercato già saturo.»

La mano di mia madre si posò sulla mia. «Henry, sono certa che Theo sia consapevole dei rischi. Ma è il suo sogno.»

«Adesso hai una laurea in economia,» disse mio padre. «È un risultato fantastico. Mi piacerebbe solo vederti usarla per qualcosa per cui valga la pena.» Si tamponò le labbra con il tovagliolo.

«Ne ho tutte le intenzioni,» risposi a denti stretti. «Mi comprerò un salone mio. Dannazione, papà, per *me* ne vale la pena. Perché cazzo non capisci che è quello che voglio fare?»

«Linguaggio, per favore,» disse mio padre con un sospiro, come se lo sentisse dire un migliaio di volte al giorno.

Le dita di mia madre mi strinsero il polso. «Theo, caro, calmati.»

«Già, l'ho capito che il mercato è strapieno,» dissi. «Ma Las Vegas non è l'unica città del Paese. Magari mi comprerò un locale da qualche altra parte.»

Mia madre sussultò. «Hai intenzione di lasciare Las Vegas?»

«No. Non lo so. È solo un'idea.» Mi passai le mani sul volto. «Mamma, aspetta.»

Ma lei stava già spingendo indietro la sedia. «Scusatemi.» Corse dentro casa, con la mano sopra la bocca.

Mio padre gettò il tovagliolo sul tavolo con disgusto. «Visto? Adesso hai turbato tua madre.»

Si alzò anche lui da tavola, ma anziché andare dietro a mia madre per consolarla, sentii la porta del suo studio chiudersi sbattendo.

«Che cazzo,» dissi rivolto verso il cielo. Il mio sguardo incrociò le lampade di vetro di Jonah, che rilucevano sopra il patio adesso vuoto, con un tavolino apparecchiato con una cena mezza mangiata. La scena di una fuga frettolosa.

Fissai le luci finché non divennero orbite bianche sfocate e confuse.

«Adesso che cazzo faccio, Jonah. Lei è lì. Io sono qui…»

Ovviamente sapevo cosa avrebbe risposto.

Amala.

Chiusi gli occhi che mi bruciavano e mi massaggiai il petto dolente.

«Sì, Jonah,» sussurrai, le mie parole fagocitate dalla notte. «Lo faccio già.»

CAPITOLO 30
Kacey

«Sei seduta?» disse Grant, la sua voce nell'altoparlante ansimante e acuta.

Phoebe gridò in lontananza: «Siediti, per la miseria. Oppure cadrai, ti romperai la gola e poi *la fottutissima Sony Music* non vorrà più metterti sotto contratto!»

«È così che glielo dici?» disse Grant. «Sul serio, Phoebe?»

Mi lasciai cadere sul divano. «Sono seduta,» dissi. Deglutii, con il cuore che mi martellava in gola. «Dite sul serio? La Sony Music?»

«Il loro ufficio ha appena chiamato,» disse Grant. «Vogliono un incontro. È il video, Kacey, ha quasi raggiunto un milione di visualizzazioni. E le vendite stanno ancora andando forte. È tutta la settimana che riceviamo telefonate da etichette di fascia media, inclusa quella che gestisce le Rapid Confession. Ma ho tenuto duro. Sapevo che era solo questione di tempo prima che ne agganciassimo una grossa.»

«La più grossa dell'oceano, cazzo,» gridò Phoebe.

«La stramaledetta Moby Dick delle etichette discografiche.»

«Oh mio Dio,» dissi, buttando fuori l'aria dalle guance. «E vogliono un incontro? Quando? *Dove*?»

«Tra una settimana a partire da lunedì. Qui. In centro. Diamine, mandano della gente per *noi*. Ho già detto di sì. Se avevi dei programmi, cancellali.»

Scoppiai a ridere, sopraffatta. «Niente piani per lunedì prossimo.»

«Ottimo,» disse Grant. «Ora vai a vestirti.»

«Sono le sei di sera,» disse Phoebe. «Pensi che vada in giro nuda?»

«Intendevo, vai a vestirti *come si deve* per *uscire*, stupida,» ribatté Grant. «Per festeggiare.»

«Non posso uscire stasera,» dissi.

«Perché?»

Devo telefonare a Teddy. Una notizia così grossa non sarebbe sembrata reale finché non l'avessi detta a lui.

«Voi ragazzi uscite e festeggiate anche per me, okay? E, ehi, ascoltate.»

«Sì, mia regina?»

«Niente di tutto questo sarebbe accaduto se non fosse stato per voi. Non lo dimenticherò.»

«Grazie, Kacey,» disse Grant. «È così...»

«Sai cosa significa questo?» strillò Phoebe. «Oh mio Dio, diventeremo stramaledettamente ricchi.»

«Non puoi aver detto una cosa del genere. Stiamo per fare *arte*, non soldi.»

«Questa è la cosa più stupida che abbia mai sentito in vita mia...»

Scoppiai a ridere e riagganciai, poi risi di nuovo mentre mi domandavo quanto ci avrebbero messo ad accorgersene.

Il mercoledì Theo aveva lezione fino alle dieci,

ovvero la mia mezzanotte. Sei dannate ore di attesa. Avrei potuto richiamare gli Olsen e uscire comunque. No, sarei stata troppo distratta. Ero stata distratta per tre giorni, a pensare e ripensare a ciò che era successo con Theo. Al nostro ballo. Al nostro bacio. Tre giorni di silenzio radio, niente chiamate, niente messaggi, e i miei sentimenti erano tutt'altro che chiariti.

Tranne per il fatto che mi manca. E che voglio farlo ridere di nuovo. E renderlo felice.

Riscaldai degli avanzi di ravioli che Yvonne aveva preparato per me e mangiai sul divano mentre guardavo *Dirty Dancing*. Una scelta davvero idiota. Mi bastò guardare i ballerini che si strusciavano tra loro nel montaggio di apertura per farmi tornare con prepotenza alla mente il ballo tra me e Theo.

A mezzanotte spensi tutte le luci, mi infilai a letto e lo chiamai.

«Ehi, Kacey,» rispose.

Mi appoggiai con la schiena contro i cuscini con un sospiro. Adoravo la sua voce profonda, e come mi penetrava in testa, affondava nel mio petto e mi faceva pervadere dal calore.

«Ciao. Volevo parlarti della tua cerimonia di laurea di sabato.»

Una pausa. «Hai sempre intenzione di venire?»

«Certo che sì. Ma posso restare solo fino a domenica. Perché...»

«Perché?»

«Prova a indovinare.»

«Dimmelo o ti uccido.»

«Lunedì ho un incontro con i dirigenti della Sony Music.»

«Mi stai *prendendo in giro*?»

«Vogliono mettermi sotto contratto. Riesci a crederci?»

«Diamine, sì,» disse lui, la voce che aumentava di volume. «Dannazione, Kace, è incredibile.»

«A quanto pare, Grant aveva ragione. Il video è andato piuttosto bene.»

«Piuttosto? L'ultima volta che ho controllato aveva quasi un milione di visualizzazioni.»

«Hai controllato?»

«Beh.» Un istante di silenzio. «Circa un centinaio di quelle visualizzazioni potrebbero essere mie.»

La mia pelle si tinse di porpora mentre me lo immaginavo guardare il video ancora e ancora.

Penso che sei dannatamente bella...

«Teddy, dopo la cerimonia di laurea... penso che dovremmo parlare.»

«Okay,» disse lui con lentezza.

«Avrei voluto farlo in questi ultimi giorni,» dissi. «Ho quasi iniziato a farlo, ma so che avevi un sacco di lavoro da portare a termine. E penso sia meglio se parliamo di persona.»

«Come vuoi tu, Kace.»

«Tu non vuoi parlare di quello che è successo?»

«No. Io voglio baciarti di nuovo.»

Venni attraversata da un'ondata di calore e mi rannicchiai nei cuscini come una foglia bruciata. «Teddy.»

«Scusa, non avrei dovuto dirlo. Ma ho già mandato a puttane la nostra amicizia, perciò tanto vale che dica le cose come stanno.»

«Non hai mandato a puttane proprio niente, smettila. Non so neanche io cosa stia succedendo. Un minuto prima sono devastata dal senso di colpa. Quello dopo sono arrabbiata per il fatto che mi sento in colpa.

E in mezzo a tutto questo, anch'io voglio che tu mi baci di nuovo.»

«Dio, Kacey,» disse lui. «*Cos'è* che sta succedendo?»

«È compassione, giusto? Nessuno lo capisce tranne noi. Nessuno comprende cosa stiamo passando. Siamo attratti l'uno verso l'altra in cerca di conforto. Giusto?»

«Presumo di sì,» disse lui.

«Beh, è così, no? Perché tu e io... insieme... è folle.» Espirai. «Giusto?»

«Lo è?»

Deglutii, un intenso guazzabuglio di emozioni che si era formato nel mio petto a quelle parole; un calore profondo che si propagava dal mio cuore, un milione di volte più potente di qualunque desiderio nutrissi nei suoi confronti. Il mio cuore iniziò a martellare, per la paura o per l'aspettativa o...

«Allora dobbiamo parlare,» dissi, stabilizzando la mia voce. «Di persona. Alla tua cerimonia di laurea. E niente baci.»

«I miei genitori faranno una cena a casa loro dopo la cerimonia. Potremmo parlare in seguito.»

«Okay, ci vediamo sabato mattina.»

«Ci vediamo. 'Notte, Kace.»

«Buonanotte, Teddy.»

Conclusi la telefonata e mi sdraiai sulla schiena, mentre mi sfuggiva un sospiro. Il mio sguardo saettò di nuovo verso la sfera dell'universo. Assorbiva la tenue luce della lampada sul mio comodino, trasformando il giallo in un brillante blu-bianco. Le stelle risplendevano come diamanti nelle profondità dello spazio. O come occhi scuri illuminati da un sorriso.

CAPITOLO 31
Theo

La mattina della laurea era tetra, il cielo si allungava piatto e grigio sopra Las Vegas. Non erano previste tempeste, ma l'aria sembrava tesa e densa, piena di fulmini sul punto di colpire. Il mio stomaco, d'altro canto, era in allarme tornado. La giornata si prospettava come un calvario. Prima la cerimonia da portare a termine. Poi la cena e i convenevoli a casa dei miei genitori. E *poi*...

Mi guardai torvo allo specchio, sistemandomi la cravatta per la terza volta. Era color ambra, per intonarsi con il mio completo grigio scuro con gilè. Detestavo i completi. Che diamine di senso aveva indossarne uno quel giorno, se comunque sopra avrei avuto il tocco e la toga?

La spirale di nervi nel mio stomaco si trasformò in un enorme groviglio quando sentii bussare la porta d'ingresso.

«Non essere bellissima,» mormorai. «Non essere bellissima, non essere...»

Bellissima.

Indossava un abito di seta marrone. Collo alto e maniche a sbuffo, le ricadeva sul corpo flessuoso fino a metà coscia, rivelando la parte finale del tatuaggio del sugar skull. Sandali neri con plateau, tacco alto e un cinturino a T facevano svettare le sue gambe sino all'infinito. Le labbra erano dipinte di rosso, i capelli raccolti sulla testa. Il fiore nero di seta del matrimonio di Dena infilato dietro l'orecchio.

Gesù Cristo, sono un uomo morto.

«Ciao anche a te,» disse lei, i suoi occhi che mi scrutavano. «Wow, Teddy... Hai un aspetto... fantastico.»

D'accordo. Indossare un completo di quando in quando non era poi così male.

Kacey inclinò il capo. «Posso entrare?»

Mi feci da parte, e il dolce aroma del suo profumo mi riempì il naso, facendomi chiudere gli occhi.

«Sei nervoso?» domandò, posando la borsa sul ripiano della cucina.

«Non particolarmente,» dissi, lottando di nuovo contro la cravatta. Non ero affatto nervoso al pensiero che il Rettore della facoltà di economia mi porgesse un pezzo di carta. Ritrovarmi alla presenza di Kacey davanti ai miei genitori per tutto il giorno era un altro paio di maniche.

«Ne sei sicuro?» disse ridendo.

«Sicurissimo.»

«Non incasinare il nodo. La stai stropicciando.»

Mi voltò verso di sé e diede alla mia cravatta un piccolo strattone a sinistra, poi a destra. «Perfetto.» La sua mano accarezzò il risvolto della mia giacca, poi si posò sul mio petto per un mezzo secondo. Abbassai lo sguardo verso di lei. I suoi occhi si sgranarono. Si passò la punta della lingua sul labbro inferiore, poi se lo morse. Riuscivo a sentire il sapore del nostro bacio.

Mi rimbombava in bocca, il ricordo di labbra soffici di un sapore dolce, e del lieve gemito che aveva emesso...

Non dovevo far altro che piegare appena la testa e ci saremmo baciati di nuovo.

Lei deglutì e si spostò in fretta. «Ti ho preso una cosa. Un regalo di laurea.»

Frugò dentro la sua borsa ed estrasse una scatolina avvolta nella carta rossa e legata con un fiocco viola.

«Non ce n'era bisogno,» dissi.

«Volevo farlo. Aprilo.»

Strappai la carta regalo e aprii la scatola. Un orologio d'argento risplendeva contro il supporto in velluto grigio. Cristallo chiaro ricoperto da un grosso quadrante con numeri romani a circondare il perimetro. Un quadrante più piccolo quasi si mimetizzava con gli ingranaggi oro e acciaio. Era robusto e bellissimo. Ovviamente fatto a mano. E costoso.

Lo fissai per un istante, sfiorai lo spesso cinturino in pelle, poi scossi il capo. «Non posso. È troppo.»

«Troppo cosa?» rispose lei sorridendo, mentre lo tirava fuori dalla scatola. «È un orologio virile che si abbina ai tuoi muscoli virili.» Me lo mise al polso sinistro e lo agganciò, le dita che sfioravano la mia pelle come piume. «Vedi che ha due quadranti?»

«Sì,» dissi, abbassando lo sguardo verso la sua testa china sopra il mio polso.

«Ho fatto impostare il quadrante piccolo sull'ora di New Orleans.» Si toccò la spalla col mento e sorrise, quasi senza guardarmi. «È una differenza di sole due ore. Ma così saprai sempre che ore sono dove mi trovo io.»

Alzò di nuovo lo sguardo verso di me, e vidi il mio riflesso in quei suoi strani occhi blu. Un idiota esterrefatto che voleva baciarla di nuovo. Al diavolo le conseguenze.

«Ti piace?» domandò, quasi in un sussurro.

«Lo adoro.»

«Ne sono lieta.»

Il suo mento si inclinò verso l'alto, le sue labbra si schiusero per me. «Teddy...»

«I miei genitori saranno qui a minuti,» dissi, la testa che si abbassava verso quella di lei.

«E non abbiamo ancora parlato.» Il suo sguardo era puntato sulla mia bocca. «Dobbiamo parlare, senza baciarci. Ricordi?»

Mi mossi in avanti. «Mi sono rotto il cazzo di parlare.»

Sussultò appena quando le mie labbra sfiorarono le sue. Insistetti, determinato ed esigente, gemendo per il dolce sapore di Kacey sulla mia lingua. Lei lasciò andare un piccolo singulto nella mia bocca e si appoggiò alla porta d'ingresso, le mani che si insinuavano tra i miei capelli. Il bacio si fece più profondo, il fuoco tra noi che divampava con rapidità. Sussurrai il suo nome mentre la mia mano scivolava lungo la sua schiena, sul materiale setoso del suo vestito, giù fino all'orlo. Una mano la teneva premuta contro la porta, l'altra risalì lungo la sua coscia finché le mie dita non sfiorarono il bordo in pizzo della sua lingerie. Lei spinse i fianchi verso di me, come per offrirsi, una mano che mi stringeva il sedere, tenendomi premuto contro di lei.

Suonò il campanello.

«Toc, toc,» esclamò mia madre da fuori. «Theo, caro? Faremo tardi.»

Kacey si scostò di colpo da me, le guance in fiamme e lo sguardo acceso mentre si risistemava il vestito.

Mormorò: «Merda, merda, merda.» Poi si aggiustò il fiore che le penzolava all'altezza della gola.

La mia erezione era scomparsa con il suono della voce di mia madre. Mi sistemai pantaloni e giacca e mi rimisi a posto i capelli.

«Hai il rossetto sbavato,» dissi.

Lei si passò il dorso della mano sul labbro inferiore. «Sparito?»

«Sparito.»

«Ne hai un po' anche tu.»

Mi sfregai il dorso della mano sulla bocca mentre mia madre bussava. «Theo? Ci sei?»

«Ci penso io,» disse Kacey, lisciandosi la gonna e prendendo un profondo respiro. Raddrizzò le spalle e aprì la porta d'ingresso. «Beverly. Ciao.»

«Kacey, cara.» Il sorriso di mia madre vacillò per la sorpresa e la confusione. «Non mi aspettavo di trovarti qui.»

Kacey le diede un forte abbraccio. «Sono appena arrivata. Letteralmente cinque minuti fa. Ho pensato di chiedervi un passaggio, se per voi va bene.»

«Certo che va bene,» disse mio padre, entrando in casa. Si chinò per abbracciare Kacey. «È bello vederti, tesoro. Come vanno le cose a New Orleans?»

Kacey si mise a chiacchierare con mio padre mentre mia madre mi raggiungeva per darmi un bacio sulla guancia.

«È meraviglioso che sia qui, vero?» disse, l'espressione ancora inebetita. «Dopotutto, è parte della famiglia.»

«È così,» borbottai.

«Laurea in economia.» Mia madre sospirò, scuotendo il capo. «Sono così fiera di te.» Mi fece una carezza alla guancia. «E so che anche Jonah lo sarebbe.»

Tossii per allentare l'improvvisa stretta che avvertii al petto. «Grazie, mamma.»

Le sue sopracciglia si aggrottarono. «Hai qualcosa...» Si allungò verso il mio mento. Io indietreggiai, passandomi pollice e indice lungo gli angoli della bocca, poi mi infilai quella mano in tasca.

«È meglio se andiamo.»

Gli occhi di mia madre si sgranarono, scattarono verso le labbra dipinte di Kacey, poi di nuovo verso di me. «Sì,» disse, con un sorriso radioso e guardandosi intorno come se avesse perso la borsa, che teneva in spalla. «Sì, andiamo prima che parcheggiare diventi un problema.»

Il mio telefono squillò per l'arrivo di un messaggio e lo tirai fuori dalla tasca. «È Oscar,» dissi a voce troppo alta. «Lui e Dena ci raggiungeranno direttamente all'università.»

«Meraviglioso.» Mia madre prese Kacey sottobraccio. «Vogliamo andare?»

Tenne Kacey stretta a sé mentre camminavamo nel parcheggio. «Andiamo tutti insieme,» disse. «Uomini davanti, ragazze sul retro. Non vedo Kacey da così tanto.»

Kacey incrociò il mio sguardo mentre scivolava sul sedile posteriore della berlina Chrysler di mio padre. Il blu elettrico dei suoi occhi quando l'avevo baciata era scomparso, sostituito da puro panico. Un'espressione alla "cosa stiamo facendo?" che riecheggiava alla precisione i miei sentimenti.

Merda. Cosa stiamo facendo? Cosa sto facendo? Fare a pezzi i ricordi di mia madre per poter avere ciò che voglio?

Il Thomas & Mack Center dell'Università del Nevada era un piccolo stadio al chiuso che sembrava più adatto a ospitare chiassose partite di pallacanestro piuttosto che pacate cerimonie. Il parcheggio era pieno per poco meno della metà. Mia madre tenne Kacey sottobraccio per tutto il tempo.

Capii il sottinteso. Kacey era stata di Jonah, e adesso era sua. Non mia. *Sua* nuora, anche se non c'era mai stato un matrimonio.

Il dolore mi compresse il petto mentre camminavo davanti a loro, non in linea con loro. Era stato bello rubarle un bacio a New Orleans o in privato, ma la realtà di cosa ciò avrebbe potuto significare per noi due, se mai una cosa del genere ci fosse stata, mi colpì con forza. Mia madre con tutta probabilità non lo avrebbe mai accettato, e come potevo biasimarla? Chi diavolo ero per pensare di poter andare dietro alla ragazza di mio fratello morto? L'amore della sua vita. Poco importava che me lo avesse detto lui.

Jonah non aveva compreso quanto fosse impossibile sotto tutti i punti di vista. Non importava come la guardassi, dalla prospettiva di chiunque era una cosa egoista e sbagliata.

Non è così?

Rivolsi un'occhiata all'indietro verso Kacey, che aveva un aspetto stupendo e radioso, strizzata tra i miei genitori, e una patetica fantasia cercò di mettere radici nella mia mente. Lei era *effettivamente* la loro nuora. Perché stava con me. E quando mi chinavo per baciare mia moglie, mia madre mi ripuliva dalla sbavatura del rossetto di Kacey con gli occhi pieni di giocoso affetto, e non di lacrime.

CAPITOLO 32
Kacey

La cerimonia fu soporifera, l'unico momento clou fu guardare Theo attraversare il palco per ricevere la sua laurea e stringere la mano del Rettore. Oscar si mise due dita in bocca e fischiò, io gridai con il massimo dell'intensità che una cantante che nel giro di due giorni avrebbe avuto un incontro con la Sony Music potesse osare.

In seguito, osservai Theo parlare con Oscar, Dena e qualche suo amico dell'università. Il tocco era sparito, dopo averlo lanciato in aria non aveva fatto alcuno sforzo per recuperarlo. Si era tolto di dosso anche la toga, e l'aveva lasciata appallottolata sulla sua sedia dell'auditorium. Sotto di essa indossava un gilè anziché una giacca, e aveva le maniche arrotolate. Il contrasto tra i suoi tatuaggi e il taglio raffinato della camicia mi faceva palpitare il cuore.

Quel bellissimo uomo mi ha baciata.

Due volte.

La presa di Beverly sul mio braccio si fece più salda, mentre seguiva il mio sguardo verso Theo.

«Non è mai stato un tipo da cerimonie,» disse, sorridendo appena. «Jonah l'avrebbe ripiegata con cura e l'avrebbe tenuta sotto il braccio. Buffo come siano diversi i miei figli.»

«Mmh.»

«Tu e Theo vi siete molto avvicinati, vero?» disse Beverly, e proseguì prima che potessi risponderle. «Immagino sia naturale legarsi quando si è colpiti da una tragedia. Ci si sostiene l'un l'altro, vero? Theo mi ha sostenuta per tutto quest'ultimo anno. Non so cosa avrei fatto senza di lui.»

Annuii e mi costrinsi a sorridere. Nel tono di Beverly non sentii nulla di ostile o biasimevole, ma nei suoi occhi vidi la paura. Uno sguardo implorante, che diceva *non portarlo via da me.*

Theo concluse le sue conversazioni e ci raggiunse. «Pronte ad andare?»

Il nostro gruppo si mosse verso la porta, e Theo camminò di fianco a me. Mentre dall'altro lato, Beverly mi stringeva il braccio, tenendomi saldamente ancorata a lei e al passato.

* * *

A casa dei Fletcher, cenammo con lasagne, pane caldo e insalata. Beverly ed Henry sedettero entrambi a capotavola. Oscar e Dena su un lato. Io e Theo sull'altro. Sotto la luce delle lampade di Jonah, mangiammo e chiacchierammo, celebrando un altro importante traguardo per cui lui non era presente.

L'umore iniziò a vacillare sotto l'antico peso del lutto, e a incespicare in una corrente di energia nervosa. Beverly era turbata, e il di solito gioviale Oscar sembrava sottotono, le labbra corrucciate mentre i suoi occhi scuri rimbalzavano tra me e Theo.

Dena sollevò il suo bicchiere. «Facciamo un brindisi?»

«Un brindisi, oppure una scusa per recitare ancora un po' di Rumi?» disse Oscar con affetto.

«Il poeta migliore del mondo va bene per ogni occasione.» Dena sollevò più in alto il suo bicchiere di vino, come a insistere che l'umore ne seguisse l'esempio. «Rumi ha detto: *Ognuno è stato creato per qualche lavoro particolare, e il desiderio di quel lavoro è stato messo in ogni cuore.* Questo è quanto più evidente in Theo, che ha rappresentato per anni la vita attraverso i suoi incredibili disegni. Ti auguro molto successo, amico mio, in questo nuovo capitolo della tua vita.»

Tutta la tavolata mormorò il proprio assenso, poi si fece silenziosa. Beverly scoccò a suo marito un'occhiata eloquente dal suo lato del tavolo.

«Sì, sì,» disse Henry, proponendo un brindisi dalla sua sedia. «A Theo, per aver preso l'iniziativa e aver portato a termine quest'avventura. Ben fatto.»

Un altro giro di mormorii, stavolta sgonfi e fiacchi. Theo annuì in segno di ringraziamento verso Henry, ma sapevo che quel misero complimento era come un piccolo boccone di cibo a un uomo affamato. Era il brindisi più merdoso nella storia dei brindisi merdosi. Mi alzai in piedi, con il bicchiere pieno di Coca Light sollevato.

«Propongo un brindisi,» dissi ad alta voce. «A Theodore Fletcher, un artista straordinario che adesso ha una laurea in gestione d'impresa. Non ho mai visto nessuno dedicare così tanto tempo ed energie alle sue opere come fai tu. E con quel genere di impegno e responsabilità, la tua attività non potrà che essere un grande successo. Alla salute.»

Molto meglio.

Mi risedetti, soddisfatta dell'assenso più rumoroso e del tintinnio dei bicchieri. Theo si chinò verso di me e mormorò: «Grazie.»

Sorrisi a mia volta, inclinando la testa verso di lui. «I ringraziamenti non sono consentiti, ricordi?»

Era un momento tra noi due, breve e intimo, finché lo sguardo duro di Oscar non si intrufolò, ed entrambi raddrizzammo di nuovo la schiena.

«Theo, sei già andato in cerca di una location per la tua nuova attività?» chiese Dena.

«Sta cercando qualcosa vicino alla Strip,» disse Beverly.

«In realtà non sto cercando proprio nulla,» rispose Theo. Il suo sguardo saettò verso Henry. «Il mercato non è il massimo in questo momento.»

«Infatti,» disse Henry.

«Le cose cambieranno,» disse Beverly radiosa. «Lo fanno sempre, cambiano in continuazione. Aspetta uno o due mesi e vedrai.»

Calò un silenzio pruriginoso. Dena si voltò verso di me. Mi ricordò uno di quegli acrobati del circo che facevano roteare i piatti; cercava di mantenere vivo lo slancio ma vedeva i piatti traballare a ogni giro. «A proposito di eccitanti acquisti, Kacey, Theo ci ha detto che hai comprato la tua casa di New Orleans.»

Beverly ruotò di colpo la testa. «Davvero?»

«Sì,» dissi. «È una piccola casa in stile "shotgun" che ho restaurato.»

«Ecco, questo,» disse Henry, indicandomi con la forchetta, «è un investimento saggio. Scommetto che hai già incrementato il suo valore.»

«Immagino di sì.»

Beverly si illuminò per quella notizia e la sentii emettere un lieve sospiro. Sembrava un sospiro di sollievo. Mi posò la mano sul braccio e disse: «Presumo che questo risolva la questione se tornerai o meno a vivere qui. Sono un tantino delusa, ma le tue visite saranno qualcosa da attendere con impazienza per me.» Mi diede una pacca sulla mano e tornò a guardare il suo cibo con un sorriso.

«Certo, posso venire a trovarvi,» dissi, senza guardare verso Theo. «New Orleans non è poi così lontana.»

«Già, è solo un volo di quattro ore,» disse Oscar. «Giusto, Theo?»

Beverly alzò lo sguardo dal piatto, il sorriso scomparso.

«Voglio dire, di questi tempi non vediamo molto Theo,» disse Oscar, appoggiandosi allo schienale della sua sedia. «Dal momento che fa avanti e indietro da New Orleans così spesso.»

Mi sentii raggelare, mentre Theo ricambiava lo sguardo di Oscar con un'occhiata truce.

«È così?» domandò Beverly, portandosi le dita alla gola. «Vai a trovarla spesso?»

«Non così spesso,» dissi io.

«Non così spesso?» ribatté Oscar, e la sua risata suonò un tantino amara. Indicò Theo con il capo. «Scommetto che hai accumulato parecchie miglia sul programma "frequent flyer".»

«Magari è così,» disse Theo, e lui e Oscar si fissarono torvi.

«Kacey aveva una serata per l'uscita del suo nuovo album,» disse Dena nel silenzio, con voce bassa e rassicurante. «Noi non abbiamo potuto esserci, sfortunatamente, ma Theo è riuscito ad andare e darle il suo sostegno.»

«Oh,» disse Beverly. «È magnifico.»

«Lo è,» rispose Theo. «Kacey sta avendo un enorme successo.»

Feci un gesto di sufficienza con le mani. «Macché.»

Theo mi rivolse un'occhiata. «La Sony Records vuole metterla sotto contratto.»

Dena sussultò. «Sul serio? Oh mio Dio, Kacey, è una cosa enorme.»

«È davvero notevole,» disse Henry.

«Vogliono solo un incontro per lunedì,» dissi. «Non abbiamo ancora finalizzato nulla.»

«Questo lunedì?» domandò Beverly. «Oh, quindi dovrai andartene molto presto. Però è meraviglioso.»

Avvertii una frattura nel mio cuore, tristezza per l'ovvio sollievo di Beverly e rabbia per i commenti maligni di Oscar. Era chiaro che nessuno dei due avesse il benché minimo dubbio su cosa io dovessi essere per Theo.

Niente.

CAPITOLO 33
Theo

Nel corso della cena, osservai la luce nello sguardo di Kacey attenuarsi sotto l'ombra dei commenti di mia madre e di Oscar. Mia madre aveva i suoi motivi per essere protettiva riguardo a Kacey e Jonah; non avevo intenzione di fargliene una colpa. Ma Oscar si stava comportando da stronzo e non avevo idea del perché, ma era una cosa che feriva Kacey.

Solo Kacey?

Scacciai quel pensiero con una scrollata di spalle.

Dopo il dessert, Oscar non rimase in casa, bensì borbottò qualcosa a proposito del fatto che avrebbe aspettato Dena fuori. Kacey stava salutando i miei genitori, perciò lo seguii in strada.

«Che diavolo di problema hai, amico?»

Lui si voltò di scatto e mi guardò torvo alla luce dell'unico lampione sopra di noi. «Hai davvero bisogno di chiederlo? No, aspetta. Prima io. Ho una domanda che voglio farti da *settimane*.»

Incrociai le braccia al petto. «Ma prego.»

«Che cazzo sta succedendo tra te e Kacey?»

«Non sta succedendo niente. Siamo amici.»

«Oh già. Solo amici.» Il suo sguardo saettò verso l'orologio d'argento al mio polso. «Ehi, per caso sai l'ora?»

Annuii lentamente. «Sì, la so.»

«Ci scommetto. È un gran bell'orologio, amico.» L'espressione di Oscar era di sfida. «Dove lo hai preso? Fammi indovinare. Te lo ha dato la tua *amica* Kacey.»

«Se hai qualcosa da dirmi, Oscar, allora dilla e basta.»

Oscar scosse il capo, e gli sfuggì una breve risata disgustata. «Sai, pensavo fosse strano che continuassi a fare avanti e indietro in aereo per vederla, ma volevo concederti il beneficio del dubbio. Mi sono detto anch'io che eravate solo amici. E poi vi ho visti oggi. Vi abbiamo visti *tutti*. Inclusa tua madre, devo aggiungere.»

«Visto cosa, di preciso?»

«Non fare il finto tonto. Nessuno dei due è riuscito a smettere di guardare l'altro per tutta la cazzo di sera.» Prima che potessi rispondere, lui fece un passo in avanti e abbassò la voce. Aveva lo sguardo di un uomo che non vedeva l'ora di fare a botte. «Vai a letto con lei?»

Serrai la mascella e sputai fuori la risposta a denti stretti. «Non sono cazzi tuoi.»

«Sono cazzi miei. Jonah era il mio migliore amico e *so* come fai tu.»

«Cosa cazzo dovrebbe voler dire?»

«Perché lei, amico? Puoi *scoparti* qualunque donna tu voglia. E lo fai. Perciò perché Kacey?» La sua mascella fremette, e sembrò come se stesse cercando di impedire ai suoi pugni di scattare. «Perché devi andare dietro alla ragazza di Jonah?»

Feci un passo indietro. «Non è così.»

«No? Stai cercando di dirmi che questa volta, dopo *anni* passati a inseguire qualunque cosa con una gonna, adesso con lei è *diverso*? *Speciale*?»

Mi sforzai di mantenere ferma la voce, mentre dentro di me ero pronto a esplodere. «Che diavolo di problema hai? Passi una giornata con noi e credi di conoscere tutta la storia?»

«Conosco la *tua* storia,» disse Oscar. «L'ho già sentita prima. Holly. Rachel. Lana. Brandi... Cazzo, queste sono solo quelle di cui ricordo i nomi. Ne avrai almeno un altro centinaio sul telefono. Nomi diversi, sempre la solita storia di merda. Ma non Kacey, amico. Lei non è come le altre. Lei non è una puttanella qualunque che puoi scoparti e poi non richiamare più.»

Il sangue mi defluì dal volto. «Ne sono consapevole.»

«Davvero?» Si avvicinò ancora, sibilando le sue parole verso di me, mentre mi affondava il dito nel petto. «Perché a me sembra la tua solita storia, solo che stavolta si tratta della ragazza di tuo fratello mor...»

La mia mano scattò in avanti e lo afferrai per il davanti della camicia, strattonandolo fino a ritrovarci naso contro naso. «Chiudi. Quella cazzo. Di bocca. Non sai *un cazzo* di tutto questo.»

«So quello che vedo.» Oscar si divincolò da me. «So cosa fai con le donne, e ti avverto, non puoi farlo con Kacey.»

«Ah, tu mi avverti?»

Kacey e Dena erano nel vialetto d'ingresso, ed entrambe si bloccarono a fissarci. L'aria si fece talmente pesante che riuscivo a malapena a respirare.

«Che succede?» chiese Dena.

«Niente. Andiamo.» Oscar si diresse verso il loro

SUV. Aprì lo sportello del guidatore e mise dentro un piede.

«Ciao, Oscar,» disse Kacey con una vocina.

«È un gran bell'orologio, Kace,» disse lui in risposta, lo sguardo duro puntato su di me. «Spero che tu abbia conservato lo scontrino. Dena, *andiamo.*»

Colsi l'occhiata di Dena e mi sforzai di sorriderle. «Va tutto bene,» dissi. «Vai pure. Ci sentiamo più tardi.»

Dena annuì e salì sul sedile del passeggero. Trassi un po' di conforto dalla probabilità che Oscar si beccasse una ramanzina da sua moglie nell'istante in cui avesse chiuso la portiera.

O magari Oscar le dirà che sto solo usando Kacey per il sesso. L'ennesima conquista.

Se ne andarono, e io e Kacey li guardammo allontanarsi.

«Cos'era quello?» disse.

«Nulla. Ti riaccompagno in hotel.»

«Dimmelo.»

«Fa freddo qui fuori, Kace,» dissi, addolcendo il tono di voce. «Forza, stai tremando. Sali in macchina.»

Avviai il motore e accesi il riscaldamento, riemergendo dalla strada senza uscita con lentezza quando invece avrei solo voluto sgommare via e lasciare un'impronta di pneumatico lunga un miglio.

«Era a causa nostra, vero?» domandò Kacey.

«Non ha importanza.» Le mie mani si strinsero sul volante.

«Ho sentito quanto bastava,» disse lei. «E tua madre. Gesù.»

«Lo so.»

«Non abbiamo ancora capito cosa c'è tra noi, eppure loro hanno già preso la loro decisione.»

«Già, è così.»

«Dove stai andando?» mi chiese, aggrottando la fronte nel vedere le strade fuori dal finestrino.

«Al tuo hotel. Hai un volo domattina presto.»

«Teddy...»

«Finiamola qui per stasera, Kace.»

«Perché? Pensavo che avremmo parlato.»

Il mio sguardo scivolò verso di lei, verso la pelle liscia delle sue cosce e la curva dei suoi seni sotto il vestito. E se Oscar avesse avuto ragione? Cosa diavolo ne sapevo io di come fare sul serio con qualcuno? Io conoscevo il sesso brutale e senza emozioni. Non riuscivo neppure a mettere insieme due parole per dire a Kacey ciò che provavo.

La accompagnai alla porta della sua stanza d'hotel, dove lei esitò con la chiave magnetica in mano.

«Teddy...»

«Senti, è una monumentale serata di merda,» dissi. «Lunedì hai l'incontro più importante della tua vita. È il caso che tu ti faccia una dormita, torni a New Orleans e ti prepari per quello.»

«È questo che vuoi?» chiese con voce soffusa.

La mia mano fremeva per allungarsi e sfiorarle il volto, ma non osai. «Voglio che tu sia felice, Kace. Tutta la tua vita sta per cambiare. Adesso non è il momento per questo grattacapo non necessario nella tua vita. Mia madre e Oscar, e tutto il resto.»

Lei annuì pian piano. «Mi dispiace che oggi per te non sia andata come avrebbe dovuto. Ti meriti di meglio.»

Mi chinai e le diedi un bacio su una tempia. «Fai buon viaggio.»

* * *

A casa, mi tolsi il completo e indossai dei pantaloni di flanella e una canottiera. Spensi tutte le luci e misi il canale sportivo alla TV, ma non lo stavo guardando. Erano tutte chiacchiere insensate.

La parte di me che sentiva di aver fatto la cosa giusta stava venendo presa a calci in culo dalla parte di me che temeva che stessi lasciando andare Kacey senza lottare.

«Devi solo parlare,» dissi. «Parlale. Al telefono. Niente baci. Niente sesso.»

Presi il telefono e digitai il suo numero. Scattò la segreteria telefonica. Controllai l'ora, erano da poco passate le undici. Forse stava dormendo.

Le mandai un messaggio.

Ci sei?

Sono qui.

Poi sentii bussare alla porta.

Il telefono mi scivolò di mano e il cuore prese a battermi contro la gabbia toracica come un animale che cercava di saltare fuori. Corsi in cucina, accesi la luce e aprii la porta.

Lei entrò in casa, affannata e bellissima. Richiuse la porta e vi si appoggiò. Il suo sguardo vagò in lungo e in largo sulla mia pelle.

«Vuoi parlare?» dissi.

Kacey allungò una mano e spense la luce, facendo immergere la cucina nell'oscurità. «Mi sono rotta il cazzo di parlare.»

CAPITOLO 34
Kacey

Mentre l'oscurità ci avviluppava in un tenue buio, mi allungai verso Theo e gli feci scivolare le braccia attorno al collo. Lui si paralizzò per un istante, poi portò la bocca sulla mia in un prorompente bacio.

Nel buio, al silenzio, eravamo soli al mondo. Niente occhi indagatori, nessun giudizio, nessuna parola a spezzare l'incantesimo, nessun nome che veniva pronunciato. Avevamo i nomi sbagliati, lui e io. Era sbagliato che io fossi lì, e lui era il fratello sbagliato.

Ma non quella notte.

Ci appoggiammo di nuovo alla parete, contorcendoci, afferrandoci e tirandoci via i vestiti. Con la disperata voglia di scoprire più pelle, di toccarci di più, di baciarci con più intensità, di prenderci finalmente ciò che volevamo.

Ci baciammo fino a che baciarsi non fu più sufficiente.

Le mani di Theo mi percorsero la schiena, trovando la cerniera del mio vestito. Mi fece voltare, e io mi aggrappai al ripiano della cucina mentre lui faceva scivolare la stoffa verso il basso, esponendo la mia schiena all'aria. Emise un ringhio di desiderio quando l'abito finì in un cumulo di seta ai miei piedi, lasciandomi in reggiseno, mutandine e tacchi. La mano di Theo si chiuse a pugno tra i miei capelli, scostandomeli da una parte e mettendo in mostra la mia pelle. La sua bocca mi percorse la spalla. In modo vorace, come un uomo che moriva di fame. Boccheggiai mentre lui lasciava una scia di baci a bocca aperta verso il mio orecchio. La mia pelle divenne fuoco sotto le carezze dei suoi denti. La sua lingua era calda e umida, mi assaggiava, succhiava la mia pelle, mordeva e poi leccava di nuovo.

Mi tremavano le gambe quando mi premetti contro di lui. Le sue mani risalirono verso i miei seni coperti dal reggiseno, massaggiandoli mentre la sua bocca proseguiva l'assalto al mio collo. Mi inarcai fino a posare la testa contro la sua spalla, e la mia mano scivolò tra i nostri corpi fino a trovare la sua erezione, enorme e dura come il marmo, premuta contro i suoi pantaloni. Lo accarezzai attraverso il tessuto, poi feci scivolare la mano dentro e lo avvolsi con le dita.

«Gesù...» sospirai.

Lui emise un lieve grugnito e mi morse il collo, provocandomi nuove ondate di fuoco lungo la schiena.

«Ti voglio,» ringhiò, la mano destra che scivolava tra i miei seni, lungo lo stomaco, fino all'orlo delle mutandine. «Ti voglio da così tanto...»

Le sue dita scivolarono dentro i miei slip, e i miei pensieri proruppero nell'aria. «Oh Dio, sì,» sussurrai. «Toccami.»

Due dita penetrarono dentro di me, e con un grido mi inarcai maggiormente contro di lui. La sua bocca si diede da fare con il mio collo, il mio orecchio, mandandomi scariche di calore verso il basso, dove le sue dita premevano con deliziosa intensità, finché non andai del tutto in pezzi. Mi contorsi contro di lui, la mia mano che ancora lo accarezzava, ma mani e dita non erano abbastanza.

«Di più,» sussurrai. «Ti prego, di più.»

Theo ritrasse la mano e mi fece voltare. Le nostre bocche si scontrarono, un connubio di denti e lingue, e i nostri respiri che ci raspavano la gola. Le sue mani si posarono sulla mia nuca e sulla curva del mio girovita, mentre l'uno aggrediva la bocca dell'altra, rudi e frenetici. Lui gemette nella mia bocca e io lo presi, ricambiando con un singulto, un grido silenzioso, come se tutto il mio corpo stesse urlando per il suo.

Le mie mani accarezzarono la sua ampia schiena e i muscoli delle sue spalle, risalirono tra i capelli e scesero verso il suo sedere sodo. I suoi baci erano travolgenti. *Lui* era travolgente con la sua presenza incessante, la sua solidità, il suo profumo, il sapore della sua lingua che duellava con la mia, la sensazione del suo corpo forte premuto contro di me. Nella sua presa, ero piccola e fragile, ma anche estremamente desiderata e potente. Non avevo mai visto un uomo volermi così tanto. Mai.

Mi sollevò e mi fece sedere sul ripiano. Le mie gambe gli cinsero la vita all'istante, le mie braccia attorno al suo collo mentre ancora ci baciavamo, mordevamo, succhiavamo, finché non sentii il sapore del sangue; suo o mio, non lo sapevo. Ero persa. In delirio per lui. Ci strappammo via i vestiti alla cieca. Le sue grosse mani raggiunsero la parte frontale del mio reggiseno, trovarono il gancetto e lo aprirono.

«Sì,» esclamai, mentre le sue mani mi toccavano i seni. Avrei voluto gridare "sì" per ogni cosa che mi stava facendo, ma soffocai quel suono e lo baciai con più intensità, le mie mani che raggiungevano l'orlo della sua maglia e che gliela strappavano via.

Era troppo buio per vederci. Erano le nostre mani e le nostre bocche a vedere. Le mie dita percorsero i profondi solchi degli addominali, risalirono verso l'ampio petto fino al capezzolo destro, dove trovai un solido pezzo di metallo. Un piccolo piercing a barretta. Non sapevo che ci fosse. Non lo avevo mai visto a petto nudo. Mi chinai per prendere in bocca il piercing, mordicchiandolo con i denti e tirandolo con delicatezza.

Theo emise un sospiro a denti serrati e lasciò che mi dedicassi al suo capezzolo con la lingua, poi mi riportò verso la sua bocca per un altro bacio violento. Le sue mani risalirono lungo le mie cosce, agganciò le mutandine con le dita e le fece scivolare via. Con le mani gli aprii i pantaloni, abbassandoglieli lungo i fianchi. Era enorme e duro, morbido velluto sopra l'acciaio.

«Aspetta,» sussurrai.

«Ce l'ho,» disse. Tirò fuori un preservativo dal suo portafogli sopra il ripiano e lo indossò, la sua bocca di nuovo sulla mia. Con deliziosa rudezza, mi fece spalancare le cosce.

Pensavo che sarebbe affondato dritto dentro di me, ma invece si mosse con lentezza, per la prima e unica volta in tutta la notte, spingendosi dentro, sfregandomi i fianchi finché non toccarono i suoi, unendoci del tutto.

«Dio, sì,» sibilai, poi gli morsi la spalla. La sensazione di averlo dentro di me, quella forte pressione, il suo calore e la sua rigidità. Era così tanto, si allungava e mi riempiva.

Un paio di spinte lente e profonde, poi Theo iniziò a muoversi.

Si aggrappò con entrambe le mani al ripiano e io mi

avviluppai a lui, le gambe strette alla sua vita, i tacchi che gli affondavano nella parte bassa della schiena. Gli afferrai il collo, le nostre bocche che cercavano di creare un qualcosa di simile a un bacio ma che a malapena si toccavano, denti che si scontravano, lingue che si lambivano tra loro. Lo strinsi con più forza mentre lui entrava dentro di me, rapido e violento, e la sua bocca si spostava per posarsi sul mio collo, mordendo e succhiando. Gli risposi con le unghie, artigliandogli i muscoli lungo la schiena, finché alla fine la sensazione che stava montando dentro di me mi rubò ogni minima energia.

«Vieni per me,» ringhiò lui.

Le sue mani mi afferrarono una manciata di capelli mentre portava la sua bocca sulla mia, in un bacio profondo e feroce. A quel punto venni, dolore e piacere che mi portarono oltre il limite. Theo non diede segno di stanchezza né di essere vicino al culmine. Il suo corpo era nel pieno della lussuria, mentre il mio era indebolito dall'orgasmo che lo aveva appena sconvolto. Mi aggrappai a lui, lieta di lasciare che mi prendesse come desiderava, che restasse dentro di me tutto il tempo necessario per appagarsi a sua volta. Ma un altro orgasmo, fomentato dall'onda del primo, iniziò a montare dentro di me.

«Ancora,» grugnì contro le mie labbra. «Vieni ancora per me.»

Mi inarcai all'indietro mentre lui mi teneva con un braccio stretto attorno alla vita, affondando dentro di me ancora e ancora. Finché un secondo orgasmo, mille volte più intenso del primo, mi dilaniò.

Gridai mentre il mio corpo si irrigidiva, ogni muscolo e nervo ben tesi, tenuti insieme da un'estasi che non avevo mai provato. Le sue mani erano premute sui miei fianchi, mi tiravano verso di lui mentre Theo spingeva, e proprio mentre il mio secondo orgasmo iniziava a scemare, venne anche lui.

Sussultò e soffocò un grido a denti stretti, trasformandolo in un basso ringhio. Le sue spinte rallentarono, si fecero più profonde, ma rimasero comunque intense. Dio, era così immerso dentro di me, e lo tenni lì, le gambe ancora avvolte attorno a lui, finché non si fu svuotato del tutto dentro di me.

Mi lasciai andare contro di lui. Theo posò la testa contro la mia spalla, il suo respiro che mi soffiava sulla pelle. Accarezzai gli ampi muscoli della sua schiena, risalendo sino alla base del collo, e infilai le dita tra i suoi spessi e setosi capelli. Lo tenni premuto a me, il nostro sudore che si mescolava, i nostri respiri che rallentavano insieme.

Si ritrasse quanto bastava per guardarmi. I suoi occhi color whisky risplendevano e riuscivo a sentire che mi stava scrutando, cercando di trovarmi in quell'implacabile oscurità. Fronte contro fronte, restammo abbracciati, e la brama iniziò a montare di nuovo. Non eravamo ancora sazi. Le nostre labbra si incontrarono, un lieve tocco, e poi un altro. E un altro. E un altro ancora, finché il fuoco non si ravvivò e divampò ancora. Spalancai le labbra per accoglierlo in profondità, per baciare via ogni dubbio che fossi sazia. Ne volevo ancora. Ne volevo per tutta la notte.

Lui uscì da me, e mi sfuggì un lieve singulto di fronte alla sua assenza. Buttò via il preservativo, poi tornò indietro e mi sollevò dal ripiano. Con una mano sotto le ginocchia e l'altra attorno alla schiena, mi portò in camera da letto.

Non ero mai stata nel suo spazio in quel modo prima di allora. Al buio, non c'erano colori e solo pochi mobili: un comò, un comodino, un grande letto con un piumone nero. La stanza aveva un odore acuto e mascolino, permeato dalla sua colonia, dal suo sapone, dalla sua schiuma da barba. Ero circondata dal suo profumo, e lo inspirai a fondo.

Mi depose sul letto e osservai la sua figura in ombra andare ad aprire un cassetto del comodino per prendere un altro preservativo. Mi sollevai sulle ginocchia e mi allungai verso di lui, per tirarlo sopra di me con un feroce bisogno di lasciargli usare il mio corpo in qualunque modo desiderasse.

E lui lo fece.

Per tutta la notte.

Persi il conto di quanti orgasmi ebbi. O di quanti ne feci avere a lui. Le ore si confusero tra loro in un sudato guazzabuglio di disperato bisogno e brama. Infine, mentre l'alba minacciava di scacciare la sicurezza della nostra oscurità, sprofondammo in un sonno pesante.

CAPITOLO 35
Kacey

Mi svegliai quando la luce del giorno lambì il letto. Il mio corpo pulsava nelle centinaia di posti in cui era stato Theo. Mi sentivo sbronza di lui, turgida e dolorante, sazia e con una deliziosa pesantezza in corpo.

Mi tirai su a sedere, mi scostai il casino spettinato di capelli dagli occhi e mi guardai intorno. La stanza di Theo era più ordinata di quanto mi aspettassi. Il piumone sopra il suo letto matrimoniale era blu scuro, così come le tende. Mobili marroni, tappeto beige.

I miei occhi si posarono su una foto sopra il comò. Il sorriso assonnato mi scivolò via dalle labbra.

Jonah e Theo, il fratello maggiore con il braccio sopra le spalle di quello minore, mentre esibiva quel suo sorriso luminoso e cordiale. Quello di Theo era più una smorfia, ma adesso lo conoscevo. Per trovare la felicità di Theo, bisognava guardare i suoi occhi.

Rivolsi uno sguardo all'uomo che dormiva accanto a me. Sdraiato sulla pancia, il volto quasi del tutto sepolto nel cuscino. La luce gli ricadeva sui muscoli della schiena, sulla pelle liscia e tatuata delle braccia fino alla scapola destra.

Mi sovvennero ricordi di altri uomini del mio passato, fonici senza nome e musicisti senza volto con la pelle tatuata. Uomini che avevo usato per cercare conforto e piacere, e che poi avevo gettato via.

Non è la stessa cosa, pensai. *Non è per questo che sono tornata ieri notte. Non è per questo che sono qui adesso.*

Il mio sguardo tornò alla foto dei due fratelli, poi di nuovo verso Theo che dormiva. Mi strinsi il lenzuolo al corpo nudo, in attesa di scoprire che sensazione mi avrebbe colpito per prima. Quella che secondo Yvonne corrispondeva al vero.

I miei occhi però si posarono sulla radiosveglia accanto al lato del letto di Theo, e fui dilaniata da una scarica di panico.

«Teddy! Il mio volo! Merda...»

Theo si tirò subito su a sedere.

«Cosa? Il tuo volo...» Sbatté le palpebre con fare assonnato verso l'orologio, i capelli in disordine. «A che ora è il tuo volo?»

«Sette e quarantacinque,» dissi. Mi guardai intorno alla frenetica ricerca dei miei vestiti. «Oh mio Dio, l'incontro. Mi perderò l'incontro...»

«Merda.» Theo scalciò via le lenzuola e si infilò un paio di jeans, mentre io correvo fuori dalla sua stanza.

Trovai i miei vestiti in cucina, ammassati in un mucchietto sul pavimento. Mi vestii in fretta mentre Theo mi raggiungeva, afferrando portafogli e chiavi.

«C'è un volo più tardi?» domandò, aiutandomi a tirare su la cerniera dell'abito.

«Sì, ma il mio è l'unico diretto. Tutti gli altri hanno lunghe coincidenze e non mi farebbero arrivare in Louisiana fino a domani mattina.» Mi bloccai, fissando l'orologio digitale sul forno. «Mi perderò l'incontro con la Sony.»

«No.» Theo mi prese il volto tra le mani. «Ce la faremo. Ti ci farò arrivare, Kace. Lo giuro.»

Raggiungemmo di corsa il suo pick-up, e Theo saettò sino al mio hotel, dove ebbi solo il tempo sufficiente per recuperare la mia valigia. Poi dritti verso l'aeroporto, dove mi sarei imbarcata in un Volo della Vergogna attraverso il Paese, con indosso un abito spiegazzato e intrisa di Theo. Niente doccia. Neanche il tempo di lavarmi la faccia. Sembrava che non fosse passato neanche un secondo da quando mi ero svegliata nel suo letto alla mia rocambolesca partenza.

Durante il viaggio verso l'aeroporto, gli occhi di Theo erano fissi sulla strada, mentre guidava con quanta più velocità osasse e con fredda precisione, destreggiandosi in modo esperto dentro e fuori lo scarso traffico della domenica mattina. Mi guardò di sbieco, poi mi guardò di nuovo, aggrottando le sopracciglia. Senza togliere gli occhi dalla strada, si allungò per toccarmi il labbro inferiore. Sentii il lieve pizzicore di un taglio.

«Merda, sono stato io...»

«Non sei stato solo tu.» Mi protesi per toccare i piccoli lividi e i segni dei morsi sul suo collo. «Ci siamo fatti un po' prendere la mano. Dio, se lo abbiamo fatto.» Scossi il capo, tornando a guardare la strada che scorreva di fronte a noi. «Non abbiamo parlato. Non abbiamo risolto... *niente*.»

Theo rimase in silenzio, lo sguardo sulla strada, che abbassava di quando in quando per controllare l'orologio, correndo contro il tempo.

Mi morsi il labbro. «Cosa stiamo facendo? È compassione? Conforto? Nessuno che capisce tranne noi... Nessuno che comprende cosa abbiamo passato... È questo?»

I muscoli della mascella di Theo si serrarono.

«O è stata solo un'insana attrazione sessuale che a quanto pare proviamo? Solo sesso...»

«Non è stato solo sesso,» disse Theo, lo sguardo duro. «Quello che ha detto Oscar sono stronzate. Io non sono così. Non sono più stato con nessuna da...» Tacque di colpo, mordendosi le labbra.

«Da quando?»

«Dal Great Basin.»

La mia testa scattò verso l'alto. «Un momento... il Great Basin?»

Lui annuì.

Lo fissai. «Quando? Quella volta in cui siamo andati tutti...»

«Sì.»

«Eri con Holly...» I ricordi riaffiorarono. «No, avevi rotto con Holly. Proprio durante il viaggio.»

«Sì, esatto.»

«Teddy...» Diedi una piccola scossa con il capo. «E quando è stata l'ultima volta che sei stato con un'altra donna?»

«Non sono andato a letto con Holly al Great Basin. La notte prima, forse, ma non mentre eravamo lassù.»

Il cuore mi rimbombava nelle orecchie. «Perché no?»

«A causa tua,» disse Theo. «Hai cantato, Kacey. Ed è stata la fine.»

«È stata la fine...» Sprofondai nel sedile. «Perché... perché non me lo hai detto?»

Lui mi squadrò di sbieco. «Dirtelo quando? Mentre stavi con mio fratello?»

«*No.*» Scossi il capo. «Dopo. In qualunque altro momento dopo...»

«Non potevo. Non posso. Non spetta a me.»

«Che diavolo dovrebbe significare?»

Fece per rispondere, ma eravamo arrivati in aeroporto. Non c'era tempo perché Theo parcheggiasse. Fermò il pick-up nel punto di discesa delle partenze e corse dal mio lato per aiutarmi con il bagaglio.

Sul marciapiede, mi attirò tra le sue forti braccia.

«Cosa facciamo? Che succede adesso?» dissi contro il suo petto.

«Tu sali su quell'aereo. Fai il prossimo passo. Firmi un contratto e fai una valanga di soldi.»

«Sai che non è quello che ti sto chiedendo.»

Lui sospirò e scosse il capo. «Devi salire su quell'aereo e andare a quell'incontro, Kace. Devi farlo. Non posso lasciare che tu perda questa opportunità.»

«E che mi dici di noi? Tu e io?»

Tu e io. Kacey e Theo.

Deglutii a fatica. Una potente alluvione di emozioni mi investì di colpo il petto a quelle parole, un calore profondo che si propagò dal mio cuore, e che fu un milione di volte più potente del piacere fisico che avevamo generato io e Theo.

«Per favore, Kace,» disse. «Hai cinque minuti.» Mi attirò a sé in un rapido e forte abbraccio. «Fai buon viaggio, e chiamami domattina dopo l'incontro. Fammi sapere com'è andata.»

«E poi?»

«E poi partiremo da lì.»

Partire per dove? avrei voluto chiedergli. Lui era a Las Vegas, io ero a New Orleans, e tra noi non c'erano solo millecinquecento miglia, ma anche il giudizio dei nostri amici e familiari che non volevano vedere Theo e Kacey, bensì Kacey e Jonah.

Theo si ritrasse per baciarmi le labbra, un bacio profondo e delicato, poi mi lasciò andare, e la verità che avevo aspettato di sentire riemerse infine da quel ginepraio di emozioni.

Ero stanca di dire addio.

CAPITOLO 36
Theo

Era passato l'orario di chiusura. Il Vegas Ink era immerso nell'oscurità. Ero seduto alla mia postazione, a rigirarmi una bottiglietta di inchiostro blu tra le nocche. *Inked* magazine giaceva aperto sulla mia poltrona reclinabile.

La storia su di me e sulla mia serie di tatuaggi incompleti era forte. Non era la storia di copertina, ma era comunque la successiva. Due pagine e mezzo di articolo su di me e il mio lavoro al Vegas Ink. E inoltre tre foto patinate dei nuovi tatuaggi, per cui Edgar e due altri clienti mi avevano fornito le loro tele.

L'articolo mi aveva fatto guadagnare un gran bel giro di clienti. Avevo prenotazioni fisse ogni giorno. Bei soldi, ma ero esausto.

La bottiglia di inchiostro mi rotolò sopra le nocche, sotto il palmo, poi di nuovo sopra le nocche.

Erano trascorse settimane da quando avevo visto Kacey. Era riuscita a prendere il volo, aveva incontrato i dirigenti della Sony, e quattro giorni dopo avevano fatto andare lei e gli Olsen a Los Angeles per firmare un contratto. Poi a New York per un servizio fotografico per *Spin*. Poi di nuovo a L.A. per discutere di un tour che lei non era sicura di voler fare. Dopodiché erano arrivate le vacanze, e lei era rimasta a New Orleans, perché senza dubbio adesso non si sentiva la benvenuta a casa dei miei genitori.

Il tempo ci era scivolato via. Eravamo entrambi impegnati, entrambi stanchi. Le nostre conversazioni telefoniche erano più brevi, meno frequenti.

Non avevamo parlato di quella notte passata insieme.

La bottiglia di inchiostro rotolò ancora e ancora.

Un colpo alla porta frontale del salone mi distolse dai miei pensieri.

Il cuore mi prese a martellare nel petto per la possibilità che fosse Kacey, ma era Dena. Aprii la porta e la feci entrare.

«Che ci fai qui?» le domandai, mentre lei mi abbracciava. «È un po' tardi per un tatuaggio. Ma per te posso fare un'eccezione.»

«È passato troppo tempo,» disse lei. «E alcune conversazioni sono troppo importanti per farle al telefono.»

Avanzò nel piccolo locale verso la mia postazione. Scrutò la rivista, con un sorriso che si allargava sulle sue labbra.

«È strabiliante,» disse sfogliando le pagine. «Hai un gran talento, amico mio.»

«Grazie,» risposi. «Accomodati. Che succede?»

Lei si sedette e mi guardò inclinando la testa, un'espressione eloquente negli occhi. Da settimane non parlavo più neanche con Oscar; era stato semplice non farlo. Erano andati a est a trovare la sua famiglia per le vacanze.

«Sta malissimo, sai,» disse Dena. «Non vuole ammetterlo perché è testardo, ma qualunque cosa vi siate detti voi due quella notte lo sta divorando.»

Incrociai le braccia al petto. «Bene.»

Dena inarcò un sopracciglio, poi sospirò e scosse il capo. «Hai ragione. Non posso difenderlo, ma posso dirti che quelle brutte parole erano alimentate dal dolore. Non vuole parlare neanche di Jonah, ma so che sta ancora soffrendo.»

Prendi un numerino, amico.

Dena si piegò sulle ginocchia, elegante con i suoi jeans scuri e la camicetta bianca.

«Credo che veda Kacey meno come un vero essere umano, e più come l'impulso della felicità di Jonah. È spuntata fuori dal nulla e lo ha amato in quegli ultimi mesi. Ma la realtà che ha visto la notte della tua laurea è che lei è un giovane essere umano con tutta una vita davanti. Con decenni da vivere e per amare. Lo ha colto di sorpresa. Ci ha colti tutti di sorpresa. Non avevamo idea che stesse succedendo qualcosa tra te e lei.»

Sospirai, passandomi una mano tra i capelli. «Non so cosa stia succedendo tra noi. Penso che ci stiamo nascondendo entrambi, per paura di ciò che penserebbe la gente.»

Tacque per un istante. «So che è stata dura per te da quando Jonah è mancato,» disse, la voce profonda e rassicurante. «So che Kacey ti è stata di molto conforto, e tu per lei. Sono felice di questo. Sai che mi preoccupo per te.»

«Non devi preoccuparti per me. Sto bene.»

«Mmh, sì, è proprio quello che dice Oscar.» Dena

fece un sorrisetto, che però svanì di fronte alle sue parole successive. «Abbiamo tutti sofferto per la perdita di Jonah, ma nessuno gli era vicino quanto tu e Kacey. Spero che stare insieme vi abbia portato un po' di pace.»

«Non sembra qualcosa che porta pace,» dissi. «Molte volte sembra un cazzo di casino.» Incrociai il suo sguardo imperturbabile, la voce che si abbassava fino a diventare un sussurro. «Perché lui era mio fratello.»

La mano di Dena si protese per toccarmi il braccio. «Non ci vedo nulla di sbagliato in questo, Theo,» disse. «Dagli abissi del dolore e della sofferenza è cresciuto qualcosa di bello e gioioso. Perché vergognarsene?»

«Dillo a mia madre. O a tuo marito.»

«Il tempo sa guarire molto bene,» rispose. «Ma non puoi mettere in pausa la tua vita finché il resto del mondo non accetterà ciò che nel tuo cuore sai essere vero.»

«So ciò che è vero per me,» dissi. «Non so cosa sia vero per lei. Non posso... *parlarle*. Ci provo. Voglio farlo, ma poi le vado vicino e invece la bacio.»

Dena balzò giù dalla poltrona e mi posò una mano a coppa sulla guancia. «Non far passare un altro momento senza dirle ciò che provi, Theo, e chiedile cosa prova lei. È la cosa più semplice e al tempo stesso più difficile che tu possa fare, ma chiediglielo. Chiediglielo come se nessuno stesse guardando. Perché alla fin fine, si tratta della tua e della sua vita.»

La accompagnai all'ingresso del salone, dove mi abbracciò stretto.

«Diventerò un cliché se ti cito ancora una volta il mio poeta preferito?»

«Spara.»

«*Dove c'è la rovina, c'è speranza per un tesoro.*» Mi rivolse un altro dei suoi sorrisi eloquenti. «È una delle mie preferite.»

«Già,» dissi, un sorriso che si faceva largo sulle mie labbra. «Anche a me sembra davvero bella.»

CAPITOLO 37
Kacey

La pioggia cadeva con forza, picchiettando sul tetto. Ero seduta rannicchiata sulla poltrona del salotto ad ascoltare le gocce di pioggia che colpivano le grondaie con un clangore metallico per poi infrangersi. Una postilla del contratto che avevo firmato con la Sony era posata sul mio grembo, con la traduzione di Grant del *legalese* scarabocchiata lungo i margini. Una postilla per un tour. Volevano che andassi in tour per due mesi, quattordici città.

Sulla carta non sembrava così male, soprattutto con Grant che aveva sottolineato tutti i privilegi e le clausole in giallo chiaro. Tre diversi tipi di acqua frizzante in ogni camerino? Sembrava uno spreco, non un privilegio. Andare in tour significava che sarei stata tagliata fuori come un astronauta che fluttuava lontanissimo dalla base di partenza. Tutte le eleganti acque in bottiglia del mondo non mi avrebbero impedito di avvertire la mancanza di casa mia. E di Yvonne.

E di Teddy.

Lui mi mancava già. Eravamo stati entrambi così

impegnati. La sua schiera di clienti si era allungata di un miglio dall'articolo su *Inked*. Ben presto il mercato si sarebbe risollevato e lui avrebbe comprato un locale a Las Vegas, proprio mentre io mi imbarcavo nella mia carriera. Un tour ci avrebbe solo allontanati ancora di più, ed eravamo già vicini al punto di rottura.

Mi mancava. Sentivo il petto vuoto per la sua assenza.

Il mio telefono squillò, mostrando il numero degli Olsen. «Ehi,» disse Grant. «Dunque. Sei più vicina a mettere la penna sulla linea tratteggiata?»

«Un tour della Sony Records,» disse in sottofondo Phoebe con voce strascicata. «Non degli spettacolini da due soldi. È il grande salto, amica. Grande, *grande* salto. *Big Time*, come nella canzone di Peter Gabriel.»

«Okay, okay, ha capito,» disse Grant, poi si schiarì la gola. «Perciò, Kace? Cosa ne pensi?»

«Non do il meglio di me in tour.»

«Continui a ripeterlo. Sono i nervi?» domandò Grant.

«L'alcol,» dissi. «Sto appena iniziando ad avvertire un senso di stabilità. Non voglio sentirmi già sradicata.»

Phoebe fece un verso nasale. «È solo un tour di due mesi. Difficile che comporti uno sradicaggio.»

«Quella non è una parola,» disse Grant.

«Sì che lo è,» disse Phoebe. «L'ho appena usata.»

«Beh, cavolo, con questa logica non posso discutere.»

«Ragazzi,» mi intromisi. «Solo... datemi un altro po' di tempo.»

«Possiamo provarci,» disse Grant. «Ma senza un nuovo album all'orizzonte, un tour per *Shattered Glass* è una cosa grossa. Non abbiamo il peso di un avvocato di grido per poter negoziare.»

«Non dirlo,» sibilò Phoebe al fratello. «Ci rimpiazzerà con qualche avvocato di grido.»

«Ragazzi, non ho intenzione di rimpiazzare nessuno. Datemi una settimana, okay? So che è una cosa grossa anche per voi, non l'ho dimenticato.»

«Certo, certo,» disse Grant. «Una settimana. Nessun problema. Prenditi del tempo e pensaci su.»

«Non pensarci troppo,» disse Phoebe. «Tra due giorni sarà *Mardi Gras*. Accetta quel tour, e possiamo fingere che tutta la città stia facendo una festa per noi.»

Riagganciai, sentendomi uno schifo perché li stavo facendo aspettare. In qualità di miei agenti de facto, sarebbe toccata loro una considerevole percentuale delle vendite dei biglietti del tour. Gli Olsen non avevano mai assaggiato un successo simile prima di allora. Io sì. Come ogni dolcetto, all'inizio aveva un sapore paradisiaco, ma se ti ingozzavi finivi per stare male. E io ero una golosa in via di guarigione.

Yvonne quella sera aveva il turno di notte, e non me la sentivo di uscire. Indossai i pantaloni della tuta, una t-shirt, ordinai una pizza e vegetai sul divano. Un canale via cavo stava trasmettendo una maratona dei film della famiglia Griswold.

Era da poco passata l'una di notte e stavo guardando *National Lampoon's Christmas Vacation – Un Natale esplosivo!*, ridacchiando mentre Randy Quaid svuotava la fossa biologica del suo camper nelle fognature di Chevy Chase, quando il mio telefono squillò.

Teddy...

«Ehi,» dissi. «È tardi.»

«Ti ho svegliata?» disse lui.

«No. Sono qui seduta a guardare sciocchi film. Mi manchi.»

«Mi manchi anche tu,» disse. «Moltissimo.»

Calò un breve silenzio, e sapevo che quella conversazione non avrebbe potuto essere come le precedenti, affrettata e nervosa, dove nessuno dei due diceva all'altro ciò che provava.

«Dio, Teddy… mi sento come se mi stessi nascondendo. Non abbiamo propriamente parlato, e adesso l'etichetta discografica vuole che vada in tour. Ho paura.»

«Di cosa, Kace?»

«Quando ero nelle Rapid Confession, non facevamo altro che andare in tour. Non avevo una casa, niente fondamenta. Bevevo tutto il tempo…» Scossi il capo e trassi un respiro. «Dovrò andarmene da casa mia, e non posso fare a meno di sentire che per noi sarebbe la fine. Qualunque cosa "noi" sia. Più telefonate. Più distanza. Più miglia. Non posso più farlo, Teddy. Non posso…»

«Non posso neanch'io, Kace,» disse Theo. «Che cazzo, sono stanco di vivere al telefono.»

«Dio, anch'io.»

«Bene. Allora puoi aprire la porta? Mi sto inzuppando.»

Per un solo istante, rimasi seduta raggelata. Poi il telefono mi scivolò di mano mentre balzavo su dal divano, attraversavo il salotto e aprivo la porta d'ingresso.

Era lì, la pioggia che gli gocciolava sulla giacca di pelle, risplendendogli tra i capelli come polvere di diamante.

«Teddy…» boccheggiai, e l'istante dopo ero tra le sue braccia, la sua bocca premuta sulla mia.

Non arrivammo in camera. Non arrivammo neppure al divano. A malapena mi resi conto di aver richiuso la porta con un calcio per tenere fuori la pioggia. Le parole che dovevamo dirci si persero in una confusione di doloroso desiderio. Cademmo in ginocchio, strappandoci via i vestiti e baciandoci con intensità, poi rotolammo sul pavimento mentre lui scivolava dentro di me con un unico movimento perfetto.

«Teddy,» esclamai mentre lui mi portava rapidamente oltre il limite, per poi farmi scendere in picchiata. Mi aggrappai forte a lui mentre il suo orgasmo lo faceva sussultare, riscaldandomi dentro e fuori.

«Dio, non lasciarmi andare, Kace,» disse lui contro il mio collo.

«Non lo farò,» dissi. «Non lo farò mai più.»

CAPITOLO 38
Kacey

La pioggia cessò verso le dieci. Giorni prima, avevo fatto dei progetti assieme a Yvonne, Big E e gli Olsen per vedere la parata del *Krewe of Bacchus*, che sarebbe partita da St Charles Street e avrebbe proseguito per il Garden District. Yvonne mi aveva detto che la parata era il massimo, con oltre trenta carri animati. Una qualche celebrità veniva sempre a New Orleans per interpretare Bacco, il dio greco del vino.

Avevo comprato un abito anni Venti dorato ricoperto di frange nere e una parrucca dorata coordinata con un caschetto arricciato fino al mento. Yvonne si presentò in jeans e una semplice maglietta ma con indosso una maschera e un boa di piume rosa, e gongolò per il fatto che Theo fosse lì.

«Immagino di poter mandare in pensione la mia mazza da baseball,» lo punzecchiò, poi gli diede un abbraccio.

Grant e Phoebe arrivarono e ci fecero sfigurare tutti con i loro costumi: lui era quasi irriconoscibile come

Beetlejuice, con un polveroso completo nero a strisce bianche, e i lunghi capelli rossi e il make-up impeccabile di Phoebe la rendevano una perfetta Sally da *Nightmare Before Christmas*.

Theo e Big E avevano entrambi rifiutato di vestirsi, e si strinsero la mano dandosi delle reciproche pacche sulla schiena.

«Che c'è,» dissi con un verso di scherno, «sei troppo vecchio per i costumi?» domandai a Theo mentre uscivamo.

«Sono troppo impegnato a cercare di non mettere le mani addosso a te con quel vestito.»

«Se ti faccio vedere le tette, mi lancerai delle collane di perline?»

«Smettila,» disse. «Mi stai facendo girare la testa.»

Risi e mi avvicinai per sussurrargli all'orecchio: «Stanotte mi metterò tutte le collane di perline che acchiapperò oggi. E nient'altro.»

Ci unimmo alla folla vicino al fiume, dove si concludeva la parata. Non avevo mai visto nulla di simile al *Mardi Gras*. La musica si propagava dai negozi e gente con ogni genere di costume ballava, beveva e osservava sbalordita i carri che sfilavano lungo la strada.

Avevo solo visto la Parata della Rosa a Orange County da bambina. Quei carri erano cosine deliziose, ricoperte da graziosi fiori. I carri del *Mardi Gras* erano feste su ruote: enormi, elaborati e traboccanti di colori e rumore. Il primo era il Carro del Re, un'enorme tavola da banchetto bianca con gigantesche monete d'oro. C'erano dei grappoli d'uva viola disposti di fronte a un immenso Bacco in fibra di vetro, che sollevava un bicchiere di vino. Davanti a lui, una piattaforma sollevata ospitava il Re della parata.

«Porca miseria, è Matthew Broderick. Matthew

Broderick è il Re della Parata.» Strattonai il braccio di Theo con entusiasmo e gridai: «*Ferris Bueller, sei il mio eroe.*»

Matthew Broderick non mi sentì, ma alcuni della *krewe* invece sì. Io e Teddy fummo immediatamente investiti da collane di perline colorate. Lui me ne infilò una decina al collo e mi attirò a sé per un bacio umido.

«I nostri bambini sono cresciuti,» disse Yvonne tirando su con il naso con fare melodrammatico, il braccio attorno a Big E.

Il corpulento uomo si asciugò una lacrima inesistente dalla guancia. «Sono così orgoglioso.»

«Finirò per morire di gelosia,» si imbronciò Phoebe. Rivolse un'occhiata torva al fratello. «Perché passo così tanto tempo assieme a te?»

«Ottima domanda,» replicò Grant.

Sorrisi contro le labbra di Teddy, crogiolandomi nella felicità. Era un tale sollievo avere degli amici che ci guardavano soltanto con gioia e affetto.

La parata proseguì fino a sera. Diedi uno spintone al braccio di Teddy quando un enorme alligatore verde chiaro comparve lungo la strada. Dalla sua bocca aperta penzolavano migliaia di collane di perline dai colori sgargianti, e la sua *krewe*, due dozzine di persone in blu e argento, gettavano le collane e delle monete di plastica agli entusiasti spettatori. Un altro carro chiamato Bacchawoppa ricordava Moby Dick, se Moby Dick fosse stata rapita dalle drag queen. La gigantesca balena era dipinta in modo da sembrare avvolta in alghe coloratissime, e la sua *krewe* lanciava collanine dall'interno delle onde blu in movimento che la circondavano.

Si fece presto notte. Big E diede uno strappo a casa a Yvonne, e Grant e Phoebe andarono via con altri amici. Io e Theo osservammo la parata finché non fu passato anche l'ultimo carro, poi ci facemmo largo nel Garden District, superando gruppi di festaioli con il trucco da sugar skull, musicisti di strada che suonavano sassofoni e fisarmoniche, gruppi di amici ricoperti di collane di perline che tenevano in mano sciabordanti drink. La città era già fin troppo intossicante per me, le sue strade pulsavano e respiravano. Persino le ombre danzavano.

Sentii il mio battito accelerare, esaltato dalla notte e dall'uomo accanto a me. Incrociai il mio sguardo col suo, ardente per una brama che mi fece tremare le gambe.

Theo fece un'improvvisa deviazione, dirigendosi lungo un vicoletto tra un locale e una tabaccheria. Tra le ombre che profumavano di sigari dolci, mi premette contro il muro. Il suo corpo solido e forte inchiodò il mio, le sue mani erano dappertutto, la sua bocca che assaliva la mia.

Gemetti nella sua bocca, le mani che artigliavano incuranti i muscoli della sua schiena, risalendo sino ai morbidi capelli. Schiusi le gambe, desiderosa di cingergli la vita così che potesse prendermi proprio lì, su due piedi. La sua mano scivolò sotto le frange ondeggianti del vestito per accarezzarmi tra le gambe. Le sue dita trovarono quel delizioso punto attraverso il tessuto di seta, che si inumidì al tocco. Il mio corpo ondeggiava contro la parete per la sua forza, alimentando un fuoco crescente. Mi aggrappai al suo collo, stupefatta di quanto velocemente mi stesse portando al limite.

«Dio, sì,» sibilai, poi quasi gridai per l'agonia quando ritrasse la mano. Dopodiché Theo si lasciò cadere in ginocchio, sollevandomi il vestito.

«Oh Dio. Oh Dio, aspetta. Teddy...»

«Vuoi che mi fermi?»

Mi guardai intorno nel vicolo deserto, constatando

che i passanti lungo la strada non potevano vederci. «No.»

Tornò sotto la mia gonna, e mi scostò le mutandine da una parte. Poi la sua bocca fu su di me, e dovetti soffocare un grido. La sua lingua impiegò pochi secondi per condurmi, succhiando e leccando, attraverso una gigantesca ondata di piacere. Mi dimenai contro la parete, senza nulla a cui aggrapparmi tranne le spalle di Theo, mentre l'estasi mi travolgeva. La mia testa ricadde contro il muro di mattoni e fissai le silenziose stelle sopra la mia nuova città.

Ma Theo non si fermò. Affondò ancora di più dentro di me, e la sua lingua, la carezza dei suoi denti e le profonde vibrazioni dei suoi grugniti mi condussero verso un'altra ondata. Mi assalì come se fosse un folle affamato e io il suo banchetto, l'unica cosa che poteva saziarlo.

Fui dilaniata da un secondo orgasmo, e boccheggiai senza emettere suoni, la mia voce che sussurrava nel vicolo quando in realtà avrei voluto gridare. Avevo bisogno di gridare. Avevo bisogno di avere Theo nudo, nel mio letto, dove avrei potuto cavalcarlo fino a farlo venire. E poi farlo venire di nuovo.

Theo riemerse da sotto la mia gonna, il viso arrossato nella tenue illuminazione, le labbra e il mento bagnati con i miei umori.

«Casa,» sussurrai. Dio, sembrava così lontana. Troppo lontana.

Cercammo disperatamente un taxi, in piedi sulla strada mano nella mano, col respiro affannato, la mia parrucca storta, il rossetto sbavato. Per miracolo, un taxi accostò lì vicino e noi corremmo verso di lui, tuffandoci sul sedile posteriore prima ancora che i passeggeri avessero finito di scendere. Nel lento avanzare del traffico,

Theo si mosse al mio fianco, irrequieto e impaziente. Posò la mano sulla mia coscia, sopra il vestito. Io guardai fuori dal finestrino, mi morsi l'unghia del pollice e spalancai appena le gambe.

«Dio, Kace...» sussurrò.

La sua mano era grande, rude e calda contro la mia pelle. Mi mossi di nuovo, premendomi contro il suo tocco, e la sua mano scivolò più in alto lungo la mia coscia. Sollevai i fianchi, bisognosa e disperata. Soffocai un lieve singulto quando il palmo della sua mano scivolò sopra di me, le dita che premevano con piccoli cerchi.

La mia mano sgattaiolò verso il suo grembo, verso il rigonfiamento nei suoi jeans. Era duro e bollente attraverso lo spesso cotone, e lo accarezzai per tutta la sua lunghezza.

Mi morsi il labbro con maggiore forza.

Il viaggio in taxi fu lento in maniera esasperante. Le chiavi di casa mia non vollero collaborare. Troppi passi dalla porta sino al divano, sopra cui lo spinsi. Dalla cucina proveniva abbastanza luce per vedere gli occhi di Theo dilatarsi per il desiderio. Capii dal modo in cui serrò la mascella e da come i suoi occhi mi scrutavano da capo a piedi che non avrebbe atteso a lungo.

Mi tolsi la parrucca e la gettai via, poi mi sfilai il vestito e lasciai che ricadesse in un mucchietto ai miei piedi.

«Togliti la maglietta,» dissi, poi mi allungai verso la schiena per sganciarmi il reggiseno di pizzo nero. Theo si afferrò il retro del colletto e si sfilò la maglietta dalla testa, poi la gettò da una parte. Non sapevo se mi sarei mai abituata a vederlo a petto nudo, muscoli sodi ricoperti da splendidi tatuaggi lungo un pettorale. L'altro lato brillava per quel piercing che mi faceva perdere la testa.

Mi tolsi le mutandine, restando in giarrettiera, tacchi e una decina di collane di perline colorate. Lentamente, mi inginocchiai davanti a lui. Le mie mani scivolarono lungo la parte frontale delle sue cosce muscolose, poi si insinuarono verso l'interno. Mi allungai verso la cintura, mentre lui si chinava per baciarmi, un bacio rovente, la sua lingua audace dentro la mia bocca. Gli abbassai la cerniera dei pantaloni e liberai la sua erezione.

«Sei così bello,» dissi. Non proprio il termine più mascolino, ma io lo intendevo così. La sua forma virile, ogni parte di lui, era di una bellezza assoluta ai miei occhi.

«Cazzo,» disse lui a denti stretti quando portai la mia bocca su di lui, attorno a lui, la mano che lo accarezzava con lentezza, poi con maggiore velocità. Lo avrei preso fino in fondo, ma lui mi afferrò per le spalle.

«Kace,» disse a fatica. «Voglio stare dentro di te. *Adesso.*»

Mi alzai e gli salii a cavalcioni sul grembo. Le perline mi penzolavano sopra il seno, ma lui le scostò da una parte in modo brusco per gettarsi sul mio capezzolo, mordendo e succhiando mentre affondavo sopra di lui.

Entrambi ci immobilizzammo per un istante nel sentirlo dentro di me, duro e grosso, in profondità nella mia umida intimità. Le sue mani affondarono nei miei fianchi, si spinse verso di me mentre io mi abbassavo contro di lui.

«Così bello,» sibilò teso. «Dio, è così bello.»

«Non fermarti...» gridai, ormai in modo quasi incoerente. «Non fermarti mai.»

Gli portai le mani alla mascella, gli presi il volto e lo

baciai intensamente. Poi mollai la presa per aggrapparmi alle sue spalle e cavalcarlo con forza, cavalcarlo finché la brama nel mio bassoventre non si dispiegò, si espanse e poi scoppiò. Adesso potevo gridare. Urlai il suo nome, la schiena che si inarcava mentre anche il suo orgasmo esplodeva dentro di me.

Le sue mani mi avvolsero la schiena, e premette la fronte contro il mio cuore, strofinandosi contro il mio seno attraverso le perline. Mi ritrassi e gli presi il volto tra le mani, poi lo fissai, scostandogli i capelli umidi dalla fronte. Dalla fronte di Theo. Del mio Theo.

Il mio universo.

CAPITOLO 39

Kacey

Mi svegliai con la luce del mattino che filtrava sopra il mio letto e il respiro caldo di Theo che aleggiava sopra il mio collo. Mi rannicchiai più vicina a lui, premendo la schiena contro il suo grembo. Così da vicino, i tatuaggi che gli ricoprivano le braccia erano ammalianti. Intricati vortici e spirali di fuoco, visi e forme. Ciascuno confluiva in un altro, fondendosi per creare un perfetto insieme.

Theo si mosse alle mie spalle e strinse maggiormente le braccia. La mia pelle rabbrividì nel punto in cui iniziò a depositarmi baci lungo il collo.

«Buongiorno,» mormorai.

«Buongiorno.» Mi baciò la pelle nuda della scapola destra. «Questa parte,» mormorò assonnato, «è tutta mia.»

Sorrisi e ondeggiai contro di lui mentre un brivido mi risaliva lungo la schiena. «Tutta tua.»

«Qualche idea di cosa sarà il tatuaggio?»

«Non ancora, ma sarà il primo tatuaggio nel tuo nuovo salone, ricordi?»

Emise un verso dal profondo del petto. «Non ricordarmelo. Non voglio pensare a Las Vegas in questo momento.»

Mi rigirai tra le sue braccia, poi tracciai il profilo pronunciato della sua mascella. «Detesto andare a dormire la notte quando sei a centinaia di miglia di distanza.»

«Anch'io.»

«Dico sul serio. Non posso più farlo, Teddy. Non posso vivere al telefono e vederti solo una volta ogni paio di settimane.»

«Non posso farlo neanch'io, Kace.»

«Perciò ho intenzione di fare quello che ti avevo promesso quella notte nel deserto. Quando abbiamo disperso le ceneri di Jonah. Te lo ricordi?»

Theo sgranò gli occhi. Osservai il suo pomo d'Adamo muoversi mentre deglutiva. «Ti ho chiesto di restare con me,» sussurrò.

Annuii, con le lacrime agli occhi. «Lo farò. Resterò. Non ti lascerò mai più. Niente più promesse infrante.»

«Ma che mi dici della tua vita qui? I tuoi amici e la tua musica?»

«Posso fare musica ovunque. Posso firmare il contratto e restare comunque con te. Ma niente tour. Voglio restare a casa e scrivere un nuovo album. Nuove canzoni riguardo ai nuovi capitoli della mia vita. Canzoni su me e te.»

«Kacey...» Scosse il capo.

«Certo, i miei amici mi mancheranno,» dissi, «ma posso venire a trovarli. Mi mancheranno, ma non posso più sentire la tua mancanza.»

«Significa dirlo a Oscar e a mia madre.»

Annuii. «Lo so. Ma non ho paura. Ti vogliono bene e vogliono che tu sia felice. Lo sei, Teddy?»

«Dio, sì. Non avrei mai pensato...»

Gli accarezzai la guancia con il dorso della mano. «Cosa, tesoro?»

«Che tutto questo sarebbe stato mio. Che avrei avuto qualcosa del genere. Questo sentimento... non riesco a spiegarlo.»

«Non devi farlo. Torneremo a Las Vegas e diremo la verità a tuo padre e tua madre. Non lo abbiamo pianificato. Abbiamo trascorso troppi mesi separati. Troppo tempo al telefono. Il nostro primo bacio *è stato al telefono*, Teddy.»

Lui ridacchiò. «Sì, eccome. Ma contava.»

Risi mentre si sfregava contro il mio collo, poi mi baciò la gola e mi morse il lobo dell'orecchio.

«Quando dobbiamo tornare?» domandai. «Non presto, spero. Ti voglio tutto per me per qualche altro giorno. In questa casa, prima che la venda.»

«Hai davvero intenzione di trasferirti a Las Vegas?»

«Sì. Ma non avrò un posto dove vivere. Posso restare da te finché non trovo una casa?»

Theo parve sul punto di dire qualcosa, poi si rimangiò le parole. Sfoggiò un sorrisetto. «Puoi restare da me in modo permanente. Se vuoi.»

«Lo voglio.» Gli circondai il collo con le braccia. «Lo voglio tantissimo.»

Lo baciai con dolcezza, poi con intensità, il mio corpo che si risvegliava per lui. Ricaddi tra le sue braccia, mentre tentavamo di saziare quel bisogno sempre bruciante tra noi. In seguito, indossammo una quantità minima di abiti e andammo in cucina per soddisfare la nostra fame di vero cibo.

Theo preparò uova strapazzate e salsiccia. Mangiò in piedi sul lato del ripiano che dava sulla cucina, mentre io sedetti sullo sgabello di fronte a lui. Fuori stava piovendo di nuovo.

«Mi mancherà anche questo,» dissi.

«Cosa?»

«La pioggia.»

Theo parve pensieroso per un istante, poi disse con lentezza: «Sei sicura di volerti trasferire di nuovo?»

«Sì, lo sono,» risposi.

«Mi avevi detto che Las Vegas è piena di troppi ricordi.»

«È così,» dissi. «Ma adesso amo quei ricordi. Non mi tormentano più. Mi ricordano del dono che ci ha fatto Jonah.»

Scesi dallo sgabello, entrai in cucina e scivolai tra le sue braccia. «Non sapevo cosa fosse l'amore finché non ho conosciuto Jonah. Avevo rinunciato a cercarlo. Credevo che il conforto di un corpo maschile fosse il meglio che potessi avere. Ma Jonah ha visto al di là di tutto quello. Mi ha mostrato che ero degna di amore e che potevo amare qualcuno a mia volta. Che potevo dare tutto ciò che avevo a qualcun altro. Mi ha fatto questo dono, e mi ha mostrato come utilizzarlo.»

Sollevai la mano per accarezzare la guancia di Theo. «Adesso so cosa provo. Conosco il mio cuore. È cambiato per sempre, ma non è più spezzato.»

«Dio, Kace...» Scosse il capo. «Jonah... Sai, lui...»

«Cosa, tesoro?» domandai. «Puoi parlare di lui. Parliamone. Per la prima volta, mi sembra *giusto*.»

«Lo è,» disse. «Finalmente lo è.» Sembrò sul punto di dire altro, quando il suo telefono prese a vibrare sul ripiano, il nome *Eme Takamura – Galleria Wynn* sul display.

Theo si accigliò mentre rispondeva. «Pronto? Ehi, Eme.»

«Dille che la saluto,» sussurrai. Il mio sorriso svanì mentre il volto di Theo passava dalla preoccupazione allo shock. I suoi lineamenti si contrassero, il suo sorriso scomparve e i suoi occhi si riempirono di paura.

«Perché?» disse, la voce roca. Adesso stava passeggiando per il salotto, una mano tra i capelli. «Perché non me lo hai detto?»

Sentii lo stomaco scendermi sotto i piedi, e mi morsi il labbro per impedirmi di interromperlo.

«Okay. Okay, d'accordo. Quando?» Smise di camminare. «Doman... Cosa significa *domani*?»

Adesso ero spaventata. «Che succede?»

«D'accordo,» sbottò al telefono. «Partiamo subito.»

Theo riagganciò e mi guardò. «Eme dice che la Galleria Wynn sta per chiudere. Sposteranno subito tutte le mostre per fare più spazio al casinò.»

«Perché?»

«Non stavano guadagnando abbastanza.»

Mi appoggiai al ripiano per sorreggermi. «Dove finirà l'opera di Jonah?»

«A Pittsburgh,» disse Theo. «La Carnegie Mellon la ospiterà in modo permanente.»

Chiusi gli occhi, travolta dal sollievo. «Oh, Teddy. Grazie al cielo. È una cosa buona.»

«E come potrebbe essere una cosa buona?»

«Perché significa che la sua arte non finirà per essere rinchiusa in un qualche deposito,» dissi. Dio, solo l'idea mi faceva stare male. «Non verrà rimossa e impacchettata negli scatoloni. Il suo lascito... resterà.»

«Sì, ma non sarà...» Theo trasse un respiro tremante. «Lui non sarà... a casa.»

Lo raggiunsi e lo avvolsi tra le mie braccia. «Lo so,» sussurrai, pensando alla sua cattedrale. Alla sua pace.

Lasciò che lo abbracciassi per un istante, poi si ritrasse, la voce di nuovo severa. «Se partiamo subito, forse possiamo farcela. A vederla un'ultima volta. Prima che la smantellino.»

«Tu fai i bagagli,» dissi. «Io cerco il volo di ritorno più veloce.»

* * *

Il volo migliore che riuscii a trovare partiva sabato mattina e arrivava a Las Vegas alle due del pomeriggio. Corremmo fino al suo pick-up nel parcheggio a sosta lunga, poi sfrecciammo lungo la Strip fino alla Galleria Wynn.

Era troppo tardi.

Wilson, la guardia di sicurezza di turno, scosse il capo e aprì la porta per noi. «Avete circa un'ora,» disse. «Poi arriveranno i costruttori e inizieranno a buttare giù le pareti.»

«Perché tutta questa fretta?» chiesi.

«Soldi, signorina,» disse Wilson. «Cos'altro?»

Ci fece entrare nella galleria e percorremmo il lato lungo. Sembrava essere stato depredato. Alle pareti non c'era nulla tranne le ombre su cui erano stati appesi i dipinti. Delle placchette descrivevano sculture che non c'erano più. In fondo al corridoio, misi la mano in quella di Theo e girammo l'angolo insieme.

Mi vennero le lacrime agli occhi. Non restava nulla. Solo cavi e fili, che penzolavano dal soffitto come capelli stopposi. Ganci ed elementi di fissaggio vuoti dove aveva brillato un sole e dove l'acqua si era propagata. La piattaforma che aveva ospitato la fauna marina era vuota, tranne che per qualche rilucente frammento di vetro arancione.

Theo si chinò pian piano di fronte al vetro infranto. Le sue dita spinsero i piccoli frammenti di vetro arancione sul cemento. Temetti che si sarebbe tagliato. Dubitavo che se ne sarebbe accorto, nel caso. La sua mascella era serrata, gli occhi severi e lucidi, fissava il vetro come per imporgli di ricomporsi.

Sollevò una scheggia.

«Superficiali... imbranati... *coglioni*,» disse schiumando di rabbia, il respiro affannato. Si voltò verso di me, le lacrime che risaltavano nei suoi occhi, il dolore che riemergeva in superficie. «Non lo sapevano? C'è solo questo. È tutto ciò che resta di Jonah. Se si rompe, non può essere aggiustato. Non può essere sostituito. Non lo *sapevano*?»

Scossi il capo.

La sua voce si spezzò in modo evidente. «Non c'è *più* altro.» Il suo volto si contrasse, e si piegò sulle ginocchia. «Non farà più altro. Non può essere sostituito. Lui non è qui per aggiustarlo. Lui non è *qui*. Lui è...»

Tuffò il volto tra le mani. Gli sfuggì un singhiozzo. Poi un altro. Gli portai le braccia attorno alle spalle tremanti, mentre finalmente Theo lasciava andare tutto. Tutto il dolore che aveva tenuto sepolto così a lungo. Affondò il volto nel mio collo e io lo tirai a me, gli baciai i capelli, la guancia, la tempia. Non dissi una parola. Lo tenni stretto, nello stesso modo in cui lui mi aveva tenuta stretta quando ero ubriaca e stavo affogando.

«Gesù.» Scostò il viso da me per asciugarsi gli occhi sulla manica. Fece diversi respiri profondi e tremanti, poi rivolse di nuovo lo sguardo alla galleria sgombra.

«Sarà alla Carnegie,» disse, la voce roca. «Sarà lì per sempre.»

«È così,» sussurrai, asciugandogli le lacrime dalle

guance. «E potremo andare a vederla in qualunque momento.»

Theo annuì. Trasse un altro respiro profondo ed espirò. «Ti amo.»

Lo disse con una tale semplicità che quasi mi sfuggì.

Ti amo.

Lo guardai, ritraendomi appena, stupefatta. Lui voltò il capo verso di me, gli occhi ancora lucidi e arrossati. «Ti amo. Ne ho abbastanza di tenermelo dentro. Ne ho abbastanza di aver paura di dire ciò che provo, perché quello che provo per te...» Allungò le mani verso la mia testa, oltrepassò le guance e le infilò sotto i miei capelli. Il suo bellissimo volto non era più scolpito nella roccia, ma aperto, esposto e sincero. «Ti amo. Sono innamorato di te e lo sarò per il resto della mia vita.»

Nel profondo del mio cuore riecheggiò la risposta, risalendo in superficie dopo essere stata negata così a lungo. Spinta giù e ignorata per il mio stesso senso di colpa. Scacciata per la preoccupazione di cosa avrebbero pensato gli altri. Sepolta per la mia paura di mettere il mio cuore in mano a qualcun altro, tornare al tavolo e andare ancora una volta *all in*, rischiando tutto.

E se perdessi?

Guardai l'uomo accanto a me e capii che non importava ciò che sarebbe successo, avevo già vinto.

«Ti amo anch'io,» sussurrai. «Ti amo, Teddy. È così. Sono innamorata di te.»

Il suo volto si contrasse ancora di più, e faticò a trarre un respiro. «Dio, è da così tanto che desidero sentirlo,» disse, portando la mia fronte contro la sua. «Ti amo da così tanto.»

«Te lo dirò ogni giorno delle nostre vite,» risposi contro la sua bocca. «Te lo dirò un milione di volte. Ti amo. Sono così innamorata...»

Le mie lacrime adesso scorrevano sulle sue dita, soffermandosi sugli angoli sollevati della mia bocca. A quel punto ci baciammo. In ginocchio tra i resti della galleria svuotata, in mezzo al vetro infranto, ci baciammo per sigillare le nostre parole, poi ci alzammo dal pavimento per andarcene.

«*Dove c'è la rovina, c'è speranza per un tesoro*,» disse Theo, fissando con occhi lucidi lo spazio vuoto un'ultima volta. Abbassò lo sguardo verso di me. «Una cosa che mi ha detto Dena.»

Avvolse la mia mano con la sua, le labbra a sfiorare le mie. «Kace,» sussurrò. «Il mio tesoro.»

Parte Tre

All in (s) (poker): 1. quando un giocatore punta tutte le sue fiche sul piatto; una scommessa da “tutto o niente”

CAPITOLO 40
Theo

Il centro estetico di Gloria Ng era vuoto. Un cartello con scritto "affittasi" era appeso alla vetrina, con sotto il nome e il numero di un'agenzia immobiliare.

Posai le mani a coppa sul vetro per sbirciare all'interno. Nient'altro che pavimenti in vinile e cartongesso. Tubi scoperti dove un tempo c'erano state le vasche per la pedicure. Cinquantacinque metri quadrati con una parete confinante con il Vegas Ink.

Potrei buttare giù quella parete io stesso.

Un lento sorriso si fece largo sul mio volto, mitigato da una fitta di terrore attanaglia-budella. Eccola lì. La soluzione al mio problema con il fatto che il mercato di Las Vegas fosse una merda e il Vegas Ink fosse troppo piccolo.

Se comprassi entrambi... Se rinnovassi e ridecorassi...

«Fanculo,» mormorai.

Nah, sto bene così, grazie, rispose Jonah.

Proruppi in una risatina, che si trasformò in una gigantesca e sonora risata, e mi appoggiai alla vetrina ridendo come un idiota. Soprattutto perché potevo farlo.

Nelle due settimane da quando l'installazione era stata spostata da Las Vegas, ero riuscito finalmente a pensare a mio fratello senza sentire una martellata di dolore sconquassarmi il petto. Faceva ancora male. Avrebbe sempre fatto male. Ma mi ero epurato dalla velenosa afflizione e ciò che rimaneva era più pulito. Quel dolore aveva in sé una pace. Adesso riuscivo a *pensare* a Jonah. Avevo ritrovato tutto di lui, la sua voce, la sua risata, le sue stupide battute e il modo in cui trasformava sfere di vetro senza colore in dannati capolavori.

Jonah mi aveva dato il denaro per costruire un futuro. Mi aveva dato la sua benedizione per costruirlo assieme a Kacey. Aveva preso il vetro senza forma della mia vita e vi aveva soffiato dentro del potenziale. Della speranza. Adesso toccava a me concludere il lavoro.

Kacey stava vendendo la sua casa a New Orleans, stava dicendo addio ai suoi amici e stava tornando a Las Vegas per stare con me. Il contratto con la Sony era stato firmato. Avrebbe guadagnato più soldi in un mese di quanti ne avrei visti io in un anno. Il punto non erano i soldi. Non potevo battere la fiacca. Dovevo fare la cosa giusta per lei facendo la cosa giusta per me.

Dio, Jonah... È questo, vero? Ci sono proprio davanti, ci sto sbirciando dentro?

Nella mia mente, Jonah inarcò alla perfezione un sopracciglio, la sua mossa caratteristica.

Gli indizi puntano al sì.

* * *

Prima di poterci ripensare, mi diressi nell'ufficio di Gus e gli offrii di rilevare la sua attività. Un'ora più tardi, ne uscimmo stringendoci la mano, Gus con immagini delle spiagge del Belize che gli danzavano negli occhi. Mi presentò al personale come il proprietario de facto del Vegas Ink.

Gli altri ci fissarono per un istante, poi Edgar scoppiò a ridere. «Sì, certo. Buona questa, capo.»

Vivian, che era più vicina, ci squadrò entrambi. «No, dicono sul serio. Siete seri? Oh mio Dio.» Mi gettò le braccia al collo. «Davvero? Quando? Come?» Smise di saltare su e giù e mi lisciò la maglietta. «Scusa, *capo*. Insomma, adesso sei il mio capo, giusto? Lavoro ancora qui?»

«Lavori ancora qui, Viv. Sarei un pazzo a perdere chiunque di voi.»

Incrociai lo sguardo di Zelda. Mi rivolse un cenno con il capo, il sorriso tiepido ed eloquente.

Edgar mi diede una pacca sulla spalla e disse: «Congratulazioni, boss. Ci hai fatto un bello scherzo. Da quanto tempo lo progettavi?»

«All'incirca da un'ora,» dissi. «Ho intenzione di comprare il locale sfitto qui accanto, tirare giù qualche parete e rinnovare. Possiamo fare una grande riapertura per ottenere un nuovo giro di affari e per far entusiasmare i vecchi clienti per il nuovo look.»

«Geniale,» disse Vivian. «Dobbiamo festeggiare. Vado a prendere dello champagne. Per te va bene, Gus?»

Questi alzò le mani. «Per la miseria, offro io.»

«Boss,» disse Zelda, avanzando al mio fianco. Ci appoggiammo entrambi alla scrivania di Viv, tutti e due a braccia incrociate. «Che te ne pare?»

«Non fa schifo.»

Lei fece un sorrisetto. «Buon per te. Sono felice di non essere una che scommette. Avrei puntato dei soldi sul fatto che ti saresti trasferito a New Orleans.»

«Kacey si trasferisce qui. Sta preparando la casa per venderla.»

«Ragazza saggia,» disse Zelda. «Te lo meriti, sai. Lei. Questo posto. Tutto quanto. Ti sei fatto fin troppo il culo.»

«E tu che mi dici? Resterai? Ti eleggerò "impiegata del mese" per aver mandato quel messaggio a Kacey da parte mia quella sera a cena.»

Zelda si infilò una ciocca dei suoi lunghi capelli neri dietro l'orecchio. «Allettante, ma no. Ho già dato il preavviso, la prossima settimana andrò a New York.»

«La prossima settimana?»

«Lo avevo già detto a Gus. Ti avrei dato un preavviso maggiore se avessi saputo che eri un tale uomo d'affari.»

«Beh, cavolo, Zelda. Preferirei non avviare la mia attività senza una delle migliori artiste tra le postazioni.»

Lei alzò gli occhi al cielo. «Per favore. Il tuo servizio su *Inked* ti renderà famoso. Ma hai bisogno di una riapertura pazzesca.» Tamburellò le dita sul mento, con la fronte aggrottata. «Se solo potessi convincere una certa cantautrice in questo momento in testa alle classifiche indie a esibirsi per la tua grande inaugurazione...»

«Magari,» dissi. Le diedi un colpetto al gomito. «Mi mancherai, Z.»

«Già, già,» disse Zelda, sollevandosi di colpo dalla scrivania per dirigersi alla sua postazione. «Non fare il tenero con me, Fletcher. Gli addii sono già fin troppo difficili.»

CAPITOLO 41

Kacey

«Scatole a perdita d'occhio,» borbottai, in piedi al centro del mio salotto. Soffiai via un ciuffo di capelli sfuggito alla coda di cavallo. «Detesto traslocare.»

Ma amavo la persona *verso la quale* stavo traslocando.

Dopo appena una settimana sul mercato, avevo venduto la mia casa per novantatrémila dollari a una giovane donna che lavorava nel settore alberghiero. Il padre di Teddy ci aveva visto giusto, pur con i minimi rifacimenti che avevo eseguito, in soli pochi mesi aveva acquisito un discreto valore.

Sorrisi e mi diressi in cucina. Arricciai il naso, dato che sembrava che tutta la mia cucina fosse stata imbevuta di succo d'arancia. Nella ciotola sul ripiano c'era un'unica arancia solitaria che era andata a male, con una vaga ammaccatura verde e viola su un lato.

«Tu da sola fai tutta questa puzza?»

Gettai l'arancia nella spazzatura e controllai il calendario appeso al frigorifero. Mancavano solo quattro giorni prima del mio ritorno definitivo a Las Vegas. Quattro giorni prima di dover dire addio a Yvonne.

Sarà una sofferenza.

Quattro giorni, dopodiché io e Theo avremo potuto cominciare a costruire una vita insieme. Sorrisi al pensiero e alla stellina dorata che contrassegnava un altro giorno. Per la gioia e il giubilo degli Olsen, avevo firmato il contratto con la Sony senza la postilla del tour. A ripensarci, un piccolo brivido, un'eco del primo, grande brivido, mi percorse la schiena. Ero sul punto di avere la carriera che avevo sempre sognato, senza un massacrante tour che mi facesse essere sempre in viaggio o piena di alcol per rendere il tutto sopportabile.

Inclinai la testa di fronte al calendario, una pressante sensazione mi diceva che mancava qualcosa. Ricontrollai cosa vi avevo scritto.

Un promemoria di far rimuovere il mio nome dai contratti della luce e della TV via cavo. Il giorno in cui con tutta probabilità avremmo firmato l'atto di vendita. Una festa di addio con gli amici a Le Chacal. Nulla di strano.

Dove sono le mie piccole X rosse?

Da quando ero adolescente, avevo sempre tenuto traccia del mio ciclo segnandolo sul calendario con la penna rossa. Strappai via il calendario dal frigo e tornai indietro di una pagina. Rimasi a bocca aperta quando la vidi. L'ultima X rossa risaliva a quasi un mese e mezzo prima.

Sentii il sangue defluirmi dal volto. Ero stata così impegnata ed erano successe così tante cose che avevo proprio perso il conto.

«Oh, merda.»

Riesco a sentire tutti gli odori. Da quanto tempo succede?

«Oh. Merda.»

Il giorno prima mi ero risvegliata con un senso di nausea, ma avevo imputato il tutto al nervosismo per tutti quei "qualcosa di grosso" che si stavano verificando uno dopo l'altro nella mia vita.

Potrebbe essere un "qualcosa di grosso". Il "qualcosa di grosso" più grosso di tutti.

Girai su me stessa e mi diressi verso la finestra della cucina, e la spalancai con una forza tale che sbatté contro il telaio.

«Yvonne!»

«Sì, tesoro?»

«Sono in ritardo.»

«Per cosa?»

«Yvonne,» dissi, aggrappandomi al davanzale. «Sono *in ritardo*.»

La mia amica comparve alla finestra come un bersaglio in un poligono di tiro. «Quanto ritardo è questo ritardo?»

«Molto. Tre settimane.»

«Oh, merda.»

Feci un vago cenno di assenso. «Proprio quello che ho pensato io.»

Un'ora più tardi, mi ero portata tre diverse marche di test di gravidanza in bagno, le avevo prese tutte e tre e poi mi ero seduta sul divano stringendo la mano di Yvonne per dieci agonizzanti minuti. Il timer che avevo impostato sul mio telefono suonò ed entrambe facemmo un salto.

«Okay, ci sono.»

Feci per alzarmi. Ricaddi a sedere.

«Quasi,» commentò Yvonne.

Mi mordicchiai il labbro. «Ho paura.»

«Che possa essere positivo, tesoro?»

«Sì. E no.» Strinsi la sua mano con più forza. «Non lo so. Spero sia negativo, perché... *per la miseria*, sono pronta? Non sono pronta. Non credo di essere pronta. Non riesco nemmeno a ricordarmi di prendere una dannata pillola ogni mattina. Ma quando immagino che sia negativo...» Scossi il capo. «Mi rende un pochino triste. O forse... parecchio triste, a dire il vero.» Alzai lo sguardo verso di lei. «Ma come può essere negativo? *Ho un ritardo di tre settimane.*»

«Respira, dolcezza, respira,» disse Yvonne. «Vuoi che guardi io?»

Alzai gli occhi verso di lei. «Lo faresti?»

«Tesoro, sono un'infermiera. Do sempre notizie di questo tipo. Sarò estremamente professionale a prescindere dal risultato. Okay?»

Annuii e mi mordicchiai il pollice mentre Yvonne si dirigeva in bagno. Tornò in soggiorno tenendo i tre test di gravidanza, le cui finestrelle con il risultato erano nascoste sotto la sua mano. Il suo volto era imperscrutabile come la roccia.

Si posizionò in piedi di fronte a me. «Kacey Dawson...»

«Oh, Dio, cosa...»

«Tu...»

Yvonne mi gettò un test in grembo.

«Sei...»

Ne gettò un altro.

«Incinta.»

Gettò l'ultimo test, poi proruppe in un grido acuto e iniziò a saltellare sul posto. «Oh mio Dio, ragazza, sei incinta!»

«Yvonne,» dissi in parte piangendo e in parte ridendo, i test di gravidanza che mi rotolavano in grembo. «Questo sarebbe professionale? Ci ho *fatto pipì* sopra.»

Si lasciò cadere sul divano accanto a me ed esaminammo i test: uno aveva il segno di un più, un altro aveva due lineette e un altro diceva chiaro e tondo "incinta" sul display.

«Oh mio Dio.» Mi aggrappai alla mia amica per impedirmi di scivolare giù dal divano per il bizzarro miscuglio di paura totale e completa euforia che mi privò di ogni forza. «Avrò un bambino. Avrò il bambino di Teddy.»

«Puoi dirlo forte, dolcezza. Come pensi che reagirà lui?» Fece un'espressione severa, con il divertimento nello sguardo. «Se non sarà al colmo della gioia, posso presentargli di nuovo la mia mazza da baseball.»

«Non lo so, ma credo... Credo che sarà proprio così. Al colmo della gioia.»

Yvonne mi diede un abbraccio. «Lo credo anch'io.»

Io e Yvonne ci abbracciammo un altro po', piangemmo un altro po', e in seguito lei tornò a casa. Io mi accoccolai sul divano, muovendo la mano in circolo sopra lo stomaco. Ripensai a me e Teddy, e a come il nostro universo fosse appena diventato un po' più grande.

* * *

Due giorni più tardi dissi addio a tutti. Grant e Phoebe, Big E e Yvonne mi accompagnarono all'aeroporto.

«Mi sento come Dorothy che torna a Oz,» dissi, tirando a me gli Olsen.

«Non ti sbarazzerai di noi tanto facilmente,» disse Grant, gli occhi un po' umidi.

«Già, sei contrattualmente legata a noi,» aggiunse

Phoebe, abbracciandomi così forte che il mio naso si schiacciò contro la sua spalla ossuta. «Per la vita. *Per la vita.*»

«Dio, la fai sembrare come una condanna detentiva,» le borbottò Grant.

Scoppiai a ridere e sprofondai nel caldo abbraccio di Big E. «Grazie,» sussurrai contro la sua maglietta. «So che il tuo virile orgoglio di uomo non vuole sentirlo, ma te lo dico comunque. Niente di tutto questo... *niente* di tutto questo sarebbe successo se non fosse stato per te. Nessun contratto discografico, niente amici, niente Teddy... Diamine, avrei potuto non farcela.»

«Ce l'avresti fatta,» disse Big E. «Sei più tosta di quanto pensi. Ehi.» Mi diede un buffetto sul mento. «Non sparire nel nulla, eh. Né tu né Theo.»

Annuii, sul punto di piangere.

Yvonne.

Scoppiai in lacrime. Lei spalancò le braccia e io avanzai verso di lei, la strinsi forte e sussurrai: «Tu mi mancherai più di tutti.»

Lei rise e mi cullò da una parte all'altra. «Oh, tesoro. Anche a me. Ma anch'io mi trasferirei dall'altra parte del Paese per il tuo Teddy. Sprizza *sesso* da tutti i pori.»

Ridemmo insieme, e sapevo che Yvonne lo aveva progettato fin dall'inizio, per rendere sopportabile l'addio.

«Cosa farò senza di te?» dissi, strofinandomi il naso.

«Ti prenderai cura di quel bambino,» rispose lei. Tirò su con il naso e si ritrasse. «Adesso vai, prima che cambi idea e non ti lasci più partire.»

* * *

Scesi dall'aereo e mi diressi verso l'uscita, desiderando che Theo avesse potuto venirmi incontro al gate. Utilizzai il tempo extra per provare il discorsetto che avevo preparato durante tutto il volo, ripetendolo a oltranza nella mia testa finché non fu perfetto.

Individuai Theo ad aspettarmi al ritiro bagagli, splendido con una maglia a maniche lunghe blu scuro e dei jeans. Il cuore prese a martellarmi nelle orecchie.

«Ehi, tesoro,» disse, il sorriso ampio e caloroso. Mi strinse tra le sue braccia e mi diede un profondo bacio. «Dio, non posso crederci. Sei qui una volta per tutte. È stato il nostro ultimo volo avanti e indietro. Com'è andato?»

«Sono incinta.»

Theo mi fissò.

«Oh, merda,» dissi. «Avevo un discorso, ma poi ti ho visto e... È troppo in fretta, vero? Troppo in fretta e forse nel momento sbagliato, giusto? Voglio dire, tu hai appena comprato un'intera attività, e io dovrei lavorare a un nuovo album *per la Sony*, per l'amor del cielo, e per la miseria, succede questo...»

Theo sbatté le palpebre e abbassò lo sguardo verso di me. «Sei incinta?»

«Sì. È una follia, giusto? O... forse no?» Mi morsi il labbro, cercando di leggere la sua espressione. «Forse è... davvero fantastico?»

Lui non sembrò avermi sentito dopo il mio delicato esordio.

«Sei incinta,» sentenziò, e vidi che stava afferrando le mie parole, e che si stavano proiettando sul suo volto come il sorgere del sole. Il suo sorriso... oh Dio, non avevo mai visto nulla di più bello.

«Sei davvero... Avrai un bambino? Io... avrò un bambino?»

Mi asciugai una lacrima con la manica del maglione. «Sì, tesoro. Avremo un bambino.»

Qualunque dubbio su come avrebbe potuto reagire andò a farsi benedire. Mi sfuggì un gridolino quando Theo mi avvolse nel suo forte abbraccio, mi sollevò da terra e mi fece girare, e quando mi baciò, le lacrime salate che assaporai non erano mie.

* * *

Insistetti affinché vedessimo subito i suoi genitori. Non mi sembrava giusto trascorrere anche solo un altro secondo insieme senza spiegare a Beverly di noi.

«Sono nervosa,» dissi mentre ci dirigevamo verso la loro casa. «Penso che abbia paura che i ricordi di me e Jonah insieme non significhino ciò che lei credeva. E stiamo per avere un bambino. Si sentirà tradita.»

Theo annuì, preoccupato dai propri pensieri.

Gli presi la mano, staccandola dal volante. «Tuo padre sarà fiero di te. Come potrebbe non esserlo?»

«Troverà un modo.»

«Non stai pensando al bambino, vero? Forse è troppo presto o... interferisce con i tuoi piani...»

Theo mi fissò inorridito. «Dio, Kace, no. Sono così felice che tu sia... che noi siamo.» Eravamo giunti a un semaforo rosso, e lui si voltò sul suo sedile. «Ti amo.»

«Ti amo anch'io, ma...»

«No, voglio dire che ti amo e questo è quanto. Ti amo. Ti amo in qualunque modo tu sia. Niente vincoli né condizioni. Ti amo, fine della storia. Okay?»

Trattenni un sorriso. «Okay.»

Stava appena iniziando a calare il crepuscolo quando arrivammo a destinazione. Beverly ci aprì la porta, un'espressione cauta e guardinga sul volto.

«Ehi, mamma,» disse Theo.

«Theo, caro.» Aprì maggiormente la porta, e noi entrammo. «Volete qualcosa da bere?» domandò, percorrendo il salotto diretta in cucina. «Del tè, Kacey? Ho anche della camomilla.»

«No, grazie.»

Ci accomodammo sul divano. Beverly sedette nella sua poltrona reclinabile imbottita, le mani in grembo.

«Dov'è papà?» domandò Theo.

Beverly sospirò. «È in ufficio.»

La mascella di Theo si irrigidì. «Gli avevo detto che ci saremmo incontrati qui. Che volevamo parlare con entrambi.»

«Lo so, caro. Ha sentito da qualcuno della commissione urbanistica quello che hai fatto in centro. Hai comprato i due negozi.»

Theo si alzò in piedi. «Lo ha sentito da... Non vuole neanche sentirlo da me?»

«Teddy, siediti,» dissi con dolcezza, anche se mi si spezzò il cuore per lui. Conoscevo il dolore che gli corrugava il volto. La sua futilità.

«Mi dispiace, caro,» disse Beverly. «È così fermo sulle sue idee. Pensa che tu sia un artista incredibile, so che è così, ma...»

«Ma detesta i tatuaggi e questo è quanto. Tutta la mia vita, la mia carriera, il mio cazzo di *sogno* è solo qualcosa da cui vuole allontanarsi.»

Theo si sedette e si coprì gli occhi con una mano, facendo un respiro per stabilizzarsi. «Scusa, mamma. Non dovrei prendermela con te.» Guardò verso di me. «Diglielo tu. Io devo andare fuori a fare due passi.»

Mi alzai e lo abbracciai, poi lo baciai. «Torna presto. Ti amo.»

«Ti amo anch'io.» Si voltò e uscì, sbattendosi la

porta alle spalle. La casa tremò per l'impatto. Poi io e Beverly sedemmo nel silenzio che seguì.

«Sei innamorata,» disse lei infine. «È questo che sei venuta a dirmi?»

Annuii. «Sì.»

«Capisco.» Sfoggiò un sorriso triste e perplesso. «Capisco, ma non comprendo.»

«Detesto che tu ti senta in questo modo.»

«Che modo sarebbe? Vorrei che me lo dicessi, perché non so ciò che sento. Non so cosa sia vero.»

«Cosa intendi?»

«Sono confusa. Anziché sentirmi felice per te, o per lui, mi domando solo come sia possibile.» I suoi occhi si riempirono di lacrime e serrò le labbra per un istante, cercando di mantenere il controllo. «I miei migliori e più felici ricordi, quelli che mi impediscono di andare a fondo, sono quelli in cui tu hai reso Jonah felice. Come lo hai amato. Come lui fosse stato il tuo tutto. Era vero? O sono solo una sciocca vecchia che si aggrappa al nulla?»

«Dio, Beverly, ho amato Jonah con tutta me stessa. È stato vero. Ogni momento era vero.»

«Ma adesso provi lo stesso per Theo?» Scosse il capo. «Non vedo come questo sia possibile. Mi sento sporca a chiedertelo, ma ho bisogno di sapere, Kacey. Se Jonah dovesse entrare da quella porta in questo istante, tu cosa faresti?»

«Non posso rispondere a questo, Beverly,» dissi con dolcezza. «Perché Jonah non può entrare da quella porta.»

Beverly si afflosciò sulla poltrona, fissandomi con occhi sgranati e spaventati. «Lo so. Questo *lo so*, ma...»

«Ma ancora non lo senti,» dissi in modo gentile.

«Lo so. Era lo stesso per me. Per mesi dopo la morte di Jonah ho pianto affinché tornasse. Ho implorato e gridato e pregato e sperato e mi sono quasi ubriacata fino alla morte, *ho supplicato* che lui tornasse. Volevo così tanto credere che in qualche modo fosse possibile, perché l'alternativa era troppo orrenda per poter essere contemplata. Sobbalzavo ogni volta che sentivo bussare alla mia porta, sussultavo quando il telefono squillava. Quando camminavo scrutavo i visi tra la folla, e a volte mi ingannavo fino a pensare che Jonah fosse proprio accanto a me. Non dovevo fare altro che girare la testa e guardare.»

Beverly annuì. «Lo faccio anch'io. Ogni giorno. Ma lui non c'è mai.»

«No,» dissi. «Lui non c'è. Le porte non si aprivano mai, quando squillava il telefono all'altro capo non c'era mai lui. Alla fine, ho smesso di aspettarmelo. Non è stato come premere un interruttore. È stato un viaggio lento e agonizzante sino al momento in cui mi sono resa conto che lui non sarebbe mai tornato. L'ho accettato. E una volta accettato, è sparito. Ero libera. Non libera dall'amore che c'era stato tra noi. Quello lo porterò con me per sempre. Lo amerò per sempre. Ma libera di ricominciare da capo. Un nuovo capitolo.»

«Con Theo,» disse lei. «Come...»

«Non lo so,» risposi. «Poco alla volta. Tra millecinquecento miglia e un migliaio di telefonate. Nessuno dei due se lo aspettava. Nessuno dei due lo ha cercato. Ho passato così tanti giorni oscuri in cui pensavo che non avrei mai più potuto amare. Ma Jonah mi aveva detto che lo avrei fatto. E l'ho fatto. Solo che non avrei mai pensato che sarebbe stato Teddy.» Sorrisi. «Ma adesso penso che non avrebbe potuto essere nessun altro tranne lui.»

Mi alzai dal divano e mi inginocchiai di fronte a lei, prendendole le mani tremanti tra le mie.

«Sono la donna più fortunata del mondo per aver conosciuto l'amore di due uomini straordinari. E spero che la felicità di Theo possa portarti la stessa gioia che ti ha portato quella di Jonah. Anche lui è tuo figlio. E lo amo. È diverso, ma del resto anch'io sono diversa dopo aver conosciuto Jonah. Lui mi ha mostrato cosa significa amare con tutto te stesso.»

Beverly sollevò il capo. «E tu ami Theo.»

«È così,» dissi. «Sono totalmente e completamente innamorata di Theo. Lui mi ama. E...» Deglutii a fatica. «Avremo un bambino.»

Si appoggiò allo schienale della poltrona, fissandomi.

«Non avevamo pianificato neanche questo, ma è successo. Ne siamo entrambi davvero felici e spero...» Le lacrime mi risalirono agli occhi e si riversarono fuori. «Spero che possa esserlo anche tu.»

Beverly mi fissò per un altro istante, poi si portò le mani al petto e iniziò a ridere. Grosse risate tremanti, con le lacrime che le scivolavano lungo le guance. Mi fece un cenno con un dito, poi si chinò in avanti e mi prese il volto tra le mani.

«Oh, dolcezza. Tesoro, sì, certo che sono felice. È la cosa più meravigliosa che abbia mai sentito.»

Mi attirò a sé e mi strinse forte, piangendo in modo sommesso. Accarezzandomi i capelli con una carezza materna che non sentivo da anni.

Una piccola speranza si accese e prese fuoco nel mio cuore.

Forse anche mia mamma potrebbe pensarlo.

CAPITOLO 42
Theo

Dena mi mandò un messaggio. *Non mangio il panino di segale con pastrami di Sully da secoli. Ci vediamo lì a mezzogiorno?*

Diedi un colpetto a Kacey, che era ancora raggomitolata nel mio letto e dormiva.

«Dena vuole incontrarci da Sully per pranzo.»

«Da Sully?»

«È una sala da biliardo che eravamo soliti frequentare al college. Hanno dei panini da urlo. Il loro panino di segale con pastrami...»

«Fermati. Non ce la faccio,» disse Kacey. «Sono stanchissima senza motivo e se dici pastrami un'altra volta finirò per vomitare. Ma tu vai. Divertiti.»

Notai un sorrisetto sulle sue labbra mentre mi chinavo per salutarla con un bacio.

Era un'assonnata domenica pomeriggio e la sala da biliardo era quasi deserta. Johnny Cash risuonava da un jukebox mentre una mezza dozzina di clienti si godeva una birra al bar o vicino al biliardo. Trovai un tavolo vuoto e feci qualche tiro mentre aspettavo Dena.

Presi la mira per un colpo, mi piegai in avanti e mossi la stecca tra le dita, quando qualcuno la trattenne da dietro di me.

«Che diavolo...»

Mi voltai.

«Ho ricevuto un messaggio da Dena,» disse Oscar, guardandomi torvo. «Diceva di aver voglia di un sandwich di pastrami.»

«Ho ricevuto lo stesso messaggio,» dissi. «Tua moglie è una burattinaia.»

Oscar fece un verso che avrebbe potuto essere una risata. «Tu schieri le palle, io spacco?»

«Certo.»

Giocammo una partita a palla otto, senza dire una parola tranne che per chiamare i colpi, riabituandoci di nuovo alla presenza l'uno dell'altro dopo settimane di silenzio.

«Non vengo qui da un po',» disse Oscar alla fine della partita. Sfregò il cubetto di gesso blu sopra la punta della sua stecca. «Dai tempi dell'università, giusto? Prima che Jonah andasse alla Carnegie.»

«Credo di sì,» dissi. «Birra?»

«Perché no?»

Ne chiesi due con un cenno al barista mentre Oscar si chinava sopra il tavolo e prendeva la mira, la stecca che scivolava indietro e avanti nella piega del suo pollice. Fece scattare la stecca in avanti e mandò dentro la palla gialla numero uno con un sonoro tonfo.

«Bel tiro,» dissi.

«Ricordi quella notte?» disse Oscar, preparandosi al tiro successivo. «Jonah aveva colpito la bianca così forte mirando alla palla otto, che era rimbalzata sull'altro tavolo e aveva buttato dentro la *loro* otto?» Ridacchiò. «È stato epico, cazzo.»

«Poi ha detto che contava perché l'aveva chiamata,» risposi, ridendo.

«Sì, è vero.» Oscar adocchiò il suo colpo successivo, poi il suo sguardo si spostò verso di me. Indietreggiò dal tavolo con un sospiro. «Mi dispiace, amico. Tutte quelle stronzate che ti ho detto. Erano fuori luogo.»

Sentii un nodo di tensione sciogliersi dentro di me. «Tranquillo. So perché lo hai detto.»

«Per Jonah,» rispose lui. «Non conoscevo granché bene Kacey, tranne per averla vista assieme a lui. Nella mia mente... lei era quello. Era lì per lui. So che è ingiusto nei suoi confronti, e nei tuoi, ma lui era così dannatamente felice, sai.» Oscar mi guardò. «Ma adesso *tu* sei così dannatamente felice.» Mi scoccò il suo sorriso tipico. «È quasi imbarazzante.»

«Davvero?»

«Sarei uno stronzo a restare arrabbiato, giusto?»

«Il più grosso.»

Oscar emise una risata e fece il giro del tavolo. Ci demmo un mezzo abbraccio, assestandoci a vicenda una pacca sulla schiena.

«Ti voglio bene, amico,» disse Oscar.

«Anch'io,» dissi, accomodandomi a uno dei tavolini rotondi contro il muro.

Lui tornò al tavolo da biliardo, scrutando la palla otto accanto alla buca all'angolo destro. La bianca era in mezzo al tavolo, un colpo semplice e agevole. «Imbucherò questa piccola bastarda per la vittoria.»

«Quindi siamo a posto, amico?» domandai.

Oscar si chinò sopra il tavolo, la stecca posata sul dorso della mano. «Sì, siamo a posto.»

Iniziò a preparare il colpo.

«Ne sei sicuro?» dissi a voce alta.

Lui mi scoccò un'occhiata. «Ho detto di sì. Non mi credi?»

«Ti credo.»

«Allora chiudi il becco e lasciami fare questo tiro.»

Tirò indietro la stecca e proprio mentre la faceva scattare in avanti dissi: «Kacey è incinta.»

La stecca strusciò contro il feltro e mandò la bianca di lato, dritta dentro la buca.

«Fallo,» dissi, e sorseggiai la mia birra per nascondere un sorriso. «Partita finita.»

Gli occhi di Oscar si sgranarono per lo shock, poi, con mio estremo stupore, iniziarono a brillare per le lacrime.

«Cavolo, ehi, non diventare un tenerone adesso,» dissi, lanciandogli un tovagliolino da cocktail.

«Brutto bastardo,» disse, asciugandosi gli occhi, dopodiché scoppiò a ridere. «Vuoi sapere se ne sono sicuro? Adesso *so* di esserne sicuro. Sono così felice per te che sto *piangendo*, cazzo.»

Dovetti sbattere le palpebre per evitare di fare lo stesso. «Grazie, amico.»

Lui si lasciò cadere sulla sedia di fronte alla mia al tavolo. «Di quanto è?»

«Non molto. Forse sei settimane. Ha un appuntamento con un medico tra un paio di giorni.»

Oscar scosse il capo, emettendo un fischio basso tra i denti. «I tuoi genitori lo sanno?»

«Mia madre è felice. Anche lei non era entusiasta di me e Kacey, ma credo che questa notizia l'abbia aiutata ad accettare che stiamo facendo sul serio.»

«E tuo padre?»

Feci spallucce. «Una diversa inclinazione delle sue solite stronzate. Ho comprato una nuova attività in un mercato di merda e adesso ho un figlio in arrivo a cui provvedere. Una responsabilità che le mie pessime scelte di carriera manderanno a puttane, non rendendomi in grado di provvedere alla mia famiglia.» Scossi la testa. «Porca miseria, la mia famiglia.»

Oscar scoppiò a ridere. «La faccenda si è appena fatta seria.»

«Si fa via via sempre più seria a ogni istante.»

«Non puoi preoccuparti di ciò che pensa tuo padre. Potrebbe cambiare idea, oppure no. Potrebbe aver bisogno di tenere il suo nipotino tra le braccia per ricevere un calcio in culo.»

«Forse.»

«Oh Cristo, l'espressione sul tuo volto,» disse Oscar, scuotendo la testa. «Pietosa. Dannazione, amico, non ti ho mai visto così. Sei incredibilmente, straordinariamente rincitrullito, al cento percento.»

«Ho visto come sei rincitrullito tu per via di Dena e mi sono ingelosito.»

Oscar gettò la testa all'indietro, ridendo. Fece tintinnare la sua bottiglia di birra con la mia. «Benvenuto nel club.»

* * *

Tornai a casa nostra convinto che il sorriso sul mio volto dovesse essere permanente. Infilai la chiave nella serratura, e il mio sorriso si allargò sapendo che dentro c'era Kacey.

Era seduta sul divano, la schiena rivolta verso di me, anche se vedevo il cellulare che teneva inerte in mano.

«Ehi, tesoro,» dissi, avanzando per sedere accanto a lei. «Tutto bene?»

«Non proprio,» rispose, la voce gonfia di lacrime.

«Ehi.» Con delicatezza la feci voltare affinché mi

guardasse, e le scostai i capelli dagli occhi. «Che succede?»

«Voglio vedere i miei genitori.»

«Okay,» dissi lentamente.

«Non avevo più intenzione di parlare con loro. Ma adesso che stiamo per avere un bambino, sento che è un'altra occasione per provare. Per avere me nella loro vita. E te. E il loro nipotino.»

Si appoggiò a me e la cinsi con le braccia. «Sei sicura?» domandai.

«No. Una parte di me pensa che sia l'idea peggiore al mondo. Ma l'altra metà non riesce a immaginare di *non* dirglielo. Far passare anni e anni senza che sappiano di essere nonni?» Scosse il capo. «Non mi sembra giusto.»

È probabile che non gliene freghi un cazzo neanche di questo.

Kacey tirò su con il naso e si drizzò a sedere, i suoi occhi luminosi pieni in egual modo di speranza e paura. «Tua madre è stata così splendida al riguardo. Mi ha trattata come se fossi la sua stessa figlia, e voglio lo stesso da mia madre e mio padre. Devo farlo. Per l'ultima volta. Se ancora non mi vorranno con un nipotino in arrivo, allora sarà finita sul serio.» Fece un respiro pesante, deprimente. «Sono folle a rischiare di nuovo?»

Non sapevo cosa risponderle. Non era folle, ma l'ultima cosa che volevo era che venisse ferita. Volevo proteggerla dall'ennesimo rifiuto di quel coglione di suo padre.

Ma ci sta provando, pensai, stringendola forte. *Si sta facendo avanti ancora una volta, sta mettendo tutte le sue fiche sul piatto. Proprio come ha fatto con me, dopo Jonah.*

Le asciugai le lacrime con il dorso della mano. «Sei

coraggiosa, cazzo. Se ti volteranno ancora le spalle, allora saranno loro a perderci, e a fanculo per sempre.»

Kacey tirò su con il naso e fece una risatina. «Prometti di non prendere a pugni mio padre se si rivela uno stronzo.»

«Farò del mio meglio.»

«Ti amo, Teddy,» mormorò contro il mio petto. «Sarò orgogliosa di presentarti a loro. Amo questo bambino e la vita che siamo costruendo. Voglio che i miei genitori ne facciano parte.»

«Anch'io, Kacey,» dissi baciandola sopra la testa. «Più di ogni altra cosa, lo voglio per te.»

CAPITOLO 43
Theo

Volammo a San Diego il pomeriggio seguente, affittammo un'auto e ci dirigemmo fino a Mission Hills, dove vivevano i Dawson.

«Quella lì,» disse Kacey, allentando la presa mortale sulla mia mano per indicare una casa a due piani blu con le finiture bianche. Nel vialetto era parcheggiata una Subaru verde.

«Déjà-vu,» mormorò Kacey. «È questo che abbiamo fatto io e Jonah quando siamo venuti qui. Abbiamo piantonato la casa dalla nostra auto a noleggio e li abbiamo guardati uscire e andarsene.»

«Non li hai fermati?»

Scosse il capo, gli occhi sulla casa. «Sembravano troppo felici. Non volevo rovinare tutto. Siamo rimasti in auto, e loro si sono allontanati con la loro.»

«Non lo hanno mai conosciuto,» dissi.

Lei scrollò la testa, con un sorriso triste. «Lo rimpiangevo,» rispose. «Adesso credo che abbia avuto senso. Credo che forse quel giorno io e Jonah non siamo scesi dall'auto perché io e lui... avevamo una splendida breve parentesi di tempo, una manciata di mesi. E poi basta. Ma tu, Teddy. Tu sei l'uomo che presenterò ai miei genitori. Sei il mio per sempre. È per questo che oggi scenderemo dall'auto.»

Sostenni il suo sguardo per un istante, poi mi sporsi dal sedile per prenderle il viso tra le mani e baciarla.

«Amo quanto coraggiosa tu sia,» sussurrai contro le sue labbra.

«Coraggiosa? Guarda qua.» Protese le mani tremanti.

«Quando ti senti pronta. Dimmi tu quando.»

Sentii il suo corpo distendersi e contrarsi in un profondo sospiro. «Ora o mai più.»

Uscimmo dall'auto, ma lei si limitò solo a chiudere la portiera.

«Dio,» sussurrò. «E se non mi accettassero?»

Il mio cuore si incrinò di fronte a quella domanda. «Allora peggio per loro, tesoro. Okay?»

Lei annuì e chiamò a raccolta un sorriso. Ci dirigemmo verso la porta d'ingresso, Kacey che stringeva la mia mano con forza. Si allungò verso il campanello, chiuse gli occhi, strizzandoli, e premette. Dall'interno risuonò lo squillo, e lei si fece più vicina a me.

Rumore di passi, una serratura che scattava, poi una donna di una sessantina di anni aprì la porta. Capelli castani con qualche striatura grigia, lunghi fino alle spalle e con la frangetta. Sulle labbra esibì per un istante quel sorriso educato che si sfoggiava quando si andava ad aprire la porta, prima che la comprensione di chi aveva di fronte si facesse strada nei suoi occhi grigi.

E il sorriso cadde come una maschera, lasciandosi dietro puro shock e persino una punta di timore. Niente gioia. Niente sorpresa. Niente amore.

Maledetta, pensai, con il cuore che si spezzava

ancora. La mano di Kacey nella mia si fece fiacca, e osservai la mia ragazza coraggiosa sforzarsi di sorridere nella sofferenza.

«Ciao, mamma.»

CAPITOLO 44

Kacey

Contai i secondi che trascorsero tra il mio "ciao, mamma" e la risposta di mia madre. Arrivai a otto, prima che lei sbattesse le palpebre come se si fosse risvegliata da una trance. La sua mano andò a stringere i bottoni del suo cardigan. Avrei voluto che entrambe le sue mani si protendessero verso di me come faceva quando ero piccola e mio padre non era nei paraggi. Avrei voluto lanciarmi tra le sue braccia, stringerla e inspirare il suo odore.

«Cassie,» sussurrò. Per un breve istante, i suoi occhi si fecero lucidi e un sorriso sconvolto le piegò le labbra. Sentii librarsi le mie speranze, ma poi lei scosse appena il capo, ricomponendosi. «Che ci fai qui?»

«Che ci...» ripetei come una sciocca, la speranza che mi abbandonava del tutto.

Sono tua figlia. Ecco cosa ci faccio qui.

Sentii la mano di Theo stringere la mia, e mi sentii più salda. Più presente.

Resta qui.

«È passato molto tempo, mamma. Sono venuta a

trovare te e papà. Questo è il mio ragazzo, Theo. Theo, questa è Linda. Mia madre.»

Gli occhi di mia madre saettarono verso Theo, che era accanto a me con la sua solita t-shirt scura e i jeans. Notò i suoi muscoli, i suoi tatuaggi, la barba non rasata, e la vidi serrare la mano con più forza sul maglione.

«Piacere di conoscerla, signora Dawson,» disse Theo, il tono piatto e asciutto come il deserto. Non protese la mano perché lei gliela stringesse, forse intuendo, e a ragione, che mia madre non lo avrebbe fatto.

«Possiamo entrare?» domandai, detestando il fatto di doverlo chiedere.

Mia madre diede un'occhiata alle sue spalle e poi di nuovo verso di noi. «Adesso? Non saprei...»

Serrai i denti con tanta forza che pensai si sarebbero spezzati, inspirai dal naso per calmarmi, per risucchiare coraggio e stabilità dall'aria salata.

«Mamma,» dissi. «Non vedo né te né papà da quasi sette anni. Avete smesso di rispondere alle mie chiamate quasi un anno fa. Ho bisogno di vedervi. Siete i miei genitori. E io sono vostra figlia. Sono la *vostra... bambina*.»

La mia voce iniziò a spezzarsi, e trassi un respiro tranquillizzante. Mia madre aveva fatto tutto ciò che mio padre le aveva detto per ventiquattro anni. Adesso sarebbe stata ad ascoltare me.

«Mi farai entrare e parleremo per un po'. Io, te, Theo e papà. In questo momento.»

Mia madre mi fissò per un altro istante, dopodiché, con movimenti scattosi e nervosi, spalancò la porta e si fece da parte per lasciarci entrare.

Theo diede un'altra stretta alla mia mano, e io alzai lo sguardo e vidi orgoglio nei suoi occhi. Mi sentii sostenuta con quella sola occhiata. Mi diede il coraggio di mettere piede dentro la casa della mia infanzia per la prima volta in sette anni.

I ricordi mi assalirono da tutti i fronti, trasportati da correnti di suoni e odori. Cannella calda, la colonia di mio padre, il piccolo cestino di pot-pourri che mia madre metteva in ogni stanza. I mobili non erano cambiati. La carta da parati nell'ingresso era dello stesso bianco con fiorellini blu, e riuscivo ancora a vedere i segni a matita dove mia madre mi aveva misurato l'altezza mentre crescevo. La luce del sole del tardo pomeriggio penetrava dall'ampia finestra a bovindo nella sala da pranzo, infrangendosi contro il vecchio tavolo in noce.

«Facevo sempre i compiti lì,» mormorai. «Ero una brava studentessa, vero, mamma?»

«Sì, lo eri,» disse lei con la sua voce incostante, facendoci strada verso il salotto. «Tutti dieci.»

Ci scambiammo un'occhiata, e avrei giurato di aver notato una piccola incrinatura in qualunque armatura credesse di dover indossare contro di me.

«Papà è in casa?» domandai, la gola che mi si faceva secca.

«È nello studio,» disse, poi guardò Theo. «Cassie, tuo...»

«È Kacey, mamma,» dissi. «Non sono più Cassie da quando avevo sedici anni.»

Mosse la testa su e giù. «Kacey. Tuo padre...»

La sua voce risuonò alle mie spalle. «Chi c'è?»

Mi rifugiai contro il forte corpo di Theo mentre il cuore mi precipitava fino alle ginocchia.

Papà...

Mi salirono le lacrime agli occhi mentre mi voltavo. Mio padre sembrava più o meno lo stesso di quando io e

Jonah lo avevamo osservato dall'altra parte della strada. Alto, un po' ricurvo, con una pancia pronunciata su una figura minuta e una testa piena di capelli argentei. I suoi occhi erano dello stesso blu dei miei. Si puntarono su di me, poi su Theo, sgranandosi per lo shock solo per un istante. Jim Dawson non era il tipo che si faceva prendere in contropiede. Mai. Esibì un'espressione neutra e incrociò le braccia sopra il petto.

«Ciao, papà,» dissi, la voce un fremito sussurrato. «È bello vederti.»

«Certo,» disse lui, come se avessi posto una domanda. Spostò il suo sguardo glaciale su Theo. «Questo chi è?»

Di nuovo, Theo non protese la mano, lo sguardo duro. «Theo Fletcher,» disse. «Sono il ragazzo di Kacey.» Fece suonare la parola "ragazzo" come un avvertimento.

Chiamai di nuovo a raccolta il mio coraggio. «Possiamo sederci, papà? C'è una cosa che vorremmo dire a entrambi.»

«Vuoi dei soldi?» chiese mio padre. «Perché posso dirti fin da subito...»

«Non vogliamo dei soldi,» dissi. «Per favore, papà. Sono passati sette anni. Possiamo semplicemente sederci e parlare per un minuto?»

Mio padre ci rifletté, e io scrutai il suo volto in cerca di un qualunque segno di calore o affetto, rimorso o senso di colpa. Ma se stava provando qualcosa, a parte un freddo sdegno, lo stava tenendo ben chiuso dentro di sé.

«D'accordo,» disse infine. «Ma non per molto. Ho del lavoro da fare.»

Come una hostess alla cena più imbarazzante del mondo, mia madre ci fece strada in salotto. Mio padre si impossessò del divano, sedendosi proprio al centro e precludendo a chiunque di sedersi accanto a lui. Rimasero solo due poltrone dallo schienale alto per i tre rimanenti.

«Oh,» disse mia madre, guardandosi intorno quasi nel panico. «Prendo una sedia dalla sala da pranzo...»

«Io rimango in piedi,» disse Theo, e prese posizione dietro la mia sedia, a braccia incrociate come una sentinella o una guardia del corpo. Mia madre si sedette, mettendosi le mani ben strette in grembo. Mio padre si appoggiò allo schienale, le mani posate sulle cosce, il mento sollevato e la bocca incurvata verso il basso, in attesa.

Quell'istante si dispiegò di fronte a me. Probabilmente la mia ultima occasione per una qualche speranza di riconciliazione. Dietro di me, Theo si mosse, ricordandomi che lui era lì, che sarebbe sempre stato lì per me. Trassi un respiro.

«Sono successe molte cose in questi ultimi anni, dall'ultima volta che ci siamo visti. E non vi mentirò, ho passato dei momenti molto duri. Momenti in cui avrei avuto bisogno di voi. Di entrambi.»

Mia madre sedeva perfettamente immobile, ma i suoi occhi si chiusero per un istante, come se stesse soffrendo.

Mio padre in compenso strinse le labbra e parve indurirsi ancora di più di fronte ai miei occhi. «Avresti dovuto pensarci prima di infrangere le regole di questa casa,» disse.

La mano di Theo mi sfiorò la schiena. Io deglutii a fatica e dissi: «Ritengo, papà, di aver pagato per quell'errore almeno un milione di volte.»

Mi sovvennero di nuovo le settimane trascorse da vagabonda dopo che Chett mi aveva piantata. I mesi e gli anni a tirare avanti assieme a Lola. Dopodiché, la confusa foschia alcolica di infiniti piccoli concerti tenuti con le Rapid Confession, cercando di farci strada. Buttargli addosso tutto quello non mi avrebbe portata da nessuna parte. Se avevamo una possibilità era quel momento, proprio in quell'istante.

«Ho superato tutto,» dissi. «Ho imparato a cavarmela da sola. Ho una carriera di successo come musicista. Non con una band, ma come solista. E Theo...» Sollevai la mano e la feci scivolare nella sua. «Theo è un tatuatore e possiede una sua attività. Viviamo a Las Vegas. E stiamo mettendo su famiglia.»

La testa di mia madre scattò verso l'alto, e lei sussultò. «Stai per avere un bambino?»

A quelle parole mi vennero le lacrime. Mi infondevano gioia ogni volta che le sentivo pronunciare ad alta voce. Una gioia che sarebbe potuta penetrare in quel salotto, sommergere quella casa e abbatterne le pareti. Poteva. Doveva farlo. Come poteva esserci ancora dell'animosità o del rancore di fronte all'arrivo di un bambino?

«Sì, mamma,» dissi. La mia mano si serrò attorno a quella di Theo. «Stiamo per avere un bambino, ed è per questo che sono qui. Io voglio... *Noi* vogliamo che voi facciate parte delle nostre vite. E della vita di questo bambino. È vostro nipote. Non mi interessa ciò che è stato in passato. Voglio ricominciare da capo, okay? Un nuovo inizio come una famiglia.»

Gli occhi di mia madre si riempirono di lacrime e lei iniziò ad annuire. L'emozione mi salì nel petto e in gola, mentre lei si chinava in avanti sulla poltrona, la mano sopra il cuore. La speranza illuminava il suo sguardo in un modo che non avevo mai visto prima.

«Oh, Cassie,» sussurrò.

Le sue parole fluttuarono nell'aria immobile, come bolle.

E mio padre le fece scoppiare a una a una.

«Una musicista e un tatuatore,» disse. «E pensi che queste siano carriere valide e solide con cui crescere un figlio?»

«Ho firmato con un'etichetta discografica, papà,» dissi lentamente, cauta, aggrappandomi alla felicità. «Non suono nei localini per cinquanta dollari a sera. Non più. E Teddy è un artista. È stato inserito in...»

«L'industria musicale è piena di droga,» disse mio padre con un gesto di sufficienza. «E sono i criminali a farsi tatuare. È questa la realtà. Vuoi far stare tuo figlio a contatto con quel genere di elementi?»

«Non è così...»

«Sai cosa vedo?» domandò mio padre. «Vedo che nulla è cambiato. Non una sola, dannata cosa. Ti comporti da ribelle da tutta la vita. Giochi a fare la rockstar, ti porti a letto lo stesso genere di uomini.»

«Non è vero. Teddy è...»

«E adesso vieni qui a dirmi che ti sei fatta mettere incinta da un deviato pieno di tatuaggi,» disse accennando verso Theo, «e ti aspetti che sia al colmo della gioia?»

Mi ritrassi come se fossi stata presa a schiaffi. Theo fece un verso basso, di petto. Il calore della sua rabbia crescente si irradiava dalle dita che stringevano le mie. Mi ci aggrappai, e per la prima volta nella mia vita restituii il colpo.

«Chiedi scusa,» dissi con una voce bassa che a malapena riconobbi.

Mio padre sbatté le palpebre. «Stai dicendo a me?»

«Dannazione, ti conviene chiedere scusa,» dissi, alzando la voce. «Un *deviato*? Lui è due volte più uomo di te. Sei *tu* il deviato. Sei un figlio di puttana senza cuore che ha cacciato di casa una ragazzina di diciassette anni perché vedi solo ciò che vuoi vedere. Se le cose non ti sembrano giuste, se le persone non hanno il giusto aspetto, ti sbarazzi di loro. Ma io sono ancora qui, papà. Sono proprio qui. Sono *proprio... qui.*»

Mio padre mi fissò per un istante, poi si alzò dal divano. «Questa *visita* si conclude qui.»

Balzai in piedi. «Che *problema* hai?» gridai. «Perché sei così? Cosa ti ho mai fatto?» Mi voltai verso mia madre, stavolta piangendo. «E tu... Perché resti seduta lì così, mamma? Di' qualcosa.»

Lei tremò, lo sguardo che saettava da me a mio padre.

«*Di' qualcosa*,» implorai. Theo si spostò alle mie spalle mentre io guardavo prima un genitore, poi l'altro.

«Dimmi di nuovo di andarmene, papà,» dissi. «Avanti. Non mi vedrai mai più, te lo prometto, ma voglio sentirtelo dire.»

Mio padre sostenne il mio sguardo per un istante e io lo ricambiai, risoluta.

In attesa.

Speranzosa...

Infine, lui scosse il capo, borbottò qualcosa tra sé e sé e se ne andò.

Sospirai, fissando il posto vuoto in cui era stato seduto.

«Molto bene,» dissi. Voltai passivamente il capo verso mia madre. «Addio, mamma,» dissi, la voce un sussurro.

Con calma, con il braccio di Theo attorno a me, uscii dalla casa della mia infanzia per l'ultima volta.

CAPITOLO 45
Theo

Non riuscii ad andare oltre il portico.

«Fanculo,» borbottai, voltandomi per riaprire la porta d'ingresso. La madre di Kacey fece un gridolino quando la superai come una furia, diretto verso la parte posteriore della casa, dove avevo visto dirigersi quel bastardo del padre di Kacey. Lo individuai seduto in poltrona in quello che sembrava uno studio. Spalancai la porta con tanta forza che sbatté contro la parete e rimbalzò all'indietro.

Il padre di Kacey si alzò di scatto dalla poltrona. «Ora chiamo la polizia.»

«Ci scommetto che lo farebbe,» dissi. Il sangue mi rimbombava nelle orecchie e l'adrenalina mi scorreva nelle vene come fuoco liquido. «Chiamerebbe i poliziotti per far arrestare la sua stessa figlia.»

Lui scosse il capo, come se gli stessi raccontando una storia che aveva già sentito un centinaio di volte prima. «Giovanotto, esci da casa mia. Non ho né il tempo né la disposizione d'animo per queste assurdità.»

«Assurdità,» dissi. «La felicità della sua unica figlia per lei è un'assurdità.» Scossi il capo. «Non ha la benché minima idea di cosa sta facendo. Di cosa sta gettando via. E la cosa davvero folle è che Kacey *le vuole bene*. Sua figlia è qui. Ci sta provando, e a lei non frega un cazzo.»

Il padre di Kacey mi fissò, impassibile. «Hai finito?»

«No, non ho finito,» dissi. «Ho intenzione di sposarla. Avrà un matrimonio che lei non vedrà. Qualcun altro la accompagnerà all'altare perché lei ha la testa ficcata troppo su per il culo per farlo. Avremo un bambino che lei non conoscerà mai, e avremo una vita di cui non farà mai parte perché ha *scelto* lei di non farlo.

«Ma al diavolo, Kacey non ha bisogno di lei. Non è venuta qui per implorare il suo merdoso amore. Mi prenderò cura io di Kacey. Lei non deve fare niente, non che lo abbia mai fatto prima. Le darò io amore sufficiente. Le darò tanto di quell'amore che non dovrà mai desiderarne. Passerò tutta la mia vita ad amarla e a renderla felice. E *sarà* felice. Magari dovrà convivere con il fatto che lei è un figlio di puttana senza cuore, ma almeno avrà la coscienza pulita. Non posso dire lo stesso per lei.»

Mi voltai e quasi mi scontrai con la madre di Kacey, il volto affranto, le mani alla gola. Avrei voluto lanciare fuoco anche contro di lei, ma sembrava pronta a crollare a terra alla minima spinta. Scossi il capo, disgustato dal suo silenzio, e uscii di casa.

Kacey mi stava aspettando sul portico.

«Non ho mai sentito nessuno prima d'ora dire a mio padre che ha la testa ficcata su per il culo.»

Mi fermai di colpo.

«La finestra dello studio affaccia sul lato della casa,» disse. «Ho sentito tutto. Ma hai mantenuto la tua promessa e non lo hai preso a pugni in faccia.»

«Ci è mancato poco.» La aiutai a rialzarsi in piedi. «Mi dispiace, Kace. Probabilmente non servirà a nulla, ma dovevo dirglielo.»

«Forse no, ma era tutto ciò che avevo bisogno di sentire, altrimenti sarei uscita di testa, proprio qui sul portico.» Mi cinse il collo con le braccia. «Tutto ciò che avevo bisogno di sentire.»

Oh merda.

Scrutò i miei occhi per un istante, poi spinse la testa sotto il mio mento come aveva fatto quando avevamo ballato al matrimonio di Oscar e Dena. «Mi stai facendo la proposta, Teddy?»

Il mio vecchio istinto riemerse, avvertendomi di chiudere il becco, di nascondere ciò che provavo. Invece, le dissi la verità.

«Non qui, non dopo questo. Ma un giorno... lo farò. Perché non c'è niente a questo cazzo di mondo che voglia di più che tu diventi mia moglie.»

«Vuoi sposarmi,» sospirò, e sentii la tensione sciogliersi dalle sue spalle.

«Voglio sposarti,» sussurrai contro la sua testa.

«Ma questa non è una proposta,» disse contro il mio petto.

«Decisamente no.»

«Allora non sto dicendo di sì.» Sollevò la testa per guardarmi, il blu dei suoi occhi che brillava come il vetro più puro. «Decisamente non sto,» sfiorò le mie labbra con le sue, «dicendo di sì.»

Ci incamminammo lungo il marciapiede, e io aprii lo sportello del passeggero dell'auto a noleggio per lei.

Quando la richiusi e mi voltai, intravidi con lo sguardo la madre di Kacey in piedi alla finestra. Sollevò la mano come per salutare, ma si limitò a posare le dita sul vetro, lo sguardo puntato sull'automobile.

Mi beccò a fissarla, ritrasse la mano come se il vetro bruciasse e lasciò ricadere la tenda sulla finestra.

CAPITOLO 46
Kacey

«Quindi fammi capire,» disse Dena. «Dobbiamo organizzare un matrimonio *e* un baby shower?»

«Teddy non mi ha fatto la proposta,» dissi, infilzando una forchettata di insalata. Eravamo sedute nella zona ristorante dell'affollato centro commerciale dopo un pomeriggio passato a cercare case. «Ha detto a mio padre che ha intenzione di sposarmi e io l'ho sentito per caso.»

Dena mi scoccò un'occhiata sorniona. «La sua versione del chiedere la tua mano a tuo padre.»

Annuii, sentendo nascere in me una risata. «Esatto. Theo ha chiesto la mia mano dicendo a mio padre che ha la testa ficcata su per il culo.»

«È un tale tradizionalista.»

«Smettila,» riuscii a dire, agitando le mani. «Mi fanno male le guance.» Trassi dei profondi respiri e mi asciugai gli occhi. «Oh mio Dio, è stato così orribile da essere tutto sommato divertente.»

Lo sguardo di Dena si addolcì. «Stai bene?»

«Non proprio. Ma comunque posso riderci su.» Scossi il capo. «È finita. Con me hanno chiuso, ma almeno posso dire di averci provato.»

«È così,» disse Dena. «Puoi essere orgogliosa di te stessa.»

Sentii la risata riemergere di nuovo. «Sono più orgogliosa di Teddy per non aver dato fuoco alla loro casa.»

Dena si chinò sopra il suo piatto mentre entrambe scoppiavamo in una risata, una di quelle che andava avanti così a lungo, che alla fine non ricordavi per cosa stavi ridendo.

«Oh cavolo,» dissi, asciugandomi gli occhi. «Okay, ridere di pancia mi ha messo fame. O è quello, o mi è appena venuta la mia prima vera voglia.» Accennai con il capo alla vetrina in fondo alla zona ristorante. «Se non mangio un dolcetto alla cannella proprio in questo istante, qualcuno finirà per farsi male.»

«Non credo sia una voglia da gravidanza, quanto più una voglia da centro commerciale,» disse Dena. «Diffondono il profumo della loro glassa nell'aria, ci giurerei.»

Un dolcissimo e appiccicoso rotolino alla cannella dopo, io e Dena tornammo verso la sua auto nel parcheggio esterno.

«Vuoi...» Le mie parole furono soffocate da uno strillo, quando un dolore accecante e acuto mi esplose nel bassoventre. Una pugnalata al fianco sinistro, che mi mozzò il fiato e mi fece ripiegare su me stessa. Il dolore si propagò a macchia d'olio per tutta la pancia, lungo la coscia e fin sulla schiena. Avrei gridato per la sofferenza, ma mi mancava l'aria. Il terreno avanzò verso di me mentre mi accucciavo a terra, sentendomi come se mi stessero strappando in due. Un flusso di calda umidità si fece largo tra le mie gambe e giù, lungo i jeans.

Oh Dio, no...

«Kacey? Kacey!» Dena corse verso di me. «Che sta succedendo?»

Risucchiai l'aria. «Non riesco... non riesco...»

Dena e il resto del mondo svanirono mentre iniziavo a vedere tutto grigio, e poi tutto nero.

CAPITOLO 47
Theo

Chiusi la porta del salone e rimasi a fissarla per un istante.

Era mio. Ero stato così preso nel finalizzare i dettagli che non avevo avuto il tempo di metabolizzarlo. Ero il proprietario di quel posto. Apparteneva tutto a me, incluse le responsabilità. Se scoppiava un tubo, era un problema mio. Se saltava un fusibile, era compito mio sistemarlo. Inventario, promozione, buste paga dei dipendenti, tasse. Tutto quanto.

«Porca di quella puttana.»

È questo che hai firmato, pensai con una risatina. Lo avevo sempre desiderato, ma avevo anche sempre pensato che lo avrei fatto da solo. Invece, avevo una donna straordinaria al mio fianco, che credeva in me.

E che sta per avere un bambino. Diventerò padre.

«Porchissima di quella puttana.»

Rimasi lì in piedi, a sorridere come uno scemo sul marciapiede di fronte al mio negozio. Tutta la mia vita si stava aprendo, espandendo. Avevamo un bambino per cui prepararci. La grande inaugurazione del salone, la carriera musicale di Kacey. Stavamo costruendo una vita insieme e, cazzo, era meglio di qualunque cosa avessi mai sperato per me stesso.

Devo procurarmi un anello.

Anche se le mie mani nervose per poco non fecero cadere le chiavi, il sorriso da scemo non mi abbandonò.

Un anello. Che genere di anello? A lei cosa piaceva? Cosa potevo permettermi? E come avrei dovuto farle la proposta? Facevo schifo nelle cose romantiche. Non potevo fargliela a letto? Era consentito?

Il mio telefono prese a squillare mentre salivo sul pick-up, il numero di Dena sul display. Quel giorno era uscita con Kacey, a cercare potenziali case in vendita per poi andare al centro commerciale a fare shopping.

«Che succede, Dena?»

«Theo, ascoltami,» disse lei. Il suo tono era calmo, ma la sua voce tremava appena. «Sono al Sunrise Hospital con Kacey.»

«Cos'è successo?» Il sangue mi sembrò della benzina a cui qualcuno aveva appena dato fuoco. «Cos'è successo? Sta bene? C'è stato un incidente?»

Oh mio Dio, no. Non sta succedendo. Non di nuovo. Non posso farlo di nuovo...

«Stavamo uscendo dal parcheggio e si è piegata in due per il dolore. Non so cosa sia successo, non mi hanno ancora riferito i dettagli. Devi venire. Fai in fretta, ma guida con prudenza.»

Gettai il telefono sul sedile del passeggero e misi subito in moto. Dovetti fare appello a tutto il mio autocontrollo per non andare a tavoletta, per non bruciare i semafori rossi, e mi sembrava di beccarli tutti di quel colore.

Tieni duro, tesoro, sto arrivando.

Entrai sgommando nel parcheggio di fronte al

Pronto Soccorso, parcheggiai e corsi verso l'ingresso, un ritornello in testa che rimbombava assieme ai miei passi.

Non di nuovo, non di nuovo, non di nuovo.

Detestavo il Sunrise Hospital. Ero lì quando Jonah era stato trasportato da un ospedale di Austin, Texas, dopo il frenetico rientro dal Venezuela. Avevo vissuto lì quando era in attesa di un trapianto. Mi ero accampato fuori dalla sua stanza per le prime biopsie. Con lo staff dell'unità di cardiologia ci chiamavamo per nome.

L'ultima volta che ero stato lì era quando Jonah se n'era andato.

Varcai le porte scorrevoli e appoggiai la mano alla parete, colto da un improvviso capogiro.

Non di nuovo. Non posso farlo di nuovo. Sono prosciugato. Sono...

Mi costrinsi a respirare e mi allontanai dalla parete. Avanzai verso l'accettazione, dove una donna stava digitando al computer.

«Kacey Dawson?» dissi, la voce un suono strozzato. Il mio dannato cuore mi martellava in gola. «È arrivata poco fa.»

L'infermiera tamburellò pigramente sulla tastiera, come se il destino del maledetto universo non fosse appeso a un filo.

«Theo.»

Mi voltai subito. Dena era lì, gli occhi scuri illuminati dalla paura. La raggiunsi con tre ampie falcate e lei si alzò per venirmi incontro, prendendomi le mani.

«È stata operata d'urgenza.»

Mi sentii pervadere dallo stordimento e dal gelo. «Perché? Sta bene? Dimmi che sta bene.»

Dena scosse il capo. «Non so come sta, ma siediti, okay? Ho bisogno che tu ti sieda.»

Mi lasciai cadere su una poltroncina. «Cosa pensi

che sia?» domandai, gli occhi fissi in quelli di Dena, scrutandola con sguardo torvo come a obbligarla a dirmi che non era niente, che era solo un incubo e che dovevo svegliarmi.

Non di nuovo. Dio, ti prego, non di nuovo. Non posso perdere anche lei. Non posso...

«Nel parcheggio stava sanguinando,» disse Dena. «Il dolore era tale da farle perdere i sensi. Theo, io non...»

«Stava sanguinando?» Sedetti in silenzio per un istante, tentando di elaborare la cosa.

Dena mi strinse la mano con più forza. «Non so cosa dire, Theo. Mi dispiace. Sono ancora... abbastanza sotto shock.»

Mi appoggiai all'indietro sulla sedia come se fossi stato spinto da un enorme peso. Mi stava spaccando il petto, spremendomi via la vita. Il tempo ticchettò ancora e ancora, senza alcun segno né parola da nessuno che potesse dirmi cosa diavolo stava succedendo. I miei genitori arrivarono assieme a Oscar, e lasciai che fosse Dena a dire loro ciò che aveva già detto a me. Mia madre venne a sedersi accanto a me. Mi strinse la mano, ma non ricambiai la stretta. Sedetti su quella poltroncina, a fissare nel vuoto.

Se le succede qualcosa... Se perdo anche lei...

Se avessi perso Kacey, mi sarei sdraiato sul pavimento e non mi sarei più rialzato. Sarei stato finito. Non mi sarebbe rimasto nulla. Avevo appena accettato il fatto di aver perso mio fratello. Non sarei potuto sopravvivere se avessi perso anche lei.

«Siete qui per Kacey Dawson?» domandò una voce.

Davanti a noi c'era un medico con il volto tetro. Eccoci. Il momento. Nel giro di dieci secondi quell'uomo mi avrebbe detto come sarebbe stato il resto della mia vita.

Alzati per lei, mi dissi. *Alzati un'ultima volta.*

Ritrovai la mia armatura. La vecchia cotta di maglia di ferro mentale. Era come scivolare dentro un vecchio cappotto. Mi alzai in piedi e mi costrinsi ad avanzare con gambe rigide, il cuore che martellava con una fitta sorda e intensa nel petto.

«Sono qui per lei,» dissi.

Il dottore era un uomo giovane, forse di una trentina d'anni, con vispi occhi blu dietro alle lenti degli occhiali e la pelle abbronzata.

Una mezza calzetta, dichiarò il mio cervello tormentato. *Non c'è pericolo che questo tizio possa distruggermi. Ho già affrontato in passato i medici e le loro brutte notizie. Posso tenere testa a questo tizio.*

Una patetica spacconeria, ma non avevo altro per arginare l'ondata di terrore che mi stava travolgendo.

«Sono il dottor Barron. Sono il primario di Ostetricia e Ginecologia. Faccio parte del team chirurgico che ha assistito la signorina Dawson.»

«Quindi?» dissi. «Come sta?»

«Sta bene. Adesso è stabile. Ha subìto una rottura di una tuba di Falloppio dovuta a una gravidanza extrauterina. Ha familiarità con il termine?»

Il mio cervello si era aggrappato a "sta bene" e "stabile", e stava gridando di sollievo. Annuii e trassi un respiro, cercando di ascoltare sopra l'afflusso di sangue alle orecchie.

«L'embrione non ha mai raggiunto il suo utero. Si è impiantato nella tuba di Falloppio sinistra e ha iniziato a crescere. Dopodiché la tuba si è rotta, cosa che ha richiesto un intervento per riparare la rottura e bloccare l'emorragia interna. Non è ancora del tutto fuori pericolo, ma la prognosi è promettente e i segni vitali sono forti. Non ho riscontrato nulla che indichi che non possa rimettersi in pieno. La terremo qui per un paio di giorni come minimo, per assicurarci che non ci siano ulteriori complicazioni.»

Il volto del medico assunse un'espressione grave e mi guardò. «Lei è il marito?»

«Sono il padre,» dissi a bassa voce. «Ero... il padre.»

«Mi dispiace molto,» disse il dottor Barron. «Una gravidanza extrauterina non ha mai un lieto fine. È molto raro che un feto sopravviva a un impianto tubarico. D'altro canto, la rottura di una tuba di Falloppio è un'emergenza medica seria. In questo momento sono convinto che Kacey starà bene, ed è molto probabile che sarà ancora in grado di avere figli.»

Starà bene. Mi aggrappai a quelle parole come un uomo che affogava in un uragano. Il mio battito rallentò, ancorato dall'altra parte della notizia.

«Posso vederla?»

«Sta per essere spostata dalla sala post-operatoria a terapia intensiva. Vi farò comunicare da un'infermiera quando sarà pronta, anche se probabilmente sarà ancora un po' intontita dall'anestesia.»

Mi risedetti sulla poltrona, le gambe che tremavano.

«Mi dispiace tanto, tesoro,» disse mia madre.

Non guardai verso di lei né verso nessun altro. Tenni gli occhi fissi sulla postazione delle infermiere, seguendole con lo sguardo mentre si occupavano delle loro mansioni, ordinando mentalmente a una di loro di venire a cercarmi per dirmi che potevo vedere Kacey. Così che potessi dirle io che il bambino non c'era più.

Dannazione, ha già perso fin troppo.

Finalmente, un'infermiera si allontanò dalla postazione e venne verso di me.

«Adesso può vederla.»

* * *

Sembrava che la mia bellissima ragazza stesse dormendo, mentre portavo una sedia al suo fianco. Il suo volto sul cuscino bianco era pallido. Ma quando le presi una mano, le sue palpebre fremettero. Il mio petto si riempì di un sollievo così profondo da stordirmi, anche se mi si spezzò il cuore per lei. Per entrambi.

«Ehi, tesoro,» dissi con voce roca.

Kacey voltò il capo verso di me e fece un sorriso buffo e dolorante. Notai che aveva ancora i postumi dell'anestesia, che annebbiavano l'usuale acutezza del suo sguardo.

«Lui dice... che lei sta bene,» mormorò Kacey. «È al sicuro. Non dobbiamo preoccuparci...»

«Shh,» dissi. Non lo sapeva. Non glielo avrei detto in quel momento. Non quando era ancora mezza addormentata. «Riposati e basta,» sussurrai.

Le tenni la mano mentre scivolava di nuovo nel sonno. Fissando il lenzuolo bianco, ascoltando il macchinario che le monitorava il cuore, avvertii tutto il peso della situazione: il sollievo, il dolore, il senso di colpa per il fatto che aveva dovuto subire un'altra perdita. Si abbatté tutto su di me, incrinando la mia armatura, togliendomi il fiato. Mi sentii stordito dalla tempesta di emozioni che infuriava dentro di me come un uragano. Non avevo una carta dei tarocchi, nessuno stupido giochino da scuotere per farmi dare una risposta. Era troppo. Spingerlo via, rinchiuderlo di nuovo dentro di me era molto più semplice. Avevo bisogno di aiuto. Avevo bisogno di mio fratello...

La testa di Kacey si mosse debolmente contro il cuscino. «Jonah,» disse.

Deglutii a fatica. «Sono Theo, tesoro.»

Sono io. Non lui. Adesso ci sono io qui. Non te lo ricordi?

Lei aprì gli occhi. Adesso erano più lucidi, e gli angoli delle labbra si sollevarono in un buffo sorrisetto. Non intontito, ma paziente. «Jonah dice che è al sicuro.»

Allungò la mano per toccarmi il volto.

«Jonah?» sussurrai.

«Lei è al sicuro con lui, Teddy...»

Con il sorriso ancora in volto, si addormentò di nuovo.

* * *

Mi addormentai con la testa sul lenzuolo, e mi svegliai con Kacey che sussurrava il mio nome. Adesso era completamente sveglia, il dolore che risplendeva nel suo sguardo. Ci abbracciammo, le nostre lacrime che lasciavano delle tracce sulle lenzuola dell'ospedale. Le sentii tutte, ogni tremito del suo corpo contro il mio, come un pugnale che mi feriva, lasciandomi cicatrici che avrei avuto per il resto della vita.

«Mi dispiace, Kace,» dissi. «Mi dispiace che tu abbia dovuto affrontare tutto questo. Mi dispiace così tanto, cazzo.»

«No, Teddy. Lei era nostra. Insieme. Non cercare di farti carico di tutto. Non questa volta.» Strinse la mia mano tra le sue. «Resta qui con me.»

Annuii, lasciai andare tutto con un sospiro

tremante prima che potesse sommergermi di nuovo. «Okay, tesoro. Lo farò. Sono qui.»

A quel punto lei sorrise, la vista più straziante che avessi mai visto, mentre le lacrime le scivolavano lungo le guance. «Non possiamo tornare a com'era prima. Dobbiamo dirci tutto ciò che abbiamo nei nostri cuori.» Girò la testa verso di me sul cuscino. «Ero così felice per questa bambina. Pensavo che potesse dimostrarti quanto ti amo. Avevo così paura che non sapessi mai quanto. Quanto è profondo il mio sentimento. Temevo che una minima parte di te avrebbe sempre dubitato o si sarebbe interrogata in merito.»

«No,» dissi. «Non mi interrogo. Né mi preoccupo. Ti amo. Sei tutto il mio cazzo di mondo.» Iniziai ad andare di nuovo in pezzi. «Sei tutto il mio mondo. Il mio...»

«Universo,» sussurrò Kacey, le sue dita che sfioravano con delicatezza la mia guancia. «Tu sei il mio universo. Ti amo, Teddy...»

A quel punto sospirò, come se fosse soddisfatta, a occhi chiusi. «Aveva ragione su tutto,» disse. «Abbiamo così tanto amore dentro di noi. Un amore infinito.»

Dopodiché si addormentò, e le tenni la mano mentre le mie lacrime cadevano senza freno.

L'amore non aveva fine. Lei era infinita. Lei era un universo, il *mio* universo, e io ero il suo.

L'amore non aveva confini, niente regole, niente preferenze.

E nessun limite.

CAPITOLO 48

Kacey

Fissai il soffitto dell'ospedale, la mia stanza immersa nel silenzio tranne per il monitor cardiaco a cui mi avevano attaccata. Avevo dovuto costringere Theo ad andare alla mensa a mangiare qualcosa. Lo aveva fatto, pur riluttante, poi Oscar, Dena, Beverly ed Henry avevano fatto a turno a farmi visita, offrendomi parole dolci e il loro amore, ma mi ero sentita sollevata e grata quando se ne erano andati.

Il mio bassoventre era indolenzito dall'operazione, un dolore profondo che protestava ogni volta che mi muovevo.

Come può fare così male se non c'è niente qui?

Una coltre di tristezza incombeva su di me, ma era nebulosa e agitata. Un rimasuglio di ricordo della foschia dell'anestesia continuava a cercare di raggiungermi, ma ogni volta che provavo ad afferrarlo si ritraeva. Volevo ricordare... perché era stato bello. Mi aveva dato un senso di pace, persino il soffio che ero riuscita ad afferrare.

Jonah...

La porta si aprì e un'infermiera, Carla, fece capolino all'interno. «Te la senti di ricevere un'altra visita? Stavo per dirle che hai bisogno di riposare, ma ha detto di essere tua madre.»

La fissai, le dita che andavano ad afferrare le lenzuola. «Mia... madre?»

Carla spalancò la porta. Per prima cosa vidi i fiori, colonne di lupini blu circondati da gipsofile. *I miei preferiti di quando ero bambina.*

Mia madre entrò nella stanza tenendo in mano il bouquet. I nostri sguardi si incrociarono, e tutto ciò che era successo tra noi, tutti quegli anni di separazione... si cancellò tutto. Volevo soltanto lei.

Protesi le braccia verso mia madre, e lei posò in fretta i fiori mentre Carla richiudeva con delicatezza la porta alle sue spalle. Si chinò sopra di me, stringendomi con prudenza.

«Oh, dolce bambina mia,» sussurrò contro i miei capelli. «Mi dispiace. Mi dispiace così tanto.»

Piansi contro di lei, la inspirai. Odorava del profumo Shalimar, il suo preferito. Le mie braccia ricordarono come fosse stringerla e farsi stringere da lei. Fui trascinata indietro nel tempo, verso altri momenti, in cui ero una bambina spaventata che non voleva altro che essere confortata da sua madre. E lei c'era stata... finché poi non c'era stata più.

Mia madre si ritrasse e sedette sulla sedia in cui aveva vissuto Theo per l'ultimo giorno e mezzo. Si tamponò gli occhi con un fazzoletto preso dalla scatola accanto al mio letto, e sbuffò fuori un profondo sospiro.

«Ho così tante cose da dirti, da spiegarti,» esordì con la sua flebile voce. «Meriti la verità. Volevo dirtela quando eri lì a casa nostra, lo volevo così tanto. Non riuscivo a credere che fossi davvero lì. Gli anni...» Scosse il capo. «Una volta che hai lasciato che così tanto tempo scivolasse via, diventa sempre più facile permettergli di farlo. Ma quando ti ho vista... ho avvertito ogni secondo di quei sette anni, e mi ha quasi mandata in pezzi sapere che li avevi avvertiti anche tu. Quello stesso giorno ho progettato di venire fin qui per cercarti. Ho detto a tuo padre...» Deglutì a fatica, gli occhi che ricordavano il momento di cui stava parlando. «Gli ho detto che quando è troppo, è troppo. Che sarei venuta con o senza di lui.»

La speranza si accese nel mio cuore. «Lui è...»

Scosse il capo. «Si è murato dentro se stesso così in profondità, che non so se troverà mai la strada per uscirne.»

Annuii. «Cosa ci è successo, mamma? Cos'è successo con papà?»

Lei abbassò lo sguardo verso le mani, che si stava tormentando in grembo. «Lui non ha mai voluto un figlio. Quando ci siamo sposati abbiamo concordato che non ne avremmo avuti. Ero una giovane donna timida, e lui era il primo uomo ad avermi mostrato un qualche interesse o amore. Era la mia unica occasione, mio padre continuava a ripetermelo, e sapevo che aveva ragione. Ma al tempo stesso amavo Jim. Lo amavo. Ho acconsentito a non avere figli, ma dentro di me ne volevo uno. Volevo te.»

Scosse il capo. «Ma persino dopo cinque vuoti anni di matrimonio, ero troppo debole per dire che avevo cambiato idea. Non l'ho incastrato. Lui ha pensato che lo avessi fatto, ma è capitato e basta. Sei capitata tu, e io ero così felice.»

«Si comporta come se mi odiasse,» sussurrai.

Le lacrime le scaturirono dagli occhi. «Non ti odia.

So che è così. Ha paura. Ha sposato una donna – me – che non ha mai dovuto temere che potesse lasciarlo, e ti ha tenuta a distanza per tutta la vita così da non dover provare nulla di reale. C'è una parte di lui che è spezzata, ma spero ancora che possa essere riparata. Un giorno. Nel frattempo...» Mi sorrise, scostandomi i capelli dagli occhi. «Hai me. Mi dispiace. Spero che sia abbastanza.»

«Sì, mamma,» sussurrai, allungandomi verso di lei. «È molto più che abbastanza. È tutto.»

CAPITOLO 49
Kacey

Mi dimisero dall'ospedale una settimana più tardi, e per il mese successivo Theo si gettò sul suo lavoro, ristrutturando il vecchio Vegas Ink affinché diventasse qualcosa di completamente suo. La sua visione. Il suo lascito. Quello di cui poteva occuparsi dopo aver perso l'altro.

Il dolore di aver perso la bambina aleggiava tra noi, e sapevo che, nonostante ciò che mi aveva promesso, Theo si stava ritirando dentro la sua armatura, stava ricostruendo le sue mura.

Mi amava. Lo percepivo in ogni battito del suo cuore contro il mio. Mi teneva al caldo quando dormivo avvolta dalle sue braccia. La sua presa su di me non si allentava mai, neppure durante il sonno profondo. Sempre in guardia. Sempre vigile. Si era fatto carico di tutto, sobbarcandosi da solo il peso in modo che quelli che amava non dovessero farlo.

Una mattina mi svegliai presto, e la prima sensazione che mi colpì, quella che Yvonne aveva detto che rappresentasse la verità, si posò sulla pelle ancora intonsa della mia spalla. Lo spazio che apparteneva a Teddy, vuoto e in attesa.

Lo svegliai con un bacio. «Il salone è pronto, vero?» domandai.

Lui annuì. «Finito ieri.»

«Ho intenzione di cantare all'inaugurazione,» dissi. «Grant e Phoebe hanno detto che il comunicato stampa stava ricevendo un sacco di entusiasmo. Ci sarà una folla enorme.»

«Ovvio,» disse. «Hai così tanto talento, tesoro. Faranno la fila fino in fondo all'isolato per vederti.»

«E per vedere te,» dissi. «La tua arte è strepitosa. Sei tu, il tuo cuore e la tua anima.» Accarezzai la linea tesa della sua mascella, desiderando di poter far sciogliere quelle asperità. «So che tatuaggio voglio.»

«Ah sì? E cosa?»

Mi sollevai a sedere e lo tirai per la mano. «Forza. Te lo dirò quando saremo lì.»

* * *

Il cuore mi si gonfiò di orgoglio quando Theo aprì la porta del salone ed entrai. Non era più il Vegas Ink. Aveva buttato giù la parete che lo separava dal centro estetico, creando un ampio ingresso. Le piastrelle a scacchi neri e bianchi e le pareti rosse erano scomparse, sostituite da legno grigio. Le pareti dell'ingresso erano rivestite di una carta da parati di un grigio più scuro con una fantasia ricorrente di fiordalisi. Sopra di esse erano appese ampie esposizioni in vetro di esempi di tatuaggi, dentro cornici rosso pomodoro. Un divano imbottito in vinile dello stesso rosso era appoggiato contro la parete accanto alla reception.

Presi la palla delle risposte e la agitai. «Teddy ha

imparato a credere ai messaggi dall'Aldilà?» Osservai la risposta e la rivolsi verso di lui: *È sicuro.*

Lui fece un sorrisetto. «*È sicuro* che quella palla appartiene a Vivian.»

Sorrisi, poi lo tirai per le mani. «Mostrami il resto.»

Mi prese per mano e mi condusse dentro il salone. Il pavimento in legno proseguiva verso quattro postazioni da tatuaggio, ognuna con una poltrona reclinabile nera e una sedia coordinata più piccola per il tatuatore. Sulle pareti verde scuro erano sparse delle stampe di Ann Harper e Ted Gahl, assieme ad altri esempi di tatuaggi.

L'intero locale era elegante ma grintoso, virile come un riflesso del suo proprietario, ma non intimidatorio.

«È bellissimo.» Gli portai le braccia al collo. «Sono così fiera di te. Te l'ho già detto?»

«Una o due volte.»

Il suo tono era scherzoso, ma il suo sorriso svanì in fretta. Mi condusse alla sua postazione, e prese un foglio e una penna blu dalla sua scrivania.

«Dunque,» disse. «Vuoi...» Si schiarì la gola. «Qualcosa che riguarda la bambina? O magari Jo...»

«Voglio la tua farfalla blu.»

Theo si accigliò, e il suo sguardo si fece distante, rivolto al passato. «Intendi la farfalla blu di quella vecchia storia? Di quando io e Jonah eravamo piccoli?»

«La farfalla immaginaria che è volata via.»

Si appoggiò allo schienale della sua sedia. «Perché?»

«Perché è tutto ciò che sei tu. Sei forte e coraggioso, e ti fai carico di tutto il dolore se ciò significa farne provare meno a chi ami. Ti sobbarchi quel peso tutto da solo. Indossi un'armatura ed erigi delle mura. Ma dentro di te hai quest'anima dolce e amorevole. Una bontà che ti viene dal profondo, assieme alla forza granitica. Voglio questo sul mio corpo. La tua essenza. Ti amo, Teddy.

Voglio il tuo amore con me, impresso sulla mia pelle per tutti i giorni della mia vita.»

«Perenne,» sussurrò Theo.

Annuii. «Per sempre.»

Prima che potesse dire un'altra parola, gli salii in grembo e gli diedi un bacio profondo e intenso, Lui rispose con un breve respiro, e sentii la tensione accumulata nel suo corpo scomparire. Mi baciò con tutto il suo fuoco e la sua passione. Lo sentii tornare in vita ruggendo, accendendo le parti di me che si erano raffreddate dopo ciò che avevamo perso.

«Kacey,» sussurrò. «Ti amo. Dio, ti amo così tanto.»

«Ti amo,» dissi contro la sua bocca, le mie mani che andavano ad aprire i bottoni della mia camicetta. Me la sfilai, poi sganciai il reggiseno. Lasciai cadere entrambi a terra e mi sdraiai a faccia in giù sulla sua poltrona.

«Sono pronta.»

«Devo disegnarlo. Mostrarti...»

Scossi il capo. «Non voglio vederlo.»

Theo sgranò gli occhi. Vidi il suo battito cardiaco danzare nella cavità della sua gola. «Vuoi che te lo tatui senza vederlo?»

«Sì, esatto.»

«Perché?»

«Voglio che quella farfalla sia esattamente come l'avevi immaginata tu. Niente da parte mia deve alterare o cambiare ciò che era. Niente disegno. Niente stencil. Voglio la tua arte, Teddy. Sono la tua tela.»

Mi fissò per un altro istante. «Niente stencil. A mano libera?»

Sorrisi. «Sei così difficile con tutti i tuoi clienti?»

«Solo con quelli pazzi,» rispose, e nella sua risata sentii che si stava rimettendo.

Attesi mentre indossava i guanti di lattice e recuperava un mucchietto di salviette per ripulire via l'inchiostro in eccesso e il sangue, per poi preparare aghi e inchiostri. Voltai la testa così da non vedere i colori che sceglieva. Qualche minuto più tardi, sentii il rumore della sua sedia mentre vi si accomodava, e lo sentii sopra di me. Delle labbra delicate posarono un bacio sulla mia scapola.

«Pronta?» disse, il suo respiro caldo sulla mia pelle.

Voltai la testa. Volevo guardarlo lavorare. «Sono pronta.»

Theo si chinò su di me dalla sua sedia, la macchinetta che ronzava, e sentii la sua mano posarsi sulla mia pelle un mezzo secondo prima dell'acuto morso dell'ago. Erano anni che non mi facevo un tatuaggio, ma il dolore era familiare. Una profonda e pungente sofferenza. Un bravo tatuatore sapeva esattamente quando fermarsi, per ripulire il sangue e l'inchiostro in eccesso, e poi ripartire.

Theo era molto più che bravo.

Lo osservai, osservai il suo sguardo fisso sulla mia pelle, i suoi movimenti sicuri e fermi, il suo braccio tatuato che reggeva la macchinetta, i muscoli tesi contro la manica corta della sua maglietta.

«È sbagliato se ti dico che vederti mentre mi tatui mi sta eccitando?»

«Sì,» disse lui, senza alzare lo sguardo. «Da professionista lo trovo estremamente inappropriato.»

Sorrisi e mi morsi il labbro. Non stavo scherzando. Sentivo il profondo morso dell'ago di Theo nella pelle superficiale della scapola scendermi lungo tutta la schiena. Quella vibrazione mi arrivava fino in mezzo alle gambe. Il desiderio crebbe assieme al dolore, si attenuò quando Theo allontanò l'ago per ripulire sangue e inchiostro, e poi tornò quando sostituì l'ago.

La consistenza del dolore a quel punto cambiò. Il morso dell'ago era più un graffio, delle pungenti carezze, come se mi stesse colorando la pelle con un pennarello la cui punta era fatta di polvere di vetro.

«Stai ombreggiando adesso,» dissi, avvertendo il graffio del tatuaggio espandersi sulla mia scapola. «È una farfalla grossa.»

«Una farfalla?» disse Theo, concentrato sul suo lavoro. «Credevo avessi detto di volere una gigantesca faccina felice con sotto scritto "A volte va di merda".»

«Ah-ah,» dissi, solo fingendo di essere infastidita, mentre dentro di me il mio cuore si librava nel veder tornare il mio Theo.

Dopo tre ore aveva finito. Tre ore in cui avevo osservato quel bellissimo uomo chino su di me, a creare un'opera d'arte sul mio corpo, a darmi un pezzo di se stesso. La spalla mi pulsava, ma il dolore era secondario rispetto al bisogno che avevo di lui.

«Sei pronta a vederlo?» domandò. La sua voce era bassa, roca, e se era nervoso non lo stava dando a vedere. Mi guardò con una brama ardente nello sguardo.

Annuii. «Sono pronta.»

Mi posizionai davanti allo specchio appeso alla parete della sua postazione, mentre lui prendeva uno specchietto dalla sua scrivania. Il suo sguardo indugiò sul mio seno nudo mentre mi voltavo verso di lui. Sollevò lo specchietto, così che potessi vedere la mia schiena riflessa in quello più grande alla parete.

«Oh mio Dio,» sussurrai.

Sulla mia spalla era posata una farfalla blu, le ali del colore del cielo estivo quando il sole stava per tramontare. Con i contorni netti e neri, brillava come l'onice quando la luce la toccava. Era così reale, resa così alla perfezione che me la immaginai dispiegare le ali da un momento all'altro, volarmi via dalla spalla fin sul palmo della mano di Theo.

Ma la farfalla rimase nella sua postazione. Alla fine dell'universo.

Theo aveva riprodotto un arco dell'opera di Jonah lungo la parte destra della scapola, una parte di cielo scura su cui rilucevano delle stelle e della polvere di stelle. Si estendeva lungo la mia pelle prima di disperdersi nell'infinito, al di là di ciò che la mia pelle poteva contenere. Incompleto. Ma senza fine.

Non dissi una parola, ma spostai lo sguardo dallo specchio verso gli occhi che mi stavano divorando. Theo posò lo specchietto a terra, poi una sua mano raggiunse la mia nuca, sepolta tra i miei capelli, e l'altra mi attirò a sé. Mi baciò con intensità, la sua bocca che esigeva tutto. Schiusi le labbra, accogliendolo in profondità.

«Sposami,» sussurrò tra un bacio e l'altro. «Sposami, Kace. Sii mia moglie...»

«Sì,» sospirai. «Sì, Dio sì.»

Ci donammo l'un l'altro completamente, una perfetta armonia di amore e lussuria, i nostri corpi che si sforzavano di mostrare all'altro ciò che le nostre anime già sapevano. Era in ogni tocco, in ogni bacio; i nostri baci erano parole, dichiarazioni fatte con le nostre mani sui nostri corpi. Promesse espresse con ogni ansimante sospiro che ci scambiammo. E la gioia che provai non era solo per la sua proposta, ma per ciò che significava. Che nonostante le nostre perdite, saremmo andati avanti. Non avremmo mai capitolato né ci saremmo arresi.

Perché l'amore vinceva sempre. Sempre.

Epilogo

THEO

Spensi le luci delle postazioni per i tatuaggi e recuperai la giacca dal vecchio appendiabiti nell'area di attesa. Il registro degli appuntamenti era chiuso sul tavolo della reception, con tutte le chincaglierie kitsch di Vivian sparse attorno. La palla delle risposte al centro come al solito.

Aprii il registro degli appuntamenti, come facevo ogni sera dopo che gli altri tatuatori erano andati a casa. Il giorno seguente era quasi tutto pieno. Lo sapevo già, Vivian mi aggiornava ogni ora su quanto stavamo andando bene. Ciononostante, dovevo vederlo con i miei occhi, vederlo nero su bianco, ogni sera prima di andarmene.

Lo sto facendo, Jonah. Sto costruendo una vita. Un mio lascito personale.

Dalla porta d'ingresso arrivò il tamburellare di nocche sul vetro. Grazie alla luce del lampione riuscii a vedere mio padre dondolarsi da un piede all'altro e guardarsi intorno nel parcheggio vuoto. Una mano nella tasca della giacca, l'altra ad accarezzargli i capelli argentei.

Girai la chiave e aprii la porta. «Papà, che succede? Mamma sta bene?»

«Sta bene, sta bene,» disse mio padre ondeggiando sui talloni. «Pensavo che fosse il momento di vedere il tuo salone.»

Lo fissai. «Alle undici di sera?»

«Ho sentito che sei parecchio impegnato. Non volevo interromperti.» Incrociò il mio sguardo. «Posso entrare?»

«Sì. Certo.» Mi feci da parte e in silenzio osservai mio padre che entrava nel mio salone per la prima volta. Aveva entrambe le mani in tasca, e stava percorrendo l'ingresso come un visitatore in un museo, osservando gli esempi di tatuaggi incorniciati. Il mio sguardo si assottigliò, rammentando come l'espressione di mio padre era sempre stata serena e distesa per la gioia alle mostre di Jonah. Quella sera era serrata, le labbra incurvate verso il basso, lo sguardo duro.

Incrociai le braccia, proteggendomi contro quell'espressione. Avrei voluto chiedergli che diavolo ci facesse lì. Cosa volesse. Vedere con i suoi occhi come avevo scialacquato il denaro di Jonah? Come avevo ottenuto una laurea per poi scegliere di usarla per un'attività che contaminava i corpi con l'inchiostro?

Al diavolo. Non avrei detto una parola. Se aveva qualcosa da dire che lo facesse, ma io ne avevo abbastanza di accogliere la sua disapprovazione.

«Un'incredibile varietà,» disse, voltandosi verso di me. «Puoi fare tutti questi?»

«Sì.»

Lui annuì, addentrandosi nel salone, le mani strette dietro la schiena. Gli andai dietro, riaccendendo le luci e guardandolo osservare il mio locale. Si diresse verso la postazione più vicina, quella di Edgar, e tamburellò le dita sulla poltrona reclinabile in vinile marrone.

«Somiglia alla poltrona di un dentista,» disse. «Fa altrettanto male?»

Feci spallucce. «A volte.»

Mio padre studiò le opere che Edgar aveva alla parete della sua postazione e strinse le labbra. Edgar eseguiva i nostri disegni più estremi per i nostri clienti più estremi: lupi ringhianti con il sangue che gocciolava dalle zanne, demoni cornuti, teschi e fiamme.

«Questa non è la tua postazione,» disse infine mio padre.

«No, io sto laggiù.» La indicai con un cenno del capo.

«Posso vederla?»

Mi irrigidii. Da quando sei anni prima avevo iniziato a tatuare, mio padre non aveva mai chiesto di vedere i miei lavori. Neanche una volta.

Non importa. Hai successo. Non hai bisogno di nulla da parte sua. Neanche una dannata cosa.

«Certo,» mi sentii dire, e lo condussi alla mia area nell'angolo posteriore.

Mise piede tra le basse pareti in legno e ispezionò le opere che vi erano appese: stampe dei miei artisti sconosciuti preferiti, set incorniciati di foto di clienti, e la Serie Incompleta. Kacey aveva anche fatto ritagliare e incorniciare l'articolo di *Inked*.

Il silenzio si stava facendo troppo pesante mentre aspettavo che calasse l'ascia, che mio padre esprimesse il suo giudizio. Digrignai i denti, determinato a non dire una parola. A non concedere terreno.

«Okay, penso sia questo,» disse, indicando un esempio di nome con un font deciso e affilato. «E questo.» Spostò il dito su un font Old English squadrato e robusto. Si voltò verso di me, si tolse la giacca e la posò sopra la poltrona reclinabile, poi iniziò ad arrotolarsi la manica della camicia.

«Aspetta. Vuoi un tatuaggio?» Le braccia mi ricaddero lungo i fianchi, lo shock che mi derubava di tutte le mie forze.

Mio padre annuì. Lo sguardo che sostenne il mio era pieno di rimorso anziché di pronunciata disapprovazione. «È troppo tardi?» domandò, la voce che tremava appena. Si schiarì la gola. «Intendo dire, se è tardi come orario...»

«No,» dissi, il cuore che mi pulsava in gola, addolcendomi la voce. «No, papà, non è troppo tardi.»

Calò di nuovo il silenzio e lo protraemmo per un altro istante, poi mio padre annuì bruscamente e distolse lo sguardo. «Bene. Perciò... come funziona?»

Avanzai nella mia zona assieme a lui e accesi la lampada della scrivania. «Ehm, beh...» I miei pensieri erano sparpagliati in un'ondata di nervosismo, come se quello fosse il mio primo tatuaggio. «Devi dirmi cosa vuoi e dove lo vuoi.»

Mio padre sedette sulla poltrona e si toccò l'interno dell'avambraccio destro. «Qui mi pare appropriato. E ciò che voglio sono dei nomi. Il tuo e quello di Jonah.»

Mi bloccai e lo fissai.

«Puoi farlo? Con gli stili che ti ho indicato?»

Annuii. «Sì. Sì, posso farlo.»

Afferrai il blocco da disegno e la penna. Visualizzai i nostri nomi nei font che mio padre voleva e con rapidità tratteggiai il tatuaggio: il nome di Jonah che si incurvava sopra il mio, il suo font più elegante, il mio più massiccio.

«Qualcosa del genere?» Gli mostrai il bozzetto.

Le sue labbra incurvate si piegarono in un sorriso, e mi guardò in un modo in cui non lo avevo mai visto guardarmi prima. «Proprio così. Sei... incredibile.»

Mi piombarono addosso vent'anni. Due decenni in attesa di sentire qualcosa di simile da parte di mio padre. Quel peso premeva, ostinato e diffidente.

«Non sei venuto per la grande inaugurazione,» dissi. Misi il disegno sul tavolo e incrociai le braccia per nascondere il fatto che mi stavano tremando le mani.

Mio padre non trasalì né si ritrasse dal mio sguardo. «No, infatti. E me ne pento. Mi pento di un sacco di cose. Azioni che ho compiuto. Parole che ho detto e non posso rimangiarmi. Ma ancora di più, mi pento delle parole che non ho mai detto.»

Si guardò attorno nel mio salone, poi riportò l'attenzione su di me. «Ho sempre pensato che Jonah fosse il collante che teneva unita la nostra famiglia.»

«Lo era,» dissi.

«Forse era così,» disse mio padre, scuotendo il capo. «Quando è venuto a mancare, siamo andati in pezzi. Ci siamo... bloccati. Immobilizzati, impotenti e spezzati. Ma tu no. Tu sei andato avanti. Ti sei preso cura di tua madre quando io non ci riuscivo. Avevi detto che avresti comprato un tuo locale e lo hai fatto. Sei andato all'università così da sapere come fare. Adesso lo capisco, Theo. Ti prendi cura dei tuoi cari. Ti sei preso cura di Jonah per tutto il tempo in cui è stato malato. Sempre, fino al suo ultimo respiro, eri lì per lui.»

«Papà, non...»

Sollevò la mano. «Fammi finire, o non ci riuscirò mai.» Deglutì a fatica, ma non distolse mai lo sguardo da me. «Ti sei preso cura di Kacey quando era sola a New Orleans e si stava uccidendo pian piano con l'alcol.

Ti sei fatto avanti quando era incinta e ti sei di nuovo fatto avanti quando non lo era. La ami.»

Annuii, non fidandomi a parlare.

Lui si protese e mi mise una mano sulla spalla, rigida ma calda. Superò le mura, sciolse gli strati dell'armatura, affondò dentro la mia pelle tatuata finché non sentii mio padre toccarmi le ossa.

«Ti vedo, Theo. Ti vedo. Se Jonah era il collante che ci teneva uniti, tu sei la roccia a cui appoggiarci. Sono fiero di te per questo.» Il suo mento tremò e la voce si spezzò. «Sono orgoglioso che tu sia mio figlio.»

La sua mano scivolò verso la mia nuca, e premette la fronte contro la mia. Non piangemmo. Condividemmo un respiro tremante, mentre vent'anni lasciavano andare il mio cuore come un pugno che si schiudeva.

Mio padre mi diede una pacca sulla spalla e si schiarì la gola. «Le chiacchiere stanno a zero,» disse. «Facciamolo. Procediamo prima che me la faccia sotto, come dicono i giovani.»

Aspettò mentre mi sedevo sulla mia sedia con rotelle alla scrivania e trasferivo il mio nome e quello di Jonah sullo stencil. Mi scrutò mentre posizionavo un ago all'imbocco della macchinetta.

«Farà male, vero? Forse stasera riusciremo a fare solo un nome.»

«Puoi farcela,» dissi, sorridendo e posandogli il gomito sul bracciolo della poltrona. «Pronto?»

«Pronto.»

Proprio mentre preparavo l'ago sopra la sua pelle, lui mi mise una mano sul polso. «Aspetta.»

Alzai lo sguardo. «Sì?»

Mio padre sorrise, accarezzandomi la guancia come non faceva più da quando ero bambino. «Fai prima il tuo nome.»

«Gesù, papà, mi stai uccidendo.» Dovetti ridere mentre traevo un respiro, poi inspirai con lentezza finché le mie mani non si stabilizzarono. Chinai la testa sul suo braccio, tenendoglielo con delicatezza ma anche fermezza. Il rotore ronzava. L'ago si mise al lavoro. Osservai quasi da lontano il mio nome comparire sulla sua pelle, impresso lì per sempre con l'inchiostro nero.

Poi, sotto le mie mani guantate comparve il nome di Jonah, di lato e sopra al mio. Una volta finito, sollevai uno specchio per mostrarglielo. «Visto. Sei più tosto di quanto pensavi.»

Lui fissò l'immagine dei nomi dei suoi figli nei font che aveva scelto.

Era la cosa migliore che avessi mai tatuato. Io e mio fratello sulla pelle di nostro padre.

Per sempre.

Mio padre lo fissò a lungo, troppo, il volto imperscrutabile.

Lo detesta. Detesta che glielo abbia fatto, e adesso è troppo tardi, cazzo. È perenne.

Mi massaggiai la nuca. «Ebbene?»

«È perfetto,» disse con voce roca. Gettai un'occhiata al suo riflesso, e gli stavano venendo le lacrime agli occhi. Tossì, rivolgendomi un'occhiata severa. «Brucia come un bastardo però.»

Gli restituii il suo stesso sguardo. «Bene.»

I suoi occhi si dilatarono. Per un istante mi fissò, spiazzato. Poi scoppiò in una risata fragorosa, calda e corposa, che riempì il mio salone e ogni minimo spazio vuoto al suo interno.

Epilogo II

KACEY

Tre anni dopo

Il tempo a Pittsburgh è caldo e umido a fine agosto. Sento l'umidità avvolgermi nell'istante in cui mi trascino incinta di sei mesi fuori dall'auto a noleggio e nel parcheggio dietro il Centro Universitario Carnegie Mellon. Theo sgancia nostra figlia di quattordici mesi dal seggiolino sul retro dell'auto.

«Passeggino?» gli chiedo.

«Nah, la porto io.»

A Theo non piace usare il passeggino. Preferisce tenere Frannie in braccio quanto più possibile. Se l'appoggia nell'incavo del braccio, i suoi tatuaggi in netto contrasto con i pantaloni con gli orsetti che ci ha mandato mia madre. Manda qualcosa a Frannie almeno una volta al mese. Attraverso sua nipote sta lentamente tornando da me. Poco alla volta, giorno dopo giorno.

Attraversiamo il campus della Carnegie Mellon. I vialetti sono meno affollati in estate. Solo un paio di studenti incrociano il nostro cammino mentre ci dirigiamo verso il Centro Universitario.

Superiamo un boschetto di querce, le loro fronde fanno ombra a dei tavolinetti e delle sedie in ferro. Sorrido come sempre quando vedo la placchetta con il nome del boschetto: *Legacy Plaza*, "Piazza Lascito". Theo incrocia il mio sguardo e sorride a sua volta.

A volte è difficile credere alle coincidenze.

Frannie si guarda intorno con lieve curiosità. I suoi occhi marrone chiaro, come quelli di suo padre, individuano uno scoiattolo che si arrampica sul tronco di un albero. Tiene un pugnetto paffuto premuto contro la bocca. I capelli, castani e ricci com'erano quelli di suo zio, le ricadono attorno al volto, arrotondandoglielo ancor di più. È una bambina tranquilla e felice. Difficilmente fa i capricci e posso contare sulla punta delle dita di una mano le crisi che ha avuto da quando ha ufficialmente abbandonato la fase da neonata. Mi domando se si ricordi del viaggio che abbiamo fatto qui lo scorso anno. Aveva solo pochi mesi, eppure a una parte di me piace pensare che fosse consapevole di ogni cosa.

Non appena entriamo nel Centro Universitario, l'atrio si espande in lungo e in largo, rivelando l'installazione. Un tripudio di colori e luce nei raggi del sole che penetrano dalle finestre. Ogni pezzo di vetro è illuminato: la cascata, la fauna marina e il sole ardente sospeso sopra di essa.

«Questo lo ha fatto tuo zio Jonah,» dico a Frannie.

«Bello! Bello!» dice lei, lo sguardo che si illumina.

Come facciamo ogni anno, io e Theo ci dirigiamo verso il piccolo supporto alla destra dell'installazione. Su di esso c'è una foto di Jonah sorridente accanto a una breve, troppo breve, biografia. Sfioro le lettere del suo nome. Theo fissa il volto di suo fratello. Un istante di silenzio. Il sole all'esterno scivola rispettosamente dietro le nuvole. Persino Frannie è tranquilla. Inspiriamo ed espiriamo insieme, poi ci sorridiamo.

Frannie si allunga verso il vetro colorato e Theo la porta più vicina perché possa guardarlo. Mostra a nostra figlia l'opera, aiutandola a pronunciare il nome delle tartarughe *tarughe* e del polpo *poppo*.

Mi accomodo su una panchina e mi passo una mano sul ventre rigonfio. Il bambino al suo interno, di nuovo una femmina, scalcia, si rigira e si spinge contro la mia mano come se stesse cercando di fuggire. Non si ferma mai. A volte sono in piedi nel bel mezzo della notte e cammino avanti e indietro nel nostro soggiorno, cantandole delle ninne-nanne finché non si addormenta. Sarà una bella peste, lo so già.

Come suo padre... penso. Guardo Theo che tiene in braccio Frannie, e mi sento il cuore troppo grande per il mio petto.

Il sole riaffiora di nuovo, facendo penetrare i suoi raggi attraverso l'installazione. Mi appoggio all'indietro e osservo la luce brillante giocare con i colori. La schiuma perlata del mare, l'acqua celeste che scorre, il viola e il rosa della barriera corallina.

Ma è il sole, il sole di Jonah, che attira sempre la mia attenzione e la trattiene più a lungo. È un intreccio di onde arancioni, gialle e rosse. Caotico eppure perfetto, ogni pezzo come dovrebbe essere. Eccetto...

Il mio sguardo è attirato verso il lato sinistro del sole. Una fessura nell'intreccio, dove manca un unico raggio di luce arancione. L'onda che è andata in pezzi quando l'installazione è stata frettolosamente rimossa dalla galleria di Las Vegas, tre anni fa. Era caduto a terra, infrangendosi in un migliaio di schegge che erano state calpestate fino a polverizzarle. Erano rimaste solo poche schegge, che avevamo trovato io e Theo.

Theo viene a sedersi accanto a me. Si appoggia alla panchina e Frannie si accascia sul suo petto, gli occhi che si chiudono. Mi allungo verso il retro della panchina per posare la mano sulla spalla di mio marito. Do un lieve bacio prima a lui, poi alla guancia paffuta di nostra figlia. Restiamo seduti in silenzio per un minuto, mentre Frannie si addormenta.

Vedo lo sguardo di Theo perso nell'installazione. Sorride quando nota la fessura nel sole.

«È ancora il mio pezzo preferito,» dico.

Theo mi prende la mano e mi bacia le dita. «Anche il mio.»

Sento il calore delle onde di vetro rosse e oro. Il mio amore per Jonah è un bagliore caldo nel mio cuore, come un sole che non tramonta mai. E più in profondità, un centro ardente: il mio amore per Theo che brucia con una potente e infinita intensità.

«Ama ancora,» mormoro. «Mi aveva detto di amare ancora, e io l'ho fatto. Tantissimo.»

«A me aveva detto di amare te.» Gli occhi calorosi e dolci di Theo incontrano i miei. «Ma io lo facevo già. Tantissimo.»

Vengo colta da una piccolissima ondata di shock, seguita dalla comprensione. «Lo sapevo,» dico. «In qualche modo... penso di averlo sempre saputo.» Gli tocco la guancia. «Perché dirmelo adesso?»

Theo fa spallucce, facendo sollevare Frannie nel movimento. «Sentivo che era il momento giusto. E il posto giusto.»

Sorrido e rivolgo di nuovo lo sguardo all'opera. «Sì, è così.»

Restiamo seduti ancora per un po', e quando ci

alziamo per andarcene Theo mi prende la mano, nostra figlia stretta al sicuro nell'altro braccio. Ricordo quando lui e io, dopo essere stati in ginocchio nella Galleria Wynn, ci siamo alzati in piedi. Quando abbiamo versato lacrime e amore tra i resti infranti del vetro di Jonah. Ci siamo alzati insieme, siamo usciti insieme da quello spazio spoglio, legati non da un lutto condiviso, ma da un amore condiviso.

Io e Theo, un tesoro dopo la rovina.

FINE

Grazie per aver scelto di leggere un nostro romanzo. Speriamo che l'esperienza vi sia piaciuta e che vi abbia regalato qualche ora di relax. Vi chiediamo gentilmente di lasciare una recensione su Amazon e/o Goodreads, così da aiutare altri lettori a scegliere questo libro.

Playlist

Way Down We Go, Kaleo
Like a River, Bishop
Unsteady, X Ambassadors
Love is a Losing Game, Amy Winehouse
Everything I Do, Bryan Adams
Arsonist's Lullaby, Hozier
Lil Darlin, ZZ Ward
Love in the Dark, Adele
What a Wonderful World, Louis Armstrong

Ringraziamenti

Vorrei rivolgere un enorme ringraziamento alle seguenti persone per il loro sostegno, amore e per la loro solidarietà con i miei sforzi. Ciascuno di voi ha contribuito a portare in vita questo libro.

Melissa Panio-Petersen, Angela Bonnie Shockley, Joy Kriebel-Sadowski, Ashley Drew, Jennifer Balogh, Noemie Heloin, Elaine Glynn e Kathleen Ripley. L'unione fa la forza, si dice di solito. L'unione fa anche un libro, e voi signore siete il mio clan. Vi voglio bene.

A Robin Hill, per tutto ma proprio tutto. Non ci sono parole per ringraziarti per ciò che hai fatto per me. Non ce ne sono. E lo dico da *scrittrice*, che dovrebbe averne parecchie a disposizione. Con tanto amore e gratitudine.

A mio marito Bill, per il tuo incredibile sostegno, per esserti occupato dei bambini così da lasciarmi tempo di scrivere, e perché credi in me, sempre. Ti amerò per l'eternità.

Ai miei lettori, ai blogger e ai miei amici in questa splendida community, senza i quali non avrei potuto né voluto farlo. Io do voce ai miei personaggi, ma senza di voi, loro non potrebbero mai essere ascoltati. Grazie.

E alla mia editor, Suanne Laquer. A te devo tantissimo. Per aver tenuto la bussola puntata verso nord. Per l'amore e il coraggio. Sei un universo, *è certo*.

Riguardo all'Autrice

Emma Scott è un'autrice bestseller di USA Today e Wall Street Journal di romanzi emozionanti, con personaggi in cui arte e amore si intrecciano per guarire i cuori e in cui l'amore vince sempre.

Se vi piacciono le storie che fanno riflettere, con storie realistiche ed eroi di buon cuore, apprezzerete i suoi romanzi.

In un mondo in cui non avevo nessuna voce in capitolo, la violenza era diventata il mio rifugio, e tutto il resto non aveva importanza.

Neanche la mia vita.

Prima di lei.

Skyler Bell.

Tutto ha avuto inizio la prima volta che ho sentito quella voce.

Mi ha donato la speranza di un domani.

Il mio primo amore era un concentrato di tutto.

Vorace.

Folle.

Per l'eternità.

Mio.

Solo che non avrei mai immaginato che esistessero dei segreti che dovevano essere condivisi.

Bugie che dovevano essere confessate.

Verità che dovevano essere svelate.

Demoni che dovevano restare sepolti.

Quando ho capito che l'aggressività, il desiderio, la tristezza e il rimpianto nei suoi occhi rispecchiavano i miei stessi sentimenti, è stato troppo tardi.

L'amore non è arrivato da me sotto forma di

tormento, ma come tutto ciò che avevo sempre desiderato.

Allontanarmi non era possibile, eppure era l'unica scelta che avevo.

Avevo finalmente scoperto il prezzo dell'amore e mi era costato...

L'anima.

Mi sono innamorata di Connor Drake. Non volevo e ho cercato di controllare i miei sentimenti, ma mi sono innamorata lo stesso di lui, delle sue parole, della sua poesia, della sua anima. La dolcezza e la bellezza della sua anima hanno un legame diretto con la mia. Scrive come se sentisse il mio cuore, il suo ritmo, e compone il testo perfetto che accompagna ogni battito e movimento.

Amo Connor... allora perché sento quest'attrazione inspiegabile per il suo migliore amico, Weston? Irascibile, imbronciato, pensieroso, Weston Turner è in grado di stenderti con un solo sguardo. Con la sua intelligenza, caratterizzata da un'arguzia tagliente e una lingua biforcuta, è l'esatto opposto di Connor, eppure tra di noi c'è qualcosa di elettrizzante. I fili spinati con cui Weston si circonda non possono tenermi lontana.

Tuttavia, più tempo trascorro con questi uomini, più le mie emozioni diventano aggrovigliate e confuse. Quando si arruolano entrambi nella Riserva dell'Esercito, in un momento complicato in Medio Oriente, temo che non verrò mai a capo di ciò che attanaglia il mio cuore: sensazione che tutto andrà in rovina... per entrambi.

Mai più permetterò a qualcuno di giocare con il mio cuore.

Mai più lascerò che il romanticismo e il desiderio muovano le mie azioni

Mai più permetterò a un uomo o a più di mettersi tra me e i miei obiettivi.

Mai più amerò senza sentire di essere ricambiata appieno.

Non finché non saprò che è reale. E se mi ci vorrà un'eternità per trovarlo, allora sarà così.

Erano i miei voti e, dopo quello che era successo con Connor e Weston, ero determinata a mantenerli. A proteggere il mio cuore. E poi lui è tornato a casa e i miei voti sono divenuti le sue promesse. Stringeva il mio cuore tra le mani con adorazione e affetto. Mi ha aiutato a trovare lo scopo principale della mia anima. Mi ha amato con un amore così puro e vibrante, che sapevo che non avrei mai provato niente di simile in un centinaio di vite. Era reale. finché non lo è più stato. Finché il mio mondo non è crollato quando ho scoperto che l'amore profondo che pensavo di aver trovato era nascosto in una rete di bugie. Così delicata e debole che non l'avevo nemmeno notata. Finché non è stato troppo tardi.

Printed in Poland
by Amazon Fulfillment
Poland Sp. z o.o., Wrocław

13,50

34584668R00242